ullstein

Das Buch

New York, Silvester 1937: Die beiden Freundinnen Kate und Eve – zwei Provinzschönheiten, die die Welt erobern wollen – gabeln in einer Jazzkneipe den charmanten Tinker Grey auf. Eine turbulente Freundschaft à trois beginnt: Die beiden Mädchen weisen Tinker in die Geheimnisse des Schnorrens ein – wie gelangt man ins Capitol-Filmtheater, ohne Eintritt zu bezahlen? –, und Tinker revanchiert sich, indem er sie in die feinsten Klubs der City ausführt. Erst als das beschwingte Dauerabenteuer jäh durch einen Unfall beendet wird, stellt sich die Frage, wer eigentlich in wen verliebt ist.

Rückblickend und inzwischen viel weiser erzählt Kate, wie sie und ihre New Yorker Freunde am Vorabend des Zweiten Weltkriegs einen fröhlich-dekadenten Lebensstil pflegten. Und bereits ahnten, dass der Sinn des Lebens wohl eher jenseits von eisgekühlten Martinis zu finden ist.

Der Autor

Amor Towles hat in Yale und Stanford studiert. Derzeit ist er in der Finanzbranche tätig und gehört dem Vorstand der Library of America und der Yale Art Gallery an. Nach Veröffentlichungen in *Paris Review* ist *Eine Frage der Höflichkeit* sein erster Roman und war in den USA auf Anhieb ein Bestseller. Er lebt mit seiner Frau und seinen beiden Kindern in Manhattan.

Die Übersetzerin

Susanne Höbel studierte in Birmingham und lebt heute in Hamburg. Sie übersetzte u. a. Nadine Gordimer, John Updike, Tim Parks und Marian Keyes. Zuletzt erhielt sie 2009 den Förderpreis für Literatur der Hansestadt Hamburg.

Amor Towles

Eine Frage der Höflichkeit

Roman

Aus dem Amerikanischen
von Susanne Höbel

Ullstein

Besuchen Sie uns im Internet:
www.ullstein-taschenbuch.de

MIX
Papier aus verantwortungsvollen Quellen
FSC® C083411

Neuausgabe im Ullstein Taschenbuch
1. Auflage März 2016

Titel der amerikanischen Originalausgabe: *Rules of Civility*
(Viking, New York, 2011)
Umschlaggestaltung: ZERO Werbeagentur, München, nach
einer Vorlage von Anzinger | Wüschner | Rasp, München
Titelabbildung: © Bettmann / Corbis
Satz: Pinkuin Satz und Datentechnik, Berlin
Gesetzt aus der Albertina
Druck und Bindearbeiten: CPI books GmbH, Leck
Printed in Germany
ISBN 978-3-548-28822-2

Für Maggie, meinen Kometen

Da sprach er zu seinen Knechten: »Die Hochzeit ist zwar bereit, aber die Gäste waren's nicht wert. Darum geht hin auf die Straßen und ladet zur Hochzeit, wen ihr findet.« Und die Knechte gingen aus auf die Straßen und brachten zusammen, wen sie fanden, Böse und Gute; und die Tische wurden alle voll.

Da ging der König hinein, die Gäste zu besehen, und sah allda einen Menschen, der hatte kein hochzeitlich Kleid an, und sprach zu ihm: »Freund, wie bist du hereingekommen und hast doch kein hochzeitlich Kleid an?« Er aber verstummte. Da sprach der König zu seinen Dienern: »Bindet ihm Hände und Füße und werfet ihn in die Finsternis hinaus! Da wird sein Heulen und Zähneklappern.« Denn viele sind berufen, aber wenige sind auserwählt.

Matthäus 22, 8–14

IM MUSEUM OF MODERN ART

Vorspann

Am Abend des 4. Oktober 1966 gingen Val und ich, beide nunmehr fortgeschritteneren Alters, zur Eröffnung der Fotoausstellung *Many Were Called* im Museum of Modern Art – die erste Ausstellung der Porträts, die Walker Evans in den späten Dreißigerjahren mit versteckter Kamera in der New Yorker Subway gemacht hatte.

Es war, wie es in den Klatschspalten gern hieß, eine »Veranstaltung der Superlative«. Die Männer waren im Anzug, mit weißem Hemd mit schwarzer Fliege, entsprechend der Palette der Fotos, die Frauen trugen leuchtend bunte Kleider in jeder Länge, von knöchellang bis zwei Handbreit über dem Knie. Arbeitslose junge Schauspieler mit makellosen Zügen und der Anmut von Akrobaten reichten Champagner auf kleinen, runden Tabletts herum. Nur wenige Besucher sahen sich die Bilder an. Sie waren zu sehr damit beschäftigt, sich zu amüsieren.

Ein angetrunkenes junges Mädchen der High Society stolperte hinter einem Kellner her und hätte mich beinahe umgerannt. Sie war nicht die Einzige in dieser Verfassung. Es galt als salonfähig, ja sogar als schick, bei formellen Anlässen schon vor acht betrunken zu sein.

Aber vielleicht war das nicht so schwer zu verstehen. In den Fünfzigerjahren hatte Amerika den Erdball auf den Kopf gestellt und ihm das Wechselgeld aus den Taschen geschüttelt. Europa war jetzt der arme Verwandte – lauter Familienwappen, aber kein Tafelsilber mehr. Und die voneinander nicht zu unterscheidenden Länder Afrikas, Asiens und Südamerikas hatten gerade erst begonnen, über die Wände unserer Klassenzimmer zu huschen wie Salamander in der Sonne. Klar, irgendwo da draußen waren die Kommunisten, aber nachdem Joe McCarthy unter der Erde und noch niemand auf dem Mond war, geisterten die Russen bislang lediglich durch die Seiten von John le Carrés Romanen.

In gewisser Weise waren wir also alle betrunken. Wir starteten in den Abend wie Satelliten und umkreisten die Stadt zwei Meilen über dem Boden, unser Treibstoff waren die schwachen ausländischen Währungen und die fein gefilterten geistigen Getränke. Wir diskutierten lautstark bei Dinnerpartys, verzogen uns heimlich mit dem falschen Ehepartner ins nächste leere Zimmer und feierten mit der Begeisterung und Indiskretion griechischer Götter.

Und morgens wachten wir Punkt halb sieben auf, mit klarem Kopf und voller Optimismus, einsatzbereit, unsere Plätze an den Edelstahlschreibtischen einzunehmen und die Geschicke der Welt zu lenken.

Das Rampenlicht an diesem Abend war nicht auf den Fotografen gerichtet. Evans, Mitte sechzig, dünn und verknittert wie jemand, dem Essen nichts bedeutet, sodass sein Smoking lose an ihm herunterhing, sah so traurig und so unscheinbar aus wie ein pensionierter mittlerer Verwaltungsangestellter von General Motors. Hin und wieder unterbrach jemand seine Einsamkeit und machte eine Bemerkung, aber den größten Teil des Abends stand er unbeholfen in der Ecke wie ein Mauerblümchen auf einem Tanzabend.

Nein, aller Augen galten nicht Evans. Die Blicke galten stattdessen einem jungen Autor mit schütterem Haar, der gerade mit der Veröffentlichung der Affären seiner Mutter einen sensationellen Erfolg gelandet hatte. Von seinem Lektor und seinem Presseagenten flankiert, nahm er haufenweise Komplimente seiner Fans entgegen und sah dabei listig aus wie ein Neugeborenes.

Val blickte erstaunt in die Runde der Schmeichler. Er konnte an einem Tag zehntausend Dollar verdienen, indem er die Fusion eines Schweizer Kaufhauses mit einem amerikanischen Waffenhersteller in die Wege leitete, aber es war ihm schleierhaft, wie so ein bisschen Klatsch einen solchen Aufruhr hervorrief.

Der Presseagent, der seine Umgebung genau im Auge hatte, erspähte mich und winkte mir zu. Ich winkte zurück und hängte mich bei meinem Mann ein.

»Komm, Schatz, sehen wir uns die Bilder an.«

Wir begaben uns in den zweiten Raum der Ausstellung, der weniger voll war, und gingen in aller Ruhe die Wände entlang. In der Mehrzahl waren es querformatige Porträts von Menschen in der Subway, die dem Fotografen direkt gegenübersaßen.

Da war ein ernster junger Mann aus Harlem mit einem keck sitzenden Bowler und einem französischen Oberlippenbärtchen.

Dort ein Vierzigjähriger mit Brille, Pelzkragen und breitkrempigem Hut, Typ Gangsterbuchhalter.

Hier zwei unverheiratete Mädels aus der Kosmetikabteilung bei Macy's, beide gut in den Dreißigern und etwas sauertöpfisch, weil sie wussten, dass ihre besten Jahre hinter ihnen lagen, mit Augenbrauen, bis hinauf zur Bronx gezupft.

Hier ein Er, da eine Sie.

Hier jemand Junges, da jemand Altes.

Hier jemand Fesches, da jemand Abgerissenes.

Die Fotos waren zwar schon vor fünfundzwanzig Jahren entstanden, aber noch nie öffentlich gezeigt worden. Evans hatte anscheinend Bedenken im Hinblick auf die Privatsphäre der von ihm fotografierten Personen gehabt. Das mag seltsam oder sogar ein wenig übertrieben klingen angesichts der Tatsache, dass er sie in einem so öffentlichen Raum gemacht hatte. Aber wenn man sich die Gesichter entlang den Wänden ansah, konnte man Evans' Skrupel verstehen. Denn in gewisser Weise fingen die Fotos das Menschsein schonungslos ein. Gedankenverloren, in der Anonymität des Pendlerzugs und ahnungslos, dass ein Fotoapparat direkt auf sie gerichtet war, offenbarten viele von ihnen unbewusst ihr innerstes Ich.

Jeder, der zweimal täglich mit der Subway fährt, um sein Brot zu verdienen, weiß, wie es ist: Beim Einsteigen ist man noch die Person, als die einen auch die Kollegen und Bekannten kennen. So geht man durch das Drehkreuz und durch die automatischen Türen, und die anderen Fahrgäste nehmen uns wahr, wie wir sind: großspurig oder zurückhaltend, verliebt oder gleichgültig, betucht oder am Hungertuch nagend. Dann sucht man sich einen freien Platz, und der Zug fährt los; eine Station folgt auf die andere; Menschen steigen ein und aus. Und bei dem einschläfernden Geschaukel des Zuges gleitet die sorgfältig fabrizierte Persönlichkeit von einem ab. Wenn die Gedanken um Sorgen und Träume zu schweifen beginnen, löst sich das Über-Ich auf, oder vielmehr, es entschwebt in eine Art Hypnose, wo selbst Sorgen und Träume in den Hintergrund treten und eine friedliche, kosmische Stille sich über alles legt.

Da geht es uns allen gleich. Nur dass dieser Zustand nach unterschiedlich vielen Stationen eintritt. Bei manchen nach zweien, bei anderen nach dreien. 68. Straße, 59. Straße, 51. Straße, Grand Central. Welche Erholung, diese wenigen Minuten, in denen wir den Blick ins Unbestimmte gleiten lassen und den einzig wahren Trost finden, den menschliche Isolation ermöglicht.

Wie befriedigend diese fotografische Studie für die Uneingeweihten gewesen sein musste! Für die jungen Anwälte und Banker und die munteren jungen Mädchen aus reichem Hause, die durch die Ausstellung schlenderten und beim Anblick der Bilder sicherlich dachten: Was für eine Tour de Force. Was für eine künstlerische Leistung. Hier sehen wir endlich das Antlitz der Menschheit!

Doch für diejenigen von uns, die damals jung waren, sahen die Gestalten aus wie Geister.

Die Dreißigerjahre …

Was für ein aufreibendes Jahrzehnt das war.

Ich war sechzehn, als die Depression begann, gerade alt genug, um all meine Träume und Erwartungen vom leichtfüßigen Glanz der Zwanzigerjahre täuschen zu lassen. Es war, als hätte Amerika die Depression nur deshalb erfunden, um Manhattan eine Lektion zu erteilen.

Nach dem Börsenkrach konnte man zwar nicht hören, wie die Leichen auf dem Pflaster aufschlugen, aber es gab so etwas wie ein gemeinschaftliches Aufstöhnen und dann eine Stille, die sich wie Schnee auf die Stadt senkte. Die Lichter flackerten. Die Musiker legten ihre Instrumente ab, und die Menschen bewegten sich leise zum Ausgang.

Dann drehte der Wind von West nach Ost und blies die Wanderarbeiter bis in die 42. Straße. Er trieb große Wolken vor sich her, die sich über die Zeitungsstände und Parkbänke legten und auf die Seligen und Verdammten gleichermaßen senkten, wie die Asche von Pompeji. Plötzlich hatten wir unsere eigenen Armen – zerlumpt und niedergedrückt schleppten sie sich durch die Straßen, an den Feuern in Ölfässern vorbei, an schäbigen Behausungen und billigen Herbergen vorbei, unter Brücken hindurch; sie bewegten sich langsam, aber zielbewusst auf ein inneres Kalifornien zu, das ebenso armselig und unbarmherzig war wie die Wirklichkeit. Armut und Ohnmacht. Hunger und Hoffnungslosigkeit. Zumindest bis die ersten Anzeichen von Krieg unsere Schritte beflügelten.

Ja, die Fotos der verstecken Kamera von Walker Evans, aufgenommen zwischen 1938 und 1941, zeigten das Menschsein. Und zwar einen ganz bestimmten Aspekt des Menschseins – den des Gedemütigten. Ein paar Schritte vor uns sah sich eine junge Frau die Fotos an. Sie mochte kaum älter als zweiundzwanzig sein. Jedes Bild schien sie angenehm zu überraschen – als wäre sie in der Ahnengalerie eines Schlosses, wo alle Gesichter majestätisch und entrückt wirken. Ihr Teint war gerötet und von naiver Schönheit, die mich mit Neid erfüllte.

Für mich waren die Gesichter auf den Bildern nicht entrückt. Der gedemütigte Ausdruck, der nicht erwiderte Blick, sie waren mir sehr vertraut. So ähnlich ist die Erfahrung, die man in einem Hotel einer fremden Stadt machen kann, wenn die Aufmachung und das Verhalten der Menschen in der Halle dem eigenen so ähnlich sind, dass man geradezu zwangsläufig auf jemanden treffen wird, den man nicht sehen möchte.

Und genau das passierte dann auch, gewissermaßen.

»Das ist Tinker Grey«, sagte ich, als Val schon zum nächsten Bild ging.

Er kam wieder zu mir, um sich das Foto eines schlecht rasierten achtundzwanzigjährigen Mannes in einem blank gewetzten Mantel genauer anzusehen.

Er war abgemagert, hatte den rosigen Hauch seiner Wangen fast verloren, sein Gesicht sah schmutzig aus. Aber seine Augen leuchteten wach und lebendig und blickten unverhohlen geradeaus, und die winzige Spur eines Lächelns auf seinen Lippen erweckte den Anschein, als wäre er derjenige, der den Fotografen betrachtet. Und derjenige, der uns betrachtet. Er sah uns über drei Jahrzehnte hinweg an, über eine weite Schlucht von Begegnungen hinweg, wie eine Erscheinung. Und sah doch ganz aus wie er selbst.

»Tinker Grey …«, wiederholte Val zögerlich. »Ich glaube, mein Bruder kannte einen Bankier, der Grey hieß …«

»Ja«, sagte ich. »Das ist er.«

Val sah sich das Bild jetzt genauer an – mit dem höflichen Interesse, das ein entfernter Bekannter verdient, der inzwischen verarmt ist. Aber die Frage, wie gut ich den Mann gekannt hatte, musste ihm durch den Sinn gegangen sein.

»Unglaublich«, sagte Val schlicht und runzelte kaum merklich die Stirn.

In dem Sommer, in dem Val und ich uns kennenlernten, waren wir erst um die dreißig und hatten vom Erwachsenenleben des jeweils anderen kaum mehr als ein Jahrzehnt versäumt. Aber das war eine Menge Zeit. Genug, um richtig oder falsch gelebt zu haben. Genug, um gemordet oder etwas erschaffen zu haben – und zumindest genug, um jemanden zu berechtigen, eine Frage dazu zu stellen.

Aber für Val galt es nur selten als Tugend, auf Vergangenes zurückzublicken, und hinsichtlich der Geheimnisse meiner Vergangenheit, wie auch in fast jeder anderen Hinsicht, war er in erster Linie ein Gentleman.

Trotzdem machte ich ein Geständnis.

»Er war auch einer meiner Bekannten«, sagte ich. »Er gehörte eine Weile zu meinem Freundeskreis. Aber ich habe seit vor dem Krieg nichts mehr von ihm gehört.«

Vals Stirn glättete sich. Vielleicht beruhigte ihn die vermeintliche Schlichtheit dieser wenigen Fakten. Er betrachtete das Bild jetzt mit maßvollem Interesse und schüttelte kurz den Kopf, womit er den Zufall kommentierte und gleichzeitig bekräftigte, wie ungerecht doch die Depression war.

»Unglaublich«, sagte er wieder, diesmal einfühlsamer. Er nahm meinen Ellbogen und führte mich sanft weiter.

Wir verbrachten die erforderliche Minute vor dem nächsten Bild. Und dem nächsten und dem nächsten. Aber jetzt zogen die Gesichter an mir vorbei wie Fremde, die auf der Rolltreppe in die entgegengesetzte Richtung fahren. Ich nahm sie kaum wahr.

Tinker lächeln zu sehen … Nach all den Jahren war ich nicht darauf gefasst. Es war, als hätte mich jemand hinterrücks überrascht.

Vielleicht war es nur Selbstzufriedenheit – die unbegründete süße Selbstzufriedenheit wohlhabender Leute mittleren Alters in Manhattan –, aber als ich das Museum betrat, hätte ich ohne Weiteres ausgesagt, dass mein Leben ein perfektes Gleichgewicht erreicht hatte. Unsere Ehe war ein Bund zweier Seelen, zweier Großstadtgeister, die sich so sanft und unausweichlich der Zukunft zuneigten wie weißes Papier der Sonne.

Doch nun stellte ich fest, dass meine Gedanken in die Vergangenheit strebten. Sie kehrten der mühsam erwirkten Perfektion des Jetzt den Rücken und suchten nach den süßen Unwägbarkeiten eines verflossenen Jahres und seinen zufälligen Begegnungen – Begegnungen, die damals willkürlich und prickelnd schienen, die aber im Laufe der Zeit etwas Schicksalhaftes angenommen hatten.

Ja, meine Gedanken wanderten zu Tinker und

zu Eve – aber auch zu Wallace Wolcott und Dicky Vanderwhile. Und auch zu Anne Grandin.

Und zu den Drehungen des Kaleidoskops, die meinen Erlebnissen im Jahr 1938 Farbe und Form verliehen hatten.

Hier stand ich, neben meinem Mann, und hatte Mühe, die Erinnerungen an dieses Jahr für mich zu behalten.

Nicht dass eine einzige so skandalös gewesen wäre, um Val zu schockieren oder unsere Ehe zu bedrohen – im Gegenteil, hätte ich ihm davon erzählt, wäre er sicherlich noch liebevoller zu mir gewesen. Aber ich wollte ihm nicht davon erzählen. Ich wollte die Erinnerungen nicht verwässern.

Mehr als alles andere wollte ich allein sein. Ich wollte aus dem blendenden Licht meines jetzigen Daseins treten. Ich wollte in einer Hotelbar einen Drink bestellen. Oder, noch besser, mit dem Taxi ins Village fahren, zum ersten Mal nach so langer Zeit …

Ja, auf dem Bild sah Tinker arm aus. Er sah aus, als wäre er arm und hungrig und ohne Aussichten. Aber er sah auch jung und kraftvoll aus. Und seltsam lebendig.

Plötzlich kam es mir so vor, als würden die Gesichter an der Wand mich ansehen. Die Geister in der Subway, müde und allein, betrachteten mein Gesicht und bemerkten die Spuren der Kompromisse, die unseren Gesichtern im fortschreitenden Alter ihr ganz eigenes Pathos verleihen.

Dann überraschte Val mich. »Lass uns gehen«, sagte er.

Ich sah ihn an, er lächelte.

»Komm. Wir können an einem Vormittag wiederkommen, wenn es nicht so voll ist.«

»Ist gut.«

Die Menschen drängten sich in der Mitte des Ausstellungsraums, wir gingen also außen an den Bildern entlang. Die Gesichter flackerten vorüber wie die von Gefangenen in den kleinen Fenstern ihrer Zellentüren. Sie folgten mir mit ihrem Blick, als wollten sie sagen: Wo willst du denn hin? Und dann, kurz vor dem Ausgang, blieb ich abrupt bei einem der Fotos stehen.

Ein schmerzliches Lächeln trat in mein Gesicht.

»Was ist?«, fragte Val.

»Da ist er wieder.«

Zwischen den Fotos von zwei älteren Frauen hing ein zweites Porträt von Tinker. Tinker im Kaschmirmantel, glatt rasiert, ein praller Krawattenknoten zwischen den Kragenspitzen eines maßgeschneiderten Hemdes.

Val zog mich an der Hand zu dem Bild, bis wir

knapp davorstanden. »Du meinst, das ist derselbe wie auf dem anderen Bild?«

»Ja.«

»Unmöglich.«

Val ging noch einmal zu dem anderen Bild zurück. Ich sah, wie er auf der anderen Seite des Raumes das schmutzige Gesicht studierte und nach erkennbaren Merkmalen suchte. Er kam zurück und stellte sich wieder unmittelbar vor den Mann im Kaschmirmantel. »Nicht zu fassen«, sagte er. »Es ist tatsächlich derselbe Mann.«

»Treten Sie bitte einen Schritt von der Wand zurück«, sagte ein Museumswächter.

Wir traten zurück.

»Wenn man es nicht wüsste, würde man sie für völlig verschiedene Personen halten.«

»Ja«, sagte ich, »du hast recht.«

»Na, auf jeden Fall hat er sich wieder berappelt.«

Plötzlich war Val guter Dinge. Der Weg vom abgetragenen Mantel zum Kaschmirmantel entsprach seinem natürlichen Optimismus.

»Nein«, sagte ich, »das hier ist das frühere Bild.«

»Wie meinst du das?«

»Das andere Bild ist nach diesem hier entstanden. Es ist von 1939.« Ich zeigte auf die Legende. »Das hier ist von 1938.«

Man konnte Val den Irrtum nicht verdenken. Es

war nur natürlich, dass er dies für das spätere Bild hielt, nicht nur, weil es in der Ausstellung später kam, sondern auch, weil Tinker auf dem Bild von 1938 zwar wohlhabender aussah, aber auch älter wirkte. Sein Gesicht war voller, es zeugte von einer pragmatischen Weltgewandtheit, als hätte eine Reihe von Erfolgen auch die eine oder andere hässliche Wahrheit im Schlepptau gehabt. Das andere Foto hingegen, ein Jahr später aufgenommen, war eher das Porträt eines Zwanzigjährigen in Friedenszeiten: lebendig, furchtlos, naiv.

Tinkers Schicksal machte Val verlegen.

»Oh«, sagte er. »Das tut mir leid.«

Wieder nahm er meinen Arm und schüttelte den Kopf, für Tinker und für uns alle.

»Nach dem Aufstieg der Niedergang«, sagte er zärtlich.

»Nein«, sagte ich, »ganz so ist es nicht.«

New York City, 1969

WINTER

1. Kapitel

VOR LANGER ZEIT

Es war der letzte Abend des Jahres 1937.

Da wir nichts Besseres vorhatten, schleppte meine Zimmergenossin mich wieder in den Nachtklub in Greenwich Village mit dem optimistischen Namen *Hotspot*, zu dem man anderthalb Meter hinabsteigen musste.

Wenn man sich im Klub umsah, hätte man nicht gedacht, dass es Silvesterabend war. Keine Papphüte, keine Luftschlangen, auch keine Tröten. Hinten im Lokal, am Rand der leeren Tanzfläche, spielte ein Jazzquartett ohne Sänger alte Schlager. Der Saxofonist, ein traurig anmutender Riese, seine Haut schwarz wie Maschinenöl, hatte sich anscheinend im Labyrinth eines seiner langen, einsamen Soli verirrt. Der Bassist, ein Milchkaffeemulatte mit einem kleinen, abwärts geschwungenen Oberlippenbärtchen, war darauf bedacht, ihn nicht zu sehr anzutreiben. Plong-plong-plong machte er im halben Pulsschlagtempo.

Die wenigen Gäste sahen fast so melancholisch

aus wie die Band. Niemand war festlich gekleidet. Es gab ein paar Pärchen hier und da, aber keine Liebespaare. Wer verliebt war oder Geld hatte, war im *Café Society* um die Ecke und tanzte zu Swing. Zwanzig Jahre später sollte die ganze Welt in solchen Kellerlokalen hocken und einem ungeselligen Solisten zuhören, der seinem Seelenschmerz nachspürte, aber wenn einer am letzten Abend des Jahres 1937 einem Quartett zuhörte, dann lag das daran, dass er sich das ganze Orchester nicht leisten konnte oder dass er keinen guten Grund hatte, den Jahreswechsel zu feiern.

Wir fanden das alles sehr tröstlich.

Nicht dass wir unbedingt verstanden, was wir da hörten, aber wir begriffen, dass die Musik gewisse Vorteile hatte. Sie würde keine Hoffnungen in uns wecken, aber auch keine zerstören. Sie hatte einen gewissen Rhythmus und ein Übermaß an Aufrichtigkeit. Sie war Grund genug, unser Zimmer zu verlassen, und so behandelten wir sie auch, beide in bequemen flachen Schuhen und einem kleinen Schwarzen. Obwohl Eve, wie mir auffiel, unter ihrem Fummel ihre beste gestohlene Unterwäsche trug.

Eve Ross …

Eve war eine der überraschenden Schönheiten aus dem Mittleren Westen Amerikas.

In New York konnte man leicht den Eindruck gewinnen, dass die attraktivsten Frauen in der Stadt aus Paris oder Mailand angereist waren. Dabei sind die eine Minderheit. Eine viel größere Schar kommt aus den bodenständigen Staaten, die mit I anfangen – Iowa, Indiana, Illinois. Wenn diese Blondinen, die mit genau der richtigen Mischung aus frischer Luft, Ungestüm und Unwissenheit aufgewachsen waren, sich von den Weizenfeldern auf den Weg machten, sahen sie aus wie Sternenglanz auf Beinen. Jeden Morgen im Frühling hüpfte eine von ihrer Veranda, ein Sandwich in einer Zellophantüte, und hielt an der Straße den ersten Greyhound nach Manhattan an – der Stadt, wo alles, was schön ist, willkommen geheißen, mit prüfendem Blick gemustert und wenn schon nicht gleich angenommen, so doch zumindest ausprobiert wird.

Ein großer Vorteil der Mädchen aus dem Mittleren Westen bestand darin, dass man sie nicht unterscheiden konnte. Eine reiche New Yorkerin kann man jederzeit von einer armen unterscheiden. Auch eine reiche Bostonerin von einer armen. Dafür gibt es Aussprache und Manieren. Aber für den gebürtigen New Yorker sahen alle Mädchen aus dem Mittleren Westen gleich aus und klangen auch gleich. Sicher, die Mädchen waren je nach Herkunft in unterschiedlichen Elternhäusern aufgewachsen und auf verschiedene Schulen gegangen, aber ihnen war doch so viel von der Demut des Mittleren Westens gemein, dass uns die feinen Abstufungen von Reichtum und Privilegien verborgen blieben. Oder vielleicht schrumpften die Unterschiede (die in Des Moines zweifellos deutlich zutage traten) angesichts der Bandbreite der sozialen Schichten, dieser tausendfach geschichteten Gletscherformation, die von einem Mülleimer in der Bowery bis zu einem Penthouse im Paradies reichte. Wie auch immer, in unseren Augen sahen sie allesamt wie die Unschuld vom Lande aus: unbefleckt, großäugig, gottesfürchtig, obwohl nicht unbedingt frei von Sünde.

Eve stammte aus Indiana, aus Familienverhältnissen am oberen Ende der Einkommensskala. Ihr Vater wurde in einem Firmenwagen ins Büro gefahren, und sie aß zum Frühstück Toast, den ihr eine Negerin namens Sadie zubereitete. Sie war zwei Jahre auf einem Mädchenpensionat gewesen und hatte einen Sommer in der Schweiz verbracht, vorgeblich, um Französisch zu lernen. Aber wenn man sie in einer Bar kennenlernte, ließ sich nicht eindeutig sagen, ob sie eine vom Land kommende Glücksjägerin war oder eine Millionärin auf Vergnügungstour. Mit Bestimmtheit konnte man nur sagen, dass sie eine echte Schönheit war. Und das machte es umso leichter, sie kennenzulernen.

Sie war unbestreitbar von Natur aus blond. Ihr schulterlanges Haar, das im Sommer die Farbe von gelbem Sand hatte, färbte sich im Herbst golden, im Gleichklang mit den heimatlichen Weizenfeldern. Sie hatte ein fein gezeichnetes Gesicht, blaue Augen und zwei punktgroße Grübchen, die so klar zu sehen waren, dass man denken konnte, an den Innenseiten ihrer Wangen sei ein Draht befestigt, der straff gezogen wurde, wenn sie lächelte. Zwar war sie nur einen Meter fünfundsechzig groß, aber sie konnte in Schuhen mit zehn Zentimeter hohen Absätzen elegant tanzen, und sie wusste sie ebenso schwungvoll wegzuschleudern, sobald sie bei einem Verehrer auf dem Schoß landete.

Fairerweise musste man sagen, dass Eve sich in New York ernsthaft ins Zeug legte. Als sie 1936 in die Stadt kam, hatte sie genug Geld von ihrem Vater dabei, um in Mrs. Martingales Pension ein Einzelzimmer zu nehmen, und genug von seinem Einfluss im Rücken, um bei der Pembroke Press eine Stelle als Werbeassistentin zu bekommen – wo sie für all die Bücher, die sie in der Schule so fleißig gemieden hatte, Werbung machen musste.

Als sie sich an ihrem zweiten Abend in der Pension zum Essen an den Tisch setzte, rutschten ihr die Spaghetti vom Teller und mir in den Schoß. Mrs. Martingale sagte, am besten könne man die

Flecken mit Weißwein rausbekommen. Sie holte eine Flasche Chablis-Kochwein aus der Küche und schickte uns damit ins Badezimmer. Dort verteilten wir ein bisschen von dem Wein auf meinem Rock und tranken den Rest auf dem Boden sitzend und mit dem Rücken an die Tür gelehnt.

Sobald Eve ihre erste Gehaltszahlung bekommen hatte, war sie aus dem Einzelzimmer ausgezogen und hörte auf, Geld vom Konto ihres Vaters abzuheben. Nach ein paar Monaten der finanziellen Selbstständigkeit schickte ihr Daddy ihr einen Umschlag mit zehn Fünfzig-Dollar-Scheinen und einen Brief, in dem er ihr mitteilte, wie stolz er auf sie sei. Sie schickte das Geld zurück, als wäre es mit TB infiziert.

»Ich lasse mich verwöhnen und hofieren«, hatte sie gesagt, »aber nicht herumkommandieren.«

Also schnallten wir beide den Gürtel enger. Beim Frühstück in der Pension aßen wir alles, was auf den Tisch kam, und mittags hungerten wir. Wir tauschten mit den Mädchen auf unserer Etage die Kleider. Wir schnitten uns gegenseitig die Haare. Freitagabends erlaubten wir Jungen, die wir keinesfalls küssen wollten, uns Drinks zu spendieren, und für ein Essen küssten wir welche, die wir kein zweites Mal küssen wollten. An manchem regnerischen Mittwoch, wenn die Ehefrauen der Wohlhabenden bei Benders einkaufen gingen, zog Eve in Rock und Blazer, ihren besten Sachen, los, fuhr mit der Rolltreppe in den zweiten Stock und stopfte sich jede Menge Seidenstrümpfe in den Slip. Und wenn wir mit der Miete im Rückstand waren, spielte sie großartiges Theater, stellte sich an Mrs. Martingales Tür und vergoss die salzlosen Tränen der Großen Seen.

An besagtem Silvesterabend nahmen wir uns vor, so viel wie möglich aus drei Dollar rauszuholen. Mit Männern hatten wir nichts am Hut. Mehr als einer davon hatte im Laufe des Jahres seine Chance bei uns gehabt, und wir wollten die letzten Stunden nicht an Nachzügler verschwenden. Wir wollten uns in diese einfache Bar hocken, wo die Musik so ernst genommen wurde, dass niemand zwei attraktive Mädchen belästigen würde, und wo der Gin so billig war, dass jede von uns pro Stunde einen Martini trinken konnte. Dafür wollten wir ein bisschen mehr rauchen, als in guter Gesellschaft erlaubt war. Und sobald Mitternacht ohne weitere Zeremonie verstrichen war, würden wir weiterziehen in ein ukrainisches Lokal auf der Second Avenue, wo es die ganze Nacht hindurch Kaffee, Eier und Toast für fünfzehn Cent gab.

Doch kurz nach halb zehn tranken wir unseren Elf-Uhr-Gin. Und um zehn vertranken wir das Geld für die Eier auf Toast. Jetzt hatten wir zusammen noch zwanzig Cent und keinen Happen gegessen. Wir mussten uns etwas anderes einfallen lassen.

Eve machte dem Bassisten schöne Augen. Das war eins ihrer Hobbys. Sie flirtete gern mit den Jazzmusikern, während sie spielten, und schnorrte in den Pausen Zigaretten von ihnen. Dieser Bassist war, wie die meisten Kreolen, auf ungewöhnliche Weise attraktiv, aber er war so verzaubert von seiner Musik, dass er die Blechdecke anhimmelte. Eine göttliche Intervention wäre nötig gewesen, wollte Eve seine Aufmerksamkeit auf sich lenken. Ich versuchte, ihr zu verstehen zu geben, sie solle sich auf den Barkeeper verlegen, aber sie beachtete mich gar nicht. Stattdessen zündete sie sich eine Zigarette an und warf das Streichholz über die linke Schulter – als Glücksbringer. Wenn wir nicht bald einen barmherzigen Samariter fanden, dachte ich bei mir, würden auch wir die Decke anstarren.

In dem Moment betrat er den Klub.

Eve sah ihn als Erste. Sie drehte sich gerade um und machte eine Bemerkung, als sie ihn über meine Schulter hinweg erblickte. Sie trat mich gegen das Schienbein und deutete mit dem Kopf in seine Richtung. Ich rückte meinen Stuhl rum.

Er sah umwerfend gut aus. Er war gut eins fünfundsiebzig groß, trug einen Abendanzug und hatte einen Mantel über dem Arm. Er hatte braunes Haar, blaue Augen und eine sternförmige Rötung auf den Wangen. Man konnte sich seinen Vorfahr am Bug eines Schoners vorstellen – den Blick forsch zum Horizont gerichtet, das Haar von der salzigen Luft leicht gewellt.

»Meiner«, sagte Eve.

Er blieb an der Tür stehen, wartete, bis seine Augen sich an das Dämmerlicht gewöhnt hatten, und ließ seinen Blick über die Gäste wandern. Offensichtlich hoffte er, jemanden zu treffen, denn sein Blick verriet leichte Enttäuschung, als er feststellte, dass die Person nicht da war. Er setzte sich an den Tisch neben unserem und sah sich noch einmal im Raum um, dann gab er der Kellnerin ein Zeichen und legte, alles in einer einzigen fließenden Bewegung, seinen Mantel über die Lehne des Stuhls neben mir.

Es war ein wunderschöner Mantel. Er war aus kamelfarbener Kaschmirwolle, vielleicht ein bisschen heller, etwa so wie die Haut des Bassisten, und makellos, als käme er direkt vom Schneider. Er hatte bestimmt fünfhundert Dollar gekostet. Oder vielleicht mehr. Eve konnte ihre Augen gar nicht wieder abwenden.

Die Kellnerin näherte sich dem Tisch wie eine Katze der Sofaecke. Einen Moment lang dachte ich, sie würde einen Buckel machen und ihre Klauen in sein Hemd versenken. Als sie seine Bestellung aufnahm, beugte sie sich etwas vor, sodass er ihr in den Ausschnitt gucken konnte. Er schien es gar nicht zu bemerken.

Er bestellte in freundlichem und zugleich höflichem Ton einen Scotch, wobei er der Kellnerin mehr Respekt zollte, als ihr gebührte. Dann setzte er sich bequem zurück und betrachtete seine Umgebung. Als sein Blick von der Bar zur Band glitt, bemerkte er aus dem Augenwinkel Eve, die unentwegt auf seinen Mantel starrte. Er errötete. Er war so sehr damit beschäftigt gewesen, sich umzugucken und der Kellnerin zu winken, und dabei war ihm gar nicht aufgefallen, dass er seinen Mantel über einen Stuhl an unserem Tisch gelegt hatte.

»Oh, entschuldigen Sie bitte«, sagte er. »Wie unhöflich von mir.« Er stand auf und griff nach dem Mantel.

»Nein, nein. Das macht doch nichts«, sagten wir. »Da sitzt ja niemand. Das ist doch in Ordnung.«

Er hielt inne.

»Bestimmt?«

»Unbedingt«, sagte Eve.

Die Kellnerin kam und brachte den Scotch. Sie wollte schon wieder gehen, da hielt er sie zurück und bot an, uns einen Drink zu spendieren – die letzte gute Tat im alten Jahr, erklärte er.

Uns war jetzt schon klar, dass er von der gleichen

hervorragenden Qualität war – so vornehm und so vollkommen – wie sein Mantel. Sein Benehmen drückte ein gewisses Selbstvertrauen aus, ein demokratisches Interesse an seiner Umgebung, und die stillschweigende Erwartung, dass man ihm mit Freundlichkeit begegnen würde. So etwas findet man nur bei jungen Männern, die von Geld und guten Manieren umgeben aufgewachsen sind. Ihnen kommt es gar nicht in den Sinn, dass sie irgendwo nicht willkommen sein könnten, weshalb sie normalerweise auch überall gern gesehen sind.

Wenn ein Mann zwei gut aussehenden Mädels einen Drink spendiert, könnte man erwarten, dass er sich mit ihnen unterhält, ganz gleich, auf wen er wartet. Aber unser elegant gekleideter Samariter sprach nicht mit uns. Er hob das Glas einmal mit einem freundlichen Kopfnicken in unsere Richtung und widmete dann seine Aufmerksamkeit der Band.

Nach zwei Stücken machte Eve das unruhig. Immer wieder sah sie zu ihm hinüber und hoffte, er würde etwas sagen. Irgendwas. Einmal trafen sich ihre Blicke, und er lächelte höflich. Mir war klar, dass sie nach diesem Song selbst die Initiative ergreifen und ein Gespräch mit ihm anfangen würde, und wenn sie ihm erst ihren Gin über die Hose kippen musste. Aber dazu kam es nicht.

Als das Stück zu Ende war, sprach der Saxofonist zum ersten Mal seit einer Stunde. Mit sonorer Predigerstimme erging er sich in ausführlichen Erläuterungen über die nächste Nummer. Es war eine neue Komposition. Das Stück war dem Tin-Pan-Alley-Pianisten Silver Tooth Hawkins gewidmet, der mit zweiunddreißig gestorben war. Es hatte etwas mit Afrika zu tun. Es hieß *Tincannibal*.

Mit dem Fuß – er trug stramm geschnürte Gamaschen – gab er den Takt vor, den der Schlagzeuger mit dem Stahlbesen auf seiner Seitentrommel aufgriff. Dann setzten der Bassist und der Pianist ein. Der Saxofonist hörte andächtig zu und nickte im Takt. Dann schlich er sich mit einer hübschen kleinen Melodie hinein, die im munteren Trab das vorgegebene Tempo einhielt. Im nächsten Moment machte sie mit einem lauten Wiehern, als hätte sie ein Gespenst gesehen, einen Satz über den Zaun und war auf und davon.

Unser Tischnachbar sah aus wie ein Tourist, der sich von einem Gendarmen den Weg erklären lässt. Sein Blick streifte durch Zufall meinen, und er verzog ratlos das Gesicht. Ich lachte, und er lachte zurück.

»Ist da eine Melodie drin?«, fragte er.

Ich rückte meinen Stuhl etwas näher zu ihm und tat so, als hätte ich ihn nicht verstanden. Ich beugte mich in einem Winkel vor, der fünf Grad weniger offenherzig war als vorher bei der Kellnerin.

»Was haben Sie gesagt?«

»Ich wollte nur wissen, ob da eine Melodie drin ist.«

»Die ist eine rauchen gegangen und kommt gleich zurück. Aber ich schließe daraus, dass Sie nicht wegen der Musik hier sind.«

»Merkt man das?«, fragte er und lächelte verlegen. »Ich warte auf meinen Bruder. Er ist der Jazzfan.«

Ich hörte, wie Eves Wimpern auf der anderen Seite des Tisches zu klimpern begannen. Ein Kaschmirmantel und eine Silvesterverabredung mit dem Bruder. Mehr brauchte sie nicht zu wissen.

»Möchten Sie sich so lange zu uns setzen?«, fragte sie.

»Oh. Ich will mich nicht aufdrängen.«

(So etwas hörten wir nicht alle Tage.)

»Sie drängen sich doch nicht auf«, sagte Eve tadelnd.

Wir rückten ein wenig zusammen, und er schob seinen Stuhl an unseren Tisch. »Theodore Grey.«

»Theodore!«, rief Eve aus. »Selbst Roosevelt wurde Teddy genannt.«

Theodore lachte. »Meine Freunde nennen mich Tinker.«

Das hätte man sich gleich denken können. Diese weißen angelsächsischen Protestanten nannten ihre Kinder nur zu gerne nach den alten Handwerksberufen. Tinker – Kesselflicker. Cooper – Böttcher. Smithy – Schmied. Vielleicht wollten sie damit an ihre Ursprünge im Neuengland des 17. Jahrhunderts erinnern – an das ehrliche Handwerk, das sie im Auge ihres Herrn zu so standfesten, demütigen und tugendhaften Menschen gemacht hatte. Vielleicht war es aber auch eine Methode, höflich davon abzulenken, dass sie dazu bestimmt waren, die Besitzenden zu sein.

»Ich bin Evelyn Ross«, sagte Eve und gab ihrem Namen etwas zusätzlichen Glanz. »Und das ist Katey Kontent.«

»Katey Kontent! Wie schön!«

Tinker hob mit einem freundlichen Lächeln sein Glas. »Trinken wir auf das Jahr 1938!«

Tinkers Bruder kam nicht, was uns ganz gut passte, und gegen elf Uhr winkte Tinker der Kellnerin und bestellte eine Flasche Champagner.

»Schampus haben wir nicht, Mister«, sagte sie – und zwar wesentlich kühler, jetzt, da er mit uns am Tisch saß.

Er bestellte stattdessen eine Runde Martini.

Eve war in Hochform. Sie erzählte die Geschichte

von zwei Mädchen in ihrer Highschool, die darum wetteiferten, Ballkönigin zu werden, so wie Vanderbilt und Rockefeller darum wetteiferten, wer der reichste Mann der Welt war. Eins der Mädchen ließ am Abend vor dem Abschlussball im Haus ihrer Rivalin ein Stinktier frei, worauf die andere im Vorgarten der Ersten eine Ladung Pferdeäpfel ablud. Die Auseinandersetzung gipfelte am Sonntagmorgen auf den Stufen von Saint Mary, wo die beiden Mütter sich gegenseitig an den Haaren zogen. Father O'Fallon, der es eigentlich hätte besser wissen müssen, versuchte die beiden zu trennen und bekam dabei selbst sein Fett ab.

Tinker lachte so sehr, dass man ahnen konnte, so hatte er seit Langem nicht mehr gelacht. Es brachte alle seine gottgegebenen Vorzüge zum Leuchten: sein Lächeln, seine Augen und die rosa Flecken auf seinen Wangen. Oder vielleicht war es auch eine geheimnisvolle Qualität unter der Oberfläche, die das Leuchten bewirkte.

»Und Sie, Katey?«, fragte er, als er wieder zu Atem kam. »Wo kommen Sie her?«

»Katey ist in Brooklyn aufgewachsen«, sagte Eve – als wäre es ein Grund zum Angeben.

»Wirklich? Wie war es in der Schule dort?«

»Na ja, ich weiß gar nicht, ob es bei uns eine Ballkönigin gab.«

»Du wärst auch nicht zu dem Ball gegangen, wenn es einen gegeben hätte«, sagte Eve.

Eve lehnte sich vertrauensselig zu Tinker vor. »Katey ist ein echter Bücherwurm«, sagte sie. »Wenn man alle Bücher stapeln würde, die sie gelesen hat, könnte man glatt bis zur Milchstraße hochklettern.«

»Vielleicht bis zum Mond«, gab ich zu.

Eve bot Tinker eine Zigarette an. Er lehnte ab, doch in dem Moment, da sie sich selbst eine Zigarette zwischen die Lippen steckte, hatte er schon sein Feuerzeug gezückt. Es war aus Gold mit eingravierten Initialen.

Eve legte den Kopf in den Nacken, schürzte die Lippen und blies den Rauch zur Decke. »Und was ist mit Ihnen, Theodore?«

»Na, wenn man die Bücher, die ich gelesen habe, stapeln würde, könnte man vielleicht in ein Taxi klettern.«

»Nein«, sagte Eve. »Ich meine, was haben Sie gemacht?«

Tinker antwortete mit den ungefähren Auskünften der Reichen: Er kam aus Massachusetts, war in Providence zur Universität gegangen, arbeitete in einer kleinen Firma an der Wall Street – was so viel hieß wie: Er war an der Back Bay geboren, hatte am Brown College studiert und arbeitete jetzt in der Bank, die sein Großvater gegründet hatte. Gewöhnlich waren solche ausweichenden Antworten so offensichtlich unaufrichtig, dass es ein Ärgernis war, aber bei Tinker hatte man den Eindruck, er befürchtete, schon der Schatten einer Ivy-League-Universität würde uns gegen ihn einnehmen. Zum Schluss sagte er, er wohne »Uptown«.

»Wo, Uptown?«, fragte Eve mit gespielter Unschuld.

»211 Central Park West«, sagte er leicht verlegen.

211 Central Park West! Im Beresford. Zweiundzwanzig Stockwerke, und alle Wohnungen mit Terrasse und Blick über den Park.

Eve trat mir wieder unter dem Tisch ans Schienbein, aber dann wechselte sie zum Glück das Thema und fragte ihn nach seinem Bruder: War er älter oder jünger? Kleiner oder größer?

Älter und kleiner. Er hieß Henry Grey, war Maler und wohnte im West Village. Eve fragte, mit welchem Wort man seinen Bruder am besten beschreiben könne, und nachdem Tinker einen Moment lang nachgedacht hatte, sagte er »unbeirrbar« – sein Bruder habe immer gewusst, wer er war und was er tun wollte.

»Klingt anstrengend«, sagte ich.

Tinker lachte. »Das stimmt wahrscheinlich.«

»Und vielleicht ein bisschen langweilig?«, meinte Eve.

»Nein, langweilig ist er mit Sicherheit nicht.«

»Gut, belassen wir es bei ›unbeirrbar‹.«

Irgendwann entschuldigte Tinker sich und ging raus. Fünf Minuten vergingen, dann zehn. Eve und ich wurden unruhig. Er sah nicht aus wie jemand, der uns mit der Rechnung sitzen lassen würde, aber eine Viertelstunde auf der Toilette war sogar für Mädchen eine lange Zeit. Gerade als wir anfingen, unruhig zu werden, kam er wieder. Sein Gesicht war gerötet. Von seinem Anzug stieg die kalte New Yorker Nachtluft auf. Er hielt eine Flasche Champagner hoch und grinste wie ein Junge, der einen Fisch gefangen hat.

»Hat geklappt!«

Er ließ den Korken mit einem Knallen an die Blechdecke fliegen, was uns empörte Blicke der anderen Gäste einbrachte. Nur der Bassist zeigte unter seinem Oberlippenbart die Zähne, nickte und schenkte uns ein kräftiges Plong-plong-plong.

Tinker goss den Champagner in die leeren Martini-Gläser.

»Wir müssen ein paar Vorsätze fürs neue Jahr fassen!«, sagte er.

»Wir sind ohne Vorsätze gekommen, Mister.«

»Wie wär's, wenn wir füreinander Vorsätze fassen würden?«, schlug Eve vor.

»Bestens!«, sagte Tinker. »Ich fange an. Im neuen Jahr sollten Sie …«

Er musterte uns von oben bis unten.

»… weniger schüchtern sein.«

Wir lachten beide.

»Okay«, sagte Tinker. »Sie sind dran.«

Eve sprach, ohne zu zögern.

»Sie sollten mal aus Ihrem Trott ausbrechen.«

Sie zog eine Augenbraue hoch, dann kniff sie die Augen zusammen, als meinte sie es als Herausforderung. Einen Moment lang war er verdutzt. Offenbar hatte sie etwas in ihm getroffen. Er nickte ein paarmal langsam, dann lächelte er.

»Was für ein schöner Wunsch«, sagte er, »wünschen wir es uns gegenseitig.«

Als Mitternacht näher rückte, konnten wir draußen ausgelassene Stimmen und Autohupen hören. Also beschlossen wir, rauszugehen. Tinker bezahlte mit neuen, knisternden Scheinen und gab ein üppiges Trinkgeld. Eve nahm sich seinen Schal und wickelte ihn sich wie einen Turban um den Kopf. Dann eilten wir zwischen den Tischen hindurch ins Freie.

Draußen schneite es noch immer.

Eve und ich hakten uns rechts und links bei Tinker ein. Wir lehnten uns an seine Schultern, als suchten wir Schutz vor der Kälte, und führten ihn den Waverley Place hinunter zum Washington Square, wo großer Trubel herrschte. Als wir an einem schicken Restaurant vorbeikamen, stiegen gerade zwei Paare mittleren Alters in ein wartendes Auto und fuhren davon. In dem Moment bemerkte der Portier Tinker.

»Noch mal vielen Dank, Mr. Grey«, sagte er.

Zweifelsohne war dies die mit einem großzügigen Trinkgeld bedachte Quelle unseres Champagners.

»Ich danke *Ihnen,* Paul«, sagte Tinker.

»Frohes neues Jahr, Paul«, sagte Eve.

»Ihnen auch, Madam.«

Schneebedeckt sah der Washington Square besonders schön aus. Jeder Baum und jedes Tor waren überpudert. Die ehemals noblen Brownstone-Häuser, die an Sommertagen bedrückt den Blick senkten, schwelgten einen Moment lang in sentimentalen Erinnerungen. Im zweiten Stock der Nummer 2 war ein Vorhang zurückgezogen, und der Geist Edith Whartons blickte mit scheuem Neid auf den Platz. Sie, die liebenswürdige, feinfühlige, unerfüllte Schriftstellerin, sah uns dreien nach und fragte sich, wann die Liebe, die sie so kunstvoll erdacht hatte, wohl endlich den Mut fände, zu ihrer Tür zu kommen. Wann, zu welcher unpassenden Stunde, würde sie anklopfen und Einlass begehren und an dem Butler vorbei die puritanische Treppe hinaufstürmen und laut ihren Namen rufen?

Niemals, könnte ich mir denken.

Als wir zur Mitte des Platzes kamen, sahen wir, was der Trubel um den Springbrunnen herum zu bedeuten hatte. Eine Gruppe betrunkener Studenten hatte sich versammelt, um das neue Jahr mit einer billigen Ragtimeband einzuläuten. Die Jungen waren alle im Abendanzug, nur vier Studenten aus dem ersten Jahr trugen Pullover, auf denen griechische Buchstaben prangten. Sie schoben sich durch die Menge und füllten die Gläser auf. Ein junges Mädchen in einem für das Wetter unzulänglichen Kleid tat so, als würde es die Band dirigieren, die aber immer nur, sei es aus Gleichgültigkeit, sei es aus mangelnder Erfahrung, ein und dieselbe Melodie spielte.

Plötzlich wurde die Band von einem jungen Mann, der mit einem Megafon in der Hand auf eine Parkbank sprang, zum Verstummen gebracht. Er trug die Selbstgewissheit eines Ringmeisters in einem Zirkus für Aristokraten zur Schau.

»Meine Damen und Herren«, rief er, »die Jahreswende ist nah!«

Mit einer großartigen Handbewegung gab er einem aus seinem Trupp ein Zeichen, worauf der einen älteren Mann in grauer Robe neben ihn auf die

Bank hob. Der Mann trug einen Wattebart, wie ein Moses aus der Theaterklasse, und hielt eine Sense aus Pappe in der Hand. Er schien etwas unsicher auf den Beinen.

Der Ringmeister öffnete eine Schriftrolle, die bis zum Boden fiel, und fing an, dem alten Mann die schlimmen Ereignisse von 1937 vorzuhalten: *die Rezession … die Hindenburg … der Lincoln-Tunnel!* Dann hob er sein Megafon und forderte das Neue Jahr auf, sich zu zeigen. Jetzt trat ein übergewichtiger Student, nur bekleidet mit einer Windel, hinter einem Busch hervor. Er kletterte auf die Bank und begann zur Erheiterung der Menge, seine Muskeln spielen zu lassen. In dem Moment löste sich der Wattebart von dem Ohr des alten Mannes, sodass man sein hageres, schlecht rasiertes Gesicht sah. Anscheinend war er ein Stadtstreicher, den die Studenten mit dem Versprechen, ihm Geld oder Wein zu geben, von der Straße geholt hatten. Was immer ihn verlockt hatte, es musste seine Wirkung getan haben, denn plötzlich sah er aus wie ein Penner in den Händen eines Wachtrupps.

Mit der Begeisterung eines Verkäufers pries der Ringmeister jetzt die verschiedenen Körperteile des Neuen Jahres und die Verbesserungen: die flexible Federung, das stromlinienförmige Chassis, die rasche Beschleunigung.

»Kommt, weiter!«, sagte Eve und lief lachend voraus. Tinker schien keine besondere Lust zu haben, sich in den Trubel zu stürzen.

Ich nahm eine Packung Zigaretten aus meiner Manteltasche, und sofort zückte er das Feuerzeug. Er trat näher, um mit den Schultern den Wind abzuhalten.

Als ich den Rauch ausblies, betrachtete Tinker die Schneeflocken über uns, die im Schein der Straßenlaterne langsam zu Boden taumelten. Dann drehte er sich zu dem Treiben der jungen Leute um und musterte sie mit fast trauervollem Blick.

»Ich wüsste gern, wer Ihnen mehr leidtut«, sagte ich. »Das alte Jahr oder das neue?«

Er lächelte verhalten. »Sind das die einzigen beiden Möglichkeiten?«

Plötzlich sauste ein Schneeball durch die Luft und traf einen der Studenten am Rande der Menge am Rücken. Als er und zwei seiner Mitstudenten sich umdrehten, landete ein zweiter Schneeball auf der Hemdbrust des einen.

Wir wandten uns um und sahen, dass ein Junge, kaum älter als zehn und sicher hinter einer Parkbank verschanzt, den Angriff gestartet hatte. Er war in mindestens vier Schichten warmer Kleidung gehüllt und sah aus wie das dickste Kind in der Klasse. Rechts und links von sich hatte er Berge von Schneeballgeschossen aufgehäuft. Bestimmt hatte er stundenlang damit zugebracht, sie zu formen. Er blickte so ernst entschlossen wie jemand, der die Kunde vom Nahen der Redcoats von Paul Revere persönlich erhalten hat.

Die drei Studenten starrten ihn sprachlos an. Der Junge nutzte den Vorteil ihrer verzögerten Reaktion und warf nacheinander drei wohlgezielte Schneebälle.

»Dem zeigen wir's!«, sagte einer der Studenten ohne die Spur von Humor.

Die drei kratzten Schnee von den Wegen, formten ihn und bewarfen ihrerseits den Jungen.

Ich nahm mir eine neue Zigarette und richtete mich auf ein interessantes Schauspiel ein, aber meine Aufmerksamkeit wurde in die andere Richtung gelenkt, wo sich eine überraschende Entwicklung abzeichnete. Neben dem Penner auf der Parkbank hatte der Mann in Windeln, der das Neue Jahr darstellte, in makellosem Falsett angefangen, *Auld Lang Syne* zu singen. Rein und tief empfunden, körperlos wie die Töne einer Oboe, die über einem See schweben, verlieh seine Stimme der Nacht eine geisterhafte Schönheit. Obwohl bei *Auld Lang Syne* eigentlich alle mitsingen müssen, wagte niemand, mit einzustimmen, so überirdisch schön war dieser Gesang.

Als der letzte Refrain mit exquisit gehaltenem

Ton verklungen war, herrschte einen Moment lang Schweigen, dann wurde applaudiert. Der Ringmeister legte dem Tenor die Hand auf die Schulter – in Anerkennung der guten Leistung. Dann nahm er seine Uhr heraus und bat mit erhobener Hand um Ruhe.

»Bitte um Aufmerksamkeit. Ruhe bitte. Sind alle so weit …? Zehn …! Neun …! Acht …!«

Aus der Menschenmenge winkte Eve aufgeregt in unsere Richtung.

Ich wandte mich zur Seite und wollte Tinkers Arm nehmen – aber Tinker war fort.

Links von mir waren die Wege durch den Park menschenleer, rechts entschwand eine einsame Silhouette, klein und gedrungen, unter einer Straßenlaterne. Ich drehte mich also um, zum Waverly Place – und da sah ich ihn. Er kauerte hinter der Bank neben dem kleinen Jungen und kämpfte gegen die Studenten. Angesichts der unerwarteten Verstärkung feuerte der Junge die Schneebälle mit umso größerer Entschlossenheit. Und das Lächeln auf Tinkers Gesicht hätte die Dunkelheit bis zum Nordpol erhellen können.

Als Eve und ich nach Hause kamen, war es fast zwei. Normalerweise wurden in der Pension um Mitternacht die Türen abgeschlossen, aber die Sperrstunde war wegen der Jahreswende aufgehoben worden. Nur wenige der Mädchen hatten diese Freiheit ausgenutzt. Der Aufenthaltsraum war leer und wirkte deprimierend. Überall war Konfetti verstreut, und auf jedem Tischchen standen Gläser mit Resten von Cider. Eve und ich sahen uns zufrieden um und gingen in unser Zimmer.

Still ließen wir unseren geglückten Abend ausklingen. Eve zog sich das Kleid über den Kopf und ging ins Badezimmer. Wir schliefen in einem großen Bett, und jeden Abend schlug Eve die Decke zurück, als wären wir in einem Hotel. Ich fand das immer ein wenig übertrieben, eine unnötige Vorbereitung, aber diesmal schlug ich die Decke für sie zurück. Dann nahm ich die Schachtel mit dem Nähzeug aus der Schublade mit meiner Unterwäsche, um die restlichen Münzen darin zu verstauen – so wie mein Vater es mir beigebracht hatte.

Als ich aber in meine Manteltasche griff, stieß ich auf einen schweren, glatten Gegenstand. Überrascht zog ich ihn heraus und sah, dass es Tinkers Feuerzeug war. Und da fiel mir wieder ein, dass ich es ihm – in einer Geste, die eher Eve ähnlich war – aus der Hand genommen hatte, um meine zweite Zigarette anzuzünden. Das war in dem Moment gewesen, als der Mann, der das Neue Jahr darstellte, zu singen begonnen hatte.

Ich setzte mich in den gerstenbraunen Lehnsessel beim Fenster – das einzige Möbelstück, das ich besaß. Ich klappte das Feuerzeug auf und zündete es an. Die Flamme sprang hoch, flackerte und verströmte einen Benzingeruch. Dann klappte ich es wieder zu.

Das Feuerzeug lag angenehm in der Hand und hatte von tausendfacher Benutzung eine glatte, polierte Oberfläche. Und die Gravur mit Tinkers Initialen in Tiffany-Schrift war so präzise ausgeführt, dass man mit dem Fingernagel den Linien der Buchstaben folgen konnte. Aber da war nicht nur sein Monogramm. Darunter war, weniger professionell wie von einem Kaufhausjuwelier, eingraviert:

TGR
1910 – ?

2. Kapitel

SONNE, MOND UND STERNE

Am folgenden Morgen hinterlegten wir beim Portier des Beresford ein Briefchen ohne Unterschrift für Tinker:

Wenn Sie Ihr Feuerzeug wiedersehen wollen, dann kommen Sie um 18.42 Uhr zur Ecke 34. Straße und Third Avenue, und zwar allein.

Meiner Einschätzung nach lagen die Chancen, dass er kommen würde, bei fünfzig Prozent. Laut Eve bei einhundertzehn. Als er aus dem Taxi stieg, warteten wir in Trenchcoats im Schatten der Hochbahn. Er trug ein Jeanshemd, darüber einen Lammfellmantel.

»Hände hoch«, sagte Eve, und er hob folgsam die Arme.

»Wie sieht es aus mit dem Ausbrechen aus dem Trott?«, fragte Eve.

»Na ja, ich bin zur normalen Zeit aufgewacht. Nach dem üblichen Squashmatch bin ich wie immer zum Lunch gegangen …«

»Die meisten Menschen geben sich Mühe, wenigstens bis zur zweiten Woche im neuen Jahr.«

»Vielleicht komme ich nur langsam in Gang?«

»Vielleicht brauchen Sie Hilfe.«

»Oh, Hilfe brauche ich auf jeden Fall.«

Wir verbanden ihm die Augen mit einem gepunkteten Halstuch und führten ihn in Richtung Westen. Er spielte mit und streckte auch nicht die Hände aus wie jemand, der gerade erblindet ist. Er überließ sich uns, und wir führten ihn durch die Menschenmenge.

Es fing wieder an zu schneien. Es waren vereinzelte große Flocken, die langsam zu Boden taumelten, und manche blieben auf den Haaren liegen.

»Schneit es?«, fragte er.

»Keine Fragen.«

Wir überquerten Park Avenue, Madison Avenue, Fifth Avenue. Passanten gingen an uns vorbei und ignorierten uns in geübter New Yorker Gleichgültigkeit. Als wir die Sixth Avenue überquerten, sahen wir in dreieinhalb Meter Höhe über der 34. Straße die leuchtende Markise des Capitol-Filmtheaters. Es sah aus, als wäre der Bug eines Ozeandampfers durch das Gebäude gekracht. Das Publikum strömte aus der Frühvorstellung in die Kälte hinaus. Die Menschen waren fröhlich und entspannt und strahlten eine etwas müde Selbstgefälligkeit aus, die so typisch für den ersten Abend im neuen Jahr ist. Er hörte die Stimmen.

»Wohin gehen wir, Mädels?«

»Psst«, machten wir und bogen in eine Seitengasse ein.

Große graue Ratten huschten ängstlich zwischen Tabakdosen im Schnee umher. Rechts und links krochen die Feuertreppen wie Spinnen an den Mauern hoch. Eine kleine rote Lampe über dem Notausgang des Theaters verbreitete ein schummriges Licht. Wir gingen weiter und bezogen hinter den Mülltonnen Stellung.

Ich nahm Tinker das Tuch von den Augen und legte meinen Finger auf die Lippen.

Eve zog einen alten schwarzen Büstenhalter aus ihrer Bluse. Sie lächelte und zwinkerte. Dann schlich sie zurück zu der Stelle, wo die Feuertreppe über ihr in der Luft hing. Sie stellte sich auf Zehenspitzen und drapierte den Büstenhalter auf der untersten Sprosse.

Dann kam sie zu uns zurück. Wir warteten.

Zehn vor sieben.

Sieben Uhr.

Zehn nach sieben.

Die Tür des Notausgangs öffnete sich quietschend.

Ein Saaldiener mittleren Alters in roter Uniform kam heraus, um eine Auszeit von dem Film zu nehmen, den er schon tausend Mal gesehen hatte. Im Schnee sah er aus wie ein Holzsoldat aus der *Nuss-*

knackersuite, der seine Mütze verloren hat. Er zog die Tür vorsichtig hinter sich zu und steckte einen Programmzettel in den Türschlitz, damit sie nicht zuschnappte. Die Schneeflocken fielen zwischen den Feuertreppen herab und sanken auf seine falschen Epauletten. Er lehnte sich an die Tür, zog eine Zigarette hinter dem Ohr hervor und zündete sie an. Er stieß den Rauch aus und lächelte wie ein wohlgenährter Philosoph.

Nach drei Zügen bemerkte er den Büstenhalter. Ein paar Sekunden lang betrachtete er ihn aus sicherer Entfernung, dann schnippte er die Zigarette gegen die Hauswand. Er ging hinüber und legte den Kopf schräg, als wollte er das Etikett lesen. Er blickte nach rechts und nach links. Vorsichtig zog er den Büstenhalter von der Sprosse und hielt ihn in der Hand. Dann presste er ihn an sein Gesicht.

Wir schlüpften durch den Notausgang und steckten das Programm wieder in den Türschlitz.

Wie immer liefen wir geduckt vor der Leinwand quer durch den Saal und gingen auf der entgegengesetzten Seite des Parketts nach oben, während hinter uns die Wochenschau lief: Roosevelt und Hitler winkten abwechselnd aus offenen schwarzen Limousinen. Wir kamen ins Foyer, eilten die Treppe hoch und betraten den Rang. Im Dunkeln schlichen wir zur hintersten Reihe.

Tinker und ich fingen an zu kichern.

»Pst«, machte Eve.

Auf der Empore hatte Tinker die Tür aufgehalten, und Eve war vor ihm hineingegangen; deshalb saß sie jetzt innen, ich in der Mitte und Tinker am Gang. Ich warf einen Blick zu Eve hinüber und bemerkte, dass sie mich mit einem irritierten Lächeln ansah, als hätte ich das so geplant.

»Machen Sie das oft?«, fragte Tinker.

»So oft wie möglich«, sagte Eve.

»Pst!«, sagte jetzt ein Kinogast mit Nachdruck, als es auf der Leinwand dunkel wurde.

Im ganzen Kinosaal flackerten Feuerzeuge beim Anzünden der Zigaretten wie Glühwürmchen. Dann wurde die Leinwand wieder hell, und der Film fing an.

Es war *Ein Tag beim Rennen.* Wie in allen Filmen der Marx Brothers begann die Geschichte mit lauter eleganten und vornehmen Leuten, die eine sittsame Stimmung verbreiteten. Die Zuschauer nahmen das höflich hin. Aber als Groucho Marx auf der Leinwand erschien, richteten sie sich in ihren Sitzen auf und applaudierten, als wäre er ein Shakespeare'scher Held, der nach einem verfrühten Bühnenabschied sein Comeback feiert.

Nachdem der Film angefangen hatte, holte ich eine Schachtel Weingummi hervor, Eve hatte eine

Flasche Whiskey dabei. Wenn man Tinker von dem Weingummi anbieten wollte, musste man die Schachtel vor seiner Nase schütteln, damit er es merkte.

Die Flasche kreiste einmal, dann ein zweites Mal. Als sie leer war, holte Tinker seinen Beitrag hervor: eine silberne Flasche in einem Lederetui. Als ich sie nahm, konnte ich die auf dem Leder aufgeprägten Initialen mit den Fingern erfühlen.

Langsam wurden wir betrunken, und wir lachten, als wäre es der komischste Film, den wir je gesehen hatten. Bei der Szene, als Groucho die alte Dame untersuchte, musste Tinker sich die Tränen aus den Augen wischen.

Irgendwann musste ich so dringend austreten, dass ich es unmöglich aufschieben konnte. Ich quetschte mich zum Gang durch und rannte die Treppe hinunter zur Damentoilette. Als ich wieder in den Saal kam, hatte ich kaum mehr als eine Szene verpasst, aber jetzt saß Tinker in der Mitte. Wie es dazu gekommen war, konnte man sich leicht vorstellen.

Ich ließ mich in seinen Kinosessel sinken und dachte, wenn ich nicht aufpasste, würde ich bald in *meinem* Vorgarten eine Ladung Pferdeäpfel vorfinden.

Junge Mädchen mochten zwar geschickt in der Ausübung kleiner Racheakte sein, aber auch das

Universum hatte einen Sinn für ausgleichende Gerechtigkeit. Denn während Eve in Tinkers Ohr kicherte, umschmiegte mich sein I,ammfellmantel. Das Wollfutter, so dick wie die Wolle auf einem Schafsrücken, strahlte noch Tinkers Körperwärme aus. Der Schnee auf dem hochgestellten Kragen war längst geschmolzen, und der Geruch nasser Wolle vermischte sich mit dem schwachen Duft von Rasierseife.

Beim ersten Anblick von Tinker in diesem Mantel war er mir ziemlich angeberisch vorgekommen – einer, der in Neuengland geboren und aufgewachsen war und sich wie ein Held in einem Film von John Ford kleidete. Aber der Geruch der schneefeuchten Wolle machte das viel authentischer. Plötzlich konnte ich mir Tinker auf einem Pferd vorstellen: am Waldrand unter wolkenschwerem Himmel … vielleicht auf der Ranch eines Studienfreundes, wo sie mit veralteten Gewehren auf Jagd gingen und die Hunde eine bessere Kinderstube hatten als ich.

Nach dem Film verließen wir zusammen mit den aufrechten Bürgern das Kino durch den Haupteingang. Eve fing an, Lindyhop zu tanzen, wie die Neger in der großen Tanzeinlage im Film. Ich nahm ihre Hand, und wir tanzten zusammen in perfekter Harmonie. Tinker war offensichtlich schwer beeindruckt, aber eigentlich ganz grundlos. Tanzschritte zu üben war die traurige Freizeitbeschäftigung aller amerikanischen Mädchen, die in Pensionen wohnten.

Wir nahmen Tinker bei der Hand, und er machte ein paar unbeholfene Schritte.

Dann riss Eve sich los, stellte sich an den Straßenrand und hielt ein Taxi an. Wir stiegen hinter ihr ein.

»Wohin fahren wir?«, fragte Tinker.

Ohne das leiseste Zögern sagte sie: »Essex Street, Ecke Delancey.«

Ja, natürlich, sie wollte mit ihm ins Chernoff.

Obwohl der Fahrer Eve gehört hatte, wiederholte Tinker die Anweisung.

»Essex Street, Ecke Delancey bitte.«

Der Fahrer legte den Gang ein, und der hell erleuchtete Broadway glitt an den Fenstern vorbei, als würde jemand die Lichterkette vom Weihnachtsbaum ziehen.

Das Chernoff war eine ehemalige Flüsterkneipe. Es wurde von einem ukrainischen Juden geführt, der, kurz bevor die Romanows im Schnee erschossen wurden, ausgewandert war. Es lag unter der Küche eines koscheren Restaurants und war einerseits bei russischen Verbrechern beliebt, andererseits aber auch bei russischen Exilanten mit gegensätzlichen politischen Überzeugungen. Jeden Abend etablierten sich die beiden Lager beiderseits des winzigen Parketts. Links saßen die ziegenbärtigen Trotzkisten, die den Sturz des Kapitalismus planten, rechts die Zaristen mit dicken Koteletten, die ihren Erinnerungen an die Eremitage nachhingen. Wie so viele miteinander verfeindete Stämme auf der Welt hatten auch diese beiden nach New York gefunden, wo sie sich nebeneinander einrichteten. Sie wohnten im selben Viertel und gingen in dieselben schmalen Cafés, wo sie sich gegenseitig bestens im Auge behalten konnten. In so großer Nähe zueinander verstärkten sich mit der Zeit die Gefühle, die Entschlossenheit hingegen ließ nach.

Wir stiegen aus dem Taxi und gingen ein paar Schritte in die Essex Street, an dem hell erleuchteten Restaurant vorbei. Dann bogen wir in die Gasse ein, die zur Küchentür führte.

»Schon wieder eine Gasse«, sagte Tinker freundlich.

Wir kamen an einer Mülltonne vorbei.

»Schon wieder eine Mülltonne!«

Am Ende der Gasse standen zwei bärtige Juden und beklagten die modernen Zeiten. Sie beachteten uns nicht. Eve machte die Küchentür auf, und wir gingen an zwei Chinesen vorbei, deren Arme in einem großen Abwaschbecken mit aufsteigenden Dampfschwaden steckten. Auch sie beachteten uns nicht. Gleich hinter den Töpfen mit schmorendem Winterkohl führten enge Stufen zu einem Keller mit einem begehbaren Gefrierschrank hinunter. Der Messingriegel an der schweren Eichentür war so oft benutzt worden, dass er hellgolden leuchtete, wie der Fuß eines Heiligen an der Tür einer Kathedrale. Eve zog daran, und wir betraten einen Raum voll mit Sägemehl und Eisblöcken. An der Rückseite war eine verborgene Tür, die in einen Nachtklub mit einer kupferbeschlagenen Bar und roten Lederbänken führte.

Wir hatten Glück, da eine Gruppe gerade aufbrach und wir eine kleine Nische auf der Seite der Zaristen zugewiesen bekamen. Die Kellner im Chernoff fragten nie, was man wollte, sondern sie stellten einfach Teller mit Piroggen, Heringen und Zunge auf den Tisch. Außerdem brachten sie drei Schnapsgläser und eine alte Weinflasche mit Wodka, der, obwohl der Prohibitionsparagraf längst abgeschafft worden war, immer noch in einer Badewanne hergestellt wurde. Tinker goss die drei Gläser voll.

»Eines Tages finde ich Jesus«, sagte Eve und leerte das Glas in einem Zug. Dann entschuldigte sie sich und ging zur Toilette.

Auf der Bühne sang ein einzelner Kosak zu einer

Balalaika. Es war ein altes Lied von einem Pferd, das ohne Reiter aus dem Krieg zurückkehrt. Als es sich dem Heimatort des Soldaten nähert, erkennt es den Duft der Lindenbäume, die blühenden Gänseblümchen, den Klang des Schmiedehammers. Der Text war schlecht übersetzt, aber der Kosak sang so gefühlvoll, wie es nur jemand kann, der seine Heimat verloren hat. Selbst bei den Amerikanern im Raum kam Heimweh auf. Auch Tinker sah traurig aus, als hätte das Lied von einem Land gehandelt, aus dem er vertrieben worden war.

Am Ende applaudierten die Gäste herzlich, aber auch gemessen, wie nach einer edlen, bescheidenen Rede. Der Kosak verneigte sich und trat von der Bühne.

Tinker ließ seinen Blick durch den Raum schweifen und sagte, seinem Bruder würde das Lokal sicherlich gefallen. Ich schlug vor, dass wir alle zusammen einmal hierherkommen könnten.

»Das wäre fantastisch«, sagte er.

»Sie glauben, Eve und ich würden ihn mögen?«

»Ich glaube, *Sie* würden ihn mögen. Sie würden sich bestimmt glänzend verstehen.«

Tinker schwieg und drehte das leere Glas in den Händen. Ich wusste nicht, ob er in Gedanken bei seinem Bruder war oder noch unter dem Eindruck des Kosakenlieds stand.

»Sie haben keine Geschwister, oder?«, sagte er und stellte das Glas ab.

Darauf war ich nicht vorbereitet.

»Warum fragen Sie? Wirke ich verwöhnt?«

»Nein! Eher das Gegenteil. Sie erwecken vielmehr den Eindruck, dass Sie sich allein wohlfühlen würden …«

»Geht es Ihnen nicht auch so?«

»Früher war das so … glaube ich. Aber jetzt fällt es mir schwer. Wenn ich heute allein in meiner Wohnung bin und nichts zu tun habe, fange ich an zu überlegen, wen ich anrufen könnte.«

»Ich lebe in einem Hühnerstall, da habe ich das umgekehrte Problem. Wenn ich allein sein will, muss ich rausgehen.«

Tinker lächelte und goss mir ein. Einen Moment lang schwiegen wir beide.

»Und wohin gehen Sie dann?«, fragte er.

»Wohin gehe ich wann?«

»Wenn Sie allein sein wollen?«

An der einen Seite der Bühne nahm jetzt ein kleines Orchester Platz.

Ich sah, dass Eve zwischen den Tischen wieder zu uns kam.

»Da ist Eve«, sagte ich und stand auf, damit sie sich zwischen uns setzen konnte.

Das Essen im Chernoff war kalt, der Wodka war wie Medizin und die Bedienung grob. Doch ins Chernoff kam niemand wegen des Essens, des Wodkas oder der Bedienung. Man kam wegen der Show.

Kurz vor zehn begann das Orchester zur Eröffnung eine Melodie mit eindeutig russischem Flair zu spielen. Ein Scheinwerfer warf seinen Strahl auf ein Pärchen, das rechts auf der Bühne stand, sie in Bauerntracht, er in Rekrutenuniform. Der Rekrut wandte sich dem Mädchen zu und sang a cappella, dass es ihn im Sinn behalten solle: wegen seiner zärtlichen Küsse und seiner nächtlichen Schritte, wegen der Herbstäpfel, die er für sie aus dem Obstgarten ihres Großvaters gestohlen hatte. Der Rekrut hatte mehr Rouge auf den Wangen als das Bauernmädchen, und sein Jackett, an dem ein Knopf fehlte, war ihm eine Nummer zu klein.

»Nein«, antwortete sie, »deswegen werde ich dich nicht im Sinn behalten.«

Der Rekrut fiel voller Verzweiflung vor ihr auf die Knie, und das Bauernmädchen zog seinen Kopf zu sich, sodass sein Rouge ihre Bluse beschmierte.

»Nein«, sang das Mädchen, »nicht deswegen werde ich dich im Sinn behalten, sondern wegen des Herzschlags, den du unter meinem Herzen hören kannst.«

Angesichts der unglücklichen Rollenbesetzung

und der stümperhaften Schminke hätte man über das Stück fast lachen können – wären da nicht die erwachsenen Männer gewesen, die in der ersten Reihe saßen und weinten.

Als das Duett zu Ende war, verneigten sich die Sänger dreimal zu lebhaftem Applaus, dann überließen sie die Bühne einer Gruppe von jungen Tänzerinnen in dürftiger Bekleidung und Fellmützen.

Was folgte, war eine Huldigung an Cole Porter. Es fing mit *Anything Goes* an und ging über in ein paar andere, leicht abgewandelte Hits, darunter auch *It's delightful, it's delicious, it's Delancey*.

Plötzlich hörte die Musik auf, und die Tänzerinnen erstarrten in ihrer Pose. Das Licht erlosch. Die Zuschauer hielten den Atem an.

Dann wurden die Scheinwerfer wieder angeschaltet und warfen ihr helles Licht auf die Tänzerinnen, die jetzt in einer Reihe aufgestellt waren, in der Mitte das Pärchen aus der Nummer davor, er mit Zylinder, sie in einem Paillettenkleid. Der Mann richtete seinen Spazierstock auf die Band.

»Drei, vier.«

Und das ganze Ensemble bot als Finale *I get a kick out of you*, auf Russisch.

Als ich Eve das erste Mal ins Chernoff mitnahm, fand sie es abscheulich. Sie mochte die Delancey Street nicht, sie mochte weder den Hintereingang noch die Chinesen am Abwaschbecken. Sie mochte die Gäste nicht – überall Bärte und ausländische Politik. Nicht einmal die Show mochte sie. Aber es dauerte nicht lange, da war sie begeistert. Und dann liebte sie die Mischung aus Glitzer und Schmonzetten. Sie liebte die in die Jahre gekommenen Varietékünstler mit ihren Schnulzen und die jungen, hoffnungsvollen, mit großen Zähnen lächelnden Chormädchen. Sie liebte die sentimentalen Revolutionäre und Gegenrevolutionäre, die nebeneinandersitzend ihre Tränen vergossen. Sie lernte sogar ein paar der Lieder, sodass sie, wenn sie ein bisschen betrunken war, mitsingen konnte. Ich glaube, für Eve war ein Abend im Chernoff ein wenig wie der Tag, an dem sie ihrem Daddy sein Geld nach Indiana zurückgeschickt hatte.

Und wenn Eve vorgehabt hatte, Tinker mit einem Einblick in eine eher ungewöhnliche Seite von New York zu beeindrucken, dann war ihr das gelungen. Denn als die Nostalgie des Kosakenlieds die Bühne freigab für Cole Porters sorgenfreie Texte, die langen Beine und kurzen Röcke und die unerprobten Träume der Tänzerinnen, da leuchtete Tinkers Gesicht wie das eines Jungen, der am ersten Spieltag ohne Eintrittskarte ins Stadion eingelassen wird.

Als wir aufbrechen wollten, bezahlten Eve und ich die Rechnung. Natürlich wollte Tinker das übernehmen, aber wir bestanden darauf.

»In Ordnung«, sagte er und steckte seine Brieftasche wieder ein, »aber Freitagabend lade ich ein.«

»Abgemacht«, sagte Eve. »Was sollen wir anziehen?«

»Was Sie wollen.«

»Hübsch, hübscher oder am hübschesten?«

Tinker lächelte. »Na, sagen wir mal, am hübschesten.«

Als Tinker und Eve auf ihre Mäntel warteten, entschuldigte ich mich und ging zur Damentoilette. Da drängelten sich die herausgeputzten Miezen der Gangster zu dritt vor einem Waschbecken. Mit ihren falschen Pelzen und der Schminke sahen sie aus wie die Mädchen im Varieté und hatten eine ebenso gute Chance, in Hollywood den Durchbruch zu schaffen.

Auf dem Rückweg begegnete ich dem alten Chernoff persönlich. Er stand hinten im Flur und sah den Gästen zu.

»Hallo, Aschenputtel«, sagte er auf Russisch. *»Sie sehen superlativ aus.«*

»Das liegt an der schlechten Beleuchtung.«

»Ich habe gute Augen.«

Er deutete mit dem Kopf zu unserem Tisch, wo

Eve anscheinend versuchte, Tinker zu einem letzten Gläschen zu überreden.

»Wer ist der junge Mann? Ihr Freund oder der Ihrer Freundin?«

»Könnte sein, ein bisschen von beidem.«

Chernoff lächelte. Er hatte zwei Goldzähne.

»Das geht nicht lange gut, meine Gazelle.«

»Sagen Sie.«

»Sagen Sonne, Mond und Sterne.«

3. Kapitel

EMM I ESS ESS

An der Mahagonitafel über Miss Markhams Tür waren sechsundzwanzig rote Lämpchen, und jedem war ein Buchstabe des Alphabets zugeordnet: ein Licht und ein Buchstabe für jedes Mädchen im Schreibbüro Quiggin & Hale. Ich hatte den Buchstaben Q.

Wir sechsundzwanzig saßen in fünf Reihen von jeweils fünf Mädchen, und die Hauptsekretärin, Pamela Petus alias G, saß vorn allein, wie die Tambourmajorin in einer langweiligen Parade. Unter Miss Markhams Anleitung tippten wir für die Firma die gesamte Korrespondenz, Vertragsentwürfe, Dokumentenkopien, außerdem Briefe nach Diktat. Wenn Miss Markham von einem der Kanzleipartner eine Anfrage erhielt, zog sie den Arbeitsplan zurate, wählte das für die Aufgabe am besten geeignete Mädchen aus und drückte auf den entsprechenden Knopf.

Wenn ein Partner ein gutes Arbeitsverhältnis mit einem der Mädchen hatte, mochte es einem Außenstehenden sinnvoll erscheinen, dass dieses Mädchen einem Projekt fest zugeordnet wurde – ob es sich um die Dreifachkopie eines Kaufvertrags oder die Auflistung von Vertrauensverletzungen in einem Scheidungsfall handelte. Doch in Miss Markhams Augen schien das keine sinnvolle Vorgehensweise. Aus ihrer Sicht war es allein wichtig, dass jede Aufgabe mit der größten Kompetenz ausgeführt wurde. Obwohl alle Mädchen kompetente Sekretärinnen waren, gab es welche, die besonders gut in Stenografie waren, und andere, die ein untrügliches Auge für falsch platzierte Kommata hatten. Eins der Mädchen konnte einen ungehaltenen Klienten mit seiner Stimme beschwichtigen, ein anderes erreichte allein durch die beherrschte Art, wie es mitten in einer Besprechung dem Seniorpartner eine gefaltete Notiz zusteckte, dass sich die Juniorpartner auf ihren Stühlen gerade setzten. Wenn man ausgezeichnete Leistungen erwartete, sagte Miss Markham gern, durfte man nicht einen Ringer bitten, beim Speerwerfen mitzumachen.

Hier ein Beispiel: Charlotte Sykes, die Neue, die links von mir saß. Sie war neunzehn Jahre alt, hatte schwarze, erwartungsvolle Augen und aufmerksame kleine Ohren, und sie hatte den taktischen Fehler begangen, an ihrem ersten Arbeitstag hundert Wörter in der Minute zu tippen. Wenn man nicht mindestens fünfundsiebzig Wörter in der Minute schaffte, war man für die Arbeit bei Quiggin & Hale nicht geeignet. Aber Charlotte tippte rund fünfzehn Wörter mehr als die durchschnittliche Leistung des gesamten Büros. Hundert Wörter pro Minute ergaben 48 000 Wörter am Tag, ergaben 240 000 Wörter in der Woche und zwölf Millionen im Jahr. Als Neue in der Firma verdiente Charlotte wahrscheinlich fünfzehn Dollar in der Woche, was umgerechnet weniger als ein Zehntausendstel Cent für jedes Wort ergab, das sie tippte.

Das kam nämlich dabei heraus, wenn man bei Quiggin & Hale mehr als fünfundsiebzig Wörter pro Minute tippte – je mehr man pro Minute tippte, desto weniger verdiente man pro Wort.

Aber Charlotte sah das nicht so. Wie die Abenteurerin, die sich vorgenommen hatte, den ersten Alleinflug über den Hudson zu machen, wollte sie so schnell tippen wie irgend möglich. Und das war die Belohnung für diesen Ehrgeiz: Wenn ein Auftrag einging, bei dem ein paar tausend Seiten in Kopie abgetippt werden mussten, konnte man sicher sein, dass das Lämpchen, das über Miss Markhams Tür anging, das neben dem Buchstaben F war.

Anders gesagt: Wähl das, worauf du stolz bist, sorgfältig aus – denn die Welt hat alle Absicht, es gegen dich zu verwenden.

Aber am Montag, dem 5. Januar, um 16.05 Uhr, als ich gerade eine Zeugenaussage abschrieb, war es mein Licht, das aufleuchtete.

Ich stülpte die Haube über meine Schreibmaschine (wir hatten gelernt, das auch bei der kürzesten Unterbrechung zu tun), stand auf, strich mir den Rock glatt, nahm Stenoblock und Bleistift und ging quer durch den Raum zu Miss Markhams Büro. Sie saß an einem kleinen, aber verzierten Schreibtisch mit Ledereinlage, vermutlich so ähnlich wie der, an dem Napoleon auf seinen Feldzügen seine Befehle geschrieben hatte.

Ich betrat ihr Büro, und sie sah von ihrer Arbeit auf.

»Ein Anruf für Sie, Katherine. Eine Anwaltsgehilfin von Campen & Clay.«

»Ist gut, Miss Markham.«

»Denken Sie daran, dass sie für Quiggin Haie arbeiten, nicht für Campen & Clay. Lassen Sie sich von denen keine Arbeit aufhalsen.«

»Natürlich nicht.«

Ich nickte und wollte gehen.

»Oh, Katherine, noch eins. Ich habe gehört, dass für die Dixon-Ticonderoga-Fusion in letzter Minute eine Menge zu schreiben war.«

»Das stimmt. Mr. Barnett sagte, es sei wichtig, dass die Transaktion vor Jahresende abgeschlossen würde. Aus steuerlichen Gründen, glaube ich. Es gab dann noch etliche Änderungen.«

»Nun, ich mag es nicht, wenn meine Mädchen in der Woche vor Weihnachten so viel arbeiten müssen, aber Mr. Barnett war froh, dass Sie ihm bei der Fertigstellung geholfen haben. Ich natürlich auch.«

»Danke.«

Miss Markham entließ mich mit einem Schwenken ihres Füllfederhalters.

Ich ging wieder in unser Großraumbüro und zu dem kleinen Telefontisch ganz vorn. Das Telefon konnte von den Mädchen benutzt werden, falls ein Partner oder ein Auftraggeber eine Änderung durchgeben wollte. Die Anwaltskanzlei Campen & Clay war eine der größten in der Stadt. Obwohl ich nicht direkt mit ihnen zusammenarbeitete, hatten sie praktisch überall ihre Finger drin.

Ich nahm den Hörer. »Katherine Kontent.«

»Meine Gute, ich bin's.«

Ich ließ meinen Blick über das Büro schweifen, wo fünfundzwanzig der sechsundzwanzig Schreibmaschinen eifrig klapperten. Es war so laut, dass ich kaum klar denken konnte, was wahrscheinlich die gewünschte Wirkung war. Jedenfalls senkte ich die Stimme.

»Du hast hoffentlich einen ganz wichtigen

Grund. Ich muss in einer Stunde eine Zeugenaussage fertig haben.«

»Und wie weit bist du?«

»Noch drei Falschaussagen und eine offenkundige Lüge.«

»Wie heißt die Bank, bei der Tinker arbeitet?«

»Weiß ich nicht. Wieso?«

»Wir haben noch keinen Plan für morgen Abend.«

»Er führt uns in irgendein nobles Lokal irgendwo Uptown. Er holt uns irgendwann ab, so gegen acht.«

»Ich fass es nicht! Irgendein, irgendwo, irgendwann. Woher weißt du das?«

Ich sagte nichts.

Woher ich das wusste?

Das war eine schwierige Frage.

Am Broadway, Ecke Exchange Place, gab es einen kleinen Diner, wo eine Soda-Pop-Uhr an der Wand hing und ein Garkoch namens Max selbst das Porridge auf dem Grill zubereitete. Im Winter war es dort eiskalt, im Juli drückend heiß, außerdem lag es fünf Blocks abseits von meinen Wegen, aber es war eins meiner Lieblingslokale in der Stadt – weil ich da immer in der schiefen kleinen Fensternische für zwei sitzen konnte.

Von diesem Platz aus konnte man in der Zeit, in der man ein Sandwich verzehrte, die Pilgerreise der überzeugten New Yorker miterleben. Sie kamen aus allen Ecken Europas und waren in alle Schattierungen von Grau gekleidet, und sie kehrten der Freiheitsstatue den Rücken und marschierten, einer inneren Regung folgend, den Broadway hinauf, stemmten sich gegen den garstigen Wind, drückten identische Hüte auf identische Haarschnitte und waren froh, zu den Ununterscheidbaren zu gehören. Mit einem über tausendjährigen Erbe hinter sich hatte jeder von ihnen ein Reich oder einen Höhepunkt menschlichen Könnens erblickt (sei es die Sixtinische Kapelle oder die Götterdämmerung) und war es jetzt zufrieden, seine Individualität darin auszudrücken, dass er sich bei der Samstagsmatinee für einen der Rogers entschied: Ginger, Roy oder Buck. Amerika mochte das Land der unbegrenzten Möglichkeiten sein, aber nach New York wurden die Menschen von der Aussicht auf Konformität gelockt.

So oder so ähnlich dachte ich, als sich ein Mann ohne Hut aus der Menge löste und an die Scheibe klopfte.

Mein Herz machte einen Satz, es war Tinker Grey.

Seine Ohrmuscheln waren rot wie bei einem Elf, und er grinste so breit, als hätte er mich bei einer Untat ertappt. Auf der anderen Seite der Scheibe sprach er angeregt, aber unhörbar. Ich winkte ihn herein.

»Das ist es also?«, fragte er, als er sich auf den Sitz neben mich schob.

»Ist also was?«

»Wo Sie hingehen, wenn Sie allein sein wollen.«

»Oh«, sagte ich lachend. »Nein, eigentlich nicht …«

In gespielter Enttäuschung schnipste er mit den Fingern. Dann verkündete er, dass er Hunger habe, und sah sich mit grundloser Anerkennung in dem Lokal um. Er nahm die Speisekarte und überflog sie in nicht mehr als vier Sekunden. Er konnte seine gute Laune kaum im Zaum halten, wie jemand, der einen Hundert-Dollar-Schein gefunden und es noch niemandem erzählt hat.

Als die Kellnerin an unseren Tisch kam, bestellte ich ein Sandwich mit Schinken, Salat und Tomate; Tinker wagte sich auf unbekanntes Gebiet und bestellte Max' Spezialität, die auf der Speisekarte als »unvergleichlich«, »weltberühmt« und noch dazu als »legendär« beschrieben wurde. Tinker fragte mich, ob ich es mal probiert hätte, und ich sagte, für meinen Geschmack enthalte die Beschreibung zu viele Adjektive und zu wenige Auskünfte.

»Arbeiten Sie in der Nähe?«, fragte er, als die Kellnerin wieder ging.

»Ja, nicht weit von hier.«

»Hat Eve nicht gesagt, es sei eine Anwaltskanzlei?«

»Genau. Eine alte Wall-Street-Kanzlei.«

»... gefällt Ihnen die Arbeit?«

»Ein bisschen staubig, aber das war ja vorhersehbar.«

Tinker lächelte. »Bei Ihnen sind es auch zu viele Adjektive und zu wenige Auskünfte.«

Ich erwiderte sein Lächeln. »Emily Post sagt, über sich selbst zu sprechen sei nicht sehr höflich.«

»Ich bin mir sicher, Miss Post hat unbedingt recht«, sagte er, »aber das hat noch niemanden davon abgehalten.«

Das Glück ist mit den Wagemutigen, und Max' Sandwich war mit Corned Beef und Kohlsalat belegt und mit Käse überbacken. Nach zehn Minuten hatte Tinker es aufgegessen, und ein Stück Käsekuchen stand schon vor ihm.

»Was für ein fantastisches Lokal«, sagte er bestimmt zum fünften Mal.

»Und wie ist es, das Leben als Bankier?«, fragte ich, als er mit der Gabel in seinen Nachtisch stach.

Zunächst einmal, vertraute er mir an, konnte er sich kaum Bankier nennen. Vielmehr war er Broker. Die Kunden der Bank waren mehrere reiche Familien, die große Anteile an Privatfirmen hatten und alles kontrollierten, von Stahlwerken bis zu Silberminen; und wenn sie Geld brauchten, war es seine Aufgabe, gute Käufer für sie zu finden, und zwar diskret.

»Ich hätte nichts dagegen, eine Silbermine zu kaufen, falls Sie eine haben«, sagte ich und nahm eine Zigarette.

»Nächstes Mal melde ich mich als Erstes bei Ihnen.«

Tinker gab mir über den Tisch hinweg Feuer und stellte dann das Feuerzeug auf den Tisch neben seinen Teller.

Ich blies den Rauch aus und zeigte mit meiner Zigarette darauf. »Und welche Geschichte steckt hinter Ihrem Feuerzeug?«

»Oh«, sagte er und klang verlegen. »Sie meinen das Monogramm?«

»Ja. Das Monogramm.«

Er nahm das Feuerzeug und betrachtete es einen Moment. Dann stellte er es wieder aufrecht auf den Tisch.

»Ich habe es mir gekauft, als ich meinen ersten großen Bonus bekam. Als Geschenk, von mir für mich. Ein echt goldenes Feuerzeug mit meinen Initialen!«

Er schüttelte den Kopf und lächelte wehmütig.

»Als mein Bruder das Feuerzeug sah, ist er über mich hergefallen. Es gefiel ihm nicht, dass es aus Gold war und ein Monogramm hatte. Aber am meisten missfiel ihm meine Arbeit. Wenn wir uns auf ein Bier trafen, hat er gegen die Bankiers und die Wall

Street gewettert und mich mit meinem Vorhaben aufgezogen, dass ich eine Weltreise machen wollte. Ich habe gesagt, ich würde noch dazu kommen. Und irgendwann, eines Abends, ist er mit dem Feuerzeug auf die Straße gegangen und hat das andere eingravieren lassen.«

»Als Mahnung, den Tag zu nutzen? Jedes Mal wenn Sie einer Frau Feuer geben?«

»So ungefähr.«

»Also, so schlecht klingt Ihre Arbeit in meinen Ohren nicht.«

»Nein …«, sagte er. »Nicht *schlecht*. Nur …«

Tinker blickte auf den Broadway hinaus und ordnete seine Gedanken.

»In einem seiner Bücher erzählt Mark Twain die Geschichte von einem alten Mann, der einen Kahn steuert – eine Art Fähre, mit der Menschen von einer Seite des Flusses zur anderen gefahren werden.«

»Ist das in *Leben auf dem Mississippi*?«

»Weiß ich nicht … kann sein. Jedenfalls, Mark Twain hat ausgerechnet, dass dieser Mann in dreißig Jahren so oft von einem Ufer zum anderen gefahren war, dass er eine Strecke, die zwanzig Mal so lang war wie der ganze Fluss, zurückgelegt hatte, ohne je seine Gegend zu verlassen.«

Tinker lächelte und schüttelte den Kopf.

»So komme ich mir manchmal vor. Manche sind

unterwegs nach Alaska, andere zu den Äußeren Hebriden – und ich bin derjenige, der von einem Ufer zum anderen fährt.«

»Möchten Sie noch?«, fragte die Kellnerin mit der Kaffeekanne in der Hand.

Tinker sah mich an.

Bei Quiggin & Hale hatte man fünfundvierzig Minuten Mittagspause, und ich hatte mir angewöhnt, ein paar Minuten früher wieder an meiner Schreibmaschine zu sitzen. Wäre ich auf der Stelle gegangen, hätte ich es sicherlich geschafft. Ich hätte mich bei Tinker für das Mittagessen bedankt, wäre die Nassau Street hinaufgeeilt und mit dem Aufzug in den sechzehnten Stock gefahren. Aber welchen Spielraum hatte jemand, der normalerweise so pünktlich war? Fünf Minuten? Zehn? Eine Viertelstunde, äußerstenfalls …?

»Ja, bitte«, sagte ich.

Die Kellnerin goss Kaffee in unsere Tassen, wir lehnten uns zurück, wobei wegen der engen Nische unsere Knie aneinanderstießen. Tinker goss sich Sahne in seinen Kaffee und rührte und rührte und rührte. Wir schwiegen beide.

»Eher in Kirchen«, sagte ich.

Er sah überrascht auf. »Was, in Kirchen?«

»Da gehe ich hin, wenn ich allein sein will.«

Er richtete sich auf. »In Kirchen?«

Ich zeigte aus dem Fenster, zur Trinity Church hinüber. Über ein halbes Jahrhundert war der Turm die höchste Erhebung in Manhattan gewesen und hatte Seefahrern einen willkommenen Anblick geboten. Jetzt musste man in einen Diner auf der anderen Straßenseite gehen, um ihn sehen zu können.

»Wirklich?«, sagte Tinker.

»Sind Sie überrascht?«

»Nein. Nur, ich hatte Sie nicht für besonders religiös gehalten.«

»Das bin ich auch nicht. Ich gehe nicht zur Messe. Ich setze mich nur rein, wenn kein Gottesdienst ist.«

»In die Trinity Church?«

»Nein. Verschiedene Kirchen. Aber am liebsten mag ich die großen alten. Saint Patrick oder Saint Michael.«

»Ich glaube, ich war mal in Saint Bartholomew zu einer Hochzeit. Aber mehr auch nicht. An der Trinity Church muss ich schon tausend Mal vorbeigegangen sein, aber ich war noch nie drinnen.«

»Das ist ja das Erstaunliche. Um zwei Uhr nachmittags ist in diesen Kirchen niemand. Da stehen sie, aus Stein gebaut, mit Schnitzereien aus Mahagoni und alten Buntglasfenstern – aber sie sind leer. Ich meine, früher müssen sie voll gewesen sein – sonst hätten Menschen sich nicht die ganze Mühe gemacht, oder? Vor den Beichtstühlen müssen die Leute angestanden haben, es hat Hochzeiten gegeben, mit Mädchen, die im Gang Blumen gestreut haben.«

»Taufen und Gedenkfeiern …«

»Ja, eben. Aber im Laufe der Zeit sind die Gemeinden geschrumpft. Die neuen Einwanderer bauen sich ihre eigenen Kirchen, und die alten Kirchen bleiben allein – so wie alte Menschen mit den Erinnerungen an ihre Jugend. Es hat etwas sehr Friedliches, in dieser Umgebung zu sein.«

Einen Moment lang war er still. Er blickte aus dem Fenster, wo ein paar Möwen, wie aus Sentimentalität, um den Turm der Trinity kreisten. »Das ist wunderbar.«

Ich hob meine Kaffeetasse. »Nur wenige Menschen wissen das von mir.«

Er sah mir in die Augen. »Erzählen Sie mir etwas von sich, das niemand weiß.«

Ich lachte. Aber er meinte es ernst.

»Was niemand weiß?«, sagte ich.

»Nur eine Sache. Ich verspreche, ich verrate es niemandem.« Zur Beschwörung legte er die Hand auf sein Herz.

»Also gut«, sagte ich. »Ich kann die Zeit perfekt einhalten.«

»Wie meinen Sie das?«

Ich zuckte die Achseln. »Ich kann sechzig Sekunden exakt abzählen. Minute für Minute.«

»Das glaube ich nicht.«

Ich deutete mit dem Daumen auf die Soda-Pop-Uhr an der Wand hinter mir. »Sagen Sie mir, wann der Sekundenzeiger auf der Zwölf ist.«

Er blickte über meine Schulter und beobachtete mit einem Lächeln die Uhr.

»Jetzt«, sagte er. »Auf die Plätze. Fertig. Los.«

»Ich fass es nicht!«, hatte Eve gesagt. »Irgendein, irgendwo, irgendwann. Woher weißt du das?«

Wenn man Zeugenaussagen abschreibt, lernt man, dass die meisten Menschen Respekt vor einer Frage haben, die direkt ist und zur rechten Zeit gestellt wird. Niemand ist auf eine solche Frage gefasst. Manchmal zeigen sie ihre Bewunderung (und schinden damit Zeit), indem sie die Frage wiederholen: »Woher ich das weiß?« Manchmal greifen sie die wohlformulierte Frage auf und schützen Unwissenheit vor: »Woher weiß ich … was?« Welche Taktik man auch anwendet, der erfahrene Anwalt weiß, dass es fruchtbaren Boden für weitere Befragung gibt, wenn jemand so auf Zeit spielt. Deshalb ist die beste Antwort auf eine gute Frage eine schlichte Antwort, ohne Zögern oder besondere Betonung.

»Das hat er gesagt, als du im Chernoff auf der Toilette warst«, sagte ich zu Eve.

Wir wechselten noch ein paar freundliche Worte,

dann ging ich wieder an meinen Platz. Ich zog die Haube von meiner Schreibmaschine, fand die Stelle in der Zeugenaussage und klapperte los. Im zweiten Satz des dritten Absatzes machte ich meinen ersten Tippfehler des Tages. Als ich zu dem Wort »Diebesbande« kam, schrieb ich »Liebes« statt »Diebes«. Und dabei sind die beiden Buchstaben auf der Tastatur nicht mal nahe beieinander.

4. Kapitel

DEUS EX MACHINA

Als wir uns am Freitagabend ausgehbereit machten, wollte Eve nicht mal über das Wetter reden.

Mein Gewissen hatte mich gezwickt, und ich hatte ihr alles erzählt. Fast alles. Während wir über dies und jenes redeten, hatte ich beiläufig erwähnt, dass ich Tinker Downtown getroffen hatte und wir zusammen einen Kaffee getrunken hatten.

»Einen Kaffee«, sagte sie, ebenfalls beiläufig. »Wie nett.« Dann machte sie zu.

Ich gab mir Mühe und rühmte ihr Kleid: ein gelbes Kleid aus der letzten Saison, das deswegen umso schärfer war.

»Gefällt es dir wirklich?«, fragte sie.

»Es sieht fantastisch aus.«

»Vielleicht solltest du es anprobieren. Du kannst damit ja mal Kaffeetrinken gehen.«

Ich wollte etwas erwidern, als ein anderes Mädchen ins Zimmer gestürzt kam. »Entschuldigt, dass ich so reinplatze, aber der edle Ritter ist da. Mit seinem Feuerwagen.«

Beim Rausgehen warf Eve einen Blick in den Spiegel. »Ich brauche noch eine Minute«, sagte sie.

Sie ging wieder ins Zimmer und zog sich das Kleid aus. Als wäre es durch mein Kompliment aus der Mode gekommen. Ich sah, dass draußen ein kalter Regen fiel, wie zur Bekräftigung ihrer Stimmung. Ich ging hinter ihr die Treppe hinunter und dachte: Das kann ja heiter werden!

Vor der Pension stand Tinker neben einem quecksilbergrauen Triumph-Sportwagen. Wenn alle Mädchen in Mrs. Martingales Pension ein Jahr lang ihr Gehalt sparen würden, könnten wir uns so ein Auto trotzdem niemals leisten.

Francis Pacelli, ein hochgewachsenes Mädchen aus New Jersey, das ihr Studium abgebrochen hatte und auf unserem Flur wohnte, pfiff hinter mir her, wie ein Bauarbeiter einer heißen Braut hinterherpfeift.

Tinker war offensichtlich in bester Stimmung. Er küsste Eve auf die Wange und sagte: »Du siehst umwerfend aus.« Dann drehte er sich zu mir um und gab mir die Hand. Ich bekam weder einen Kuss noch ein Kompliment, aber Eve musterte uns genau und wusste, dass sie den schlechteren Part abbekommen hatte.

Er machte die Tür auf der Beifahrerseite auf. »Auf der Rückbank ist es etwas eng«, sagte er.

»Ich sitze hinten«, sagte ich.

»Sehr großzügig«, sagte Eve.

Tinker erspürte, dass etwas nicht in Ordnung war, und betrachtete Eve mit Sorge. Er legte eine Hand auf die Tür und machte mit der anderen eine höfliche Geste, dass sie einsteigen möge. Sie schien das nicht zu bemerken. Zu sehr war sie damit beschäftigt, den Wagen zu mustern, von Stoßstange zu Stoßstange. Nicht wie Francis es getan hatte, sondern eher wie ein Profi.

»Ich fahre«, sagte sie und hielt die Hand für den Schlüssel hin.

Darauf war Tinker nicht gefasst. »Kannst du denn fahren?«, fragte er.

»Ob ich fahren kann?«, sagte sie im Tonfall einer Südstaatenschönheit. »Seit meinem neunten Lebensjahr fahre ich die Trecker meines Vaters.«

Sie nahm ihm den Schlüssel aus der Hand und ging um das Auto herum. Leicht verunsichert setzte Tinker sich auf den Beifahrersitz, während Eve es sich auf dem Fahrersitz bequem machte.

»Wohin geht's, Mister?«, fragte sie und steckte den Schlüssel ins Zündschloss.

»52. Straße …«

Eve schaltete den Motor an und legte den Rückwärtsgang ein. Mit kreischenden Reifen setzte sie zurück und bremste scharf.

»Eve!«, sagte Tinker.

Sie sah ihn mit einem lieblichen, nachsichtigen Lächeln an. Dann legte sie den Gang ein und donnerte mit heulendem Motor die 17. Straße entlang.

Nach wenigen Sekunden war klar, dass Eve geradezu begnadet war. Beim Einbiegen in die Sixth Avenue hätte Tinker fast ins Lenkrad gegriffen, doch als sie sich in den Verkehr einfädelte, fuhr sie geschmeidig und flüssig, beschleunigte und verlangsamte kaum wahrnehmbar, wie ein Hai, der durchs Wasser gleitet, und kam auf die Sekunde genau an jeder Ampel bei Grün an. Wir lehnten uns also zurück, schweigend, die Augen groß – wie Menschen, die sich einer höheren Macht überlassen.

Erst als wir in die 52. Straße einbogen, wurde mir klar, dass er uns in den 21 Club führte.

Eve hatte es ihm gewissermaßen aufgedrängt. *Hübsch, hübscher, am hübschesten* – was sollte er darauf sagen?

Aber so wie Eve mit dem Klub der quasirussischen Demimonde, den wir frequentierten, Eindruck auf Tinker machen wollte, so wollte Tinker uns im Gegenzug einen Einblick in sein New York geben. Und wie es aussah, konnte ihm das gelingen, ungeachtet der Stimmung, in der Eve war. Vor dem Restaurant standen Limousinen im Leerlauf, aus den

Auspuffen stieg Qualm auf wie der Wassergeist aus der Flasche. Ein Valet in Zylinder und Frack öffnete den Schlag, ein anderer öffnete die Tür zum Restaurant, wo die eleganten Manhattaner dicht gedrängt in der Lobby warteten.

Auf den ersten Blick schien der 21 Club nicht besonders elegant. An den dunklen Wänden hingen gerahmte Zeichnungen, die aussahen, als hätte jemand sie aus einer Illustrierten gerissen. Die Tischplatten waren zerkratzt, und das Besteck war klobig wie das in einer Kantine oder im Speisesaal einer Universität. Doch die Eleganz der Gäste war unübersehbar. Die Männer trugen Maßanzüge mit Einstecktüchern, die Frauen Seidenkleider in prächtigen Farben, dazu dicke Perlenketten.

Als wir zur Garderobe kamen, bewegte Eve kaum merklich die Schultern zu Tinker hin, worauf der sofort zur Stelle war und ihr schwungvoll den Mantel abnahm wie ein Matador sein Cape.

Vom Hilfspersonal abgesehen war Eve die jüngste Person im ganzen Restaurant, und das wollte sie voll auskosten. Das Kleid, das sie in letzter Minute angezogen hatte, war ein blaues, tief dekolletiertes Seidenkleid, unter dem sie offensichtlich ihren besten Büstenhalter trug, denn man konnte den Ansatz ihrer Brüste aus fünfzehn Meter Entfernung im Nebel sehen. Sie hatte darauf geachtet, den Anblick nicht mit Schmuck zu zerstören. Sie besaß ein Paar Diamantohrringe, die sie in einer rot lackierten Schachtel aufbewahrte und die an ihren Ohren eine hübsche Entsprechung zu ihren Lachgrübchen darstellten. Aber sie war klug genug gewesen, sie nicht an einem Ort wie diesem zu tragen – wo man mit Förmlichkeit nichts gewinnen, aber im Vergleich alles verlieren konnte.

Der Oberkellner, der allen Grund hatte, die Nerven zu verlieren, aber die Ruhe selbst war, begrüßte Tinker mit Namen.

»Mr. Grey. Wir haben Sie schon erwartet. Bitte sehr. Hier entlang.«

Er sagte »Bitte sehr«, als wäre es ein vollständiger Satz.

Er führte uns an einen Tisch im Hauptspeisesaal. Es war der einzige freie Tisch, und er war für drei Personen gedeckt. Als könnte er Gedanken lesen, zog er den mittleren Stuhl heraus und bedeutete Eve, sie möge sich setzen.

»Bitte sehr«, sagte er wieder.

Sobald wir saßen, hob er die Hand und hielt plötzlich drei Speisekarten darin, wie riesige Spielkarten in der Hand eines Zauberers. Er verteilte sie mit großer Geste.

Eine so große Speisekarte hatte ich noch nie gesehen. Sie war fast einen halben Meter hoch. Ich schlug sie auf und erwartete jede Menge Auswahl, aber es gab nur zehn Gerichte. Hummerschwänze. Filet Wellington. Prime Rib Steak. Die Gerichte waren in Schreibschrift geschrieben, wie man sie von Hochzeitseinladungen kennt. Preise waren keine vermerkt, wenigstens nicht auf meiner Speisekarte. Ich warf einen Blick zu Eve hinüber, aber sie erwiderte ihn nicht. Gelassen studierte sie die Speisekarte und legte sie dann auf den Tisch.

»Lasst uns eine Runde Martini bestellen«, sagte sie.

»Großartige Idee!«, sagte Tinker. Er hob die Hand, und sofort erschien ein Kellner im weißen Jackett da, wo vorher der Oberkellner gestanden hatte. Er hatte ein schnelles Mundwerk und den Charme eines Trickbetrügers in einem Country Club.

»Guten Abend, Mr. Grey. Guten Abend, die Damen. Der hübscheste Tisch im ganzen Lokal, wenn ich das so sagen darf. Sie haben noch nicht gewählt? Das Wetter ist furchtbar. Darf ich Ihnen einen Aperitif bringen?«

»Ja, wir haben gerade überlegt, dass wir gern Martini hätten.«

»Selbstverständlich. Darf ich die schon mitnehmen?«

Casper klemmte sich die Speisekarten unter den Arm, und innerhalb weniger Minuten kamen unsere Getränke.

Oder vielmehr drei leere Gläser. Auf jedem Glasrand lag ein Cocktailspieß mit drei Oliven, wie ein Ruder auf dem Rand eines Ruderboots. Casper legte eine weiße Serviette über einen silbernen Cocktailshaker und schüttelte ihn gründlich. Dann füllte er die Gläser. Zunächst füllte er mein Glas bis zum Rand. Die Flüssigkeit war so kalt und rein, dass sie noch durchsichtiger als Wasser zu sein schien. Dann füllte er Eves Glas. Als er Martini in Tinkers Glas zu gießen begann, wurde der Strom aus dem Shaker merklich langsamer. Und spärlicher. Es sah so aus, als wäre nicht genug da. Aber der Gin tröpfelte weiter, und das Glas füllte sich, bis es mit dem letzten Tropfen ebenfalls bis zum Rand gefüllt war. Diese Art von Präzision schafft Vertrauen.

»Freundschaft«, sagte Casper, »die Engel beneiden uns darum.«

Bevor wir bemerkt hatten, dass der silberne Shaker verschwunden war, stellte Casper ein kleines Gestell auf den Tisch, obenauf ein Teller voller Austern.

»Geschenk des Hauses«, sagte er und verschwand.

Eve schlug mit der Gabel leicht an ihr Glas, als wollte sie einen Toast an das ganze Restaurant ausbringen. »Ein Geständnis«, sagte sie.

Tinker und ich sahen sie erwartungsvoll an.

»Ich war heute eifersüchtig.«

»Eve …«

Sie hob die Hand und brachte mich zum Schweigen. »Warte einen Moment. Als ich erfuhr, dass ihr beide zusammen einen Kaffee getrunken habt, war ich – das gebe ich zu – grün vor Neid. Und ziemlich verletzt. Ich hatte sogar vor, euch eine Lektion zu erteilen und uns den Abend zu verderben. Aber Casper hat unbedingt recht: Freundschaft ist das Beste.«

Sie hob ihr Glas und kniff die Augen zusammen. »Auf das Ausbrechen aus dem Trott.«

In kürzester Zeit war Eve wieder sie selbst: entspannt, lebhaft, gut gelaunt – und rätselhaft.

Die Paare an den anderen Tischen führten Gespräche, die sie seit Jahren immer wieder führten – über ihre Arbeit, ihre Kinder, ihre Sommerhäuser – und die sie vielleicht schon auswendig kannten, aber sie bekräftigten damit ihr Bewusstsein, dass sie Erwartungen und Erfahrungen miteinander teilten. Geschickt wischte Tinker all das beiseite und begann eine Unterhaltung, die zu uns viel besser passte – eine mit einer hypothetischen Basis.

Wovor hattet ihr als Kinder Angst?, fragte er.

Ich sagte: Vor Katzen.

Tinker: Vor Höhe.

Eve: Vorm Älterwerden.

Und schon waren wir mittendrin. In gewisser

Weise war es ein freundschaftlicher Wettbewerb, bei dem jeder versuchte, besonders gute Antworten zu geben, Antworten nämlich, die unvermutet, lustig und enthüllend waren und zugleich wahr. Und Eve, die man leicht unterschätzte, überflügelte uns alle.

Was hast du dir immer gewünscht, aber nie bekommen?

Ich: Taschengeld.

Tinker: Ein Baumhaus.

Eve: Eine Tracht Prügel.

Wenn du einen Tag lang jemand anders sein könntest, wer möchtest du dann sein?

Ich: Mata Hari.

Tinker: Natty Bumppo.

Eve: Darryl Zanuck.

Wenn du ein Jahr in deinem Leben noch einmal haben könntest, welches wäre das?

Ich: Als ich acht war und wir über einer Bäckerei wohnten. Tinker: Als ich dreizehn war und mein Bruder und ich in den Adirondacks gewandert sind.

Eve: Das Jahr, das gerade anfängt.

Wir verspeisten die Austern, die Schalen wurden abgetragen. Casper brachte eine zweite Runde Martini und schenkte ein zusätzliches Glas für den Tisch ein.

»Worauf sollen wir diesmal anstoßen?«, fragte ich.

»Auf das Ende der Schüchternheit«, sagte Tinker.

Eve und ich sprachen den Toast nach und hoben unsere Gläser an die Lippen.

»Das Ende der Schüchternheit?«, fragte eine Stimme. Hinter mir stand eine hochgewachsene elegante Frau von Anfang fünfzig.

»Das ist ein schöner Vorsatz, aber sollte man nicht als Erstes danach streben, seine Anrufe zu beantworten?«

»Es tut mir leid«, sagte Tinker leicht verlegen. »Ich wollte heute Nachmittag vorbeikommen …«

Sie lächelte freundlich und verzieh ihm mit einem Winken der Hand. »Macht nichts, Teddy, ich meine es nicht ernst. Wie ich sehe, hattest du vortreffliche Ablenkung.«

Sie streckte mir die Hand hin. »Ich bin Anne Grandin – Tinkers Patentante.«

Tinker erhob sich. Er zeigte auf uns beide. »Das ist Katey Kontent, und …«

Aber Eve hatte sich schon erhoben. »Evelyn Ross«, sagte sie. »Wie schön, Sie kennenzulernen.«

Mrs. Grandin kam um den Tisch herum, schüttelte Eve die Hand, bat sie, sich wieder zu setzen, und ging dann weiter zu Tinker. Das Alter war ihr kaum anzusehen; sie hatte kurze blonde Haare und die feinen Züge einer Tänzerin, die fürs Ballett zu groß geworden war. In dem ärmellosen schwarzen Kleid kamen ihre schlanken Arme bestens zur Geltung. Sie trug zwar keine Perlenkette, dafür aber Ohrringe – Smaragde so groß wie Lutschbonbons. Die Steine waren berückend schön und entsprachen genau der Farbe ihrer Augen. So wie sie sich hielt, wusste man, sie würde die Ohrringe auch zum Schwimmen nicht ablegen. Wenn sie aus dem Wasser stieg, würde sie ein Handtuch nehmen und sich die Haare trocknen, aber sie würde nicht einen Moment darüber nachdenken, ob die Ohrringe noch in ihren Ohren steckten oder auf dem Meeresboden lagen.

Als sie zu Tinker kam, hielt sie ihm die Wange entgegen, und er küsste sie verlegen. Dann setzte er sich, und sie legte ihm mütterlich die Hand auf die Schulter.

»Katherine, Evelyn, hören Sie mir gut zu. Mit Patensöhnen oder Neffen ist es immer die gleiche Geschichte: Wenn sie neu in New York sind, sieht man sie oft. Immer dann, wenn die Wäsche sich türmt oder die Speisekammer leer ist. Aber haben sie sich erst mal zurechtgefunden und man möchte sie zum Tee einladen, muss man einen Privatdetektiv anheuern, um sie aufzuspüren.«

Eve und ich lachten. Tinker lächelte verlegen. Neben seiner Patentante sah er wie sechzehn aus.

»Was für ein wunderbarer Zufall, dass wir Sie hier treffen«, sagte Eve.

»Die Welt ist klein …«, sagte Mrs. Grandin trocken.

Zweifellos war Tinker von ihr in das Restaurant eingeführt worden.

»Möchtest du dich auf einen Drink zu uns setzen?«, fragte Tinker.

»Danke, mein Lieber, aber das geht nicht. Ich bin mit Gertrude hier. Sie will, dass ich dem Museumsrat beitrete. Da muss ich alle meine Sinne bei mir haben.«

Sie wandte sich uns zu.

»Wenn ich es Teddy überlasse, sehe ich Sie zwei nie wieder, da bin ich mir sicher. Deshalb möchte ich Sie einmal zum Lunch einladen – mit ihm oder ohne ihn. Ich verspreche, dass ich Sie nicht mit Geschichten aus seiner Jugend langweilen werde.«

»Das würde uns nicht langweilen, Mrs. Grandin«, versicherte Eve ihr.

»Bitte«, sagte Mrs. Grandin, und auch bei ihr klang es, als wäre es ein Satz. »Sagen Sie doch Anne zu mir.«

Als Mrs. Grandin mit einem anmutigen Winken wieder zu ihrem Tisch ging, leuchteten Eves Augen. Für sie hatte Mrs. Grandins Stippvisite dem Abend noch mehr Glanz verliehen, während für Tinker ein Schatten daraufgefallen war. Mrs. Grandins unerwartetes Auftreten hatte die Stimmung völlig verändert. Im Handumdrehen lautete die Bildunterschrift nicht mehr: »Begüterter junger Mann führt zwei Mädchen in schickes Lokal aus«, sondern: »Junger Pfau spreizt seine Federn im familieneigenen Garten.«

In ihrer Begeisterung bemerkte Eve nicht, dass der Abend auf der Kippe stand. »Was für eine wunderbare Frau. Ist sie eine Freundin deiner Mutter?«

»Was, bitte?«, fragte Tinker. »O ja, sie sind zusammen aufgewachsen.«

Er nahm seine Gabel und drehte sie in den Händen.

»Sollten wir jetzt das Essen bestellen?«, fragte Eve.

»Möchtest du lieber, dass wir gehen?«, fragte ich Tinker.

»Wäre das möglich?«

»Selbstverständlich.«

Eve war offensichtlich enttäuscht. Sie warf mir einen kurzen, verärgerten Blick zu. Sie wollte schon den Vorschlag machen, dass wir nur eine Vorspeise bestellen, aber Tinkers Gesicht hatte sich wieder aufgehellt.

»Also gut«, sagte sie und legte ihre Serviette auf den Tisch. »Gehen wir.«

Als wir aufstanden, spürten wir die angenehme Wirkung des zweiten Martini. An der Tür dankte Tinker dem Oberkellner und entschuldigte sich auf Französisch für unseren eiligen Aufbruch. Als Zeichen der Versöhnung nahm Eve an der Garderobe meine modische Dreivierteljacke entgegen und zog sie sich über, sodass ich den Wintermantel mit Pelzkragen, den sie zu ihrem einundzwanzigsten Geburtstag bekommen hatte, anziehen konnte.

Draußen hatte es aufgehört zu nieseln, der Himmel war klar und die Luft eisig. Wir besprachen uns kurz und beschlossen, wieder ins Chernoff zu gehen und uns die Spätshow anzusehen.

»Vielleicht kommen wir dann bei uns nicht mehr rein«, sagte ich und kletterte auf die Rückbank.

Eve wandte sich Tinker zu. »Für den Fall – könnten wir dann bei dir übernachten?«

»Na klar.«

Obwohl der Abend ein bisschen heikel begonnen hatte, rettete unsere Freundschaft die Stimmung. Eve saß vorn, sie drehte sich um und legte mir die Hand aufs Knie. Tinker schaltete das Radio an und fand einen Sender mit Swing. Niemand sprach, als wir in die Park Avenue Richtung Süden einbogen.

An der 51. Straße kamen wir an Saint Bartholomew vorbei, der Kirche mit der großen Kuppel, erbaut von den Vanderbilts an einer Stelle, von wo aus sie am Sonntagmorgen über die Schulter des Pastors hinweg das Treiben an der Grand Central Station im Blick hatten. Wie bei so vielen Adligen des goldenen Zeitalters gingen auch die Wurzeln der Vanderbilts über drei Generationen auf Leibeigene zurück. Er war aus der holländischen Stadt De Bilt auf dem Zwischendeck eines Dampfers nach New York gekommen und als Jan van de Bilt bekannt – bis er sein Vermögen angehäuft hatte und seinen Namen zu Vanderbilt aufwertete.

Aber man braucht kein Eisenbahnbesitzer zu sein, um seinen Namen zu ändern.

Aus Teddy wird Tinker.

Aus Eve wird Evelyn.

Aus Katya wird Kate.

In New York sind solche Änderungen gratis.

Als wir die 49. Straße überquerten, spürten wir, wie die Räder des Wagens rutschten. Auf der Fahrbahn vor uns glitzerten Pfützen, so schien es, aber nachdem der Regen aufgehört hatte, waren sie zu Eis gefroren. Tinker schaltete in einen niedrigeren Gang und bekam den Wagen wieder in den Griff. Er fuhr langsamer und wollte abbiegen. Vielleicht dachte er, auf der Third Avenue wäre es besser. In dem Moment kollidierte der Milchwagen mit uns. Wir hatten ihn gar nicht gesehen. Er raste voll beladen mit fünfzig

Meilen in der Stunde die Park Avenue nach Süden. Als Tinker abbremste, versuchte der Lieferwagen auch zu bremsen, kam auf dem Eis ins Rutschen und fuhr hinten auf uns auf. Der Triumph schoss nach vorn wie eine Rakete, raste quer über die 47. Straße und krachte frontal gegen einen Laternenpfahl auf dem Grünstreifen.

Als ich das Bewusstsein wiedererlangte, lag ich mit dem Kopf nach unten zwischen dem Gangknüppel und dem Armaturenbrett. Die Luft war kalt. Die Fahrertür stand offen, und ich sah Tinker auf dem Bordstein liegen. Die Beifahrertür war geschlossen, aber Eve war nicht da.

Ich befreite mich und kroch aus dem Auto. Ich hatte Schmerzen beim Atmen, als wäre eine Rippe gebrochen. Tinker richtete sich auf und stolperte auf Eve zu. Sie war durch die Windschutzscheibe katapultiert worden und lag gekrümmt auf dem Boden.

Aus dem Nichts kam ein Krankenwagen, und zwei Männer in weißen Kitteln sprangen mit einer Trage heraus. Es kam mir vor, als wäre es ein Nachrichtenstreifen aus dem Spanischen Bürgerkrieg.

»Sie lebt«, sagte einer von ihnen.

Sie hoben Eve auf die Trage.

Ihr Gesicht war zerschnitten und voller Blut, wie ein Stück Fleisch.

Ich konnte nicht anders, ich wandte mich ab.

Auch Tinker konnte nicht anders. Er richtete seinen Blick auf Eve und ließ erst von ihr ab, als sich die Türen zum Operationssaal hinter ihr schlossen.

8. *Januar 1938*

Als er aus dem Krankenhaus kam, stand eine Reihe Taxis vor dem Portal, wie bei einem Hotel. Er war überrascht, dass es schon dunkel war. Er wusste nicht, wie viel Uhr es war.

Der Fahrer im ersten Taxi nickte ihm zu. Er schüttelte den Kopf

Eine Frau im Pelzmantel kam eiligen Schrittes aus dem Krankenhaus und stieg in das Taxi ein, das er nicht gewollt hatte. Sie schlug die Autotür zu, lehnte sich nach vorn und gab die Adresse an. Sobald das Taxi losgefahren war, rückten die anderen nach.

Einen Moment lang fand er, ihre Hast sei fehl am Platze. Anderseits, warum sollte es, bloß weil wir gute Gründe haben, möglichst schnell zum Krankenhaus zu fahren, nicht ebenso gute geben, das Krankenhaus eilig zu verlassen?

Wie oft war er denn in ein Taxi gesprungen und hatte eine Adresse angegeben? Hunderte von Malen? Tausende von Malen?

»Möchten Sie eine?«

Ein Mann war vor die Tür getreten und stand jetzt ein, zwei Meter neben ihm. Es war einer der Chirurgen – der Spezialist für den rekonstruktiven Teil der Operation. Er wirkte sachlich und freundlich und konnte kaum mehr als fünfundvierzig Jahre alt sein. Anscheinend hatte er Pause, sein Kittel war makellos sauber. In der Hand hielt er eine Zigarette.

»Danke«, sagte er und nahm das Angebot zum ersten Mal seit Jahren an.

Ein Bekannter hatte einmal gesagt, sollte er je das Rauchen aufgeben, würde er sich an die letzte Zigarette deutlicher als an alle anderen davor erinnern. So war es auch gekommen. Es war auf dem Bahnsteig von Providence Station gewesen, wenige Minuten bevor er den Zug nach New York bestieg. Fast vier Jahre war das jetzt her.

Er steckte sich die Zigarette zwischen die Lippen und griff in die Tasche nach seinem Feuerzeug, aber der Chirurg war schneller.

»Danke«, sagte er wieder und beugte sich zur Flamme vor.

Eine der Krankenschwestern hatte ihm gegenüber erwähnt, der Chirurg habe im Krieg gedient und sei als junger Assistenzarzt nahe der Front in Frankreich stationiert gewesen. Das merkte man. Es war an seiner Haltung zu erkennen. Er wirkte wie ein Mann, der sein Selbstvertrauen in einem feindlichen Umfeld erworben hatte und niemandem mehr etwas schuldig war.

Der Arzt musterte ihn nachdenklich.

»Wann waren Sie das letzte Mal zu Hause?«

Wann war ich das letzte Mal zu Hause …?, überlegte er.

Der Arzt wartete nicht auf eine Antwort.

»Es kann noch ein paar Tage dauern, bis sie wieder zu Bewusstsein kommt. Aber wenn es so weit ist, müssen Sie in Bestform sein. Gehen Sie nach Hause, schlafen Sie sich aus, essen Sie etwas Gutes, und gießen Sie sich einen Drink ein.

Und machen Sie sich keine Sorgen. Ihre Frau ist in besten Händen.«

»Danke«, sagte er.

Ein Taxi fuhr vor und stellte sich hinten an.

Auf der Madison Avenue wartete jetzt eine ähnliche Schlange von Taxis vor dem Carlyle. Auf der Fifth Avenue standen Taxis vorm Stanhope. In welcher Stadt der Welt waren so viele Taxis jederzeit in Bereitschaft? An jeder Ecke, unter jeder Markise standen sie, sodass man, ohne sich erst umziehen oder nachdenken oder jemandem Bescheid geben zu müssen, einsteigen und sich nach Harlem oder nach Cape Horn fahren lassen konnte.

»… sie ist nicht meine Frau.«

Der Arzt nahm die Zigarette aus dem Mund. »Oh, Entschuldigung. Eine der Krankenschwestern sagte so etwas …«

»Wir sind befreundet.«

»Ja, natürlich.«

»Wir waren beide in dem Auto.«

»Verstehe.«

»Ich saß am Steuer.«

Der Arzt schwieg.

Ein Taxi fuhr ab, die Schlange rückte auf

Oh – Entschuldigung – ja, natürlich – verstehe.

FRÜHLING

5. Kapitel

HABEN ODER NICHT HABEN

Es war an einem Abend Ende März.

Meine neue Wohnung, eine Einzimmerwohnung, lag in einem sechsstöckigen Haus ohne Fahrstuhl an der 11. Straße zwischen First und Second Avenue. Vom Fenster blickte man auf einen schmalen Hof, über den Wäscheleinen gespannt waren. Obwohl es kalt war, hingen graue Laken fünf Stockwerke über dem gefrorenen Boden und sahen aus wie traurige, fantasielose Gespenster.

In der Wohnung auf der gegenüberliegenden Seite des Hofes lief ein alter Mann in Unterwäsche vor seinem Fenster hin und her, in der Hand eine Bratpfanne. Wahrscheinlich war er Hausmeister oder Wachmann, denn jeden Morgen brutzelte er in voller Montur irgendwelches Fleisch, während er sich abends in Unterwäsche Spiegeleier briet. Ich goss mir einen kleinen Gin ein und widmete mich dem abgegriffenen Kartenspiel auf meinem Tisch.

In einem spontanen Entschluss hatte ich fünfzehn Cent für ein Heft »Einführung in Kontraktbridge« ausgegeben, und es hatte sich schon bald gelohnt. Jeden Samstag verbrachte ich damit, vom Weckruf bis zum Zapfenstreich Karten zu spielen. An meinem kleinen Küchentisch teilte ich die Karten aus, ging dann von Stuhl zu Stuhl und spielte nacheinander für alle vier Mitspieler. Ich erfand mir einen Partner auf dem Nordstuhl, einen aristokratischen Briten, dessen waghalsiges Bieten im Kontrast zu meiner vorsichtigen Unerfahrenheit stand. Nichts gefiel ihm so sehr, wie leichtsinnig über mein Gebot zu gehen und mich so zum Verdoppeln mit Fehlfarben zu zwingen.

Wie eine Reaktion zeichneten sich nach und nach auch die Persönlichkeiten von Ost und West ab: Links von mir saß ein alter Rabbi, der sich jede gespielte Karte merkte, und rechts von mir ein Gangster im Ruhestand aus Chicago, der sich kaum etwas merkte, aber ein Gespür für die Situation hatte und manchmal aus reiner Willensstärke einen Schlemm spielte.

»Zwei Herzen?«, eröffnete ich vorsichtig, nachdem ich sorgfältig meine Trümpfe gezählt hatte.

»Zwei Pik«, sagte der Rabbi in leicht vorwurfsvollem Ton.

»Sechs Herzen«, rief mein Partner, während er noch seine Karten ordnete.

»Passe.«

»Passe.«

Als das Telefon klingelte, sahen wir alle überrascht auf.

»Ich gehe dran«, sagte ich.

Das Telefon wankte auf einem Stapel von Tolstois Romanen.

Ich vermutete, dass es der junge Buchhalter war, der sich bei Fanelli solche Mühe gegeben hatte, mich zum Lachen zu bringen. Gegen mein besseres Wissen hatte ich ihm meine Telefonnummer gegeben – Greenwich 7-8623 –, meine erste private Rufnummer. Aber als ich abnahm, war Tinker Grey am Apparat.

»Hallo, Katey.«

»Hallo, Tinker.«

Seit fast zwei Monaten hatte ich weder von Tinker noch von Eve gehört.

»Was treibst du so?«

Unter den gegebenen Umständen war das eine feige Frage.

»Noch zwei Spiele, und ich habe den Robber. Und du?«

Er antwortete nicht, schwieg einen Moment lang. »Könntest du heute Abend vorbeikommen?«

»Tinker …«

»Katey, ich weiß nicht, was mit dir und Eve ist. Aber die letzten Wochen waren sehr schwierig. Die

Ärzte haben gesagt, es wird schlimmer, bevor es besser wird. Ich habe ihnen nicht richtig geglaubt, aber sie hatten recht. Ich muss heute Abend ins Büro und möchte sie nicht allein lassen …«

Draußen setzte Schneeregen ein. Auf den Laken entstanden große nasse Flecken. Jemand hätte sie reinholen sollen, bevor es zu spät ist.

»Klar«, sagte ich. »Ich kann vorbeikommen.«

»Danke, Katey.«

»Du brauchst dich nicht zu bedanken.«

»Ist gut.«

Ich sah auf die Uhr. Um diese Zeit fuhren die Züge der Broadway-Linie nur noch unregelmäßig.

»Ich bin in vierzig Minuten da.«

»Nimm ein Taxi. Ich hinterlege das Geld beim Portier.«

Ich hängte den Hörer ein.

»Verdoppelt«, seufzte der Rabbi.

»Passe.«

»Passe.«

»Passe.«

An den ersten Tagen nach dem Unfall, solange Eve bewusstlos war, hatte Tinker an ihrem Bett gewacht. Ein paar Mädchen aus der Pension kamen abwechselnd und setzten sich mit einer Zeitschrift in den Wartesaal, aber Tinker verließ das Krankenzimmer nur selten. Er ließ sich vom Portier seines Wohnblocks frische Kleidung bringen und duschte im Umkleideraum des Chirurgen.

Am dritten Tag traf Eves Vater aus Indiana ein. Wie er da neben ihrem Bett saß, war seine Hilflosigkeit nur zu offensichtlich. Weder Tränen noch Gebete lagen ihm nahe, sonst wäre es ihm sicherlich besser gegangen. Stattdessen starrte er das zerstörte Gesicht seiner Tochter an und schüttelte immer wieder den Kopf.

Am fünften Tag erlangte sie das Bewusstsein wieder. Am achten war sie schon fast wieder sie selbst – oder vielmehr eine Art versteinerte Version ihrer selbst. Sie hörte den Ärzten mit kaltem, unverwandtem Blick zu. Sie übernahm deren medizinische Ausdrücke wie Fraktur, Ligatur und Sutur und ermunterte sie, ihre eigenen beschreibenden Begriffe wie verkrüppelt oder entstellt zu benutzen. Kurz bevor sie entlassen werden sollte, erklärte ihr Vater, er werde sie mit nach Indiana nehmen. Sie weigerte sich. Mr. Ross versuchte sie zu überreden, dann verlegte er sich aufs Bitten. Er sagte, zu Hause würde sie sich viel schneller erholen; er wies darauf hin, dass sie mit ihrem verletzten Bein nicht die Treppe zur Pension hochsteigen konnte; außerdem wollte ihre Mutter sie sehen. Aber Eve war nicht zu überzeugen, mit allen schönen Worten nicht.

Vorsichtig unterbreitete Tinker Mr. Ross den Vorschlag, dass Eve, wenn sie unbedingt in New York bleiben wolle, bis sie wiederhergestellt war, bei ihm wohnen könne, wo es einen Aufzug, eine Küchenhilfe, einen Portier und ein Gästeschlafzimmer gab. Eve nahm Tinkers Angebot ohne den Hauch eines Lächelns an. Falls Mr. Ross dieses Arrangement für inakzeptabel hielt, erwähnte er es nicht. Langsam begriff er, dass er auf das Leben seiner Tochter keinen Einfluss mehr hatte.

Am Tag vor Eves Entlassung brach Mr. Ross allein nach Hause zu seiner Frau auf, aber nachdem er sich von seiner Tochter verabschiedet hatte, signalisierte er mir, dass er mich sprechen wollte. Ich ging mit ihm zum Fahrstuhl, wo er mir einen Umschlag in die Hand drückte. Er sagte, das sei für mich, Eves Anteil an der Miete für den Rest des Jahres. An der Dicke des Umschlags erfühlte ich, dass es eine Menge Geld war. Ich wollte es ihm zurückgeben. Die Pension würde mir ja eine neue Zimmergenossin zuweisen. Aber Mr. Ross bestand darauf. Und dann verschwand er hinter den Gittertüren des Aufzugs. Ich sah der Anzeigenadel zu, die seine Fahrt nach unten zur Lobby nachzeichnete. Dann machte ich den Umschlag auf. Es waren fünfzig Zehndollarscheine. Wahrscheinlich dieselben Zehner, die Eve ihm zwei Jahre zuvor zurückgeschickt hatte, mit dem Ergebnis, dass diese Scheine weder von ihm noch von ihr jemals ausgegeben werden würden.

Ich nahm diese Entwicklung zum Zeichen dafür, dass ich mich selbstständig machen sollte – auch deshalb, weil Mrs. Martingale mich schon zweimal gewarnt hatte, sie würde mich rauswerfen, wenn ich die Kartons, die in ihrem Keller standen, nicht bald wegbrachte. Ich benutzte also die Hälfte von Mr. Ross' Geld, um sechs Monatsmieten für eine vierzig Quadratmeter große Einzimmerwohnung im Voraus zu bezahlen; den Rest verstaute ich tief in der Truhe von meinem Onkel Roscoe.

Eve wollte direkt vom Krankenhaus in Tinkers Wohnung ziehen, also übernahm ich es, ihre Sachen zusammenzupacken. Ich packte so gut ich konnte und faltete die Blusen und Pullover zu kleinen Quadraten, wie Eve es getan hätte. Tinker führte mich in das große Schlafzimmer, und ich verstaute alles in der Kommode und im Schrank, die leer geräumt waren. Tinker hatte seine Garderobe bereits in die Bedienstetenkammer gebracht.

In der ersten Woche, die Eve im Beresford verbrachte, ging ich jeden Abend zum Essen zu ihnen. Wir saßen in dem kleinen Esszimmer neben der Küche und aßen dreigängige Menüs, die im Souterrain des Gebäudes zubereitet und von einem livrierten

Hausburschen aufgetragen wurden. Suppe von Meeresfrüchten, danach Steak und Rosenkohl, zum Abschluss Kaffee und Mousse au Chocolat.

Nach dem Essen war Eve meistens so erschöpft, dass ich sie in ihr Zimmer brachte.

Sie setzte sich ans Bettende, und ich zog ihr die Kleider aus. Erst den rechten Schuh und den rechten Strumpf, dann öffnete ich den Reißverschluss an ihrem Kleid und zog es ihr über den Kopf, wobei ich darauf achtete, nicht die kleinen schwarzen Stiche auf ihrer Wange zu streifen. Sie saß fügsam da und starrte vor sich hin. Erst am dritten Abend begriff ich, dass sie sich in dem großen Spiegel der Frisierkommode anstarrte. Es war dumm von mir, das zu übersehen. Ich entschuldigte mich und sagte, ich würde Tinker bitten, den Spiegel wegzunehmen. Aber sie erlaubte uns nicht, ihn anzurühren.

Wenn ich sie zugedeckt, ihr einen Kuss gegeben und das Licht ausgemacht hatte, zog ich leise die Tür hinter mir zu und ging ins Wohnzimmer, wo Tinker angespannt wartete. Wir nahmen uns keinen Drink, wir setzten uns nicht einmal hin. In den wenigen Minuten bevor ich ging, flüsterten wir wie besorgte Eltern: *Sie hat wieder mehr Appetit … Sie sieht nicht mehr so blass aus … Die Schmerzen in ihrem Bein scheinen nachzulassen …* Beschwichtigende Sätze, wie Regentropfen auf einem Zeltdach.

Am siebten Abend nach Eves Entlassung, als ich sie zu Bett gebracht und ihr einen Kuss gegeben hatte, hielt sie mich fest.

»Katey«, sagte sie. »Ich liebe dich, das weißt du. Für immer.«

Ich setzte mich an den Bettrand. »Das gilt andersrum auch.«

»Ich weiß«, sagte sie.

Ich nahm ihre Hand und drückte sie, sie erwiderte den Druck.

»Ich glaube, es wäre besser, wenn du eine Weile nicht kommen würdest.«

»Ist gut.«

»Das verstehst du doch, oder?«

»Sicher«, sagte ich. Denn ich verstand es wirklich. Oder zumindest verstand ich genug.

Jetzt ging es nicht mehr darum, wer als Erstes »meiner« gesagt hatte oder wer im Kino neben wem saß. Das Spiel war jetzt ein anderes. Oder vielmehr, es war kein Spiel mehr. Jetzt ging es darum, die Nacht zu überstehen, was oft schwerer ist, als man denkt, und es ist für jeden anders schwer.

Als das Taxi am Central Park West hielt, war der Schneeregen zu Eisregen geworden. Pete, der Nachtportier, kam mir mit einem Schirm entgegen. Er gab dem Taxifahrer zwei Dollar für eine Fahrt, die einen

Dollar kostete, und nahm mich für die zwei Meter zwischen Taxi und Markise unter den Schirm. Hamilton hatte Dienst, der jüngste der Fahrstuhlführer. Er stammte aus Atlanta, Georgia, und brachte eine gewisse Plantagenhöflichkeit nach New York, die ihm entweder Tür und Tor öffnen oder jede Menge Ärger bescheren würde.

»Waren Sie auf Reisen, Miss Katherine?«, fragte er, als sich der Fahrstuhl in Bewegung setzte.

»Nur bis zum Lebensmittelgeschäft, Hamilton.«

Er lachte leise, um zu zeigen, dass er es besser wusste.

Mir gefielen seine Illusionen, ich mochte sie nicht zerstören.

»Herzlichen Gruß an Miss Evelyn und Mister Tinker«, sagte er, als wir anhielten.

Der Fahrstuhl öffnete sich zu dem privaten Vorraum. Er war ein perfektes Beispiel von griechisch-antiker Retroeleganz, mit Parkettfußböden und Stuckverzierungen und einem vorimpressionistischen Stillleben an der Wand. Tinker saß auf einem Stuhl, die Unterarme auf den Knien, den Kopf gesenkt. Er sah aus, als wartete er wieder draußen vor dem Operationssaal. Als ich aus dem Fahrstuhl trat, war er sichtlich erleichtert, als hätte er sich Sorgen gemacht, dass ich nicht kommen würde.

Er nahm meine beiden Hände in seine. Seine Gesichtszüge waren weich, als hätte er die zehn Pfund zugelegt, die Eve im Krankenhaus abgenommen hatte.

»Katey! Vielen Dank, dass du kommst. Gut, dich zu sehen.«

Er sprach mit unterdrückter Stimme. Sofort war ich alarmiert.

»Tinker. Weiß Eve, dass ich hier bin?«

»Ja, ja, natürlich«, flüsterte er. »Sie freut sich, dich zu sehen. Ich wollte nur erklären. In letzter Zeit ging es ihr nicht so gut. Besonders abends. Ich versuche, möglichst oft zu Hause zu bleiben. Für sie ist es leichter, wenn jemand … bei ihr ist.«

Ich zog meinen Mantel aus und legte ihn auf den anderen Stuhl. Dass er mir nicht aus dem Mantel geholfen hatte, hätte mir etwas über Tinkers Verfassung sagen sollen.

»Ich weiß nicht, wie lange es dauern wird. Kannst du bis elf bleiben?«

»Sicher.«

»Zwölf?«

»Ich kann so lange bleiben wie nötig, Tinker.«

Er nahm wieder meine Hände und ließ sie dann los. »Komm rein … Eve! Katey ist hier!«

Wir gingen ins Wohnzimmer.

Das klassische Dekor des Vorraums von Tinkers Wohnung war gewissermaßen ein Zaubertrick, denn es war der einzige Raum in der Wohnung in dem Stil, der vor dem Untergang der *Titanic* üblich war. Das Wohnzimmer – ein prachtvoller quadratischer Raum mit raumhohen Fenstern und Blick über den Central Park – sah aus, als wäre er unmittelbar von der Weltausstellung 1929 in Barcelona nach New York transportiert worden. Drei weiße Sofas und zwei schwarze Mies-van-der-Rohe-Stühle standen in strenger Anordnung um einen niedrigen Tisch mit Glasplatte, auf dem kunstvoll ein Stapel Bücher, ein Messingaschenbecher und ein Flugzeugmodell im Art-déco-Stil arrangiert waren. Nirgendwo Satin oder Samt oder Paisleymuster, nirgendwo raue Oberflächen oder abgerundete Kanten. Stattdessen ineinandergreifende Rechtecke, die das allgemeine Gefühl der Abstraktion verstärkten.

Eine Wohnmaschine nannten es, glaube ich, die Franzosen, und Eve ruhte mitten in dem Arrangement. Sie trug ein neues weißes Kleid und lag drapiert auf einem der Sofas, den einen Arm unter dem Kopf, den anderen an ihrer Seite ausgestreckt, in einer Pose, als wollte sie sagen: Hier liege ich schon mein ganzes Leben. Mit den Lichtern der Stadt hinter ihr und dem Martini-Glas auf dem Teppich sah sie aus wie auf einem Werbeplakat einer Unfallversicherung.

Erst wenn man näher kam, sah man die Spuren.

Auf der linken Wange zogen sich zwei aufeinander zulaufende Narben von der Schläfe bis zum Kinn. Was an Symmetrie noch da war, wurde – wie nach einem Schlaganfall – von dem leicht hängenden Mundwinkel zerstört. So, wie sie lag, wirkte ihr linkes Bein nur ein bisschen verdreht, aber wo der Kleidersaum hochgerutscht war, sah es durch die Hauttransplantationen wie ein gerupftes Hühnerbein aus.

»Hallo, Evey.«

»Hallo, Kate.«

Ich beugte mich zu ihr hinunter und gab ihr einen Kuss. Ohne zu zögern, bot sie mir ihre rechte Wange, so sehr hatte sie sich schon an ihren neuen Zustand gewöhnt. Ich setzte mich auf das Sofa ihr gegenüber.

»Wie geht es dir?«, fragte ich.

»Besser. Und dir?«

»Auch so.«

»Gut. Möchtest du was trinken? Tinker, Schatz, machst du das?«

Tinker hatte sich nicht gesetzt. Er stand hinter der freien Couch und stützte sich mit beiden Händen auf die Rückenlehne. »Natürlich«, sagte er und richtete sich auf. »Was möchtest du, Katie? Wir haben uns gerade einen Martini gemixt. Ich mache dir gern eine frischen.«

»Ich nehme den Rest aus dem Shaker.«

»Sicher?«

»Klar.«

Tinker kam um das Sofa herum und nahm das Modellflugzeug, das auf dem Glastisch stand. Der Rumpf ließ sich aus den Flügeln heben – eine witzige Art-déco-Konstruktion, schon fast ein bisschen modisch. Tinker zog die Flugzeugnase ab und füllte mein Glas. Er zögerte einen Moment.

»Möchtest du noch, Eve?«

»Nein, danke. Aber bleib du doch und trink zusammen mit Katey.«

Bei dem Vorschlag wirkte Tinker gequält.

»Mir macht es nichts aus, wenn ich allein trinke«, sagte ich.

Tinker stellte den Shaker wieder hin. »Ich versuche, nicht zu spät zu kommen.«

»Bestens«, sagte Eve.

Tinker küsste Eve auf die Wange. Als er zur Tür ging, sah sie aus dem Fenster über die Stadt. Die Tür fiel ins Schloss. Eve sah nicht hinüber.

Ich nahm einen Schluck von dem Martini. Er hatte sich gut mit dem geschmolzenen Eis vermischt. Man konnte den Gin kaum schmecken. Das würde mir nicht helfen.

»Du siehst gut aus«, sagte ich schließlich.

Eve sah mich geduldig an. »Katey. Du weißt, dass

ich solchen Mist nicht ausstehen kann. Vor allem nicht von dir.«

»Ich meinte nur, du siehst besser aus als das letzte Mal, als ich dich gesehen habe.«

»Das liegt an den Jungs im Souterrain. Jeden Tag kriege ich Schinken zum Frühstück und Suppe zum Lunch. Zum Cocktail gibt es Kanapees und Kuchen zum Kaffee.«

»Ich bin neidisch.«

»Sicher. Ein Leben im Luxus. Aber nach einer Weile fühlt man sich selbst wie das gemästete Kalb.«

Sie hatte Mühe, sich aufzurichten. Mit zwei spitzen Fingern nahm sie eine kleine weiße Tablette, die auf der Tischplatte kaum zu sehen war.

»Eines Tages finde ich Jesus«, sagte sie und schluckte die Medizin mit ihrem lauwarmen Gin hinunter. »Möchtest du noch einen?«, fragte sie.

»Wenn du auch einen trinkst.«

Sie stützte sich auf der Tischplatte ab und richtete sich auf.

»Ich kann das machen«, sagte ich.

Sie lächelte trocken. »Der Arzt empfiehlt Bewegung.«

Sie nahm den Shaker vom Gestell und ging zur Bar. Dabei zog sie den linken Fuß nach, wie Kinder einen Koffer auf der Straße hinter sich herziehen würden.

Sie nahm die Eiswürfel einzeln mit einer Zange und ließ sie in den Flugzeugrumpf fallen. Den Gin goss sie nach Gefühl ein, dann fügte sie den Wermut aus dem Messglas hinzu. Über der Bar hing ein Spiegel, und während sie den Drink mixte, musterte sie ihr Gesicht mit grimmiger Befriedigung.

Es heißt, Vampire haben kein Spiegelbild. Vielleicht hatte der Unfall aus Eve eine Art Geistergestalt mit der umgekehrten Eigenschaft gemacht: Außer auf der Reflexionsfläche eines Spiegels war sie für sich selbst unsichtbar.

Sie setzte den Deckel auf den Shaker, schüttelte ihn schwach und schleppte sich wieder zum Sofa. Nachdem sie sich eingegossen hatte, schob sie den Shaker über den Tisch.

»Wie kommt ihr beide zurecht, du und Tinker?«, fragte ich.

»Ich habe keine Lust zu plaudern, Katey.«

»Ist das plaudern?«

»Hört sich für mich so an.«

Ich machte eine vage Geste in den Raum. »Wenigstens sieht es so aus, als würde er sich gut um dich kümmern.«

»Was du kaputt machst, musst du kaufen, stimmt's?« Sie nahm einen großen Schluck und sah mir in die Augen. »Du möchtest nicht einfach nach Hause gehen, oder? Ich komme sehr gut klar. Und in einer Viertelstunde schlafe ich tief und fest.« Zur Veranschaulichung hob sie ihr Glas.

»Ich habe nichts vor«, sagte ich. »Ich bleibe noch eine Weile und helfe dir dann in dein Zimmer.«

Sie wedelte mit der Hand durch die Luft, als wollte sie sagen: Bleib, wenn du bleiben willst, geh, wenn du gehen willst. Sie nahm wieder einen Schluck und lehnte sich zurück.

Ich sah in mein Glas.

»Du könntest mir vorlesen«, sagte sie. »Das macht Tinker immer.«

»Möchtest du das?«

»Anfangs hat es mich verrückt gemacht. Ich dachte, er hätte nicht den Mut, sich mit mir zu unterhalten. Aber inzwischen mag ich es ganz gern.«

»Na gut. Was soll ich vorlesen?«

»Irgendwas.«

Auf dem Couchtisch lagen der Größe nach geordnet acht Bücher auf einem Stapel. Mit den glänzenden bunten Schutzumschlägen sahen sie aus wie sauber verpackte Weihnachtsgeschenke. Ich nahm das oberste Buch. Da keine Seite umgeknickt war, fing ich vorne an:

»›Ja, gewiss, wenn es morgen schön ist‹, sagte Mrs. Ramsey. ›Aber du wirst mit den Vögeln auf sein müssen‹, fügte sie hinzu. Ihr Sohn nahm diese Worte mit außerordentlicher Freude auf, als wäre jetzt ausgemacht, dass der große Ausflug bestimmt stattfinden würde, und das Wunderbare, das er Jahre und Jahre, wie ihm schien, herbeigewünscht hatte, läge nun, hinter dem Dunkel einer Nacht und der Segelfahrt eines Tages, in Reichweite …«

»Oh, hör auf!«, rief Eve. »Das ist ja schrecklich! Welches Buch ist das?«

»Virginia Woolf.«

»Uch. Tinker hat lauter Romane von Frauen mitgebracht, als bräuchte ich die, um wieder auf die Füße zu kommen. Er hat sie um mein Bett herum aufgebaut. Als wollte er mich damit einmauern. Ist gar nichts anderes da?«

Ich kippte den Stapel zur Seite und zog ein Buch aus der Mitte heraus.

»Hemingway?«

»Gott sei Dank. Aber fang nicht vorne an, ja, Katey?«

»Wo soll ich anfangen?«

»Irgendwo, Hauptsache, nicht vorne.«

Ich schlug eine Seite auf, Seite 104:

»Der vierte Mann, der große, kam, während er zuschaute, aus der Bank und hielt eine Thomson vor sich, und als er rückwärts durch die Tür kam, hob die Sirene in der Bank zu einem langen, atemraubenden Kreischen an, und Harry sah, wie der Gewehrlauf hüpf-hüpf-hüpfte, und er hörte das Bop-bop-bop.«

»Viel besser«, sagte Eve.

Sie legte sich das Kissen hinter dem Kopf zurecht, lehnte sich zurück und schloss die Augen.

Ich las fünfundzwanzig Seiten laut vor. Nach zehn Seiten war Eve eingeschlafen. Ich hätte aufhören können, aber mir gefiel das Buch. Von Seite 104 an beginnend, klang Hemingways Prosa noch energiegeladener als sonst. Ohne die Anfangskapitel wurden alle Ereignisse zu Skizzen, und alle Dialoge hatten einen Unterton. Nebengestalten nahmen den gleichen Rang ein wie Hauptpersonen und knüppelten sie mit ihrem desinteressierten gesunden Menschenverstand nieder. Die Protagonisten schlugen nicht zurück. Eher schienen sie erleichtert, von der Tyrannei ihrer Geschichte befreit zu werden. Ich bekam Lust, alle Bücher von Hemingway auf diese Weise zu lesen.

Ich leerte mein Glas und setzte es vorsichtig ab, damit der Glasfuß nicht auf der Glasplatte klirrte.

Auf der Lehne von Eves Couch lag eine weiße Wolldecke, die ich über sie ausbreitete. Sie atmete gleichmäßig und tief. Sie brauchte Jesus nicht mehr zu finden, er war schon auf der Suche nach ihr.

Über der Bar hingen vier Tankstellenbilder von Stuart Davis. Sie waren die einzigen Kunstwerke im Zimmer und bildeten mit ihren Primärfarben einen schönen Kontrast zu den Möbeln. Vor den Flaschen an der Bar stand ein weiteres silbernes Art-déco-Objekt. Es hatte ein kleines Fenster und eine Kurbel, mit der man kleine elfenbeinfarbene Kärtchen umklappen konnte wie die Tafeln eines Eisenbahnfahrplans. Auf jeder Karte stand das Rezept für einen Cocktail: Martini, Manhattan, Metropolitan … kurbel, kurbel. Bamboo, Bennett, Between the Sheets … kurbel, kurbel, kurbel. Hinter der Ginflasche standen vier Flaschen Whiskey, von denen ich nicht eine hätte bezahlen können. Ich goss mir von dem ältesten ein und machte mich auf einen Rundgang durch die Wohnung.

Das erste Zimmer rechts war das kleine Esszimmer, wo wir anfangs immer gegessen hatten. Dahinter die kleine Küche – gut ausgestattet und selten benutzt. Über dem Herd standen blinkende Kupfertöpfe und irdene Gefäße mit den Aufschriften MEHL, ZUCKER, KAFFEE, TEE, alle bis zum Rand gefüllt.

Hinter der Küche war die Bedienstetenkammer. Anscheinend schlief Tinker immer noch hier. Ein ärmelloses Unterhemd lag auf einem Stuhl, und im Bad stand sein Rasierer in einem Glas. Über einem kleinen Bücherregal hing ein einfaches gegenständliches Bild. Es war der Blick von oben auf einen Frachthafen, wo Schauerleute sich zu einem Protest versammelt hatten. Zwei Polizeiautos standen am

Rand der Menge. Am Ende des Kais konnte man schwach die Wörter *Nachts durchgehend geöffnet* in blauen Neonlettern lesen. Das Gemälde hatte durchaus seine Qualitäten, aber angesichts der übrigen Wohnung verstand ich, warum es in die Bedienstetenkammer verbannt worden war. Ähnlich war es vermutlich den Büchern in dem Regal ergangen – es waren lauter Krimis.

Ich machte eine Kehrtwendung, ging wieder an der Küche vorbei und an Eve, die fest schlief, und den Flur auf der anderen Seite entlang. Das erste Zimmer links war ein Arbeitszimmer mit holzgetäfelten Wänden und einem offenen Kamin. Es war halb so groß wie meine Wohnung.

Auf dem Schreibtisch stand noch so ein raffiniertes Art-déco-Objekt: ein Zigarettenbehälter in Form eines Rennautos. Alle diese silbernen Gegenstände – der Shaker, der Cocktailkatalog, das Rennauto – passten gut zu dem internationalen Stil der Wohnung. Sie waren wie Schmuckstücke gefertigt, dienten aber unmissverständlich männlichen Zwecken. Und keines wirkte so, als würde einer wie Tinker es kaufen. Sie ließen das Wirken einer unsichtbaren Hand vermuten.

Zwischen zwei Buchständern war eine kleine Auswahl von Nachschlagewerken aufgereiht: ein Wörterbuch, eine lateinische Grammatik, ein Atlas, der schon bald völlig überholt sein würde. Dazwischen stand ein schmaler Band ohne Titel auf dem Buchrücken. Es war ein Buch mit Texten von George Washington. Der Widmung auf der ersten Seite zufolge war es ein Geschenk von Tinkers Mutter zu seinem vierzehnten Geburtstag gewesen. Der Band enthielt alle berühmten Reden und Briefe in chronologischer Reihenfolge, aber der erste Text war eine Liste des nach Höherem strebenden Staatsgründers, die er als Teenager zusammengestellt hatte:

Regeln der Höflichkeit & des anständigen Benehmens in Gesellschaft und im Gespräch:

1. *Was immer Sie in Gesellschaft tun, tun Sie es mit Respekt den anderen gegenüber.*
2. *Berühren Sie Ihren Körper in Gesellschaft nicht an Stellen, die man üblicherweise bedeckt hält. Nehmen Sie Rücksicht auf andere. Bringen Sie niemanden in Verlegenheit.*
3. *Offenbaren Sie Ihren Freunden nichts, was sie verschrecken könnte.*

Und so weiter.

Habe ich »und so weiter« gesagt? Es waren einhundertzehn Regeln! Und die Hälfte davon war unterstrichen – was die Begeisterung eines Jugendlichen für angemessenes Verhalten zeigte, die er mit einem anderen Jugendlichen über eine Kluft von hundertfünfzig Jahren hinweg teilte. Schwer zu entscheiden, was reizender war: dass Tinkers Mutter ihm das Buch geschenkt oder dass er es auf seinem Schreibtisch stehen hatte.

Der Schreibtischstuhl war ein Drehstuhl. Ich drehte mich einmal im Kreis und hielt an. Alle Schubladen hatten Schlösser, waren aber unverschlossen. Die untersten Schubladen an der Seite waren leer, und die oberen waren mit dem üblichen Kram gefüllt. Aber in der mittleren Schublade lag auf einem Stapel Papiere ein Brief von Eves Vater.

Sehr geehrter Mr. Grey,

ich danke Ihnen für Ihre Offenheit im Krankenhaus und glaube Ihnen aufs Wort, dass zwischen Ihnen und Eve keine Liebesbeziehung besteht. Das ist mit ein Grund, warum ich entgegen Ihren früheren Einwänden die Kosten für den Aufenthalt meiner Tochter in Ihrer Wohnung übernehmen muss. Ich lege einen Scheck über $ 1000 bei und werde weitere folgen lassen. Bitte erweisen Sie mir die Ehre, sie einzulösen.

Eine großzügige Tat bedeutet selten das Ende der Verantwortung eines Menschen für einen anderen, im Gegenteil, oft fängt sie damit erst an. Nicht viele Menschen begreifen das, aber ich bezweifle nicht, dass Sie das verstehen.

Sollte sich zwischen Ihnen und meiner Tochter mehr ent-

wickeln, so muss ich darauf vertrauen, dass Sie weder ihren Zustand noch ihre Nähe noch die Tatsache, dass sie Ihnen gegenüber verpflichtet ist, ausnutzen und dass Sie die Zurückhaltung üben, die einem Gentleman geziemt, bis zu dem Zeitpunkt, da Sie bereit sind, den richtigen Schritt zu tun.

In Dankbarkeit und Vertrauen

Charles Everett Ross

Ich faltete den Brief und legte ihn wieder in die Schublade. Meine Achtung vor Mr. Ross war gestiegen. In seiner schmucklosen, sachlichen Prosa, Geschäftsmann an Geschäftsmann, hätte der Brief auch einen Don Juan schachmatt setzen können. Kein Wunder, dass Tinker ihn dort gelassen hat – wo Eve ihn mit Sicherheit fand.

Im großen Schlafzimmer waren die Vorhänge zurückgezogen, und die Stadt funkelte wie ein Diamantcollier, das sich seiner Wirkung genau bewusst ist. Auf dem Bett lag eine blaugelbe Tagesdecke aus dem gleichen Stoff, mit dem die beiden Stühle gepolstert waren. Während die ganze Wohnung auf den Punkt genau für einen wohlhabenden Junggesellen ausgestattet war, gab es hier gerade Farbe genug, dass eine Frau, die zufälligerweise das Schlafzimmer betrat, sich nicht befremdet fühlte. Auch hier war die unsichtbare Hand am Werk gewesen.

Im Wandschrank hing Eves Garderobe, darunter

ein paar neue Stücke. Wahrscheinlich hatte Tinker sie gekauft, denn sie waren nicht billig und nicht Eves Stil. Als ich mit den Fingern die Kleider durchging, sie durchblätterte wie die Cocktailrezepte, fiel mein Blick auf eine blaue Dreivierteljacke. Sie gehörte mir. Einen Moment wusste ich nicht, wie sie dahin gelangt war, schließlich hatte ich Eves Sachen ausgepackt. Doch dann fiel es mir ein – Eve hatte sie am Abend des Unfalls getragen. Ein Wunder der Höflichkeit und des anständigen Benehmens hatte bewirkt, dass sie gerettet und gereinigt worden war. Ich hängte sie wieder an ihren Platz und schloss die Schranktür.

Eves Medikamente standen auf einer Ablage im Badezimmer. In erster Linie waren es Schmerzmittel. Ich warf einen Blick in den Spiegel und fragte mich, wie ich an ihrer Stelle zurechtkommen würde.

Nicht sehr gut.

Als ich wieder ins Wohnzimmer kam, war Eve verschwunden.

Ich ging wieder in die Küche und in die Dienstenkammer. Ich machte kehrt und ging ins Arbeitszimmer. Ich befürchtete schon, Eve könnte weggelaufen sein. Doch dann sah ich das Bauschen des Vorhangs vor der Terrassentür und die weiße Silhouette ihres Kleides auf der Terrasse. Ich ging zu ihr.

»He, Katey.«

Falls Eve argwöhnte, dass ich spioniert hatte, zeigte sie es nicht.

Der Schneeregen hatte aufgehört, der Himmel war von Sternen übersät. Die Wohnblocks auf der Ostseite des Central Park schimmerten matt wie Häuser auf der anderen Seite einer Bucht.

»Ziemlich kalt hier draußen«, sagte ich.

»Aber es lohnt sich. Es ist seltsam, oder? Die Skyline in der Dunkelheit ist so atemberaubend, und doch könnte man sein ganzes Leben in Manhattan verbringen und sie niemals sehen. Wie eine Maus in einem Labyrinth.«

Eve hatte natürlich recht. Entlang der Avenues an der Lower East Side war der Himmel von Subwaylinien auf Stelzen, Feuerleitern und oberirdisch gespannten Telefondrähten verstellt, die erst noch verlegt werden mussten. Die meisten New Yorker verbrachten ihr Leben zwischen dem Obstkarren auf der Straße und dem fünften Stock. Der Blick auf die Stadt aus dreißig Metern oberhalb des Getümmels war einfach himmlisch. Wir verharrten einen Moment schweigend.

»Tinker mag es nicht, wenn ich hier rauskomme«, sagte sie. »Er ist überzeugt, ich stürze mich hinunter.«

»Würdest du das tun?« Die Frage sollte witzig klingen, aber ich traf nicht den richtigen Ton.

Sie schien nicht besonders verärgert. Ihre Antwort war deutlich und umfasste vier Wörter: »Ich bin katholisch, Katey.«

In rund vierhundert Meter Höhe traten drei kleine grüne Lichter in unser Blickfeld und bewegten sich über dem Park in Richtung Süden.

»Siehst du die?«, sagte Eve. »Ich wette meinen Nachtschlaf, dass sie um das Empire State Building herumfliegen. Das machen diese kleinen Flugzeuge immer. Irgendwie können sie nicht anders.«

Wie an den ersten Abenden nach dem Krankenhaus half ich Eve, als sie so weit war, sich fürs Bett fertig zu machen: Ich zog ihr die Strümpfe aus und ihr Kleid, dann deckte ich sie zu und küsste ihr die Stirn.

Sie umfasste meinen Kopf und küsste mich ebenfalls auf die Stirn. »Es war gut, dich zu sehen, Katey.«

»Soll ich das Licht ausmachen?«

Ihr Blick wanderte zum Nachttisch. »Sieh dir das an«, stöhnte sie. »*Virginia* Woolf. *Edith* Wharton. *Emily* Brontë. Tinkers Genesungsplan. Aber – die haben sich doch alle umgebracht, oder?«

»Ich glaube, nur Woolf.«

»Also, meinetwegen hätten sich die anderen auch umbringen können.«

Die Bemerkung kam so unvermittelt, dass ich lachen musste. Auch Eve fing an zu lachen. Sie schüttelte sich vor Lachen, dass ihr das Haar übers Gesicht fiel. Seit Anfang Januar hatten wir zwei nicht mehr so gelacht wie jetzt.

Als ich das Licht ausmachte, sagte Eve, es hätte keinen Zweck, auf Tinker zu warten, ich solle ruhig gehen. Beinahe hätte ich das auch getan. Aber ich hatte es ihm versprochen.

Ich schaltete das Licht im Flur und die meisten Lampen im Wohnzimmer aus. Ich setzte mich auf eins der Sofas und legte mir die weiße Decke über die Schultern. Ich zog ein Buch aus der Mitte des Stapels und fing an zu lesen. Es war *Die gute Erde* von Pearl S. Buck. Als es mich auf Seite 2 langweilte, blätterte ich weiter bis Seite 104 und las von da an. Das half gar nichts.

Mein Blick blieb an der Buchpyramide hängen. Ich las die Titel und wunderte mich über die Auswahl. Dann nahm ich den ganzen Stapel, trug ihn ins Bedienstetenzimmer und tauschte ihn gegen zehn Krimis aus. Als ich sie auf den Couchtisch legte, brauchte ich sie nicht nach der Größe zu ordnen, da sie alle exakt gleich groß waren. Dann ging ich in die Küche und machte mir »Eier bei geschlossener Küchentür«.

Ich schlug zwei Eier in eine Schüssel und verquirlte sie mit geraspeltem Käse und Kräutern. Dann goss ich die Mischung in einen Topf, in dem ich Olivenöl erhitzt hatte, und setzte den Deckel drauf. Irgendwas an dem heißen Olivenöl und dem Deckel bewirkt, dass die Eier sofort aufgehen. Und sie werden braun, ohne anzubrennen. Mein Vater bereitete Eier so zu, als ich klein war, aber wir aßen sie nie zum Frühstück. Am besten schmeckten sie, sagte er immer, wenn die Küchentür geschlossen war.

Ich aß gerade den letzten Bissen, als ich Tinker leise meinen Namen rufen hörte.

»Ich bin in der Küche.«

Er kam herein und wirkte erleichtert. »Da bist du ja«, sagte er.

»Da bin ich.«

Er ließ sich auf einen Stuhl sinken. Sein Haar war gekämmt und seine Krawatte zu einem ordentlichen Knoten gebunden, doch trotz seines Aufzugs ließ sich nicht verbergen, dass er erschöpft war. Mit seinen geröteten Augen und dem müden Gesicht sah er aus wie ein frischgebackener Vater, der nach der Ankunft von Zwillingen plötzlich viele Stunden zusätzlich arbeiten muss.

»Wie war es?«, fragte er vorsichtig.

»Gut, Tinker. Eve hält mehr aus, als du denkst. Sie schafft das schon.«

Am liebsten hätte ich gesagt, er solle sich ein bisschen entspannen, Eve mehr Raum geben, auf die

Natur vertrauen … aber natürlich hatte nicht ich am Steuer gesessen.

»Wir haben in Palm Beach eine Zweigstelle«, sagte er dann. »Ich überlege, ob ich ein paar Wochen mit ihr dahin fahren soll. Ein bisschen Wärme und eine andere Umgebung. Was meinst du?«

»Klingt gut.«

»Ich glaube, eine Ortsveränderung würde ihr guttun.«

»Vielleicht würde sie dir auch guttun.«

Er lächelte müde.

Als ich aufstand, um den Tisch abzuräumen, folgte er wie ein gut erzogener Hund dem leeren Teller mit den Augen. Also machte ich ihm auch zwei »Eier bei geschlossener Küchentür«. Ich verquirlte und briet sie und servierte sie auf einem Teller, den ich vor ihn hinstellte. Zuvor hatte ich in einem der Schränke eine volle Flasche Kochsherry entdeckt. Jetzt zog ich den Korken heraus und goss jedem von uns ein Glas ein. Wir tranken den Sherry und wanderten mit unnötig gedämpften Stimmen von einem Thema zum anderen.

Von Florida kamen wir auf Key West, was Tinker daran erinnerte, wie er als Kind *Die Schatzinsel* gelesen und wie er mit seinem Bruder im Garten nach Dublonen gegraben hatte; das weckte bei uns beiden Erinnerungen an *Robinson Crusoe* und an

Fantasien vom Leben auf einer einsamen Insel, und das wiederum führte uns zu der Frage, was wir in der Tasche haben wollten, sollten wir eines Tages tatsächlich die einzigen Überlebenden eines Schiffsunglücks sein: Tinker wollte (sehr vernünftig) sein Taschenmesser und einen Feuerstein bei sich haben und ich (völlig unvernünftig) ein Kartenspiel und Thoreaus *Walden* – das einzige Buch, in dem man fast auf jeder Seite der Unendlichkeit begegnet.

Und einen kurzen Augenblick lang erlaubten wir uns die Vorstellung, dass wir noch in Max' Diner saßen, wo sich unsere Knie unter dem Tisch berührten und die Möwen um den Turm der Trinity Church kreisten, und dass all die bunten Möglichkeiten, die das neue Jahr vor uns ausbreitete, noch in Reichweite waren.

»Vergangene Zeiten«, sagte mein Vater immer. »Wenn du nicht aufpasst, weiden sie dich aus, als wärst du ein Fisch.«

Im Vorraum nahm Tinker wieder meine Hände in seine.

»Es war schön, dich zu sehen, Katey.«

»Ich fand es auch schön, dich zu sehen.«

Als ich mich umwenden wollte, ließ er meine Hände nicht gleich los. Er sah aus, als wollte er noch etwas sagen. Stattdessen küsste er mich – während Eve in dem Zimmer am anderen Ende des Flurs schlief.

Es war kein fordernder Kuss. Eher eine Anfrage. Ich hätte mich nur ein wenig vorbeugen müssen, und er hätte mich in die Arme genommen. Aber wohin hätte das in diesem Moment geführt?

Ich entzog ihm meine Hände, legte eine Hand auf seine glatte Wange und fand Trost in dem wohlgemeinten Rat zu Geduld, denn die Liebe verträgt alles, sie glaubt alles, hofft alles, und, am wichtigsten, sie duldet alles.

»Du bist ein Lieber, Tinker Grey.«

Die Kabel des Fahrstuhls sausten vorbei, die Kabine kam an. Ich ließ meine Hand sinken, bevor Hamilton die Gittertür zurückzog.

Tinker nickte und steckte seine Hände in die Taschen. »Danke für die gebratenen Eier«, sagte er.

»Nicht zu viel Lob bitte. Was anderes kann ich nicht kochen.«

Tinker lächelte, und etwas von seinem früheren Selbst blitzte auf.

Ich stieg in den Fahrstuhl.

»Wir haben gar nicht über deine neue Wohnung gesprochen«, sagte er. »Kann ich sie mir mal ansehen? Vielleicht nächste Woche?«

»Das wäre wunderbar.«

Hamilton wartete höflich, bis wir unser Gespräch beendet hatten.

»Danke, Hamilton«, sagte ich.

Er zog das Gitter vor, legte den Hebel um, und der Fahrstuhl senkte sich in die Tiefe.

Während die Stockwerke an uns vorbeiglitten, sang er ein kleines Lied vor sich hin. Es war ein hübsches Lied von jemandem, der im Schlafanzug zum Forellenangeln geht.

Nach dem Bürgerkrieg wurden die Namen der Gründerväter wie Washington und Jefferson sehr beliebt bei Menschen seiner Rasse. Aber ich hatte noch nie einen Neger kennengelernt, der nach Alexander Hamilton benannt war, einem bedeutenden Anwalt und Bankier der Zentralbank, der bei einem Duell umgekommen war.

Als wir unten ankamen, stieg ich aus dem Fahrstuhl und wollte ihn danach fragen. Doch da läutete die Glocke, und er zuckte nur die Schultern. Die Messingtüren des Fahrstuhls schlossen sich leise.

Auf den Türen war das Wappen des Beresford angebracht, auf dem das Motto *Fronta Nulla Fides* zu lesen war. Vertraue keinen Äußerlichkeiten.

Wahrhaftig.

Obwohl das Murmeltier keinen Schatten geworfen hatte – ein Zeichen für den Frühlingsanfang –, belagerte der Winter die Stadt noch für weitere drei Wochen. Im Central Park erfroren die Krokusse, die Singvögel trafen die einzig vernünftige Entscheidung und kehrten nach Brasilien zurück, und Mister

Tinker, was tat der? Nun, am Montag darauf reiste er mit Miss Evelyn nach Palm Beach, ohne das auch nur mit einer Silbe erwähnt zu haben.

6. Kapitel

DER GRAUSAMSTE MONAT

An einem Abend im April stand ich an der Wall-Street-Haltestelle und wartete auf den Interborough Rapid Transit, um mit den Massen nach Hause zu fahren. Zwanzig Minuten waren seit dem letzten Zug vergangen, und auf dem Bahnsteig drängten sich die Menschen mit ihren Hüten und grob gefalteten Spätausgaben der Zeitung und seufzten. Ganz in der Nähe stand ein zum Platzen vollgestopfter, mit einer Kordel verzurrter Koffer. Es fehlten nur die Kinder, und man hätte denken können, man sei an einer Flüchtlingsstation in Kriegszeiten.

Ein Mann schob sich an mir vorbei und berührte meinen Ellbogen. Er hatte braune Haare und trug einen Kaschmirmantel. Wie jemand aus einer anderen Zeit drehte er sich um und entschuldigte sich. Und für den Bruchteil eines Augenblicks dachte ich, es sei Tinker.

Aber ich hätte es wissen müssen.

Tinker Grey war in weiter Ferne des IRT-Bahnsteigs. Am Ende ihrer ersten Woche in Palm Beach hatte Eve mir eine Postkarte vom Breakers Hotel geschickt, wo sie und Tinker *Unterschlupf gefunden haben. Wir vermissen dich ganz schrecklich, Freundin* – so schrieb sie zumindest, und Tinker kritzelte an den Rand der Karte Ähnliches, in Großbuchstaben, die um meine Adresse herum und weiter zur Briefmarke führten. Auf der Bildseite hatte Eve einen Pfeil zu ihrem Balkon gemacht, der den Strand überblickte. In den Sandstrand hatte sie ein Schild gemalt mit der Aufschrift SPRINGEN VERBOTEN. Als P.S. hatte sie geschrieben: *Wir sehen uns nächste Woche.* Aber zwei Wochen später bekam ich eine Postkarte aus Key West.

Unterdessen nahm ich fünftausend Seiten Diktat auf. Ich tippte vierhunderttausend Wörter in einer Sprache, die so grau war wie das Wetter. Ich besserte missglückte Verben aus und fügte fehlende Kommata ein und wetzte die Rückseite meines besten Flanellrocks durch. Abends saß ich allein an meinem Küchentisch, aß Toast mit Erdnussbutter, behauptete mich gegen die Verkommenheit und vertiefte mich in die Romane von E. M. Forster, weil ich wissen wollte, warum so viel Aufhebens darum gemacht wurde. Insgesamt sparte ich 4,57 Dollar.

Mein Vater wäre stolz auf mich gewesen.

Der höfliche Fremde schlängelte sich über den Bahnsteig und blieb neben einer unscheinbaren jungen Frau stehen, die kurz den Kopf hob und mich erblickte. Es war Charlotte Sykes, die Schnelltipperin, die links von mir saß.

Charlotte hatte kräftige schwarze Augenbrauen, aber sie hatte auch ein fein geschnittenes Gesicht und einen schönen Teint. Sicherlich hätte sie für jemanden anziehend sein können, wenn sie nicht die ganze Zeit so gewirkt hätte, als würde die Stadt sie jeden Moment überrollen.

An dem Abend trug sie einen Pillboxhut mit einer Trauerchrysantheme obenauf. Sie wohnte irgendwo an der Lower East Side und orientierte sich anscheinend an mir, wann sie mit der Arbeit Schluss machte, denn häufig tauchte sie kurz nach mir auf dem Bahnsteig auf. Charlotte warf einen verstohlenen Blick in meine Richtung und versuchte offenbar Mut zu fassen, mich anzusprechen. Für alle Fälle nahm ich *Zimmer mit Aussicht* aus meiner Tasche und schlug es bei Kapitel 6 auf. Es ist eine reizende Absonderlichkeit der menschlichen Natur, dass man eher zwei Menschen unterbricht, die miteinander sprechen, als eine Person, die allein ist und ein Buch liest, auch wenn es ein dummer Liebesroman ist:

»George hatte sich umgedreht, als er sie kommen hörte. Einen Moment lang betrachtete er sie, als wäre sie vom Himmel gefallen. Er sah ihr vor Freude strahlendes Gesicht, und er sah, wie die Blumen an ihre Brust schlugen.«

Die schlagenden Blumen wurden von dem Kreischen der Bremsen übertönt. Die Flüchtlinge auf dem Bahnsteig rafften ihre Taschen und Beutel zusammen und machten sich auf zum Kampf um einen Platz. Ich ließ das Gedränge an mir vorbeiziehen. Wenn es so voll auf dem Bahnsteig war, konnte man ebenso gut auf den nächsten Zug warten.

An strategischen Punkten entlang des Bahnsteigs standen Schaffner mit kleinen grünen Mützen, die sich wie Polizisten an einem Unfallort gebärdeten, indem sie sich mit breiten Schultern darauf einrichteten, die Fahrgäste je nach Bedarf vor- oder zurückzuschieben. Die Türen öffneten sich, und die Menge drängte nach vorn. Die schwarzblaue Chrysantheme auf Charlottes Hut wippte auf und nieder wie ein Stück Treibholz im Meer.

»Zusammenrücken«, riefen die Schaffner und schoben die Reichen wie die Armen nach vorn.

Im nächsten Moment fuhr der Zug ab, und eine kleine Gruppe von besonders Schlauen blieb zurück. In der Gewissheit, allein zu sein, blätterte ich die Seite um.

»Katherine!«

»Charlotte …«

Offenbar war sie im letzten Moment noch zurückgewichen, wie ein Kundschafter der Cherokee.

»Ich wusste gar nicht, dass du auch diesen Zug nimmst«, sagte sie, was gelogen war.

»Jeden Tag«, sagte ich.

Sie spürte, dass ich sie ertappt hatte, und errötete. Das brachte die nötige Farbe auf ihre blassen Wangen. Vielleicht sollte sie öfter schwindeln. »Wo wohnst du?«, fragte sie.

»In der 11. Straße.«

Ihr Gesicht hellte sich auf. »Dann sind wir ja fast Nachbarn! Ich wohne in der Ludlow Street. Das ist ein paar Blocks östlich von der Bowery.«

»Ich weiß, wo Ludlow ist.«

Sie lächelte entschuldigend. »Ja, natürlich.«

Charlotte hielt mit beiden Händen ein großes Dokument vor ihrem Oberkörper, so wie Schulmädchen ihre Ordner halten. Dem Umfang nach zu urteilen, konnte es nur der Entwurf eines Fusionsvertrags oder ein Angebotsplan sein. In jedem Fall hätte sie es nicht dabeihaben dürfen.

Ich schwieg so lange, bis es peinlich war.

Aber anscheinend nicht peinlich genug.

»Bist du in der Gegend aufgewachsen?«

»Nein, in Brighton Beach.«

»Meine Güte«, sagte sie.

Bestimmt hätte sie gleich gefragt, wie Brighton

Beach war oder welche Subway dahin führte oder ob ich schon mal in Coney Island gewesen war, aber zum Glück fuhr der nächste Zug ein. Da nur wenige Menschen auf dem Bahnsteig standen, ließen uns die Schaffner in Ruhe. Vollkommen teilnahmslos rauchten sie ihre Zigaretten, wie Soldaten zwischen zwei Angriffen.

Charlotte setzte sich neben mich. Auf dem Sitz uns gegenüber saß ein nicht mehr junges Zimmermädchen, das den Blick gesenkt hielt. Über ihrer schwarz-weißen Arbeitstracht trug sie einen weinroten alten Mantel, dazu praktische Schuhe. Über ihrem Kopf hing ein Plakat des Gesundheitsamts, das dazu anhielt, nicht ohne Taschentuch zu niesen.

»Wie lange arbeitest du schon für Miss Markham?«, fragte Charlotte.

Es sprach für Charlotte, dass sie Miss Markham sagte und nicht Quiggin & Hale.

»Seit 1934«, sagte ich.

»Dann bist du mit am längsten da!«

»Bei Weitem nicht.«

Ein paar Sekunden lang schwiegen wir. Ich dachte, sie hätte es endlich begriffen, stattdessen hob sie zu einem Monolog an.

»Findest du Miss Markham nicht auch ganz außergewöhnlich? Ich kenne sonst niemanden wie sie. Sie ist so ungeheuer beeindruckend. Wusstest du, dass sie Französisch kann? Ich habe gehört, wie sie mit einem der Partner Französisch sprach. Wenn sie einen Briefentwurf einmal sieht, kann sie ihn Wort für Wort wiederholen, da bin ich mir absolut sicher …«

Plötzlich plapperte Charlotte im doppelten Tempo wie sonst. Mir war nicht klar, ob sie nervös war oder ob sie möglichst viel erzählen wollte, bevor der Zug an ihrer Station hielt.

»Aber alle anderen bei Q & H sind auch so nett. Sogar die Partner! Neulich war ich in Mr. Quiggins Büro, weil er etwas unterschreiben musste. Warst du schon mal in seinem Büro? Na, bestimmt. Du kennst doch sein Aquarium mit lauter Fischen drin. Und da war ein ganz kleiner Fisch, der war unglaublich blau und presste sein Maul ans Glas. Ich konnte gar nicht mehr wegschauen, obwohl Miss Markham immer sagt, wir sollen in den Büros der Partner nicht so herumgucken. Aber als Mr. Quiggin fertig war, kam er hinter seinem Schreibtisch hervor und nannte mir die lateinischen Namen von jedem einzelnen Fisch!«

Charlotte redete und redete, und das Zimmermädchen uns gegenüber hob den Blick. Sie starrte Charlotte an und hörte ihr zu, gerade so, als hätte sie vor gar nicht allzu langer Zeit auch vor einem solchen Aquarium gestanden, als sie selbst ein fein geschnittenes Gesicht und einen schönen Teint gehabt hatte und als ihre Augen groß und voller Hoffnung gewesen waren und die Welt ihr fantastisch und hell vorgekommen war.

Der Zug hielt an der Canal Street, die Türen gingen auf. Charlotte redete so schnell, dass sie es nicht bemerkte.

»Ist das nicht deine Haltestelle?«

Charlotte sprang hastig auf, winkte verlegen und verschwand.

Erst als die Türen sich schlossen, sah ich die dicke Fusionsvereinbarung auf dem Sitz neben mir. Vorn war mit einer Büroklammer eine Karte festgesteckt, auf der stand: *Entwurf Thomas Harper*, dann in Harpers Schuljungenschrift der Name der Anwaltskanzlei, Campen & Clay. Wahrscheinlich hatte er unter Einsatz seines Schuljungencharmes die Überbringung des Entwurfs auf Charlotte abgewälzt. Viel war da sicher nicht nötig gewesen. Sie war dazu geboren, dem Charme anderer zu erliegen. Oder sich einschüchtern zu lassen. Wie dem auch sei, allen beiden mangelte es offenbar an Urteilsfähigkeit. Aber wenn New York ein kompliziertes Räderwerk war, dann war mangelnde Urteilsfähigkeit die Schmiere, die die Räder für alle anderen in Schwung hielt. Beide würden irgendwann das bekommen, was sie verdienten, so oder so. Ich legte den Entwurf wieder auf den Sitz.

Der Zug stand immer noch. Auf dem Bahnsteig hatten sich etliche Pendler eingefunden, die erwartungsvoll durch die Fenster starrten wie Mr. Quiggins Fische. Ich richtete meinen Blick auf mein Gegenüber und bemerkte, dass das Zimmermädchen mich anstarrte. Dann sah sie trübselig auf das liegengelassene Dokument. Nicht alle beide würden das bekommen, was sie verdienten, schienen ihre Augen zu sagen. Dem charmanten Jungen mit der guten Aussprache und dem wuscheligen Haar würde man gestatten, sich herauszureden. Und die kleine Miss mit ihren hoffnungsvollen Augen – die würde den Preis für beide bezahlen.

Die Türen gingen wieder auf, die Pendler drängten herein.

»Mist«, sagte ich. Ich schnappte mir das Dokument und zwängte mich aus der Tür in dem Moment, als sie zugehen wollte.

»Nun aber, Herzchen«, sagte der Zugabfertiger.

»Von wegen Herzchen«, sagte ich.

Ich stürmte die Treppe am Ostausgang hinauf und ging in Richtung Ludlow Street, wo ich zwischen den breitkrempigen Hüten und den von Brillcreme glänzenden Haaren nach einer schwarzen Chrysantheme Ausschau hielt. Wenn ich sie nach fünf Blocks nicht einholte, versprach ich mir, würde das Dokument mit einer Mülltonne fusionieren.

An der Ecke von Canal Street und Christie Street hatte ich sie eingeholt.

Sie stand vor dem Lebensmittelladen Schott's & Sons, einem koscheren Geschäft für eingelegtes Gemüse jeglicher Art. Sie kaufte aber nicht ein. Sie sprach mit einer winzigen alten Frau, die schwarze Augen hatte und Trauerkleidung trug. In der Hand hielt sie den Lachs von heute, eingewickelt in der Zeitung von gestern.

»Entschuldigung.«

Charlotte sah auf. Ihre Überraschung wandelte sich in ein mädchenhaftes Lächeln. »Katherine!« Sie zeigte auf die alte Frau. »Das ist meine Großmutter.«

(Kein Witz.)

»Freut mich, Sie kennenzulernen«, sagte ich.

Charlotte sprach mit der alten Frau auf Jiddisch und erklärte ihr wahrscheinlich, dass wir in derselben Firma arbeiteten.

»Du hast das in der Subway liegenlassen«, sagte ich.

Das Lächeln verschwand von Charlottes Gesicht. Sie nahm das Dokument entgegen. »Oh. Was für eine Dummheit. Wie kann ich dir nur danken?«

»Vergiss es.«

Einen Moment schwieg sie, dann ließ sie sich zu der schlimmsten Art von Ausbruch hinreißen. »Mr. Harper hat morgen früh eine Sitzung mit einem wichtigen Klienten, aber dieser Entwurf muss um neun bei Campen & Clay sein, und deshalb hat er mich gefragt, ob ich es auf dem Weg ins Büro …«

»Mr. Harper hat nicht nur einen Harvard-Abschluss, er hat auch einen Treuhandfonds.«

Charlotte sah mich mit einem Blick dümmlicher Verwunderung an.

»Er fällt also weich, sollte er je entlassen werden.«

Charlottes Großmutter sah mir in die Augen, Charlotte selbst sah auf meine Schuhe.

Im Sommer stellten die Schotts ihre Fässer mit eingelegten Heringen und Gemüse und Wassermelonenschalen vors Geschäft und verschütteten dabei Essiglake auf dem Gehweg. Acht Monate später konnte man das immer noch riechen.

Die alte Frau sagte etwas zu Charlotte.

»Meine Großmutter fragt, ob du mit uns zu Abend essen möchtest.«

»Ich habe schon eine Verabredung.«

Charlotte übersetzte das unnötigerweise.

Von der Canal Street waren es fünfzehn Block bis zu mir nach Hause, das waren zehn zu wenig, um eine neue Fahrkarte zu rechtfertigen. Also ging ich den ganzen Weg zu Fuß. An jeder Kreuzung sah ich nach rechts und nach links. Hester Street, Grand Street, Broome Street, Spring Street. Prince Street,

First Street, Second Street, Third Street. Jeder Block sah aus wie eine Sackgasse aus einem anderen Land. Im Erdgeschoss der Mietshäuser sah man die Läden der Vater-und-Sohn-Unternehmen, die die leicht abgewandelten Lebensmittel ihrer jeweiligen Herkunftsländer verkauften – Wurst oder Käse, geräucherten oder gesalzenen Fisch, in italienisches oder ukrainisches Zeitungspapier eingewickelt und von den jeweiligen unbezwingbaren Großmüttern nach Hause getragen. Hob man den Blick, konnte man eine Zweizimmerwohnung neben der anderen sehen, in denen sich Abend für Abend drei Generationen zum Essen versammelten, zusammengehalten von Andacht und Gebet, so süßlich und seltsam wie ihre dickflüssigen Liköre.

Wenn der Broadway ein Fluss war, der von der Nordspitze Manhattans bis zur Battery verlief und Verkehr, Handel und Lichter beförderte, dann waren die Straßen von West nach Ost Strudel, auf denen man wie ein Blatt langsam um die eigene Achse kreisen konnte, bis ans Ende der Tage.

Am Astor Place kaufte ich an einem Straßenstand die Abendausgabe der Times. Auf der Vorderseite war eine vereinfachte Europakarte abgebildet, über die eine zarte gepunktete Linie verlief. Der Mann, der die Zeitungen verkaufte, hatte die buschigen weißen Augenbrauen und den gutmütigen Ausdruck eines zerstreuten Onkels vom Lande. Man fragte sich, was er hier machte.

»Schöner Abend«, sagte er und bezog sich vermutlich auf den kleinen Ausschnitt des Himmels, der sich im Schaufenster des Bekleidungsgeschäfts spiegelte.

»Ja, ganz schön.«

»Meinen Sie, es wird regnen?«

Ich hob meinen Blick zum Himmel über den Dächern der East Side, wo der Abendstern so hell leuchtete wie die Positionslichter eines Flugzeugs.

»Nein«, sagte ich. »Nicht heute Abend.«

Er lächelte und schien erleichtert.

Als ich ihm einen Dollar gab, kam ein neuer Kunde und blieb näher als nötig neben mir stehen. Bevor ich ihn mir ansehen konnte, bemerkte ich, wie sich die Augenbrauen des Zeitungsverkäufers senkten.

»He, Miss«, sagte der Kunde. »Haben Sie mal 'ne Zigarette für mich?«

Ich sah mich zu ihm um. Er war auf dem Weg von arbeitslos zu arbeitsuntauglich, sein Haar war inzwischen viel länger und sein Bart ungepflegt, aber er hatte dasselbe anmaßende Lächeln und das umherschweifende Auge wie damals, als wir vierzehn waren.

»Nein«, sagte ich, »tut mir leid.«

Er schüttelte den Kopf. Dann sah er mich schräg von der Seite an. »He. Wir kennen uns, stimmt's?«

»Ich glaube nicht.«

»Klar doch«, sagte er. »Ich kenne dich. Zimmer 214. Bei Sally Salamone. ›Hauptwörter werden kleingeschrieben, nur Eigennamen groß.‹« Er lachte bei der Erinnerung.

»Sie verwechseln mich mit jemandem«, sagte ich.

»Ich verwechsle dich nicht. Du bist nicht jemand anders.«

»Hier«, sagte ich und hielt ihm mein Wechselgeld hin.

Er hob beide Hände in mildem Protest. »Das würde mir im Traum nicht einfallen.«

Dann lachte er über seine eigenen Worte und machte sich in Richtung Second Avenue davon.

»Das ist das Schlimme, wenn man in New York geboren ist«, sagte der alte Zeitungsverkäufer. »Man hat kein New York, wohin man weglaufen kann.«

7. Kapitel

DIE EINSAMEN OHRGEHÄNGE

»Katey Kontent am Apparat.«

»Clarence Darrow.«

Die Schreibmaschinen bei Quiggin & Hale arbeiteten mit Volldampf, aber nicht so laut, dass ich Eveys Stimme nicht erkannte.

»Seit wann sind Sie denn wieder in der Stadt, Miss Darrow?«

»Seit vier mal zwanzig plus sieben Stunden.«

»Wie war es in Key West?«

»Ulkig.«

»Gibt es für mich Grund zur Eifersucht?«

»Nicht die Spur. Hör zu. Wir laden heute Abend ein paar Freunde ein und würden uns sehr freuen, wenn du kommen könntest und die Runde voll machst. Können wir dich weglocken?«

»Wovon?«

»Das hör ich gern.«

Ich kam mit einer Verspätung von vierzig Minuten im Beresford an.

So peinlich es ist, das zuzugeben, aber ich hatte mich verspätet, weil ich mich nicht entscheiden konnte, was ich anziehen sollte. Als Eve und ich in der Pension wohnten, haben wir unsere Sachen mit den Mädchen auf unserer Etage getauscht, und am Samstagabend hatte jede von uns etwas Hübsches anzuziehen. Aber als ich dort auszog, musste ich zu meinem Entsetzen erkennen, dass all die hübschen Kleider den anderen gehört hatten. Offensichtlich besaß ich die praktischen und bequemen Sachen. Ich musterte den Inhalt meines Kleiderschranks und fand alles so reizlos und langweilig wie die Laken vor meinem Fenster. Ich entschied mich für ein dunkelblaues Kleid, das zwei Jahre alt war, und verbrachte eine halbe Stunde damit, es zu kürzen.

Ein breitschultriger Mann, den ich nicht erkannte, bediente den Fahrstuhl.

»Hat Hamilton heute frei?«, fragte ich, als wir nach oben fuhren.

»Der arbeitet nicht mehr hier.«

»Zu schade.«

»Nicht für mich. Ich hätte ja keine Arbeit, wenn er noch hier wäre.«

Diesmal wartete Eve im Vorraum auf mich. »Katey!«

Wir küssten uns auf die rechte Wange, und sie nahm meine beiden Hände in ihre, wie es auch Tinker tat. Dann trat sie einen Schritt zurück und sah mich von oben bis unten an, als wäre ich diejenige, die gerade nach zwei Monaten Strandleben in die Stadt zurückgekommen ist.

»Du siehst blendend aus«, sagte sie.

»Soll das ein Witz sein? Du siehst blendend aus. Ich sehe aus wie Moby Dick.«

Evey kniff die Augen zusammen und lächelte.

Sie sah wirklich blendend aus. In Florida war ihr Haar sandblond geworden, und sie trug es wieder kinnlang, was ihre feinen Gesichtszüge betonte. Die zynische Lethargie vom März war verflogen, und das amüsierte Funkeln war in ihre Augen zurückgekehrt. Außerdem trug sie ein Paar aufsehenerregende Diamantohrgehänge, die von den Ohrläppchen herabbaumelten und an ihrem gleichmäßig gebräunten Hals funkelten. Keine Frage: Tinkers Palm-Beach-Rezept war genau das Richtige gewesen.

Eve ging mir voraus ins Wohnzimmer. Tinker stand neben einem der Sofas und sprach mit einem Mann über Eisenbahnaktien. Eve unterbrach ihn, indem sie seine Hand nahm.

»Sieh mal, wer gekommen ist«, sagte sie.

»Hallo, Kate«, sagte Tinker ein bisschen sehr förmlich.

Auch er sah gut aus. In Florida hatte er seinen Babyspeck und seinen traurigen Hundeblick abgelegt. Er trug trotz des Anlasses keine Krawatte, und seine gebräunte Brust war unter dem offenen Kragen sichtbar. Er beugte sich vor, behielt aber Eves Hand leicht in seiner und gab mir einen kleinen Kuss auf die Wange. Wenn er mir damit etwas sagen wollte, war das unnötig. Ich hatte schon begriffen, wie die Dinge lagen.

Niemand schien sich an meinem verspäteten Erscheinen zu stören, aber es war natürlich mein Pech, dass ich die Drinks verpasst hatte. Ich war kaum eine Minute im Raum, da wurde ich schon ins Esszimmer geführt. Den anderen Gästen nach zu urteilen, war mir nicht nur eine Runde Drinks entgangen.

Außer mir waren drei andere Gäste da. Links von mir saß der Mann, mit dem Tinker gesprochen hatte, als ich eintraf. Er war Börsenmakler, wurde Bucky genannt und hatte als Junge die Sommerferien am selben Ort wie Tinker verbracht. Bei der Rezession von 1937 war Bucky offensichtlich klug genug gewesen, zu verkaufen, bevor seine Kunden das taten. Jetzt lebte er sorgenfrei in Greenwich, Connecticut. Er sah gut aus und war charmant, und obwohl er längst nicht so klug war, wie er sich anhörte, war er doch lustiger als seine Frau. Priscilla trug ihr Haar streng zurückgekämmt und wirkte so steif und humorlos wie eine Internatslehrerin. Connecticut war einer der kleinsten Staaten des Landes, aber für sie war er kaum klein genug. Ich stellte mir vor, dass sie am Nachmittag ihre Kolonialstiltreppe erklomm und mit bitterem, neidvollem Blick aus dem Fenster Richtung Delaware blickte.

Mir gegenüber saß ein Freund Tinkers, der Wallace Wolcott hieß. Wallace war in der Schule Saint George ein paar Jahre über Tinker gewesen. Mit seinem blonden Haar und seiner ernsten Vornehmheit war er der typische Captain eines Collegetennisteams, dem der Sport nichts bedeutete. Einen Moment lang überlegte ich, ob es Eves oder Tinkers Idee gewesen war, ihn als meinen Tischherrn einzuladen. Vielleicht hatten sie es sich zusammen ausgedacht, in einer Art offener Verschwörung, wie sie für eine gute Ehe typisch ist. Ungeachtet, wessen Idee es war, die Rechnung ging nicht auf, denn Wallace, der eine kleine Sprachbehinderung hatte und in der Mitte eines jeden Satzes stockte, interessierte sich mehr für den Löffel an seinem Platz als für mich. Insgesamt hatte man den Eindruck, dass er lieber am Schreibtisch seiner familieneigenen Papierfabrik säße.

Plötzlich sprachen alle über Enten.

Auf dem Weg zurück nach New York hatten die fünf in South Carolina auf der Jagdplantage der Wolcotts haltgemacht, und jetzt diskutierten sie über die unterschiedlichen Färbungen im Gefieder der Erpel. Ich ließ meine Gedanken schweifen, bis mir plötzlich bewusst wurde, dass mich jemand etwas fragte. Es war Bucky.

»Was sagten Sie?«, fragte ich.

»Waren Sie mal im Süden auf Jagd, Katey?«

»Ich war noch nie auf Jagd, weder Süd noch Nord.«

»Es ist ein guter Sport. Sie sollten nächstes Jahr mal mitkommen.«

Ich wandte mich an Wallace. »Jagen Sie dort jedes Jahr?«

»Meistens. Jeweils an ein paar Wochenenden im … Frühling und im Herbst.«

»Und warum kommen die Enten immer wieder zurück?«

Alle lachten, nur Priscilla nicht. Sie erklärte mir den Sachverhalt. »Auf einem Feld wird Mais angebaut, dann setzt man es unter Wasser. Das lockt die Vögel an. Es ist also nicht im eigentlichen Sinne ›sportlich‹.«

»Hat Bucky dich nicht auch so angelockt?«

Zuerst lachten alle, außer Priscilla. Dann fing Priscilla auch an zu lachen, und alle lachten außer Bucky.

Die Suppe wurde aufgetragen. Sie war aus schwarzen Bohnen mit einem Schuss Sherry. Vielleicht war es der Sherry, von dem Tinker und ich getrunken hatten. Wenn ja, dann war es ein Fall ausgleichender Gerechtigkeit. Für wen, konnte man jetzt noch nicht sagen.

»Es schmeckt köstlich«, sagte Tinker zu Eve, seine ersten Worte seit einer halben Stunde. »Was ist da drin?«

»Schwarze Bohnen und Sherry. Und keine Angst, sie ist ganz ohne Sahne gemacht.«

Tinker lächelte verlegen.

»Tinker achtet in letzter Zeit auf seine Ernährung«, erklärte Eve.

»Es zeigt Wirkung«, sagte ich. »Du siehst fantastisch aus.«

»Das bezweifle ich«, sagte er.

»Nein«, sagte Eve und hob ihr Glas zu Tinker. »Katey hat recht. Du siehst richtig gut aus.«

»Das liegt daran, dass er sich zweimal am Tag rasiert«, sagte Bucky.

»Nein«, sagte Wallace. »Es ist die sportliche … Betätigung.«

Eve richtete ihren Finger auf Wallace als Zeichen ihrer Zustimmung. »Bei den Keys«, erklärte sie, »gibt es ungefähr eine Meile vor der Küste eine Insel, und Tinker ist zweimal am Tag zu der Insel geschwommen und zurück.«

»Er war ein … Fisch.«

»Das ist noch gar nichts«, sagte Bucky. »Einen Sommer ist er quer durch die Narragansett Bay geschwommen.«

Die kleinen rosa Flecken auf Tinkers Wangen wurden etwas dunkler. »Es sind nur wenige Meilen«, sagte er. »Es ist nicht schwer, wenn man Ebbe und Flut einberechnet.«

»Und Sie, Katey«, versuchte es Bucky noch einmal. »Schwimmen Sie gern?«

»Ich kann gar nicht schwimmen.«

Alle richteten sich gespannt auf.

»Wirklich nicht?«

»Sie können nicht schwimmen?«

»Keinen Meter.«

»Und dann?«

»Gehe ich unter, nehme ich an. Wie die meisten anderen Dinge auch.«

»Sind Sie in Kansas aufgewachsen?«, fragte Priscilla ohne einen Hauch von Ironie.

»Nein, in Brighton Beach.«

Noch mehr Aufregung.

»Großartig«, sagte Bucky, als hätte ich das Matterhorn erklommen.

»Möchten Sie es nicht lernen?«, fragte Priscilla.

»Ich kann auch nicht schießen. Müsste ich wählen, würde ich lieber schießen lernen.«

Lachen.

»Na, das sollte Ihnen nicht schwerfallen«, sagte Bucky. »Da ist wirklich nichts dabei.«

»Natürlich weiß ich, wie man den Abzug betätigt. Ich würde aber gern lernen, wie man ins Schwarze trifft.«

»Das bringe ich Ihnen bei«, sagte Bucky.

»Nein«, sagte Tinker jetzt entspannter, nachdem die allgemeine Aufmerksamkeit sich von ihm abgewandt hatte. »Wallace ist der Mann dafür.«

Wallace hatte mit seinem Löffel Kreise auf die Leinentischdecke gemalt.

»Das stimmt doch, oder, Wallace?«

»… kaum.«

»Ich habe gesehen, wie er auf hundert Meter Entfernung genau die Mitte einer Zielscheibe getroffen hat«, sagte Tinker.

Ich zog die Augenbrauen hoch. »Richtig oder falsch?«

»Richtig«, sagte er verlegen. »Aber man muss bedenken, eine … Zielscheibe bewegt sich nicht.«

Als die Suppenschalen abgeräumt waren, entschuldigte ich mich und ging zur Toilette. Zur Suppe war ein guter Burgunder serviert worden, und mein Kopf fing an, sich zu drehen. Neben dem Wohnzimmer gab es eine Gästetoilette, aber ich setzte mich über die Etikette hinweg und ging den Flur entlang zum

Badezimmer. Ein kurzer Blick ins Schlafzimmer verriet mir, dass Eve dort nicht mehr allein schlief.

Ich pinkelte und zog an der Spülung.

Als ich mir die Hände wusch, kam Eve herein. Sie zwinkerte mir im Spiegel zu, raffte ihr Kleid hoch und setzte sich aufs Klo – so wie früher. Ich schämte mich, dass ich hatte schnüffeln wollen.

»Und?«, sagte sie gespielt scheu. »Wie gefällt dir Wallace?«

»Scheint erste Klasse zu sein.«

»Wenn das reicht.«

Sie spülte und zog sich die Strumpfhose hoch. Dann kam sie zum Waschbecken. Auf der Ablage stand eine kleine Zigarettenschatulle aus Keramik. Ich zündete mir eine an und setzte mich auf die Toilette. Ich sah ihr beim Händewaschen zu. Aus meiner Perspektive konnte ich die Narbe sehen. Sie war immer noch rot und sah ein wenig entzündet aus. Aber sie schien Eve nicht mehr sehr zu bekümmern.

»Das sind fantastische Ohrringe«, sagte ich.

Sie betrachtete sich im Spiegel. »Allerdings.«

»Tinker behandelt dich gut.«

Sie zündete sich auch eine Zigarette an und warf das Streichholz über ihre Schulter, als Glücksbringer. Dann lehnte sie sich an die Wand, nahm einen Zug und lächelte.

»Er hat sie mir nicht geschenkt.«

»Wer dann?«

»Ich habe sie im Nachttisch gefunden.«

»Unglaublich!«

Sie nahm wieder einen Zug und nickte mit hochgezogenen Augenbrauen.

»Die haben bestimmt tausend Dollar gekostet«, sagte ich.

»Wenn das reicht.«

»Und wozu lagen sie da rum?«

»Einfach so.«

Ich spreizte die Beine und warf den Stummel in die Kloschüssel.

»Aber das Beste ist«, sagte sie, »ich habe sie jeden Tag angehabt, seit wir aus Palm Beach gekommen sind, und er hat keinen Mucks gesagt.«

Ich lachte. Das war so typisch für Evey, wie früher.

»Na, jetzt gehören sie dir, könnte man sagen.«

Sie drückte ihre Zigarette im Waschbecken aus. »Das kannst du mir glauben, meine Gute.«

Zum Hauptgang kamen noch einmal zwei Flaschen Burgunder auf den Tisch. Man hätte uns den Wein ebenso gut über die Köpfe gießen können. Ich glaube nicht, dass jemand den Rinderbraten, oder den Lammbraten, oder was es auch war, wirklich geschmeckt hat.

In trunkener Stimmung fing Bucky an, zu meiner Erbauung eine lange Geschichte darüber zu erzählen, wie sie alle fünf in Tampa-Saint Pete in einem Kasino gewesen waren. Nachdem sie eine Viertelstunde um einen Roulettetisch herumgestanden hatten, war klar, dass keiner der Männer spielen wollte. (Wahrscheinlich hatten sie Angst, Geld, das ihnen sowieso nicht gehörte, zu verlieren.) Um ihnen eine Lektion zu erteilen, borgte Eve sich von jedem hundert Dollar und kaufte dafür Chips, die sie auf Gerade, Rot und ihren Geburtstag setzte. Als die Einundzwanzig ausgerufen wurde, zahlte sie auf der Stelle ihren Einsatz zurück und stopfte sich den Gewinn in den Ausschnitt.

Beim Glücksspiel wird manchen schlecht, wenn sie gewinnen, und anderen, wenn sie verlieren. Eve vertrug beides sehr gut.

»Bucky, mein Guter«, sagte seine Frau, »du nuschelst.«

»Nuscheln ist das Gleiche wie Kursivschrift«, erläuterte ich.

»Schtimmt genau«, sagte er und stieß mir in die Rippen.

Gerade rechtzeitig wurde im Wohnzimmer der Kaffee serviert.

Eve hatte Priscilla versprochen, ihr die Wohnung zu zeigen, was sie jetzt tat, während Bucky Wallace in eine Ecke drängte und versuchte, von ihm eine Jagdeinladung für den Herbst zu ergattern. So kam es, dass Tinker und ich allein im Wohnzimmer waren. Er setzte sich auf eins der Sofas, und ich setzte mich neben ihn. Er stützte die Ellbogen auf die Knie und faltete die Hände. Sein Blick wanderte zum Esszimmer, als hoffte er, wie durch Zauberhand würde ein siebter Gast auftauchen. Er nahm sein Feuerzeug aus der Tasche, klappte es auf und wieder zu und steckte es wieder ein.

»Schön, dass du gekommen bist«, sagte er schließlich.

»Es ist eine Dinnerparty, Tinker, keine Krise.«

»Sie sieht besser aus. Findest du nicht?«

»Sie sieht fantastisch aus. Ich habe dir doch gesagt, dass sie es schafft.«

Er lächelte und nickte. Dann sah er mir in die Augen, wahrscheinlich zum ersten Mal an diesem Abend.

»Es ist nur, Katey … Eve und ich werden es miteinander versuchen, gewissermaßen …«

»Ich weiß, Tinker.«

»Es war eigentlich nicht unsere Absicht …«

»Ich finde es sehr gut.«

»Wirklich?«

»Unbedingt.«

Ein unbeteiligter Beobachter hätte bei meiner

Antwort möglicherweise die Augenbrauen hochgezogen. Sie hatte nicht den richtigen Klang, außerdem sind einsilbige Antworten in der Regel nicht sehr überzeugend. Aber ich meinte es tatsächlich ehrlich. Jedes Wort.

Zunächst konnte man ihnen wohl kaum einen Vorwurf machen. Die aphrodisische Wirkung von jamaikanischem Rum, karibischer Luft und türkisblauem Meer war nur allzu bekannt. Und ständiges Zusammensein, körperliche Bedürfnisse und drohende Verzweiflung hatten eine ähnliche Wirkung. Wenn sowohl Eve als auch Tinker bei dem Unfall etwas Wesentliches von sich verloren hatten – wie es im März so schmerzlich offenkundig war –, dann hatten sie sich in Key West gegenseitig geholfen, ein bisschen davon zurückzuerlangen.

Eines der physikalischen Gesetze Newtons besagt, dass ein Körper auf seiner Flugbahn bleibt, solange keine externe Kraft auf ihn einwirkt. Angesichts der Welt um uns herum war es durchaus wahrscheinlich, dass eine solche Kraft sie aus ihrer gegenwärtigen Bahn werfen könnte, aber die wollte ich mit Sicherheit nicht sein.

Bucky stolperte ins Zimmer und ließ sich auf einen Sessel fallen. Sogar ich war erleichtert, ihn zu sehen. Tinker nutzte die Gelegenheit, um zur Bar zu gehen. Als er mit Drinks zurückkam, die keiner brauchte, setzte er sich auf eins der anderen Sofas. Bucky nahm einen großen Schluck aus seinem Glas und griff wieder das Thema Eisenbahnaktien auf.

»Du meinst also, es ist im Bereich des Möglichen, Tink? Dass wir einen Teil von dem Ashville-Rail-Deal kriegen können?«

»Ich wüsste nicht, was dagegen sprechen sollte«, sagte Tinker. »Wenn es das Richtige für deine Kunden ist.«

»Ich könnte ja mal runterkommen, zur Wall Street Nummer 40, und wir klären das beim Lunch.«

»Klar.«

»Diese Woche noch?«

»Oh, lass ihn doch in Frieden, Bucky.«

Priscilla betrat mit Eve den Raum.

»Sei nicht so aufdringlich.«

»Komm schon, Süße. Er hat nichts dagegen, Vergnügen mit ein paar kleinen Geschäften zu vermischen. Oder, Tink?«

»Natürlich nicht«, sagte Tinker höflich.

»Siehst du? Und außerdem: Er hält die gesamten Konzessionen. Dem Rest der Welt bleibt gar keine andere Wahl, als sich zu seiner Tür vorzukämpfen.«

Priscilla funkelte ihn an.

»Evelyn«, fuhr Wallace klug dazwischen, »das Essen war … köstlich.«

Allgemeine Zustimmung.

Die nächsten Minuten verbrachten wir damit, die Gänge noch einmal durchzusprechen. (»Das Fleisch war köstlich. Die Sauce perfekt. Ach, und erst die Mousse au Chocolat.«) Die Einhaltung dieser Höflichkeitsformeln war umso ausgeprägter, je weiter man aufstieg und je weniger die Gastgeberin selbst kochte. Eve nahm die Komplimente angemessen huldvoll und mit einem anmutigen, abwehrenden Winken der Hand entgegen.

Als wir alle im Vorraum standen, schlug es ein Uhr. Eve und Tinker hielten sich an den Händen, teils um sich gegenseitig zu stützen, teils um ihre Zuneigung zu zeigen.

»So ein schöner Abend.«

»Großartig.«

»Müssen wir wieder machen.«

Sogar Priscilla sprach sich für eine Wiederholung aus, weiß der Himmel, warum.

Als der Fahrstuhl kam, wurde er von demselben Mann bedient, der mich hinaufgebracht hatte.

»Zum Erdgeschoss«, verkündete er, nachdem er das Gitter zugezogen hatte, und es klang, als hätte er früher in einem Kaufhaus gearbeitet.

»Was für eine Wohnung!«, sagte Priscilla zu Bucky.

»Wie Phönix aus der Asche«, antwortete er.

»Was, meinst du, hat sie gekostet?«

Niemand antwortete ihr. Wallace war entweder zu wohlerzogen oder zu wenig interessiert. Bucky war zu sehr damit beschäftigt, mich versehentlich mit seiner Schulter zu streifen. Und mich beschäftigte die Frage zu sehr, aus welchem Grund ich absagen könnte, falls ich wieder eingeladen wurde.

Und doch …

Als ich endlich im Bett lag, allein und hellwach, und es im Treppenhaus ungewöhnlich still war, ging mir Eve nicht aus dem Kopf.

Denn wenn es früher einmal der Zufall wollte, dass ich zu einer solchen Abendgesellschaft mit all ihren eleganten Entgleisungen eingeladen war und ich viel länger geblieben war, als mir erlaubt war, bestand mein Trost darin, dass Eve, wenn ich in Mrs. Martingales Pension ankam, im Bett auf mich wartete, die Kissen im Rücken, und sich alles haarklein erzählen ließ

8. Kapitel

LASS ALLE HOFFNUNG FAHREN

Eines Abends Mitte Mai überquerte ich auf meinem Weg nach Hause die 7. Straße, als eine Frau meines Alters um die Ecke bog und mich anrempelte.

»Passen Sie doch auf!«, sagte sie.

Dann beugte sie sich vor und betrachtete mich aus der Nähe. »Himmel Arsch. Bist du das, Kontent?«

Es war Fran Pacelli, das Mädchen mit dem großen Busen und dem abgebrochenen Studium, das bei Mrs. Martingale auf derselben Etage gewohnt hatte. Ich kannte Fran nicht gut, aber sie schien ein anständiger Kerl zu sein. Sie schockierte gern die braven Mädchen in der Pension, indem sie ohne Hemd über den Flur spazierte und laut fragte, ob jemand irgendwas zu trinken übrig hätte. Einmal sah ich sie nachts aus dem Fenster im ersten Stock klettern, lediglich mit hochhackigen Schuhen und einem Baseballdress der Dodgers bekleidet. Ihr Vater hatte ein Fuhrunternehmen, was damals gewöhnlich hieß, dass er in den Zwanzigerjahren Alkohol geschmuggelt hatte. So wie Fran sich ausdrückte, konnte man denken, dass auch sie in den Zwanzigerjahren Alkohol geschmuggelt hatte.

»Was für ein Glück!«, sagte sie und zog mich hoch. »Dass wir uns so treffen. Du siehst großartig aus.«

»Danke«, sagte ich und klopfte mir den Rock ab.

Frans Blick wanderte die Straße auf und ab, als dächte sie über etwas nach.

»Ehm … was hast du vor? Wie wär's mit einem Drink? Du siehst aus, als könntest du einen gebrauchen.«

»Du hast doch gesagt, ich sehe großartig aus.«

»Klar.« Sie zeigte zurück in die 7. Straße. »Ich kenne da eine nette kleine Bar. Ich geb einen aus. Wir können ein bisschen quatschen. Das wird lustig.«

Die »nette kleine Bar« war ein alter irischer Pub. Über der Tür hing ein Schild, auf dem stand: *Gutes Ale, rohe Zwiebeln, Damen nicht zugelassen.*

»Ich glaube, sie meinen uns.«

»Ach, komm schon. Hab dich nicht so.«

Drinnen war es laut und roch nach Bier. An der Bar saßen Schulter an Schulter die Frontkämpfer des Osteraufstands, aßen hart gekochte Eier und tranken Starkbier. Auf dem Boden war Sägemehl ausgestreut, und die Blechdecke war vom jahrzehntealten Qualm der Gasbeleuchtung schwarz. Die meisten Gäste beachteten uns nicht. Der Mann hinter der Bar sah uns böse an, warf uns aber nicht raus.

Fran sah sich in dem Raum um. Ganz vorn waren ein paar leere Tische, aber sie schob sich an den Gästen vorbei, murmelte ein paar Mal »'tschuldigung, Jungs« und ging in einen kleinen Raum ganz hinten, dessen Wände mit grobkörnigen Fotos des Tammany-Trupps gepflastert waren – das waren die Jungs, die Leute mit Knüppeln und Bestechungsgeldern zur Wahl trieben. Wortlos strebte Fran auf die hinterste Ecke zu. An einem Tisch direkt neben dem Kohleofen saßen drei Männer über ihrem Bier. Einer von ihnen, ein langer, dünner Mann mit roten Haaren, trug einen Overall, der mit dem seltsam weiblich anmutenden Schriftzug *Pacelli Trucking* bestickt war. Langsam kapierte ich, was hier los war.

Als wir uns näherten, konnte man das Gespräch der drei trotz des Geräuschpegels im Pub hören, oder vielmehr konnte man einen von ihnen verstehen, und zwar den kämpferischsten der drei, der mit dem Rücken zu uns saß.

»Und zweitens«, sagte er zu dem Rothaarigen, »ist er ein echter Stümper.«

»Ein Stümper?«

Der Rothaarige lächelte, die Auseinandersetzung machte ihm Spaß. »Genau. Er hat Ausdauer. Aber keinen Stil. Keine Disziplin.«

Der kleine Mann, der zwischen den Streitenden saß, rutschte unbehaglich auf seinem Sitz hin und her. Es war offensichtlich, dass er jeglichen Konflikt scheute. Aber er hörte konzentriert zu, als wollte er bloß kein Wort verpassen.

»Und drittens«, fuhr der Kämpferische fort, »wird er noch mehr überbewertet als Joe Luis.«

»Stimmt, Hank.«

»Und viertens, leck mich.«

»Leck *mich*?«, fragte der Rothaarige. »Wie meinst du das?«

Hank wollte das gerade erklären, als uns der Rothaarige bemerkte und grinste, wobei er seine großen Zähne zeigte.

»Peaches! Was machst du denn hier?«

»Grubb?!«, rief Fran überrascht aus. »Also, das haut mich um! Meine Freundin Katey hier und ich, wir waren gerade in der Gegend und wollten nur auf ein Bier reinkommen!«

»Was für ein Zufall!«, sagte Grubb.

Ein Zufall? Sicher.

»Setzt euch doch zu uns«, sagte er. »Das ist Hank. Und das ist Johnny.«

Grubb zog einen Stuhl heran und der unglückliche Johnny einen zweiten. Hank rührte sich nicht vom Fleck. Er schien mehr als der Barkeeper geneigt, uns rauszuschmeißen.

»Fran«, sagte ich, »ich glaube, ich mach mich lieber auf den Weg.«

»Ach, komm schon, Katey. Ein Bier. Dann gehen wir zusammen.«

Sie wartete meine Antwort nicht ab, sondern setzte sich neben Grubb, sodass mir nur der Platz neben Hank blieb. Grubb goss Bier aus einem Krug in zwei Gläser, die aussahen, als seien sie schon benutzt worden.

»Wohnst du hier in der Nähe?«, fragte Fran Grubb.

»Entschuldige mal«, sagte Hank zu Fran. »Wir waren mitten im Gespräch.«

»Ach, komm, jetzt lass mal, Hank.«

»Lass mal was?«

»Hank. Ich habe begriffen, dass du ihn für einen Stümper hältst. Aber er ist verdammt noch mal der Vorläufer des Kubismus.«

»Sagt wer?«

»Sagt Picasso.«

»Entschuldigung«, sagte ich. »Sprechen Sie von Cézanne?«

Hank sah mich missmutig an. »Was hatten Sie denn gedacht, von wem wir sprechen?«

»Ich dachte, Sie sprechen übers Boxen.«

»Das war eine Analogie«, sagte Hank abschätzig.

»Hank und Grubb sind Maler«, sagte Johnny.

Fran wand sich vergnüglich und zwinkerte mir zu.

»Aber Hank«, versuchte Johnny es vorsichtig.

»Findest du die Landschaften nicht gut? Ich meine, die in Grün und Braun?«

»Nein«, sagte er.

»Über Geschmack lässt sich nicht streiten«, sagte ich zu Johnny.

Hank sah mich wieder an und musterte mich sorgfältig. Ich wusste nicht, ob er mir widersprechen oder mich schlagen wollte. Vielleicht wusste er es selbst nicht.

Bevor wir es herausfinden konnten, rief Grubb zu jemandem in der Tür: »Hey, Mark!«

»Hey, Grubb.«

»Du kennst meine Freunde, oder? Johnny Jenkins. Hank Grey.«

Die Männer nickten sich stumm zu. Niemand machte Anstalten, uns Frauen vorzustellen.

Mark setzte sich an den Nebentisch, und Grubb setzte sich zu ihm. Mir fiel kaum auf, dass Fran sich auch rübersetzte und mich allein ließ, so sehr war ich damit beschäftigt, Hank Grey anzusehen. Henry Grey, der Unbeirrbare. Er war älter und kleiner, sah aber sonst aus wie Tinker nach zwei Wochen ohne Essen und einem Leben ohne Manieren.

»Hast du seine Sachen gesehen?«, fragte Johnny und deutete verstohlen auf Mark. »Grubb sagt, sie sind ein einziges Chaos.«

»Auch damit hat er unrecht«, sagte Hank betrübt.

»Was malen Sie?«, fragte ich.

Er musterte mich einen Augenblick, als müsste er entscheiden, ob ich einer Antwort würdig war.

»Reale Dinge«, sagte er dann. »Dinge von Schönheit.«

»Stillleben?«

»Keine Schalen mit Apfelsinen, wenn Sie das meinen.«

»Können Schalen mit Apfelsinen nicht Dinge von Schönheit sein?«

»Heute nicht mehr.«

Er griff nach der Packung Lucky Strike, die vor Johnny auf dem Tisch lag.

»Das ist ein Ding der Schönheit«, sagte er. »Der Bootsrumpf rot, die Uniform grün. Die Zielscheibe ein Kreis. Das sind Farben, die einen Zweck haben. Formen, die einen Zweck haben.«

Er nahm sich, ohne zu fragen, eine Zigarette aus Johnnys Packung.

»Das hat Hank gemalt«, sagte Johnny und zeigte auf eine Leinwand, die an der Kohlenschütte lehnte.

Man konnte an Johnnys Stimme hören, dass er Hank bewunderte, und zwar nicht nur als Künstler. Er schien in jeder Hinsicht von ihm beeindruckt – als wäre Hank dabei, ein neues Modell des amerikanischen Mannes zu erschaffen.

Dabei war es nicht schwer, zu erkennen, welchen

Hintergrund Hank hatte. Er gehörte zu einer neuen Generation von Malern, die Hemingways Ethos des Stierkampfs aufgriffen und auf die Leinwand bringen wollten. Oder wenn nicht auf die Leinwand, so doch in den unschuldigen Mitmenschen. Sie waren düster, arrogant und ungehobelt, und was am wichtigsten war – sie fürchteten sich nicht vor dem Tod. Was immer das für jemanden bedeutet, der den Tag vor einer Staffelei verbringt. Ich konnte mir vorstellen, dass Johnny keine Ahnung hatte, wie sehr in Mode Hanks Haltung inzwischen schon war. Beziehungsweise was für ein elitäres Bewusstsein hinter der groben Gleichgültigkeit stand.

Das Gemälde – eindeutig von derselben Hand wie das Bild der Schauerleute in Tinkers Wohnung – zeigte die Laderampe eines Schlachthauses. Im Vordergrund war eine Reihe Lastwagen zu sehen, im Hintergrund ein großes Neonschild in der Form eines Ochsen, auf dem der Namenszug Vitelli's zu lesen war. Obwohl gegenständlich, waren Formen und Farben in Anlehnung an Stuart Davis vereinfacht worden.

In sehr enger Anlehnung an Stuart Davis.

»Ist das Gansevoort Street?«, fragte ich.

»Ja, richtig«, sagte Hank und klang leicht beeindruckt.

»Warum haben Sie Vitellis Schlachthof gemalt?«

»Weil er da wohnt«, sagte Johnny.

»Weil ich das Bild nicht mehr aus dem Kopf bekam«, stellte Hank richtig. »Neonschilder sind wie Sirenen. Man muss sich am Mast festbinden, wenn man sie malen will. Verstehen Sie, was ich meine?«

»Nicht so ganz.«

Ich betrachtete das Bild. »Aber es gefällt mir«, sagte ich.

Er zuckte zusammen. »Es ist keine Dekoration, Missy. Es ist die Welt.«

»Cézanne hat auch die Welt gemalt.«

»Das ganze Obst und die Krüge und die hingegossenen Damen? Das war nicht die Welt. Das waren Leute, die Maler von Königs Gnaden sein wollten.«

»Tut mir leid, aber ich bin mir ziemlich sicher, dass die Maler von Königs Gnaden Historienbilder und Porträts gemalt haben, keine Stillleben.«

Hank starrte mich an. »Wer hat Sie geschickt?«

»Wie bitte?«

»Waren Sie Vorsitzende des Debattierklubs oder so was? Das war vielleicht vor hundert Jahren oder so der Fall, aber ein Genie, das von einer Generation mit Bewunderung überschüttet wird, ist die tödliche Krankheit der nächsten. Haben Sie mal in einer Küche gearbeitet?«

»Ja.«

»Wirklich? Im Ferienlager? Im Speisesaal vom

Studentenwohnheim? Hören Sie. Wenn Sie beim Militär zum Küchendienst ziehen, müssen Sie in einer halben Stunde hundert Zwiebeln schneiden. Der Zwiebelsaft dringt so tief in ihre Finger ein, dass sie ihn wochenlang jedes Mal, wenn Sie duschen, riechen können. Das sind die Apfelsinen von Cézanne heute und seine Landschaften: der Geruch von Zwiebeln an Ihren Fingerspitzen. Verstanden?«

»Verstanden.«

»Gut.«

Ich warf einen Blick zu Fran hinüber, weil ich fand, wir sollten gehen, aber sie saß inzwischen auf Grubbs Schoß.

Wie die meisten kämpferischen Menschen war Hank ziemlich anstrengend, ich hatte also guten Grund, zu gehen. Aber ich musste die ganze Zeit daran denken, was Tinker über uns beide gesagt hatte. Ich meine, wie sollte ich es auffassen, dass er gedacht hatte, Hank und ich würden uns glänzend verstehen? Ich beschloss, es negativ aufzufassen.

»Wenn ich mich nicht irre, sind Sie Tinkers Bruder?«

Damit hatte ich ihn wirklich aus der Bahn geworfen. Es war klar, dass ihm das nicht oft widerfuhr und dass es ihm nicht gefiel.

»Woher kennen Sie Tinker?«

»Wir sind befreundet.«

»Wirklich?«

»Überrascht Sie das?«

»Na ja, er hatte bisher nicht viel übrig für diese Art von vor und zurück.«

»Vielleicht hat er jetzt Besseres zu tun.«

»Oh, bestimmt hat er Besseres zu tun. Und vielleicht würde er das endlich mal tun – wenn da nicht diese manipulative Zicke wäre.«

»Mit ihr bin ich auch befreundet.«

»Über Geschmack lässt sich nicht streiten, richtig?«

Woher nahm sich dieser Grobian das Recht, Evelyn Ross zu beschimpfen? Soll er doch mal durch die Windschutzscheibe fliegen und sehen, wie er damit zurechtkommt.

Ich konnte mir eine Bemerkung nicht verkneifen. »Hat Stuart Davis nicht mal eine Packung Lucky Strike gemalt?«

»Weiß ich nicht. Hat er das?«

»Natürlich hat er das. Eigentlich erinnern mich Ihre Bilder ziemlich stark an seine – mit den Szenen aus dem städtischen Arbeitsleben, den Primärfarben und den vereinfachten Linien.«

»Sauber. Sie sollten Frösche sezieren.«

»Auch das habe ich schon gemacht. Hat Ihr Bruder nicht ein paar Bilder von Stuart Davis in seiner Wohnung?«

»Glauben Sie etwa, dass Teddy die geringste Ahnung von Stuart Davis hat? Scheiße. Er hätte auch eine Blechtrommel gekauft, wenn ich ihm das empfohlen hätte.«

»Ihr Bruder scheint nicht so schlecht von Ihnen zu denken.«

»Ach, wirklich? Vielleicht sollte er das aber.«

»Ich wette, Sie haben ganz oft Küchendienst gezogen.«

Hank lachte, bis er husten musste. Er nahm sein Glas, neigte es in meine Richtung und lächelte – zum ersten Mal in der ganzen Zeit.

»Das haben Sie gut geraten, Missy.«

Als wir aufbrechen wollten, war es Hank, der die Rechnung beglich. Er nahm ein paar zerknitterte Scheine aus seiner Tasche und warf sie auf den Tisch, als wären es Bonbonpapiere. Was war mit ihrer Farbe und Form?, wollte ich fragen. Hatten sie keinen Zweck? Waren das nicht Dinge der Schönheit?

Wenn nur sein Vertrauensoffizier ihn jetzt sehen könnte.

Nach dem Besuch der irischen Spelunke vermutete ich, dass ich Fran nicht wiedersehen würde. Aber sie hatte sich meine Nummer besorgt, und an einem regnerischen Samstag rief sie an. Sie entschuldigte sich dafür, dass sie mich in der Bar meinem Schicksal überlassen hatte, und wollte mich zur Entschädigung ins Kino einladen. Stattdessen machten wir einen Bummel durch eine Reihe von Bars und amüsierten uns prächtig. Als ich sie fragte, warum sie sich die Mühe gemacht habe, mich ausfindig zu machen, sagte sie, wir seien »so simpatico« – im Sinne von ähnlich.

Tatsächlich waren wir ungefähr gleich groß, hatten ähnliches kastanienbraunes Haar und waren jede in einer Zweizimmerwohnung auf der anderen Seite des Flusses von Manhattan aufgewachsen. An einem regnerischen Samstagnachmittag war das vermutlich »simpatico« genug. Also zogen wir immer wieder gemeinsam los, und an einem Abend im Juni rief sie an und fragte, ob ich zu der Aufwärmrunde in Belmont gehen wollte.

Mein Vater war gegen jede Art von Wettspielen. Für ihn war das der direkte Weg, um sich vom Wohlwollen von Fremden abhängig zu machen. Deshalb hatte ich nie Canasta mit Einsatz gespielt oder einen Kaugummi darauf gewettet, wer es schafft, einen Stein durch das Fenster des Direktors zu werfen. Und auf einer Pferderennbahn war ich überhaupt noch nie gewesen. Ich wusste gar nicht, wovon sie redete.

»Aufwärmrunde?«

Anscheinend war es so, dass am Mittwoch vor

dem eigentlichen Rennen, den Belmont Stakes, die Rennbahn für die angemeldeten Pferde geöffnet wurde, damit die Jockeys sie bei einem Probelauf mit der Bahn vertraut machen konnten. Fran sagte, das sei viel aufregender als das Rennen selbst – was so unwahrscheinlich klang, dass ich überzeugt war, die Aufwärmrunde müsste schrecklich langweilig sein.

»Tut mir leid«, sagte ich. »Am Mittwoch arbeite ich.«

»Das ist ja gerade das Schöne. Die Rennbahn wird beim Morgengrauen geöffnet, damit die Pferde drauf können, bevor es zu warm wird. Wir fahren schnell mit der Bahn raus, sehen uns ein paar Pferde an und sind trotzdem Punkt neun im Büro. Vertrau mir, ich habe das schon hundert Mal gemacht.«

Als Fran sagte, die Rennbahn würde »bei Morgengrauen« geöffnet, hatte ich das als Redewendung verstanden und angenommen, wir würden uns gegen sechs nach Long Island aufmachen. Aber es war keineswegs eine Redewendung. Und da es Anfang Juni war, begann das Morgengrauen schon gegen fünf. Also klopfte sie um halb fünf an meine Tür, das Haar zu einem spitzen Dutt aufgetürmt.

Wir mussten eine Viertelstunde auf den Zug warten, der so laut rumpelnd in den Bahnhof einfuhr, als käme er aus einem anderen Jahrhundert. Die Innenbeleuchtung warf einen halbherzigen Schein auf das von der Nacht übrig gebliebene Treibgut in seiner Obhut: Wachmänner, Betrunkene, Revuemädchen.

Als wir in Belmont ankamen, stieg die Sonne so behäbig am Horizont auf, als müsste sie die Schwerkraft erst überwinden. Fran hatte die Schwerkraft anscheinend schon überwunden, sie war munter, lebhaft, anstrengend.

»Komm schon, Dummerchen«, sagte sie. »Schürz die Röcke!«

Der große Parkplatz vor der Rennbahn war leer. Als wir ihn überquerten, sah ich, wie Fran die Gebäude am Rande der Rennbahn genau betrachtete.

»Da drüben«, sagte sie etwas unsicher und ging auf die Dienstbotenpforte zu.

Ich zeigte auf ein Schild, auf dem EINGANG stand. »Vielleicht da?«

»Ach ja!«

»Wart mal einen Moment, Fran. Ich möchte dich etwas fragen. Warst du schon mal hier? Ich meine, ein einziges Mal?«

»Klar. Hunderte von Malen.«

»Ich möchte dich noch etwas fragen. Wenn du sprichst, sagst du dann jemals etwas, das nicht gelogen ist?«

»War das eine doppelte Verneinung? Mit denen

komme ich nämlich nicht klar. Aber jetzt will ich dich etwas fragen …« Sie zeigte auf ihre Bluse. »Steht die mir?«

Bevor ich antworten konnte, zog sie den Ausschnitt tiefer und zeigte etwas mehr von ihrem Dekolleté.

Am Haupteingang gingen wir an dem unbesetzten Eintrittshäuschen vorbei, durch das Drehkreuz hindurch und kamen über eine schmale Rampe ins Freie. Im Stadion war es unheimlich und still. Über der Rennbahn lag ein grüner Schimmer, so ähnlich, wie man es sich bei einem Teich in Neuengland vorstellen würde. Auf den Tribünen standen vereinzelt andere Frühaufsteher, manche auch in Gruppen von zwei bis vier Personen.

Es schien ungewöhnlich kalt für Juni. Wenige Meter von uns entfernt stand ein Mann in einer gefütterten Jacke mit einem Becher Kaffee in der Hand.

»Du hast mir nicht gesagt, dass es so kalt sein würde«, sagte ich.

»Du weißt doch, wie es im Juni ist.«

»Nicht um fünf Uhr. Die anderen haben alle Kaffee«, sagte ich dann.

Sie klopfte mir auf die Schulter. »Was für eine Jammerliese du bist.«

Fran ließ wieder den Blick schweifen, diesmal

über die Menschen auf den Tribünen. Rechts stand ein dünner Mann in einem karierten Hemd und winkte. Es war Grubb, und neben ihm stand der unglückselige Johnny.

Als wir zu Grubb kamen, legte er den Arm um Fran und sah mich an. »Katherine, richtig?«

Ich war ziemlich beeindruckt, dass er meinen Namen wusste.

»Sie friert«, sagte Fran. »Und ärgert sich, weil sie keinen Kaffee hat.«

Grubb grinste. Aus seinem Rucksack zog er eine Decke, die er mir zuwarf, und eine Thermoskanne, die er Fran gab, dann tastete er ausgiebig, wie ein schlechter Zauberer, in seinem Rucksack herum und förderte einen Zimtdonut zutage, den er zwischen zwei Fingern hochhielt. Mehr war nicht nötig, wie sich zeigte, um sich bei mir beliebt zu machen.

Fran goss mir Kaffee ein, ich legte mir die Decke über die Schultern und beugte mich über den Becher wie ein Soldat im Bürgerkrieg.

Für Grubb, der schon mit seinen Eltern auf die Rennbahn gekommen war, als er noch Windeln trug, war das Aufwärmrennen wie eine Rückkehr zum Ferienlager, voll süßer Nostalgie und Jugenderinnerungen. Er erklärte uns die wichtigsten Eckpunkte – wie lang die Rennstrecke war, wie sich die Pferde qualifizierten, welche Bedeutung Belmont im

Vergleich zu Saratoga hatte – und senkte dann seine Stimme, als er zum Sattelplatz zeigte.

»Da kommt das erste Pferd.«

Wie auf ein Zeichen erhoben sich die verstreut sitzenden Zuschauer.

Der Jockey trug nicht eines der bunt gemusterten Trikots, die der Pferderennbahn eine festliche Note verleihen sollen. Stattdessen hatte er einen braunen Overall an wie ein Automechaniker en miniature. Als er das Pferd von der Koppel auf die Rennbahn führte, stieg Dampf aus den Nüstern des Pferdes auf. In der Stille hörte man das Wiehern über die Entfernung von hundertfünfzig Metern. Der Jockey sprach kurz mit einem Mann, der eine Pfeife im Mund hatte (vermutlich der Trainer), und schwang sich auf den Pferderücken. Im leichten Trab kamen sie auf die Bahn, sodass das Pferd seine Umgebung wahrnehmen konnte, dann beschrieb der Jockey einen Kreis und stellte sich zum Start auf. Es wurde mucksmäuschenstill. Ohne einen Startschuss galoppierten Pferd und Reiter los.

Das dumpfe rhythmische Trappeln der Hufe war bis zu den Tribünen zu hören, Erdklumpen flogen durch die Luft. Der Jockey nahm die erste Runde in gemächlichem Tempo und hielt seinen Kopf dabei gut dreißig Zentimeter über dem des Pferdes. Aber bei der zweiten Runde trieb er das Pferd zu mehr

Tempo an. Er legte die Ellbogen an den Körper an und presste dem Pferd seine Oberschenkel in die Flanken. Sein Gesicht lag jetzt am Hals des Pferdes, sodass er dem Tier Ermutigungen ins Ohr flüstern konnte. Das Pferd reagierte. Obwohl es sich von uns entfernte, merkte man, dass es schneller wurde und sein Maul nach vorn streckte, während die Hufe in gleichmäßigem Rhythmus aufschlugen. Das Pferd galoppierte um die Außenkurve der Rennbahn, das Donnern der Hufe kam näher und wurde lauter. Dann rannte es durch das vorgestellte Zielband.

»Das ist *Pasteurized*«, sagte Grubb. »Der Favorit.«

Ich sah mich um. Keine Beifallsrufe, kein Applaus. Die meisten Zuschauer zollten dem Pferd stille Anerkennung. Sie verglichen die Zeit auf ihren Stoppuhren und besprachen sich mit leisen Stimmen. Einige schüttelten den Kopf, ob in Würdigung oder Enttäuschung, war schwer zu erkennen.

Und dann ritt der Jockey mit *Pasteurized* von der Bahn und machte Platz für *Cravat*.

Als das dritte Pferd auf die Bahn kam, hatte mich die Begeisterung für das Aufwärmrennen gepackt. Ich begriff, warum Grubb es aufregender fand als das eigentliche Rennen. Obwohl nur ein paar Hundert Zuschauer – und nicht fünfzigtausend – auf den Tribünen waren, wusste man, dass sie alle ernsthafte Anhänger des Pferderennsports waren.

Am Geländer, direkt an der Rennbahn, standen die Wettspieler mit wirrem Haar, die ihr »System« so lange verfeinert hatten, bis sie alles verloren hatten: ihre Ersparnisse, ihre Wohnungen, ihre Familien. Mit fiebrigen Augen und zerbeulten Jacketts sahen diese Unverbesserlichen aus, als hätten sie unter den Tribünen geschlafen; sie beobachteten die Pferde und leckten sich hin und wieder über die Lippen.

Auf den unteren Rängen saßen die Männer und Frauen, für die Pferderennen schon immer ein riesiges Vergnügen gewesen waren. Sie gehörten zu demselben Menschenschlag, auf den man auch auf den Rängen des Dodger-Stadions traf: Sie kannten die Namen aller Spieler und wussten alle wichtigen Daten. Es waren Männer und Frauen, die wie Grubb als Kinder mit ihren Eltern auf die Rennbahn gekommen waren und die eines Tages ihre eigenen Kinder mitbringen würden, getragen von einem Gefühl der Loyalität, das sie sonst nur in Kriegszeiten aufbringen würden. Sie kamen mit Picknickkörben und Rennzeitungen und schlossen rasch Freundschaft mit denen, die neben ihnen saßen.

In den Logen über dem Rang saßen die Besitzer in Begleitung junger Frauen und anderer Fans. Die Besitzer waren alle reich, versteht sich, aber diejenigen, die zu den Aufwärmrennen kamen, waren weder die Aristokraten noch die Dilettanten, sondern diejenigen, die wirklich ihr Geld selbst verdienten. Ein Magnat mit silbrigem Haar trug einen perfekt sitzenden Anzug und stand ganz vorn, die ausgestreckten Arme auf dem Geländer, wie ein Admiral am Bug seines Schiffes. Für ihn, das war offensichtlich, war ein Rennen nicht einfach Unterhaltung. Es ging ihm nicht darum, sich oder seinem Geld eine Ablenkung zu verschaffen. Für ihn erforderte der Sport alle Disziplin, Hingabe und Aufmerksamkeit, so als würde er eine Eisenbahnlinie leiten.

Und ganz oben, über den Spielern und den Fans und den Millionären, in der dünnen Luft der obersten Reihen, saßen die alten Trainer – deren beste Zeit hinter ihnen lag. Sie verfolgten das Geschehen mit bloßem Auge, ohne Fernrohr oder Stoppuhr – sie brauchten beides nicht. Sie schätzten nicht nur die Geschwindigkeit der Pferde ein, nicht nur ihr Verhalten am Start oder ihre Ausdauer, sondern auch deren Mut und Unbekümmertheit – und sie wussten genau, wie es am nächsten Samstag ausgehen würde, wobei es ihnen nicht in den Sinn kam, Wetten abzuschließen und damit ihr armseliges Los zu verbessern.

Eins stand allerdings fest: An einem Mittwochmorgen um fünf Uhr war in Belmont kein Platz für den gemeinen Menschen. Dies hier war wie in Dantes Höllenkreisen – wo sich Menschen mit ihren unterschiedlichen Sünden, aber auch mit der Schlauheit und der Hingabe der Verdammten versammelten. Es war die lebendige Erklärung dafür, warum niemand statt Dantes Hölle Das Paradies las. Mein Vater hasste Wettspiele, aber die Aufwärmrennen hätten ihm gut gefallen.

»Komm, Peaches«, sagte Grubb und nahm Frans Arm. »Da drüben sind ein paar alte Freunde.«

Peaches lächelte breit vor Stolz und reichte mir das Fernglas. Als die beiden loszogen, sah Johnny hoffnungsvoll zu mir herüber, aber ich wandte mich zum Gehen und sagte, ich wolle mir den Sattelplatz näher ansehen.

Als ich dort ankam, richtete ich Frans Fernglas auf den Admiral mit dem Silberhaar. Zwei Frauen waren bei ihm, die plauderten und aus Aluminiumbechern tranken. Da kein Dampf aufstieg, nahm ich an, dass sich Alkoholisches in den Bechern befand. Eine der Frauen reichte ihm den Becher, aber er reagierte nicht einmal. Stattdessen drehte er sich zu einem jungen Mann um, der eine Stoppuhr und ein Klemmbrett hielt.

»Sie haben einen guten Geschmack.«

Ich drehte mich um und sah Tinkers Patentante neben mir. Ich war überrascht, dass sie mich erkannt hatte. Vielleicht sogar geschmeichelt.

»Das ist Jake de Roscher«, sagte sie. »Er hat rund

fünfzig Millionen Dollar auf der Bank, ein Selfmademan. Ich kann Sie miteinander bekannt machen, wenn Sie möchten.«

Ich lachte. »Ich glaube, das würde mich ein wenig überfordern.«

»Möglich«, gab sie zu.

Sie trug rehbraune Hosen und ein weißes Hemd. Die Ärmel hatte sie bis zu den Ellbogen aufgerollt. Ihr war offensichtlich nicht kalt. Mir war die Decke um meine Schultern ein wenig peinlich, und ich versuchte sie unauffällig abzustreifen.

»Haben Sie ein Pferd in dem Rennen?«, fragte ich.

»Nein. Aber ein alter Freund von mir ist der Besitzer von *Pasteurized*.«

(Natürlich.)

»Wie aufregend«, sagte ich.

»Eigentlich ist der Favorit selten aufregend. Die schlecht Platzierten sind viel aufregender.«

»Wahrscheinlich schadet es aber dem Bankkonto nicht, wenn einem der Favorit gehört.«

»Vielleicht nicht. Aber im Allgemeinen werfen Investitionen, die Nahrung und Unterkunft benötigen, nicht viel ab.«

Tinker hatte angedeutet, dass Mrs. Grandins Geld ursprünglich aus der Kohleindustrie stammte. Das passte irgendwie. Ihre Art von unterschütterlicher

Ruhe gewann man nur auf der Grundlage unwandelbarer Anlagen wie Land, Öl und Gold.

Das nächste Pferd kam jetzt auf die Rennbahn.

»Wie heißt das Pferd?«, fragte ich.

»Darf ich mal?« Sie hielt mir die Hand für das Fernglas hin. Ihr Haar wurde mit Spangen zurückgehalten, sie brauchte es sich nicht aus der Stirn zu schieben. Wie ein Jäger hob sie das Fernglas an die Augen und richtete es direkt auf das Pferd. Sie fand ihr Ziel ohne Schwierigkeit.

»Das ist *Jolly Tar*, es gehört Withering. Barry Withering besitzt die Zeitung in Louisville.«

Sie ließ das Fernglas sinken, gab es mir aber nicht zurück. Sie sah mich an und zögerte einen Moment, wie jemand, der im Begriff ist, eine heikle Frage zu stellen. Stattdessen machte sie eine Feststellung. »Soweit ich weiß, verstehen sich Tinker und Ihre Freundin sehr gut. Wie lange wohnen sie jetzt schon zusammen? Acht Monate?«

»Eher fünf.«

»Ah …«

»Missbilligen Sie das?«

»Nicht in einem viktorianischen Sinne. Ich mache mir keine Illusionen über die Freiheiten unserer Zeit. Im Gegenteil, im Zweifelsfall würde ich die meisten begrüßen.«

»Sie sagten, in einem viktorianischen Sinne missbilligten Sie es nicht. Heißt das, Sie missbilligen es in einem anderen Sinne?«

Sie lächelte. »Ich muss mir erst wieder in Erinnerung rufen, dass Sie in einer Anwaltsfirma arbeiten, Katherine.«

Woher wusste sie das?, fragte ich mich.

»Wenn ich es missbillige«, fuhr sie fort, nachdem sie über die Frage nachgedacht hatte, »dann nur, soweit es Ihre Freundin betrifft. Ich sehe keinen Vorteil für sie in einem Leben mit Tinker. In meiner Jugend waren die Möglichkeiten für junge Frauen sehr begrenzt; je eher man also eine günstige Partie machte, desto besser. Aber heute …«

Sie deutete auf die Loge von de Roscher. »Sehen Sie die dreißigjährige Blonde neben Jake? Das ist seine Verlobte, Carrie Clapboard. Garne hat Himmel und Hölle in Bewegung gesetzt, um diese Position zu ergattern. Und bald wird sie die Oberaufsicht über Küchenpersonal und Tischarrangements und die Polsterung antiker Stühle in drei verschiedenen Häusern führen. Alles schön und gut. Aber wenn ich in Ihrem Alter wäre, dann würde ich mir nicht überlegen, wie ich in Garnes Position kommen könnte. Ich würde mir überlegen, wie ich in Jakes gelangen könnte.«

Als *Jolly Tar* um die Außenkurve galoppierte, wurde das nächste Pferd auf den Sattelplatz geführt. Wir sahen beide hinüber. Diesmal hob Anne das Fernglas nicht.

»*Gentle Savage,* 50:1«, sagte sie. »Da haben Sie Ihre Aufregung.«

9. Kapitel

DER KRUMMSÄBEL, DER GOLDSUCHER & DAS HOLZBEIN

Als ich am 9. Juni aus dem Büro kam, stand ein brauner Bentley am Straßenrand.

Man kann von sich selbst noch so überzeugt sein, man kann noch so lange in Hollywood oder Hyde Park gelebt haben, ein brauner Bentley fällt einfach auf. In der ganzen Welt kann es kaum mehr als ein paar Hundert geben, und jede Einzelheit ist gestaltet, um Neid zu erwecken. Die Kotflügel schwingen sich über die Reifen und senken sich in einem breiten, gefälligen Bogen wie eine Odaliske in Ruhestellung, die weißen Seitenwände der Reifen sind so unglaublich weiß und rein wie die Gamaschen von Fred Astaire. Man weiß, dass derjenige, der im Fond sitzt, die Mittel hat, einem seine Wünsche hoch drei zu erfüllen.

Bei diesem Modell war der Fahrersitz im Freien. Der Chauffeur sah aus wie ein irischer Polizist, der ins Bedienstetenfach gewechselt war. Er starrte vor sich hin und hatte seine breiten Hände, die in grauen Handschuhen steckten, aufs Lenkrad gelegt. Die

Fenster des Fonds waren getönt, sodass man nicht sehen konnte, wer drinnen saß. Als ich das Spiegelbild der Passanten darin beobachtete, wurde die Scheibe heruntergekurbelt.

»Mich trifft der Schlag«, sagte ich.

»Hey, meine Gute. Wohin des Weges?«

»Ich dachte, ich gehe mal runter zur Battery und stürze mich von der Pier.«

»Hat das Zeit?«

Plötzlich war der Chauffeur neben mir. Mit überraschender Anmut öffnete er den Schlag und nahm die Haltung eines Offiziers an der Gangway ein. Eve rutschte zur Seite und machte mir Platz. Ich salutierte und kletterte an Bord.

Im Wagen roch es nach dem Leder der Sitze und einem neuen Parfum. Für die Beine war so viel Platz, dass ich beinahe vom Sitz auf den Boden gerutscht wäre.

»In was verwandelt sich dieses Teil um Mitternacht?«

»In eine Artischocke.«

»Artischocken mag ich nicht.«

»Ich mochte sie auch nicht, aber man kann sich an sie gewöhnen.«

Eve beugte sich vor und drückte auf einen elfenbeinernen Knopf an einer Chromtafel. »Michael …«

Der Chauffeur drehte sich nicht um. Seine Stimme tönte knisternd durch den Lautsprecher, als wäre er hundert Meilen draußen auf See.

»Ja, Miss Ross.«

»Könnten Sie uns bitte zum Explorer's Club fahren?«

»Selbstverständlich, Miss Ross.«

Evey lehnte sich ins Polster zurück, und ich betrachtete sie. Seit dem Abendessen im Beresford hatten wir uns nicht gesehen. Sie trug ein Kleid aus blauer Seide mit langen Ärmeln und einem dekolletierten Ausschnitt. Ihre Haare waren ganz glatt, als wären sie gebügelt. Sie hatte sie hinter die Ohren gestrichen, sodass die Narbe auf ihrer Wange in voller Länge sichtbar war – eine dünne weiße Linie, die von Erfahrungen zeugte, von denen Zimmermädchen nur träumen konnten, und die dem Gesicht einen neuen und besonderen, fast glamourösen Reiz verlieh.

Wir lächelten uns an.

»Herzlichen Glückwunsch zum Geburtstag, du Teufelsbraten.«

»Hab ich es verdient?«

»Und ob!«

Die Lage war folgende: Zu ihrem Geburtstag, sagte Tinker, könne sie einen Ballsaal mieten. Sie sagte, sie wolle keine Party feiern. Sie wolle auch keine

Geschenke. Sie wolle sich lediglich ein neues Kleid kaufen und zu einem Essen für zwei in den Rainbow Room gehen.

Das hätte mir den ersten Hinweis darauf geben sollen, dass etwas sich verändert hatte.

Auto und Fahrer waren nicht von Tinker. Sie waren von Wallace. Als Wallace von Eves Wünschen hörte, überließ er ihr als Geschenk den Wagen für einen Tag, damit sie einen Einkaufsbummel machen konnte.

Und das hatte sie ausgiebig getan. Am Vormittag hatte sie auf der Fifth Avenue ihre Erkundungen gemacht. Und nach dem Lunch war sie mit Tinkers Geld zum Angriff übergegangen. Sie hatte das blaue Kleid bei Bergdorf gekauft, die Schuhe bei Bendel und eine knallrote Handtasche aus Schlangenleder bei Saks. Sie hatte sogar für die Unterwäsche bezahlt. Sie war von Kopf bis Fuß neu eingekleidet und hatte noch eine Stunde Zeit, weshalb sie mich abgepasst hatte, weil sie mit einer alten Freundin anstoßen wollte, bevor sie in den Wolken über dem Rockefeller Center fünfundzwanzig wurde. Das freute mich sehr.

Hinter der Türverkleidung befand sich eine Bar mit zwei Karaffen, zwei Whiskeygläsern und einem süßen kleinen Eiskübel. Eve goss mir einen Gin ein. Sich selbst nahm sie einen doppelten.

»Holla«, sagte ich. »Solltest du es nicht langsam angehen?«

»Keine Angst. Ich bin gut in Übung.«

Wir stießen miteinander an. Sie nahm einen kräftigen Schluck von dem Gin auf Eis. Sie kaute auf den kleinen Eisstücken und blickte nachdenklich aus dem Fenster. Als sie mich wieder ansah, sagte sie: »New York stülpt dein Innerstes nach außen, findest du nicht?«

Der Explorer's Club war ein unbedeutender Klub für Naturkundler und Abenteurer in einem kleinen Stadthaus in einer Seitenstraße der Fifth Avenue gewesen, der nach dem Börsenkrach pleiteging. Was an Wertvollem vorhanden war, hatten Wohlgesinnte bei Nacht und Nebel ins Museum of Natural History bringen lassen. Der Rest, eine komische Mischung aus Kuriosa und Memorabilia, war von den Gläubigern zurückgelassen worden, auf dass sich gnädig der Staub darauf senken möge. 1936 hatten einige Banker, die New York noch nie verlassen hatten, das Gebäude gekauft und den Klub als Tränke für Betuchte wiedereröffnet.

Als wir ankamen, füllte sich gerade das Steakhaus im Erdgeschoss. Wir stiegen die enge Treppe hinauf – an den Wänden hingen Fotos von Schiffen und Expeditionen im Schnee – zur »Bibliothek« im ersten Stock. Die Bibliothek war bis zur Decke mit Regalen ausgestattet, in denen eine sorgfältig zusammengetragene Sammlung von Naturkundebüchern des 19. Jahrhunderts stand, die niemand jemals lesen würde. In der Mitte des Raumes gab es zwei Schaukästen, einer mit südamerikanischen Schmetterlingen, einer mit Pistolen aus dem Bürgerkrieg. Makler, Anwälte und Industriekapitäne saßen in den niedrigen Ledersesseln, schlossen Freundschaften und suchten sich gegenseitig zu beeinflussen. Die einzige andere Frau im Raum, eine junge Brünette mit kurzem Haar, saß in einer Ecke unter dem mottenzerfressenen Kopf eines Grizzlybären. Sie trug einen Männeranzug und eine weiße Bluse mit großem Kragen, blies Rauchkringel in die Luft und hielt sich offenbar für eine zweite Gertrude Stein.

»Hier entlang«, sagte der Wirt.

Als wir durch den Raum gingen, sah ich, dass Eve ihr Humpeln auf ihre ganz eigene Art in den Griff bekommen hatte. Die meisten anderen Frauen hätten versucht, es zu verbergen. Sie hätten gelernt, wie eine Geisha zu gehen – mit kleinen, unsichtbaren Schritten, das Haar aufgetürmt und den Blick zu Boden gerichtet. Aber Eve gab sich keine Mühe, es zu verstecken. In ihrem bodenlangen blauen Kleid schwang sie das linke Bein schwerfällig nach vorn, als hätte sie einen Klumpfuß. Ihre Schritte hallten auf dem Parkett in synkopischem Rhythmus.

Der Wirt führte uns zu einem Tisch in der Mitte des Raumes, so zentral, dass Eves Reize von allen gewürdigt werden konnten.

»Was machen wir hier?«, fragte ich.

»Mir gefällt es hier«, sagte sie und blickte sich mit wachen Augen im Raum um. »Frauen gehen mir auf die Nerven.«

Sie lächelte und tätschelte mir die Hand.

»Außer dir natürlich.«

»Ich bin erleichtert.«

Ein junger Italiener, das Haar in der Mitte gescheitelt, kam durch die Schwingtüren herein. Evey bestellte Champagner.

»Also«, sagte ich. »Der Rainbow Room …«

»Ich habe mir sagen lassen, es sei ziemlich fabelhaft. Fünfzigster Stock, immerhin. Es heißt, man kann die Flugzeuge in Idlewild landen sehen.«

»Ich dachte, Tinker hat Höhenangst.«

»Er muss ja nicht runtergucken.«

Der Champagner wurde mit überflüssigem Zeremoniell serviert. Der Kellner stellte einen Ständer mit einem Eiskübel neben Eve, und der Wirt öffnete die Flasche. Eve winkte die beiden weg und goss selbst ein.

»Auf New York«, sagte ich.

»Auf Manhattan«, verbesserte sie mich.

Wir tranken.

»Denkst du manchmal an Indiana?«, fragte ich sie.

»Sie ist eine Schindmähre. Ich habe nichts mehr mit ihr zu tun.«

»Weiß sie das?«

»Ich bin mir sicher, es beruht auf Gegenseitigkeit.«

»Das bezweifle ich.«

Sie lächelte und füllte unsere Gläser auf. »Genug davon, jetzt erzähl mir von dir«, sagte sie.

»Was?«

»Irgendwas. Alles. Wie geht es den Mädels bei Mrs. Martingale?«

»Ich habe sie seit Monaten nicht gesehen.«

Streng genommen war das eine Lüge, da Fran und ich uns ab und zu trafen. Aber es gab keinen Grund, Evey das zu erzählen. Sie hatte Fran nie gemocht.

»Stimmt ja!«, sagte sie. »Ich bin froh, dass du eine eigene Wohnung hast. Wie ist es da?«

»Teurer als die Pension. Aber jetzt kann ich meinen Porridge selbst anbrennen lassen und das verstopfte Klo reinigen.«

»Es gibt keinen Zapfenstreich …«

»So früh, wie ich ins Bett gehe, spielt das keine Rolle.«

»Och«, sagte sie mit gespielter Anteilnahme. »Das klingt traurig und einsam.«

Ich schwenkte mein leeres Glas. »Wie läuft es im Beresford?«

»Ein bisschen hektisch«, sagte sie und schenkte nach. »Wir wollen das Schlafzimmer renovieren lassen.«

»Das klingt aufregend.«

»Ist es aber nicht. Wir wollen nur die Einrichtung besser … abstimmen.«

»Wohnt ihr währenddessen dort?«

»Es passt ganz gut, dass Tinker Kunden in London besuchen muss. Ich ziehe so lange ins Plaza und kümmere mich darum, dass die Arbeiter fertig werden, bevor er zurück ist.«

Ein Geburtstag ohne Geschenke … eine Geschäftsreise nach London … Renovierung des Schlafzimmers … freizügige Verwendung der ersten Person Plural … Langsam wurde das Bild klarer. Mir gegenüber saß eine junge Frau, die in einem nagelneuen Kleid Champagner trank und eine Verabredung im Rainbow Room hatte. Man könnte denken, dass so jemand unbesonnen und aufgeregt wäre. Aber Eve hatte nichts Unbesonnenes. Unbesonnenheit verlangt ein gewisses Element der Überraschung. Ein unbesonnenes Mädchen weiß nicht genau, was als Nächstes passiert. Man spürt, es könnte etwas Wunderbares sein und es könnte jeden Moment passieren, und diese Mischung aus

Geheimnis und Vorfreude verursacht einen leichten Schwindel. Aber Eve würde keine Überraschungen zulassen. Keine unerwarteten Manöver oder hinterlistigen Schachzüge. Sie hatte die Spielfelder abgesteckt und die Spielfiguren geschnitzt. Das Einzige, was sie dem Zufall überließ, war die Größe der Kapitänskajüte auf dem Schiff.

Damals, im 21 Club, hatte Eve auf die Frage: Wenn du einen Tag lang jemand anders sein könntest, wer wolltest du sein?, geantwortet: Darryl Zanuck, der Studiodirektor. Damals fanden wir die Antwort lustig. Aber wenn man sie jetzt sah: Sie schwebte über uns auf einem ausfahrbaren Kran, prüfte die Kulissen, die Kostüme, die Choreografie, bevor sie der Sonne das Zeichen zum Aufgehen gab. Und mal im Ernst: Wer konnte ihr das zum Vorwurf machen?

Ein paar Tische weiter wurden zwei gut aussehende Burschen laut. Sie erzählten sich Geschichten von ihren Streichen an einer Ivy-League-Universität, und einer von ihnen hatte unmissverständlich das Wort Hure benutzt. Ein paar der anderen Männer sahen zu ihnen hinüber.

Eve guckte kein einziges Mal nach hinten. Es interessierte sie nicht. Sie hatte angefangen, über die Renovierung zu sprechen, und redete immer weiter – so wie ein Oberst den Lärm der Minenwerfer ignoriert, während seine Fußsoldaten Deckung suchen.

Plötzlich standen die beiden betrunkenen Männer auf und stolperten unter lautem Gelächter an uns vorbei.

»Wer hätte das gedacht«, sagte Eve trocken. »Terrence Ingalls. Waren Sie das, der so laut krakeelt hat?«

Terry machte eine Wende wie eine der kleinen Jollen, auf denen Kinder segeln lernen. »Eve … das ist ja eine Überraschung …«

Ohne zwanzig Jahre Privatschule hätte er angefangen zu stottern. Er küsste Eve unbeholfen auf die Wange und sah dann fragend zu mir.

»Das ist meine alte Freundin Kate«, sagte Eve.

»Freut mich, Sie kennenzulernen, Kate. Sind Sie auch aus Indianapolis?«

»Nein«, sagte ich, »ich bin aus New York.«

»Wirklich! Wo in New York?«

»Sie ist nicht Ihr Typ, Terry.«

Er sah Eve an, als wollte er etwas erwidern, besann sich dann aber eines Besseren. Offensichtlich wurde er nüchtern.

»Beste Grüße an Tinker«, sagte er.

Als er den Raum verließ, sah Eve ihm nach. »Er ist ein Bekannter von Tinker aus dem Union Club.

Vor ein paar Wochen waren wir übers Wochenende auf einer Party in ihrem Haus in Westport. Nach dem Essen spielte seine Frau Mozart auf dem Klavier – schlimm genug –, und Terry sagte einem der Hausmädchen, er müsse ihr in der Speisekammer etwas zeigen. Als ich sie da aufspürte, hatte er sie in die Ecke beim Brotkasten gedrängt und versuchte ihr in den Hals zu beißen. Ich musste mit einem Kartoffelstampfer dazwischengehen.«

»Sein Glück, dass es kein Messer war.«

»Ein paar Messerstiche hätten ihm gutgetan.«

Bei dem Gedanken musste ich lächeln. »Das Mädchen hatte Glück, dass du gerade dazukamst.«

Eve guckte verdutzt, als hätte sie gerade an etwas anderes gedacht. »Was hast du gesagt?«

»Ich habe gesagt, das Mädchen hatte Glück.«

Eve sah mich überrascht an. »Mit Glück hatte das nichts zu tun. Ich bin dem Mistkerl hinterhergegangen.«

Plötzlich sah ich Eve vor mir, wie sie durch die Hallen der reichen weißen angelsächsischen Protestanten von New York streifte, einen Kartoffelstampfer in der Hand, und hin und wieder aus dem Schatten sprang, um gegen flegelhaftes Benehmen vorzugehen.

»Weißt du was?«, sagte ich aus tiefster Überzeugung.

»Was?«

»Du bist die Allerbesteste.«

Als es fast acht war und die Champagnerflasche mit dem Hals nach unten im Eiskübel steckte, sagte ich zu Eve, dass sie sich wohl besser auf den Weg machen sollte.

»Du hast wahrscheinlich recht«, sagte sie.

Sie griff nach ihrer neuen Handtasche und gab dem Kellner in ein und derselben Bewegung ein Zeichen, so wie Tinker es auch machte. Sie nahm einen Umschlag mit nagelneuen Zwanzig-Dollar-Scheinen heraus.

»Nein«, sagte ich, »das geht auf mich, Geburtstagskind.«

»Ist gut. Aber am 24. habe ich die Ehre.«

»Das wäre wunderbar.«

Sie stand auf, und einen Moment lang sah ich sie in all ihrem Glanz. Mit dem Kleid, das anmutig von ihren Schultern fiel, und der roten Tasche unter dem Arm sah sie aus wie ein Frauenbildnis von John Singer Sargent.

»Für immer«, erinnerte sie mich.

»Für immer.«

Während ich wartete, dass der Kellner die Rechnung brachte, schlenderte ich zu den Schaukästen.

Für jemanden, der sich mit diesen Dingen auskennt, bot der Kasten mit den Pistolen wahrscheinlich eine beeindruckende Ausstellung seltener Feuerwaffen. Aber für den ahnungslosen Betrachter sahen sie einfach nur schäbig aus, als wären sie aus dem schlammigen Ufer des Mississippi geborgen worden, und die Bleikugeln daneben erinnerten an einen Haufen Kaninchendung.

Die Schmetterlingsausstellung war gefälliger, aber auch sie zeigte eine gewisse amateurhafte Herangehensweise. Die Insekten waren so auf dem Filz aufgespießt, dass man nur die Oberseite der Flügel sehen konnte. Aber wer etwas von Schmetterlingen versteht, weiß, dass Unter- und Oberseite dramatische Unterschiede aufweisen können. Ein Flügel, dessen Oberseite von schillerndem Blau ist, kann auf der Unterseite eine bräunliche Färbung mit ockergelben Tupfern haben. Diese Unterschiede sind ein wichtiger evolutionärer Vorteil, denn mit aufgespannten Flügeln kann ein Schmetterling ein Weibchen anlocken, und mit geschlossenen Flügeln kann er an einem Baumstamm unsichtbar sein.

Eigentlich ist es ein Klischee, jemanden als Chamäleon zu bezeichnen – ein Mensch, der je nach Umgebung die Farben wechselt. In Wirklichkeit ist wohl nicht mal einer von einer Million Menschen dazu imstande. Aber Menschen wie Schmetterlinge gibt es Zehntausende: Männer und Frauen wie Eve, die zwei dramatisch unterschiedliche Farben tragen – eine, die dazu dient, anzulocken, und eine zur Tarnung – und die Fähigkeit besitzen, mit einem Flügelschlag von einer zum anderen zu wechseln.

Als die Rechnung kam, spürte ich langsam die Wirkung des Champagners.

Ich nahm meine Tasche und machte mich auf zur Tür.

Die Brünette mit dem kurzen Haar ging an mir vorbei zu den Damentoiletten und warf mir einen kalten, unfreundlichen Blick zu. War das nicht einfach typisch, dachte ich. Wie wenig Fantasie und Mut wir doch in unseren Hassgefühlen haben. Wenn wir fünfzig Cent in der Stunde verdienen, bewundern wir die Reichen und bemitleiden die Armen, und unsere gesamte Bitterkeit richten wir gegen diejenigen, die einen Cent mehr oder weniger als wir verdienen. Das ist der Grund, warum es nicht alle zehn Jahre eine Revolution gibt. Ich streckte ihr nachträglich die Zunge raus und ging auf den Ausgang zu, wobei ich versuchte, wie ein Filmstar auszusehen, der in der Eisenbahn mit wogenden Schritten den Gang entlanggeht.

Oben am Treppenabsatz sahen die Stufen plötzlich sehr eng und steil aus. Man hatte von dort oben einen Blick wie von der Achterbahn. Ich musste mir die Stöckelschuhe ausziehen und mich am Geländer festhalten.

Als ich mit der Schulter an der Wand entlang nach unten ging, fiel mir auf, dass die Fotos an der Wand von der *Endurance* im Packeis der Antarktis waren. Ich blieb stehen und betrachtete eins genauer. Die Segel waren von den Masten eingeholt worden. Nahrung und andere Utensilien lagen ausgebreitet auf dem Eis. Ich mahnte Commander Shackleton mit dem Wink meines Zeigefingers und erinnerte ihn daran, dass es allein seine Schuld war.

Auf der Straße wollte ich gerade über die 69. Straße zur Hochbahn an der Third Avenue gehen, als ich den braunen Bentley am Straßenrand sah. Die Fahrertür öffnete sich, und der Chauffeur stieg aus.

»Miss Kontent.«

Ich war verwirrt, nicht nur wegen des Champagners. »Sie heißen Michael, oder?«

»Ja.«

Mir fiel auf, dass Michael meinem Onkel Roscoe, dem älteren Bruder meines Vaters, sehr ähnlich sah. Der hatte auch so große Hände. Und ein Boxerohr.

»Haben Sie Eve gesehen?«

»Ja. Sie bat mich, Sie nach Hause zu bringen.«

»Sie hat Sie wieder zurückgeschickt?«

»Nein, Miss, sie wollte zu Fuß gehen.«

Michael öffnete den Schlag. Drinnen sah es dunkel und einsam aus. Es war Juni und noch hell, und die Luft war mild.

»Macht es Ihnen etwas aus, wenn ich vorne bei Ihnen sitze?«

»Das würde sich nicht schicken, Miss.«

»Da haben Sie wohl recht.«

»Zur 11. Straße?«

»Richtig.«

»Welchen Weg möchten Sie nehmen?«

»Wie meinen Sie das?«

»Wir könnten die Second Avenue fahren. Aber wir könnten auch eine Runde um den Central Park machen und dann nach Süden fahren. Vielleicht wäre das eine Entschädigung dafür, dass Sie nicht vorne sitzen können.«

Ich lachte. »Was für ein großartiger Vorschlag, Michael. Das machen wir.«

An der 72. Straße kamen wir zum Central Park und fuhren nach Norden, Richtung Harlem. Ich kurbelte auf beiden Seiten die Fenster herunter, und die warme Juniluft streichelte mich sanft. Ich streifte die Schuhe ab und zog die Beine auf den Sitz. Ich sah den Bäumen zu, wie sie an uns vorbeiflanierten.

Ich nahm nicht oft ein Taxi, aber wenn doch, dann wählte ich den kürzesten Weg zwischen zwei Punkten. Die Idee, einen Umweg nach Hause zu machen, hatte sich nie ergeben, nicht ein einziges Mal in sechsundzwanzig Jahren. Es war eine absolut fabelhafte Idee.

Am nächsten Tag rief Eve an und sagte, sie müsse unsere Verabredung für den 24. absagen. Anscheinend hatte Tinker als »Überraschung« für Eve, vor ihrer Verabredung im Rainbow Room, noch eine zweite Passage für den Dampfer nach Europa gebucht. Tinker würde in London Kunden besuchen, danach wollten sie zu Bucky und Priscilla fahren, die für den Juli ein Haus an der Riviera gemietet hatten.

Als ich mich eine Woche später mit Fran und Grubb auf einen Hamburger traf, der als Steak angekündigt worden war, gab sie mir diese Notiz, die sie aus der Gesellschaftsspalte der New York Post ausgeschnitten hatte:

Von hoher See erreicht uns die Meldung, dass bei C. Vanderbilts jr. alljährlicher Schatzsuche auf der Queen Victoria *zum großen Staunen der Passagiere zwei Neulinge als eindeutige Sieger hervorgingen, nämlich der begehrte Junggeselle und New Yorker Bankier T. Grey und E. Ross, seine reizende Partnerin. Vor den verblüfften Oberdeckpassagieren gelang es Grey & Ross, von den fünfzig versteckten Gegenständen folgende ausfindig zu machen: einen Krummsäbel, ein Sieb und ein Holzbein. Zwar wollten die jungen Schatz-*

sucher das Geheimnis ihres Erfolgs nicht preisgeben, doch Beobachter berichten, dass die beiden nach einer neuen Methode vorgegangen waren und ihre Nachforschungen bei der Mannschaft anstellten statt bei den anderen Passagieren. Der Preis? Drei Nächte im Claridge's und eine private Führung durch die National Gallery. Man sollte die Museumswärter vor dem Pärchen warnen und die beiden durchsuchen, bevor sie türmen können.

10. Kapitel

DAS HÖCHSTE GEBÄUDE

Den Nachmittag des 22. Juni verbrachte ich bei einer gegnerischen Kanzlei in der 62. Straße, in einem Raum ohne Fenster und Belüftung, wo ich für den jungen Thomas Harper eine Zeugenaussage aufnahm. Der Zeuge, ein Vorarbeiter in einem Stahlwerk, das in wirtschaftlichen Schwierigkeiten war, schwitzte wie eine Wäscherin und wiederholte sich laufend, obwohl das blanker Unsinn war. Die einzigen Fragen, die ihn zum Reden brachten, drehten sich nur darum, wie schlimm alles war. Wissen Sie eigentlich, wie das ist, fragte er Harper, wenn man zwanzig Jahre lang jeden Morgen zur Arbeit geht, die Kinder schlafen noch, man hat alle Einzelheiten der Produktion auf die Sekunde genau im Auge, und eines Morgens wacht man auf, und alles ist weg?

»Nein«, sagte Harper teilnahmslos. »Aber wenn ich Ihre Aufmerksamkeit wieder auf die Ereignisse im Januar 1937 lenken dürfte.«

Als wir endlich fertig waren, musste ich unbedingt in den Central Park gehen, an die frische Luft.

Ich kaufte mir in einem Deli an der Ecke ein Sandwich und fand einen schönen Platz neben einem Magnolienbaum, wo ich in Frieden und in der Gesellschaft meines alten Freundes Charles Dickens mein Sandwich verzehren konnte.

Während ich da saß, blickte ich hin und wieder von den Seiten auf, die von Pips Entwicklung handelten, um die Spaziergänger zu betrachten, deren große Erwartungen schon in Erfüllung gegangen waren. Und da sah ich Anne Grandin, zum dritten Mal. Nach kurzem Zögern steckte ich das Buch in die Tasche und ging ihr nach.

Wie zu erwarten, ging sie entschlossenen Schrittes. Sie verließ den Park an der 59. Straße, überquerte die Straße und stieg die Stufen zum Plaza Hotel hoch. Ich tat das auch. Als der uniformierte Türhüter die Drehtür für sie in Bewegung setzte, überlegte ich, dass es in vornehmer Gesellschaft wahrscheinlich ein ungeschriebenes Gesetz gibt, wonach man einem Bekannten niemals in ein Hotel folgt. Aber vielleicht traf sie sich einfach mit einem Freund auf einen Drink? Als die Tür sich drehte, entschied ich mich für die wissenschaftliche Methode.

»Ene, mene, muh …«

In der Hotelhalle stellte ich mich in den Schutz einer Topfpalme. Es herrschte ein lebhaftes Kommen und Gehen von gut angezogenen Menschen, manche hatten ihr Gepäck dabei, andere waren auf dem Weg in die Bar, wieder andere kamen von den Schuhputzern aus dem Untergeschoss.

»Entschuldigen Sie bitte.« Ein Page mit roter Kappe lugte um die Palme herum. »Sind Sie Miss Kontent?«

Er reichte mir einen kleinen cremeweißen Umschlag, worin man üblicherweise bei einem Ball oder einer Hochzeit seine Tischnummer mitgeteilt bekommt. In dem Umschlag steckte eine Visitenkarte. Darauf stand schlicht: *Anne Grandin.* Auf die Rückseite hatte sie mit flüssiger Schrift geschrieben: *Kommen Sie doch herauf Suite 1801.*

Erwischt.

Auf dem Weg zum Fahrstuhl überlegte ich, ob sie mich in der Halle oder schon im Park bemerkt hatte. Der Liftboy sah mich mit einer Miene an, die ausdrückte: Lassen Sie sich alle Zeit der Welt.

»Achtzehnter Stock?«, fragte ich.

»Natürlich.«

Bevor die Türen sich schließen konnten, stürzte ein frisch vermähltes Paar herein. Strahlend, rosig und jung, wie sie waren, sahen sie aus, als wären sie bereit, den letzten Cent für Zimmerservice auszugeben. Als sie im zwölften Stock ausstiegen, lächelte ich dem Liftboy verschwörerisch zu.

»Frisch vermählt«, sagte ich.

»Eigentlich nicht, Madam.«

»Eigentlich nicht?«

»Nicht frisch. Auch nicht vermählt. Vorsicht, Stufe.«

Suite 1801 war unmittelbar gegenüber den Aufzügen. Als ich den Messingknopf am Türrahmen drückte, hörte ich Schritte, die schwerer waren als Annes. Die Tür ging auf, und ein schlanker junger Mann in einem fein karierten englischen Anzug erschien. Ein bisschen verlegen hielt ich ihm die Visitenkarte hin. Er nahm sie mit gepflegten Händen entgegen.

»Miss Kontent?«

Seine Aussprache war so exakt wie der Anzug. Aber auch falsch. Er betonte meinen Namen auf der ersten Silbe.

»Es heißt Kontent«, sagte ich.

»Entschuldigen Sie bitte, Miss Kontent. Kommen Sie doch bitte herein.« Er deutete mit einer Handbewegung auf eine Stelle ein paar Schritte weiter im Raum.

Ich stand im Flur einer sonnendurchfluteten Suite. Auf der einen Seite des Wohnzimmers war eine Tür, die geschlossen war und vermutlich ins Schlafzimmer führte. Im Vordergrund standen um einen zierlichen Art-déco-Couchtisch eine mit blau-gelbem Stoff bezogene Couch und zwei Klubsessel, die zusammen eine ausgewogene Balance von männlichem und weiblichem Stil ergaben. Jenseits des Sitzbereichs stand ein Schreibtisch mit einer Vase Lilien auf einer Ecke und einer Lampe mit schwarzem Schirm auf der anderen. In mir stieg die Vermutung auf, dass der elegante Stil in Tinkers Wohnung deutlich von Anne inspiriert war. Sie wusste Stil und Selbstbewusstsein genau in dem Maße zu verbinden, das nötig war, um der vornehmen Gesellschaft modernes Design nahezubringen.

Anne stand hinter dem Schreibtisch und sah zum Central Park hinaus, während sie ins Telefon sprach.

»… ja, ja. Ich verstehe Sie sehr gut, David. Sie haben natürlich nicht damit gerechnet, das ist mir sonnenklar, dass ich von meinem Platz im Aufsichtsrat Gebrauch machen möchte. Aber wie Sie sehen, ist es sehr wohl meine Absicht, das zu tun.«

Während Anne sprach, gab ihr Sekretär ihr die Visitenkarte zurück. Sie drehte sich zu mir um und deutete auf das Sofa.

»… richtig, richtig. Das ist gut, David. Darüber reden wir am 5. in Newport.«

Sie legte auf, kam durch den Raum und setzte sich neben mich aufs Sofa. Sie tat so, als wäre ich zufällig vorbeigekommen. »Katey! Wie schön, Sie zu sehen!«

Sie zeigte aufs Telefon. »Entschuldigen Sie bitte.

Ich habe ein paar Aktien von meinem Mann geerbt, was mir eine Autorität verleiht, die ich nicht verdient habe – und das scheint allen außer mir zu missfallen.«

Sie erklärte, dass sie in Kürze einen Bekannten erwarte, aber wenn die Sterne es gut mit uns meinten, hätten wir noch Zeit für einen Drink. Sie wies Bryce, ihren Sekretär, an, zwei Martini zu mixen, und verschwand im Schlafzimmer. Bryce ging zu einem eleganten Schrank aus Ahornholz, in dem sich eine kleine Bar verbarg. Mit einer Silberzange nahm er Eiswürfel aus einem Eiskübel und bereitete den Drink in einer Karaffe zu. Er rührte mit einem langen Löffel um und achtete darauf, dass der Löffel nicht an die Wand der Karaffe schlug. Er stellte zwei Gläser auf den Tisch, dazu eine Schale mit eingelegten Zwiebeln. Als er gerade einschenken wollte, kam Anne aus dem Schlafzimmer wieder herein.

»Ich übernehme das, Bryce. Vielen Dank. Das wäre alles.«

»Soll ich den Brief an Colonel Rutherford noch fertig schreiben?«, fragte er.

»Das machen wir morgen.«

»Ist gut, Mrs. Grandin.«

Die ungewohnte Situation, dass eine Frau einem Mann mit so deutlicher Autorität sagt, was er zu tun hat, wurde durch das gestelzte Verhalten des

Sekretärs nur geringfügig abgeschwächt. Er nickte förmlich in ihre Richtung und flüchtig in meine. Sie lehnte sich auf der Couch zurück.

»Trinken wir!«, sagte sie.

Sie beugte sich vor, setzte in einer ihrer fließenden Bewegungen den Ellbogen auf ihr Knie und griff nach der Karaffe. Sie goss uns ein.

»Zwiebel?«, fragte sie.

»Ich bin mehr für Oliven.«

»Das will ich mir merken.«

Sie gab mir mein Glas und ließ zwei Zwiebeln in ihr eigenes fallen. Sie legte den linken Arm auf die Sofalehne. Ich hob mein Glas und versuchte, entspannt zu wirken.

»Darf ich zu *Pasteurized* gratulieren?«

»Leider nein. Ich habe auf den Außenseiter gesetzt, wie ich es angekündigt hatte.«

Sie lächelte und nahm einen Schluck. »Erzählen Sie mir: Was verschlägt Sie an einem Mittwochnachmittag in diesen Teil der Stadt? Wenn ich mich recht erinnere, sind Sie bei Quiggin & Hale. Oder haben Sie die Stelle gewechselt?«

»Nein, ich bin noch bei Quiggin.«

»Oh …«, sagte sie mit einer Spur Enttäuschung in der Stimme.

»Ich war mit einem der Anwälte hier in der Nähe, um eine Zeugenaussage aufzunehmen.«

»Ist das die Situation, in der man vor der Verhandlung direkte Fragen stellen kann und der Gegner sie beantworten muss?«

»Richtig.«

»Na, wenigstens klingt es, als könnte es interessant sein.«

»Das kommt ganz auf die Fragen an, die gestellt werden.«

»Und wer sie stellt, vermutlich.«

Sie beugte sich vor und stellte ihr Glas ab. Dabei sprang ihre Bluse, deren oberster Knopf offen stand, weiter auf. Ich sah, dass sie keinen Büstenhalter trug.

»Wohnen Sie hier?«, fragte ich.

»Nein, nein, das ist nur das Büro. Aber es ist so viel praktischer, als in einem Bürohaus zu sein. Hier kann ich mir Essen kommen lassen. Ich kann duschen und mich umziehen, bevor ich zu einer Verabredung gehe. Für Leute, die von außerhalb kommen, ist es leicht zu erreichen.«

»Der einzige Mensch von außerhalb, der je bei mir war, ist der Bürstenverkäufer.«

Sie lachte und nahm wieder ihren Drink. »Hat sich seine Reise gelohnt?«

»Ich glaube nicht.«

Als sie das Glas zum Mund führte, musterte sie mich verstohlen. Dann setzte sie es wieder ab und sagte beiläufig: »Wie ich höre, sind Tinker und Eve im Ausland …«

»Das stimmt. Ich glaube, sie sind ein paar Tage in London, im Claridge's, danach wollen sie an die Riviera.«

»An die Riviera! Na, das wird ja recht romantisch werden. Das warme Meer und der Lavendel und Wein zum Lunch«, sagte sie mit einem höflichen Lächeln. »Aber Romantik allein ist auch nicht alles, oder?«

»Es hört sich so an, als würden Sie von der Beziehung nicht viel halten.«

»Es geht mich natürlich nichts an. Und offenbar lassen die beiden jeden Raum, den sie betreten, erstrahlen. Wahrscheinlich sogar den Buckingham Palace. Aber bei einer Zeugenaussage müsste ich zugeben, dass … Ich hatte mir immer vorgestellt, dass Tinker jemanden findet, der ihn mehr herausfordert. Intellektuell, meine ich.«

»Vielleicht wird Eve Sie eines Tages überraschen.«

»Eine Überraschung wäre das bestimmt.«

Es klingelte an der Tür.

»Ah«, sagte sie, »sicherlich mein Besuch.«

Ich fragte, ob ich mich irgendwo frisch machen könnte, und sie schickte mich in das Badezimmer neben ihrem Schlafzimmer. Es war klein, aber prachtvoll, mit einer William-Morris-Tapete. Ich wusch mir das Gesicht mit kaltem Wasser. Auf der Marmorablage lag ordentlich gefaltet ihr Büstenhalter. Darauf thronte ein Smaragdring, so wie eine Krone auf dem Krönungskissen. Als ich wieder ins Zimmer kam, stand Anne mit einem aschblonden Mann beim Sofa. Es war John Singleton, der ehemalige Senator von Delaware.

Vor dem Hotel half der Portier in Zylinder und Livree gerade einem eleganten Paar in ein Taxi. Als das Taxi abfuhr, wandte er mir seinen Blick zu. Er berührte die Krempe des Hutes und trat einen Schritt zurück, um mich passieren zu lassen. Er winkte nicht das nächste Taxi herbei – er arbeitete schon zu lange in dem Hotel, um einen solchen Anfängerfehler zu machen.

Als ich in meine Wohnung kam, war deutlich zu hören, dass Mittwoch war, denn die junge Braut in 3B beschimpfte ihre Mutter wegen der Sauce bolognese. Sie musste beim Abschreiben des Rezepts zwei Knollen Knoblauch geschrieben haben statt zwei Zehen. Alle Bewohner im Haus würden für den Rest der Woche mit ihrem Essensgeruch in den Kleidern zur Arbeit gehen.

Ich schloss auf und blieb einen Moment am Küchentisch stehen, um meine Post zu sichten. Auf den ersten Blick sah es so mager aus wie immer, aber dann fand ich zwischen zwei Rechnungen einen taubenblauen Luftpostumschlag.

Mit Tinkers Handschrift.

Ich durchsuchte meinen Küchenschrank, fand eine angebrochene Flasche Wein und nahm einen Schluck direkt aus der Flasche. Er prickelte auf der Zunge, wie der Wein beim Abendmahl. Ich goss mir ein Glas ein, setzte mich an den Tisch und zündete mir eine Zigarette an.

Die Briefmarken auf dem Umschlag waren englisch. Eine mit dem Kopf des Königs auf rotem Grund, die anderen mit Rennautos auf blauem Grund. Mir schien, alle Länder der Welt hatten Briefmarken mit Köpfen von Staatsoberhäuptern und Rennautos. Wo waren die Briefmarken, auf denen Fahrstuhlführer und unglückliche Hausfrauen abgebildet waren? Sechsstöckige Mietshäuser und saurer Wein? Ich drückte meine Zigarette aus und machte den Brief auf. Er war auf dem bei Europäern so beliebten dünnen Papier geschrieben.

Brixham, England, 18. Juni

Liebe Kate,

seit wir abgereist sind, vergeht kein Tag, an dem nicht einer von uns sagt: »Das würde Kate gefallen!« Heute war ich damit dran …

Um es kurz zu machen, in dem Brief ging es darum, dass Tinker und Eve beschlossen hatten, von Southampton an der Küste entlang nach London zu fahren, und auf dem Weg in einem kleinen Fischerdorf gelandet waren. Während Eve sich im Hotel ausruhte, machte Tinker einen Spaziergang, und an jeder Wegbiegung sah er die Turmspitze der alten Kirche, des höchsten Gebäudes. Schließlich fand er den Weg dahin.

Der Innenraum war weiß getüncht, wie eine Walfangkirche in Neuengland.

In der vordersten Kirchenbank saß eine Seefahrerwitwe und las im Gesangbuch, und ganz hinten in der Kirche saß ein kahlköpfiger Mann mit einem Gesicht wie ein Ringer, neben sich einen Korb mit Beeren, und weinte.

Plötzlich platzte eine Gruppe von Mädchen in Schuluniform unter lautem Lachen wie Möwenschreie in die Kirche. Der Ringer sprang auf und beschimpfte sie. Die Mädchen bekreuzigten sich und rannten wieder hinaus.

Das hätte Katey gefallen, dachte ich. Wir haben Hunderte von Kirchen im Umkreis weniger Meilen, aber in diesem Dorf, in dem Hirten und Fischer leben, gibt es offenbar nur diese eine. Ein Schutzraum, schlicht und beständig, für die fünfzig vergangenen Generationen und für die nächsten fünfzig Generationen …

Also wirklich. Gibt es über die Ferienreisen anderer irgendetwas Nettes zu sagen? Ich knüllte den Brief zusammen und warf ihn in den Müll. Dann nahm ich wieder *Große Erwartungen* zur Hand und schlug Kapitel 20 auf.

Mein Vater hat nie viel gejammert. In den neunzehn Jahren, die ich mit ihm verbrachte, verlor er kaum je ein Wort über seine Zeit in der russischen Armee, er sprach nie darüber, wie er sich mit meiner Mutter durchschlagen musste oder wie es war, als sie uns verließ. Und am wenigsten klagte er über seine Gesundheit, als sie nachließ.

Aber an einem Abend kurz vor seinem Tod saß ich an seinem Bett und versuchte ihn mit einer Geschichte über einen der Dummköpfe, mit denen ich arbeitete, zu unterhalten, als er aus heiterem Himmel einen Gedanken äußerte, der so aus dem Zusammenhang gerissen schien, dass ich ihn auf das Fieber zurückführte. Er sagte, ganz gleich, welche Rückschläge er im Leben erlitten hatte, wie niederschmetternd oder deprimierend die Ereignisse auch waren, er habe immer gewusst, dass er alles bewältigen könne, wenn er sich morgens beim Aufwachen auf eine Tasse Kaffee freuen konnte. Erst Jahrzehnte später erkannte ich, dass er mir damit einen Rat fürs Leben gegeben hatte.

Kompromisslose Ziele und die Suche nach ewiger

Wahrheit üben zweifellos auf junge und idealistische Menschen eine große Anziehung aus, aber wenn man die Fähigkeit verliert, sich an dem Normalen zu erfreuen – an der Zigarette vor der Haustür oder dem Ingwerkeks in der Badewanne –, begibt man sich in unnötige Gefahr. Was mein Vater mir mitgeben wollte, als sein Leben sich dem Ende näherte, war der Rat, dieses Risiko nicht auf die leichte Schulter zu nehmen: Man muss bereit sein, für die einfachen Dinge im Leben zu kämpfen, und sie gegen Eleganz, Bildung und alle möglichen glitzernden Verlockungen verteidigen.

Wenn ich zurückblicke, ist Charles Dickens meine morgendliche Tasse Kaffee gewesen. Ich gebe zu, dass die mutigen unterprivilegierten Kinder und die Bösewichte mit den sprechenden Namen einen auch ärgern können, aber mir ist im Lauf der Jahre klar geworden: Wie düster mein Leben auch gerade sein mag – wenn ich mitten in einem Dickens-Roman das Gefühl habe, ich muss weiterlesen, auch wenn ich meine Haltestelle versäume, dann kann alles nicht so schlimm sein.

Na ja, vielleicht hatte ich diesen Roman einfach zu oft gelesen. Oder vielleicht ärgerte ich mich darüber, dass sogar Pip auf dem Weg nach London war. Was immer der Grund war, nachdem ich zwei Seiten gelesen hatte, klappte ich das Buch zu und ging ins Bett.

11. Kapitel

DAS BELLE ÉPOQUE

Am Freitagabend um Viertel vor sechs waren alle Schreibtische im Schreibbüro leer außer meinem. Ich war gerade mit einer Einlassung in dreifacher Kopie fertig und stellte mich darauf ein, meinen einsamen Heimweg anzutreten, als ich Charlotte Sykes aus den Damentoiletten kommen sah. Sie hatte sich umgezogen und trug nun Stöckelschuhe und eine orangerote Bluse, die ihre guten Absichten wieder zunichtemachte. Sie hielt ihre Handtasche mit beiden Händen. Gleich kommt es, dachte ich.

»Hey, Katherine. Arbeitest du noch lange …?«

Seit ich Charlottes Fusionsvertrag aus der Subway gerettet hatte, lud sie mich dauernd ein: zum Lunch in einem Diner, zum Sabbat bei ihrer Familie, auf eine Zigarette im Treppenhaus. Sie hatte mich sogar zum Schwimmen in eines der von Robert Moses gebauten neuen Bäder eingeladen, wo sich die Bürger der Außenbezirke im Wasser tummeln konnten wie Krebse im Topf. Bisher hatte ich sie mit den immer gleichen Entschuldigungen abgespeist, aber wie lange ich damit durchkommen würde, war unklar.

»… Rosie und ich wollten gerade auf einen Drink in den Anchor rübergehen …«

Hinter Charlotte konnte ich sehen, wie Rosie ihre Nägel betrachtete. Sie hatte eine üppige Figur und die Neigung, den obersten Knopf an ihrer Bluse offen zu lassen, und es war offensichtlich, dass sie nichts unversucht lassen würde, sich flirtend bis in die obersten Stockwerke des Empire State Building hochzuarbeiten, und sollte das nicht gelingen, es wie King Kong zu erklimmen. Aber unter den gegebenen Umständen war es vielleicht gar nicht so schlecht, dass sie mitkam. Sie würde es mir erleichtern, mich nach einem Drink zu verabschieden. Und angesichts meiner Ausbrüche von Selbstmitleid in letzter Zeit war ein genaueres Studium von Charlotte Sykes' Leben vielleicht genau das, was der Doktor empfahl.

»Gut«, sagte ich. »Ich hole eben meine Sachen.«

Ich stand auf und stülpte die Haube über meine Schreibmaschine. Ich nahm meine Handtasche. In diesem Moment schaltete sich mit einem leisen, aber deutlichen Klicken das rote Lämpchen über dem Q an.

Charlotte machte ein noch unglücklicheres Gesicht als ich. Freitagabend, Viertel vor sechs!, schien sie zu denken. Was will sie denn jetzt noch? Ich dachte das nicht. In letzter Zeit war ich manchmal schwer aus dem Bett gekommen, und zweimal war es schon fünf nach neun gewesen, als ich endlich im Büro aufgekreuzt war.

»Ich komme dann rüber«, sagte ich.

Ich richtete mich auf, strich mir den Rock glatt und nahm meinen Stenoblock. Wenn Miss Markham Anweisungen ausgab, erwartete sie, dass man sie wortwörtlich mitschrieb, selbst wenn es eine Ermahnung war. Als ich in ihr Büro kam, beendete sie gerade einen Brief. Ohne aufzusehen, deutete sie auf einen Stuhl und schrieb weiter. Ich setzte mich, strich mir den Rock zum zweiten Mal in zwei Minuten glatt und schlug, zum Zeichen meines Gehorsams, den Stenoblock auf.

Miss Markham war wahrscheinlich Anfang fünfzig, aber sie war keineswegs unattraktiv. Sie trug keine Lesebrille. Ihre Brüste zeigten durchaus Konturen. Und obwohl sie ihr Haar in einem Knoten trug, war deutlich zu erkennen, dass es erstaunlich voll und lang war. Vor nicht allzu langer Zeit hätte sie wahrscheinlich die zweite Ehefrau eines Seniorpartners ihrer Wahl werden können.

Sie beendete den Brief mit einem professionell schwungvollen Federstrich und stellte den Füllfederhalter wieder in den Messingständer; er steckte dort wie ein Speer, der sein Ziel gefunden hat.

»Katherine, Ihren Stenoblock brauchen Sie nicht.«

Ich klappte den Block zu und steckte ihn zwischen die Stuhllehne und meinen rechten Oberschenkel, wie es uns Miss Markham beigebracht hatte, und dachte: Es ist noch schlimmer, als ich gedacht habe.

»Seit wann sind Sie bei uns?«

»Seit fast vier Jahren.«

»Seit September 1934, wenn ich mich richtig erinnere?«

»Ja. Montag, der 24.«

Miss Markham lächelte ob der genauen Auskunft. »Ich habe Sie gerufen, um mit Ihnen Ihre Zukunft bei uns zu besprechen. Sie haben vielleicht schon gehört, dass uns Pamela am Ende des Sommers verlässt.«

»Das habe ich noch nicht gehört.«

»Sie tratschen nicht viel mit den anderen Mädchen, oder, Katherine?«

»Ich interessiere mich nicht so sehr für Tratsch.«

»Das spricht für Sie. Trotzdem scheinen Sie sich gut mit den anderen zu verstehen …?«

»Sie sind alle nett, man kommt gut mit ihnen aus.«

Sie lächelte wieder. »Das freut mich. Wir geben uns Mühe, eine gewisse Kompatibilität unter den Mädchen herzustellen. Jedenfalls, Pamela wird uns verlassen. Sie ist …« Miss Markham machte eine Pause. »… schwanger.«

Sie zog das Wort in die Länge und brachte es richtig zum Schwingen.

Eine solche Nachricht war vielleicht Anlass für eine Feier in den eng besiedelten Wohnungsblocks von Bedford-Stuyvesant, wo Pamela aufgewachsen war, aber hier war es keiner. Ich versuchte ein Gesicht zu machen, als hätte ich soeben erfahren, dass eins der Mädchen beim Klauen ertappt worden war. Miss Markham fuhr fort.

»Ihre Arbeit, Katherine, ist einwandfrei. Ihre Kenntnis der Grammatik ausgezeichnet. Ihr Benehmen gegenüber den Partnern vorbildlich.«

»Danke.«

»Anfangs sah es so aus, als könnte Ihre Stenografie mit Ihrem Schreibmaschineschreiben nicht Schritt halten, aber Sie haben sie erstaunlich verbessert.«

»Das hatte ich mir zum Ziel gesetzt.«

»Ein gutes Ziel, finde ich. Mir ist zudem aufgefallen, dass Ihre Kenntnisse bei Treuhandabkommen und Vererbungsrecht fast auf dem gleichen Stand sind wie die mancher Assessoren …«

»Ich hoffe, Sie betrachten das nicht als anmaßend.«

»Keineswegs.«

»Ich habe gemerkt, dass ich den Partnern besser zuarbeiten kann, wenn ich ihre Arbeit verstehe.«

»So ist es.«

Wieder schwieg Miss Markham einen Moment lang.

»Katherine, so wie ich Sie einschätze, sind Sie der Inbegriff von Quiggin. Und deshalb habe ich Sie für Pamelas Stelle als Bürovorsteherin empfohlen. Wie Sie wissen, ist die Bürovorsteherin wie die erste Geige in einem Orchester. Sie bekommen fortan den Löwenanteil der Soli – oder besser ausgedrückt: Sie werden einen angemesseneren Anteil der Soli bekommen. Aber Sie müssen auch Vorbild sein. Ich als Dirigent des kleinen Orchesters kann nicht ständig alle Mädchen im Blick haben, deshalb werden Sie ihnen die Richtung weisen müssen. Es versteht sich von selbst, dass diese Beförderung mit einer angemessenen Gehaltserhöhung sowie mehr Verantwortung und professionellem Ansehen einhergeht.«

Miss Markham zog die Augenbrauen hoch zum Zeichen, dass eine Reaktion meinerseits erwünscht war. Ich dankte ihr also mit geziemender Zurückhaltung, und als sie mir die Hand schüttelte, dachte ich: der »Inbegriff von Quiggin«, fast »in der gleichen Nachbarschaft«, und »so simpatico«.

Beim Verlassen des Büros ging ich zur Haltestelle Vesey Street, damit ich nicht an dem Fenster vom Anchor vorbeimusste. Der Geruch von verdorbenen Krustentieren wehte an Land, als hätten sich die New Yorker Austern, die haargenau wussten, dass sie in einem Monat ohne R niemand essen würde, an den Strand geworfen.

Als ich in den Zug stieg, rempelte mich ein langer Lulatsch in einem Overall an, sodass meine Handtasche zu Boden fiel, und als ich mich bückte, um sie aufzuheben, riss eine Naht an meinem Rock. Also kaufte ich mir an meiner Haltestelle eine Flasche Whiskey und eine Kerze, die ich auf den Flaschenhals stecken wollte.

Zum Glück trank ich die Flasche am Küchentisch halb leer, bevor ich mir Schuhe und Strümpfe auszog, denn als ich aufstand, um mir Rührei zu machen, stieß ich an den Tisch, und der restliche Whiskey ergoss sich über die zu einem schlechten Impass gelegten Karten. Ich fluchte laut mit den Flüchen meines Onkels Roscoe, nämlich in Reimen, wischte alles auf und ließ mich in den Lehnsessel meines Vaters fallen.

Welches ist dein Lieblingstag? Das war eine der unsinnigen Fragen, die wir uns damals im Januar im 21 Club gestellt hatten. Der mit dem meisten Schnee, hatte Tinker gesagt. Jeder Tag, an dem ich nicht in Indiana war, sagte Eve. Und ich? Der Tag der Mittsommerwende. Der 21. Juni. Der längste Tag des Jahres.

Eine raffinierte Antwort. Das dachte ich damals wenigstens. Aber bei näherem Nachdenken kam ich zu der Ansicht, dass eine gewisse Hybris darin steckt, wenn man auf die Frage nach seinem Lieblingstag überhaupt einen Tag im Juni nennt, denn es unterstellt, dass dein Leben in all seinen Besonderheiten fantastisch ist und du dir deiner Position so sicher sein kannst, dass du höchstens auf zusätzliches Tageslicht hoffst, um dein Los noch ausgiebiger zu feiern. Aber die Griechen lehren uns, dass es für diese Art Hybris nur eine Medizin gibt. Die nannten sie Nemesis. Wir sagen dazu, dass man bekommt, was man verdient. Oder die Quittung. Und die kommt mit einer angemessenen Gehaltserhöhung sowie mehr Verantwortung und professionellem Ansehen.

Es klopfte an der Tür.

Es fiel mir gar nicht ein, zu fragen, wer klopfte. Ich machte die Tür auf, und vor mir stand ein Lieferjunge der Western Union, der mir das erste Telegramm meines Lebens brachte. Es kam aus London

ALLES GUTE ZUM GEBURTSTAG FREUNDIN STOP SCHADE DASS ICH NICHT DA BIN STOP STELL DIE STADT FÜR UNS BEIDE AUF DEN KOPF STOP WIR SEHEN UNS IN ZWEI WOCHEN STOP

Zwei Wochen? Wenn man nach der Postkarte aus Palm Beach ging, würde ich Eve und Tinker nicht vor Thanksgiving sehen.

Ich zündete eine Zigarette an und las das Telegramm noch einmal. Im Zusammenhang gelesen könnte man sich fragen, ob FÜR UNS BEIDE bedeutete: für Eve und Tinker oder für sie und mich. Es war wohl die zweite Deutung gemeint. Und vielleicht hatte sie genau das Richtige getroffen.

Ich stand auf und zog Onkel Roscoes Truhe unter dem Bett hervor. Ganz unten, unter meiner Geburtsurkunde, dem Kaninchenfuß und dem einzigen noch existierenden Bild meiner Mutter, lag der Umschlag, den Mr. Ross mir gegeben hatte. Ich breitete die letzten Zehn-Dollar-Scheine auf meinem Bett aus. Stell die Stadt auf den Kopf, hatte das Orakel gesagt, und genau das nahm ich mir für den nächsten Morgen vor.

Im fünften Stock bei Bendel gab es mehr Blumen als bei einer Beerdigung.

Ich stand vor einem Kleiderständer mit lauter kleinen Schwarzen. Baumwolle. Leinen. Spitze. Rückenfrei. Ärmellos. Schwarz … schwarz … schwarz …

»Kann ich Ihnen behilflich sein?«, wurde ich zum fünften Mal gefragt, seit ich das Geschäft betreten hatte.

Ich drehte mich um. Eine Frau Mitte vierzig in einem Kostüm und mit Brille stand in respektvoller Entfernung. Sie hatte wunderschönes rotes Haar, das sie zu einem Pferdeschwanz gebunden hatte. So sah sie aus wie ein Filmsternchen in der Rolle der alten Jungfer.

»Haben Sie etwas mit mehr … Farbe?«, fragte ich.

Darauf führte Mrs. O'Mara mich zu einem weichen Sofa, wo sie mich nach meiner Größe, meinen Farben und meinen gesellschaftlichen Verpflichtungen fragte. Dann verschwand sie.

Kurz darauf kam sie mit zwei Mädchen im Schlepptau zurück, die eine Auswahl von Kleidern in den Armen hielten. Nacheinander präsentierte Mrs. O'Mara mir die Vorzüge jedes einzelnen Kleides, während ich Kaffee aus einer Porzellantasse trank. Ich gab meine Kommentare (zu grün, zu lang, zu unauffällig), und eines der Mädchen machte sich Notizen. Ich fühlte mich wie ein Mitglied des Bendel-Einkaufsteams, das die Frühjahrskollektion aussucht. Es gab nicht die leiseste Andeutung, dass bald Geld die Hände wechseln würde. Jedenfalls nicht meins.

Mrs. O'Mara, eine professionelle Verkäuferin mit einem Gefühl für den richtigen Zeitpunkt, behielt das Beste bis zum Schluss: ein kurzärmliges weißes

Kleid mit himmelblauen Punkten und ein dazu passender Hut.

»Das Kleid ist wie ein Scherz«, sagte Mrs. O'Mara, »aber ein gebildeter, eleganter Scherz.«

»Wirkt es nicht zu ländlich?«

»Im Gegenteil, es wurde als frische Brise für die Stadt entworfen. Für Rom, Paris, Mailand. Nach Connecticut passt es nicht. Auf dem Land braucht man ein solches Kleid nicht. Hier schon.«

Ich neigte leicht den Kopf, wodurch ich mein Interesse andeutete.

»Probieren Sie es doch an«, sagte Mrs. O'Mara.

Es saß beinahe perfekt.

»Bezaubernd«, sagte sie.

»Finden Sie?«

»Zweifellos. Und Sie tragen nicht einmal Schuhe. Das ist der eigentliche Test für ein Kleid. Wenn es barfuß getragen elegant aussieht, nun, dann ...«

Wir standen nebeneinander und sahen mit kühler Miene in den Spiegel. Ich drehte mich ein wenig zur Seite und hob den rechten Fuß leicht an. Der Saum umspielte meine Knie. Ich versuchte mir vorzustellen, wie ich damit barfuß auf der Spanischen Treppe in Rom aussehen würde, und fast gelang es mir.

»Es ist wirklich wunderschön«, gab ich zu. »Aber beinahe glaube ich, es würde Ihnen viel besser stehen, bei Ihrer Haarfarbe.«

»Wenn ich so frei sein darf, Miss Kontent, meine Haarfarbe können Sie im zweiten Stock bekommen.«

Zwei Stunden später nahm ich rothaarig wie eine Irin ein Taxi ins West Village, zum Belle Époque. Die Zeit der französischen Restaurants war noch nicht gekommen, aber das Belle Époque war ein beliebter Ort für alle Amerikaner, die im Ausland gelebt hatten und wieder zurückgekehrt waren. Es war ein kleines Restaurant mit gepolsterten Sitzbänken und Stillleben an den Wänden, auf denen Küchengegenstände im Stil Chardins dargestellt waren.

Nachdem der Oberkellner meinen Namen notiert hatte, fragte er, ob ich ein Glas Champagner haben wolle, während ich wartete. Es war erst sieben Uhr, weniger als die Hälfte der Plätze war belegt.

»Worauf warten?«, fragte ich.

»Sind Sie nicht verabredet?«

»Soweit ich weiß, nicht.«

»Excusez-moi, Mademoiselle. Hier entlang bitte.«

Er ging mir voraus in den Speisesaal. An einem Tisch, der für zwei Personen gedeckt war, verlangsamte er kaum merklich den Schritt und ging dann weiter zu einer Nische, von der aus man den ganzen Saal überblicken konnte. Nachdem er sich überzeugt hatte, dass ich bequem saß, verschwand er und kam mit dem versprochenen Champagner zurück.

»Auf das Ausbrechen aus dem Trott«, trank ich mir selbst zu.

Meine neuen marineblauen Schuhe scheuerten an den Knöcheln, ich streifte sie also im Schutz der langen Tischdecke ab und ließ meine Zehen kreisen. Als ich eine Schachtel Zigaretten aus meiner neuen blauen Handtasche nahm, blieb ein Kellner an meinem Tisch stehen und entzündete die Flamme seines Stahlfeuerzeugs. In aller Ruhe nahm ich die Zigarette aus der Schachtel, und er blieb solange unbeweglich wie eine Statue stehen. Als ich inhalierte, klappte er das Feuerzeug mit einem zufriedenen Schnappen zu.

»Möchten Sie die Speisekarte sehen, solange Sie warten?«

»Ich erwarte niemanden«, sagte ich.

»Je comprends, Mademoiselle.«

Mit einem Schnipsen rief er einen Hilfskellner herbei, der das zweite Gedeck an meinem Tisch abräumte. Dann kam er mit der Speisekarte, die er in der Armbeuge hielt, damit er auf die verschiedenen Gerichte zeigen und ihre Vorzüge preisen konnte – ähnlich wie Mrs. O'Mara es mit den Kleidern getan hatte. All das gab mir Zuversicht. Wenn ich schon meine Ersparnisse auf den Kopf haute, dann machte ich es offenbar richtig.

Das Restaurant brauchte eine Weile, bis es munter wurde. Nur wenige Tische waren besetzt. Cocktails wurden serviert, ein paar Zigaretten angezündet. Das Restaurant ging methodisch und gemessen vor, in der Gewissheit, dass es sich um neun Uhr als der Mittelpunkt des Universums fühlen würde.

Auch ich nahm mir Zeit, munter zu werden. Ich trank mein zweites Glas Champagner und knabberte an den Kanapees. Ich zündete mir eine zweite Zigarette an. Der Kellner kam wieder an meinen Tisch, und ich bestellte ein Glas Weißwein, als Vorspeise gratinierten Spargel und Hühnchen mit Trüffelfüllung, die Spezialität des Hauses, als Hauptgericht.

Nachdem der Kellner davongeeilt war, fiel mir zum zweiten Mal auf, dass mir ein älteres Paar in der gegenüberliegenden Nische zulächelte. Der Mann, gedrungen und mit schütterem Haar, trug einen doppelreihigen Anzug mit Fliege. Er hatte trübe Augen, die aussahen, als würden sie sich bei der geringsten Gefühlsregung mit Tränen füllen. Die Frau, bestimmt zehn Zentimeter größer als der Mann, trug ein elegantes Sommerkleid, hatte lockiges Haar und ein huldvolles Lächeln. Sie sah aus wie eine der Frauen um die Jahrhundertwende, die den Bischof zum Lunch empfingen und dann auf und davon waren, um einen Suffragettenmarsch anzuführen.

Sie zwinkerte mir zu und hob die Hand zu einem kleinen Winken. Ich zwinkerte zurück und hob ebenfalls die Hand zu einem kleinen Winken.

Der Spargel wurde gewissermaßen mit einem Tusch serviert. In einer kleinen Kupferpfanne lagen die Spargelstangen, alle gleich lang und perfekt nebeneinander angeordnet. Sie waren mit einer Mischung aus Semmelbröseln und Fontinakäse bestreut, die unter dem Grill knusprig gebräunt worden war. Der Oberkellner servierte den Spargel mit einem Silberbesteck und rieb Zitronenschale über den Teller.

»Bon appétit.«

Wahrhaftig.

Hätte mein Vater es zum Millionär gebracht, wäre er trotzdem niemals im Belle Époque essen gegangen. Für ihn waren Restaurants der Inbegriff von gottloser Verschwendung. Von allen Luxusgütern, die für Geld zu haben waren, blieb einem von einem Restaurantbesuch nichts übrig, was man zeigen konnte. Einen Pelzmantel konnte man im Winter tragen und war gegen die Kälte geschützt, ein Silberlöffel konnte eingeschmolzen und an einen Juwelier verkauft werden. Aber ein Porterhousesteak? Man schnitt es in Stücke, kaute es, schluckte es hinunter, man wischte sich den Mund ab und legte die Serviette auf den Teller. Ende der Geschichte. Und Spargel?

Eher hätte mein Vater sich mit einem Zwanzig-Dollar-Schein begraben lassen, als ihn für ein mit Käse überbackenes überschätztes Unkraut auszugeben.

Aber für mich war ein Essen in einem eleganten Restaurant das Höchste an Luxus. Denn was war die Zivilisation anderes als das Emporschwingen des Intellekts über den Stumpfsinn der Bedürfnisse (Obdach, Nahrung, Überleben) in die hauchdünne Luft von eleganten und überflüssigen Dingen (Dichtung, Handtaschen, Haute Cuisine)? Das ganze Erlebnis war so meilenweit von jedem Alltagstrott entfernt, dass ein gutes Essen, wenn einem alles andere verleidet ist, den Geist beleben kann. Wenn ich schon zwanzig Dollar an Erspartem hatte, dann wollte ich sie hier für eine elegante Stunde verprassen, die mir niemand nehmen konnte.

Als der Kellner den leeren Spargelteller abräumte, merkte ich, dass ich das zweite Glas Champagner nicht hätte trinken sollen. Ich beschloss, auf die Damentoilette zu gehen und mir das Gesicht zu kühlen. Ich steckte meinen linken Fuß in den neuen marineblauen Schuh und tastete mit dem rechten Fuß nach dem anderen, konnte ihn aber nicht finden. Hektisch suchte ich mit dem Fuß unter dem Tisch. Mein Blick wanderte im Saal umher. Dann bewegte ich meine Zehen in konzentrischen Kreisen systematisch über ein möglichst großes Gebiet, ohne meine Sitzhaltung zu verändern. Als das nichts erbrachte, sackte ich in mich zusammen.

»Gestatten Sie.«

Der Mann mit der Fliege vom gegenüberliegenden Tisch stand neben mir. Bevor ich sprechen konnte, war er schon in die Hocke gegangen. Dann erhob er sich und hielt mir den Schuh auf der flachen Hand entgegen. Er verneigte sich mit geradem Rücken und einer Förmlichkeit, als wäre er der Hofdiener, der den gläsernen Schuh überreicht, und stellte ihn diskret hinter den Brotkorb. Ich nahm ihn und stellte ihn unter dem Tisch ab.

»Vielen Dank. Wie unelegant von mir.«

»Keineswegs.« Er zeigte auf seinen Tisch. »Verzeihen Sie, falls meine Frau und ich gestarrt haben. Wir finden Sie höchst elegant.«

»Was meinen Sie?«

»Die Punkte.«

In dem Moment wurde mein Hauptgericht serviert, und der Mann mit den tränenfeuchten Augen ging wieder an seinen Tisch. Ich begann, an meinem Hühnchen herumzusäbeln. Doch nach wenigen Bissen wusste ich, dass ich es nicht aufessen konnte. Der schwere Geruch der Trüffel stieg vom Teller auf und mir zu Kopf. Noch ein Bissen von dem Hühnchen, und er würde wieder hochkommen, dessen war ich mir sicher. Als der Kellner auf mein Geheiß den halb vollen Teller abräumte, hatte ich das deutliche Gefühl, dass es ohnehin hochkommen würde.

Ich legte irgendwelche Scheine auf die Tischdecke. In meiner Hast, an die frische Luft zu kommen, wartete ich nicht, bis der Tisch zurückgezogen war, und stieß das Glas Rotwein um, das ich meiner Erinnerung nach gar nicht bestellt hatte. Aus dem Augenwinkel sah ich, dass am Tisch des älteren Paares Soufflés serviert wurden. Die Suffragette winkte mir verdutzt zu. An der Tür spürte ich den Blick des Kaninchens auf einem der Bilder. Es hing, so wie ich, mit dem Kopf nach unten an einem Haken.

Draußen eilte ich in die nächste Seitengasse. Ich lehnte mich an die Mauer und atmete vorsichtig ein. Selbst ich wusste die ausgleichende Gerechtigkeit dieser Situation zu würdigen. Müsste ich mich übergeben, würde mein Vater mit düsterer Befriedigung vom Himmel auf den Brei aus Spargel und Trüffel blicken. Da hast du deinen sich emporschwingenden Intellekt, würde er sagen.

Jemand legte mir eine Hand auf die Schulter. »Geht es Ihnen nicht gut?«

Es war die Suffragette. Aus höflicher Entfernung sah ihr Mann mit tränenfeuchten Augen zu.

»Ich glaube, ich habe etwas über die Stränge geschlagen.«

»Das liegt an diesem entsetzlichen Hühnchen. Sie

sind so stolz darauf. Aber ich finde es abscheulich. Meinen Sie, Sie müssen sich übergeben? Nur zu, meine Gute. Ich kann solange Ihren Hut halten.«

»Ich glaube, es geht schon wieder. Vielen Dank.«

»Ich heiße Happy Doran. Und das hier ist Bob.«

»Ich bin Katherine Kontent.«

»Kontent …«, sagte Mrs. Doran, als müsste sie den Namen erkennen.

In der Vermutung, dass die Krise abgewendet war, wagte Mr. Doran sich näher. »Kommen Sie öfter ins Belle Époque?«, fragte er, als würden wir nicht in einer Seitengasse stehen.

»Es ist das erste Mal.«

»Als Sie kamen, dachten wir, Sie würden auf jemanden warten«, sagte er. »Hätten wir gewusst, dass Sie allein speisen, hätten wir Sie zu uns an den Tisch gebeten.«

»Robert!«, sagte Mrs. Doran.

Sie wandte sich mir zu. »Meinem Mann ist es unvorstellbar, dass eine junge Frau allein speisen will.«

»Nun, nicht alle jungen Frauen«, sagte Mr. Doran.

Mrs. Doran lachte und sah ihn entrüstet an. »Du bist schrecklich!«

Dann drehte sie sich wieder zu mir. »Wenigstens können Sie uns gestatten, Sie nach Hause zu bringen. Wir wohnen in der 85. Straße, Ecke Park Avenue. Und Sie?«

Am Ende der Straße sah ich, wie ein Wagen, ein Rolls-Royce, wenn ich mich nicht täuschte, zum Halten kam.

»211 Central Park West«, sagte ich.

Das Beresford.

Kurz darauf saß ich auf der Rückbank des Rolls-Royce der Dorans und wurde die Eighth Avenue nach Norden gefahren. Mr. Doran bestand darauf, dass ich in der Mitte saß. Meinen Hut hatte er sich vorsichtig auf den Schoß gelegt. Mrs. Doran bat den Fahrer, das Radio anzustellen, und wir drei amüsierten uns prächtig.

Pete, der Portier, öffnete die Wagentür und sah mich verdutzt an, aber die Dorans bemerkten nichts. Wir verabschiedeten uns mit Küssen und dem Versprechen, dass wir uns wiedersehen würden. Dann fuhr der Rolls-Royce los, und ich winkte ihm hinterher. Pete räusperte sich etwas verlegen.

»Es tut mir leid, Miss Kontent, aber Mr. Grey und Miss Ross sind in Europa.«

»Das weiß ich, Pete.«

Der Zug nach Downtown, in den ich stieg, war voller Menschen in allen Farben und jeglicher Bekleidung. Der Broadway Local, der zwischen Greenwich Village und Harlem verkehrt und zwei Stationen im

Theater District hat, war an einem Samstagabend einer der demokratischsten Orte in der Stadt. Menschen im Smoking saßen zwischen anderen in Alltagsanzügen oder abgewetzter Kleidung.

Am Columbus Circle stieg ein schlaksiger Mann im Overall ein. Er hatte lange Arme und ein unrasiertes Kinn und sah aus wie ein abgehalfterter Baseballspieler vom Lande. Erst nach ein paar Sekunden bemerkte ich, dass es derselbe Mann war, der mir am Tag zuvor im IRT die Handtasche aus der Hand geschlagen hatte. Statt sich auf einen der freien Plätze zu setzen, stellte er sich einen knappen Meter von mir entfernt hin.

Die Türen schlossen sich, der Zug fuhr an, und der Mann zog ein kleines gelbes Buch aus seiner Overalltasche. Er schlug es da auf, wo das Lesezeichen war, und fing laut zu lesen an, mit einer Stimme, die tief aus den Bergen der Appalachen stammen musste. Nach ein paar Sätzen erkannte ich die Bergpredigt.

»… und er tat seinen Mund auf, lehrte sie und sprach: Selig sind, die da geistig arm sind, denn das Himmelreich ist ihr. Selig sind, die da Leid tragen, denn sie sollen getröstet werden …«

Der Prediger hielt sich nicht an einem der Haltegriffe fest. Während der Zug durch den Tunnel ruckelte, waren es nur die Deckel seines gerechten kleinen Buches, die dem Mann Halt gaben. Man hatte das Gefühl, dass er bis Bay Ridge aus der Bibel vorlesen konnte, ohne ins Wanken zu geraten.

»Selig sind die Sanftmütigen, denn sie werden das Erdreich besitzen. Selig sind die Barmherzigen, denn sie werden Barmherzigkeit erlangen. Selig sind, die reines Herzens sind, denn sie werden Gott schauen …«

Der Prediger machte seine Sache ausgezeichnet. Er las deutlich und gefühlvoll. Er erfasste die dichterische Qualität des Textes und betonte jedes Mal das »sie« besonders, um dieses zentrale Paradox des Christentums zu würdigen – nämlich dass die Schwachen und Matten diejenigen sein werden, die so reich beschenkt würden.

Aber an einem Samstagabend im Broadway Local musste man sich nur umsehen, dann wusste man gleich, dass der Prediger keine Ahnung hatte, wovon er da sprach.

Kurz nach dem Tod meines Vaters lud mich mein Onkel Roscoe in seine Lieblingskneipe unten beim Hafen zum Abendessen ein. Er war Schauermann und ein kräftig gebauter, gutmütiger Mensch, der es auf See besser gehabt hätte – wo er in einer Welt ohne Frauen und Kinder und Anstandsregeln gelebt hätte, aber mit reichlich Arbeit und einem wortlosen Code der Kameradschaft. Fest steht, dass er sich nicht leichttat, seine soeben verwaiste achtzehnjährige Nichte zum Essen auszuführen, und ich werde den Abend nie vergessen.

Zu dem Zeitpunkt hatte ich schon eine Stelle und ein Zimmer in der Pension, er musste sich also keine Sorgen um mich machen. Er wollte sich nur vergewissern, dass ich zurechtkam, und nachsehen, ob ich etwas brauchte. Dann hätte es ihn gar nicht gestört, schweigend zu essen.

Aber das erlaubte ich nicht. Ich bestand darauf, dass er einige der Geschichten von sich und meinem Vater erzählte, von ihrer Kindheit in Russland und ihrer Jugend in Amerika. Natürlich hatte ich diese Geschichten viele Male gehört, aber das war ja der Sinn. Doch dann erzählte er mir eine, die ich noch nicht kannte.

Sie waren gerade in die Vereinigten Staaten gekommen. Es war das Jahr 1895, und sie waren Anfang zwanzig und kamen auf einem Frachter aus Sankt Petersburg. Als sie in New York eintrafen, gab es dort schon eine florierende russische Gemeinschaft. Es gab Ukrainer und Georgier und Moskauer. Es gab Juden und Nichtjuden. Folglich waren in manchen Bezirken die Ladenschilder auf Russisch, und der Rubel war neben dem Dollar ein akzeptiertes Zahlungsmittel. Aber ein paar Tage nach ihrer Ankunft, nachdem sie die Monatsmiete für ein Zimmer bezahlt hatten, bat mein Vater seinen Bruder, ihm seine russischen Geldscheine zu geben. Er legte seine eigenen dazu und verbrannte sie in einem Suppentopf.

Bei der Erinnerung lächelte Onkel Roscoe. Wenn er daran dachte, sagte er, war er sich nicht sicher, ob das alles so sinnvoll gewesen war. Aber trotzdem, es war eine gute Geschichte. An jenem Sonntag dachte ich wohl viel an meinen Vater und an meinen Onkel Roscoe. Ich dachte an die Sanftmütigen und die Barmherzigen, an die Seligen und die Kühnen.

Am nächsten Morgen wachte ich beim Morgengrauen auf. Ich duschte und zog mich an. Ich putzte mir die Zähne. Dann ging ich ins Büro von Quiggin & Hale und reichte meine Kündigung ein.

27. Juni 1938

Er betrat die Suite mit einer Tüte aus der Buchhandlung in der Hand und legte den Zimmerschlüssel leise auf den Tisch. Er blickte den Flur entlang und sah, dass die Schlafzimmertür noch geschlossen war, also ging er in das große, sonnige Wohnzimmer.

Über der Lehne eines Stuhls hing der halb gelesene Herald *vom Vortag. Auf dem Couchtisch standen eine Obstschale, auf der ein Apfel fehlte, und ein üppiges Blumenbouquet. Alle Dinge waren genau da, wo sie in dem kleineren Raum im zweiten Stock auch gewesen waren.*

Am Vorabend war er nach einer Besprechung in der City in ein kleines Lokal in Kensington gegangen, wo er mit Eve zum Abendessen verabredet war. Er war rechtzeitig da und bestellte sich einen Gin Tonic, weil er annahm, dass sie sich um ein paar Minuten verspäten würde. Aber als er seinen zweiten Gin fast ausgetrunken hatte, begann er sich Sorgen zu machen. Hatte sie sich womöglich verirrt? Hatte sie den Namen des Restaurants oder die Uhrzeit vergessen? Er überlegte, ob er wieder ins Hotel gehen sollte – was aber, wenn sie schon auf dem Weg war? Als er noch hin und her überlegte, kam die Geschäftsführerin und holte ihn ans Telefon.

Es war das Claridge's. Zum ersten Mal seit zehn Jahren, erklärte der Manager düster, sei der Hotelaufzug stecken geblieben. Miss Ross sei eine halbe Stunde zwischen zwei Stockwerken eingesperrt gewesen. Doch sie sei unversehrt und auf dem Wege zu ihm.

Trotz seiner Beteuerungen, dass es nicht nötig sei, bestand der Manager darauf, ihm und Eve ein eleganteres Zimmer zu geben.

Als Eve eine Viertelstunde später im Restaurant eintraf, war sie nicht im Mindesten über das Unglück verärgert. Im Gegenteil, sie hatte sich köstlich amüsiert. Abgesehen von dem Liftboy, der ausgezeichnet Gangster aus Hollywoodfilmen nachahmen konnte und außerdem eine kleine Flasche mit Whiskey bei sich hatte, war der einzige andere Gast auf dieser unglückseligen Abwärtsfahrt Lady Ramsey gewesen, die weißhaarige Ehefrau eines Lords, die nach inständigem Bitten selbst ein paar Hollywoodstars imitierte.

Bei ihrer Rückkehr ins Hotel nach dem Essen wurde ihnen eine handgeschriebene Notiz überreicht mit einer Einladung zu einer Abendgesellschaft am nächsten Tag bei Lord und Lady Ramsey in ihrem Haus am Grosvenor Square. Anschließend brachte der Hotelmanager sie in ihre neue Suite im fünften Stock.

Alle ihre Sachen waren fachkundig von hier nach dort gebracht worden. Die Bekleidung war in derselben Anordnung in dem Schrank aufgehängt worden – Jacketts rechts, Hemden links. Sein Rasierer stand im Glas auf der Ablage über dem Waschbecken. Selbst ein paar herumliegende Dinge – wie der kleine Willkommensgruß von Anne, der mit den

Blumen gekommen war – lagen so auf dem Tisch, als wären sie achtlos hingelegt worden.

Diese Art von Detailtreue hätte man am ehesten noch am Ort eines perfekten Verbrechens vermutet.

Er ging ins Schlafzimmer und öffnete leise die Tür.

Das Bett war leer.

Eve saß auf der gepolsterten Fensterbank und blätterte in einer Zeitschrift. Sie war fast vollständig angezogen und trug eine hellblaue Hose und eine luftige Bluse. Ihr Haar hing ihr lose auf die Schultern, die Füße waren nackt. Sie rauchte eine Zigarette und schnippte die Asche aus dem Fenster.

»Ein wunderbarer Morgen«, sagte sie.

Er gab ihr einen Kuss. »Hast du gut geschlafen?«

»Wie ein Stein.«

Weder auf dem Bett noch auf dem Couchtisch war ein Tablett zu sehen.

»Hast du schon gefrühstückt?«, fragte er.

Sie hielt ihre Zigarette hoch.

»Du musst einen Riesenhunger haben.«

Er ging zum Telefon.

»Ich weiß selbst, wie man den Zimmerservice ruft, Schatz.«

Er legte den Hörer wieder auf die Gabel.

»Du warst schon draußen?«, fragte sie.

»Ich wollte dich nicht wecken. Ich habe unten gefrühstückt und dann einen Spaziergang gemacht.«

»Und was hast du gekauft?«

Er wusste nicht, was sie meinte. Sie deutete auf seine Hand. Er hatte vergessen, dass er immer noch die Tüte aus der Buchhandlung hielt.

»Einen Baedeker«, sagte er. »Ich dachte, vielleicht schauen wir uns später ein paar der Sehenswürdigkeiten an.«

»Ich fürchte, die müssen sich hinten anstellen. Um elf habe ich einen Termin beim Friseur, um zwölf bei der Maniküre. Und um vier serviert uns das Hotel Tee, dazu einen Experten für höfische Etikette.«

Eve zog die Augenbrauen hoch und lächelte. Eine Lektion in höfischer Etikette entsprach genau ihrem Sinn für Humor. Offenbar sah er aus, als hätte er etwas dagegen.

»Du musst nicht so lange rumsitzen«, sagte sie. »Warum fängst du nicht schon mal mit den Museen an? Oder noch besser, du kannst mal nach den Schuhen gucken, von denen Bucky gesprochen hat. Hast du nicht gesagt, wenn die Besprechung gut verläuft, würdest du sie dir kaufen?«

Sie hatte recht. Das hatte er zu Bucky gesagt. Und die Besprechung war gut verlaufen. Schließlich hatte er alle Rechte erworben, und dem Rest der Welt blieb nichts anderes übrig, als sich einen Weg zu seiner Tür zu bahnen.

Auf dem Weg nach unten stellte er sich eine Bedingung: Wenn der Portier die Adresse des Ladens nicht wüsste, würde er den Plan aufgeben. Aber natürlich wusste der Portier genau, wo der Laden war, und sein Ton machte deutlich, dass es für einen Gast im Claridge's auch kein anderes Schuhgeschäft gab, dessen Adresse man kennen müsste.

Als er das erste Mal die St. James's Street abschritt, ging er an dem Laden vorbei. Er hatte sich noch nicht ganz an das britische Geschäftsgebaren gewöhnt. In New York hätte ein Schuhmacher, der Lieferant des Königs war, einen ganzen Block eingenommen. Er hätte eine in drei Farben blinkende Neonreklame gehabt. Aber hier war der Laden nicht breiter als eine Zeitung und vollgestopft. Das galt als Gütezeichen.

Doch so bescheiden das Äußere war, laut Bucky gab es nichts Extravaganteres als Schuhe von John Lobb. Der Herzog von Windsor kaufte seine Schuhe hier. Errol Flynn und Charlie Chaplin kauften ihre Schuhe hier. Es war der Inbegriff des Schusterhandwerks, das letzte Wort in dem großen kommerziellen Gerangel. Bei John Lobb wurden nicht einfach nur Schuhe gemacht. Hier wurde von jedem Fuß ein Gipsabdruck genommen, der aufgehoben wurde, sodass man jederzeit ein weiteres perfekt passendes Paar Schuhe bestellen konnte.

Ein Gipsabdruck, dachte er, als er durch das Schaufenster starrte – wie von einem toten Dichter oder einem Dinosaurierknochen.

Ein hochgewachsener Engländer in einem weißen Anzug trat aus der Ladentür und zündete sich eine Zigarette an. Wohlerzogen, gebildet, gut gekleidet, wie er war, schien auch er ein Produkt des großen Gerangels zu sein.

Im Bruchteil einer Sekunde hatte der Engländer ihn als ebenbürtig erkannt und nickte ihm zu.

»Herrlicher Tag«, sagte der Engländer.

»Ja«, sagte er und verharrte einen Moment in dem intuitiven Wissen, wenn er lange genug zögerte, würde ihm der Engländer eine Zigarette anbieten.

Im St. James's Park setzte er sich auf eine gestrichene alte Bank und rauchte mit Genuss die Zigarette. Der Tabak unterschied sich deutlich von amerikanischem Tabak, was ein wenig enttäuschend, aber auch angenehm war.

Der Park, sonnendurchflutet und schön, war erstaunlich leer. Offenbar war es die Zeit dazwischen – zwischen dem Ansturm aufs Büro und der Mittagspause. Er war sehr glücklich, dass ihn sein Weg hierhergeführt hatte.

Am Rande der Wiese scheuchte eine Mutter ihren kleinen Sohn aus einer Tulpenrabatte. Auf einer Bank in seiner Nähe döste ein alter Mann. Die Nüsse in der Tüte in seiner Hand waren im Begriff, auf den Boden zu kullern, und auf diesen Moment warteten mehrere Eichhörnchen geduldig zu seinen Füßen. Über einem Kirschbaum, dessen letzte Blütenblätter zu Boden segelten, zog eine Wolke in der Form eines italienischen Rennautos.

Als er seine Zigarette ausdrückte, schien es ihm falsch, den Stummel einfach auf den Boden zu werfen. Er wickelte ihn in sein Taschentuch und steckte ihn in die Tasche. Dann griff er in die Tüte aus der Buchhandlung, nahm das Buch heraus und begann zu lesen:

Als ich die folgenden Seiten schrieb, oder jedenfalls den größten Teil davon, wohnte ich eine Meile weit von meinem nächsten Nachbarn entfernt, in einem Haus, das ich mir selbst am Ufer des Walden-Teichs gebaut hatte …

SOMMER

12. Kapitel

ZWISCHEN GLÜCK UND ARMUT

Nathaniel Parish war Cheflektor für Belletristik bei Pembroke Press und gewissermaßen eine Institution. Mit einem perfekten Ohr für die Satzmelodie des Romans im 19. Jahrhundert und einer gleichsam religiösen Überzeugung, dass es der Sinn des Romans sei, zu erhellen, war er ein früher Förderer der Russen gewesen und hatte die maßgebenden Übersetzungen von Tolstoi und Dostojewski ins Englische veranlasst. Man erzählte sich, dass er den ganzen Weg zu Tolstois Wohnsitz Jasnaja Poljana gemacht habe, nur um einen unklaren Satz im letzten Absatz von *Anna Karenina* zu erörtern. Parish hatte mit Tschechow korrespondiert, war der Mentor von Edith Wharton und ein Freund von George Santayana und Henry James gewesen. Doch nach dem Krieg, als sich Lektoren wie Martin Durk in den Vordergrund drängten, indem sie den überfälligen Tod des Romans verkündeten, zog sich Parish in ein nachdenkliches Schweigen zurück. Er nahm keine neuen Projekte mehr an, sah mit stiller Zurückhaltung zu, wie seine Autoren der Reihe nach starben – und fand Frieden in der Vorstellung, dass er schon bald in jenen Kreis des Elysiums aufgenommen werden würde, der so etwas wie Handlung, Substanz und der wohlüberlegten Verwendung des Semikolons vorbehalten war.

Ich hatte Parish ein paarmal gesehen, als ich mich mit Eve nach der Arbeit traf. Er hatte lange buschige Augenbrauen und haselnussbraune Augen; im Sommer trug er ein Leinenjackett, im Winter einen alten grauen Regenmantel. Wie andere alternde, unbeholfene Gelehrte hatte auch er einen Punkt erreicht, wo junge Frauen ihm Angst machten. Wenn er sein Büro zur Mittagspause verließ, rannte er praktisch zum Aufzug. Eve und die anderen Mädchen peinigten ihn, indem sie sich ihm mit ihren literarischen Fragen und ihren engen Pullovern in den Weg stellten. Um sie abzuwehren, wedelte er mit beiden Armen und erfand unglaubliche Ausreden (Ich muss dringend zu einer Besprechung mit Steinbeck!). Dann ging er hinüber ins Gilded Lily, das uralte Restaurant, wo er jeden Tag allein zu Mittag aß.

Und genau da sah ich ihn an dem Tag, als ich bei Quiggin & Hale kündigte. Er hatte gerade an seinem gewohnten Tisch Platz genommen. Nachdem er überflüssigerweise die Speisekarte studiert hatte, bestellte er eine Suppe und ein halbes Sandwich. Dann, bevor er sich dem Buch neben seinem Teller zuwandte, tat er das, was jeder von uns tun würde: Mit einem entspannten Lächeln und in der Gewissheit, dass sein Essen bestellt, die Stunde seine und die Welt ihm freundlich gesinnt war, sah er sich im Lokal um. In dem Moment näherte ich mich seinem Tisch, in der Hand ein Exemplar von Tschechows *Kirschgarten* auf Russisch.

»Entschuldigen Sie bitte«, sagte ich. »Sind Sie Martin Durk?«

»Sicherlich nicht!« Die Antwort des alten Lektors kam so emphatisch, dass er sich selbst damit überraschte. Entschuldigend fügte er hinzu: »Martin Durk ist halb so alt wie ich …«

»Es tut mir leid. Ich sollte mich hier mit ihm treffen, und ich weiß nicht, wie er aussieht.«

»Also, er ist um Etliches größer als ich und hat volles Haupthaar. Aber leider ist er zurzeit in Paris.«

»In Paris …?«, sagte ich verwirrt.

»So steht es wenigstens in der Zeitung.«

»Aber ich bin zu einem Vorstellungsgespräch gekommen …«

Ich machte eine ungeschickte Bewegung und ließ mein Buch fallen. Mr. Parish beugte sich zu Boden und hob es auf. Als er es mir gab, musterte er mich etwas genauer.

»Sie lesen Russisch?«

»Ja …«

»Was halten Sie von dem Stück?«

»Bisher gefällt es mir.«

»Finden Sie nicht, dass es veraltet ist? Wo es doch um das Ende des Agrarfeudalismus geht? Ranjewskajas Sorgen versteht man doch in unserer Zeit gar nicht mehr.«

»Oh, ich glaube, da irren Sie. Ich bin der Meinung, wir alle tragen etwas aus der Vergangenheit in uns, das repariert werden müsste oder Stück für Stück verkauft wird. Nur dass es für die meisten von uns kein Obstgarten ist, sondern eher die Art, wie wir über eine Sache nachdenken. Oder über eine Person.«

Mr. Parish lächelte und gab mir das Buch wieder.

»Gnädiges Fräulein, Mr. Durk hat Ihnen zweifellos einen Gefallen getan, indem er seine Verabredung mit Ihnen nicht eingehalten hat. Ich fürchte, Ihre Empfindsamkeit ist bei ihm vergeudet.«

»Vermutlich sollte ich das als Kompliment auffassen.«

»Das sollten Sie unbedingt.«

»Ich heiße Katey.«

»Nathaniel Parish.«

(Gespieltes Entsetzen.)

»Sie müssen mich für eine Närrin halten. Dass ich

Ihnen Vorträge über die Bedeutung eines Theaterstücks von Tschechow halte. Wie peinlich.«

Er lächelte. »Keineswegs. Es war der Höhepunkt meines Tages.«

Wie auf ein Zeichen wurde ein Teller mit Lauch-Kartoffel-Suppe auf den Tisch gestellt. Ich blickte hungrig auf den Suppenteller und gab meinen besten Oliver Twist.

Am nächsten Tag fing ich bei Pembroke Press als Assistentin von Nathaniel Parish an. Er bot mir die Stelle an und versuchte im gleichen Moment, sie mir auszureden. Er sagte, ich würde feststellen, dass Pembroke vierzig Jahre hinter der Zeit herhinke. Dass er nicht genug für mich zu tun hätte. Dass die Bezahlung miserabel sei. Außerdem wäre eine Stelle als seine Assistentin, so sein Resümee, eine Sackgasse.

Wie sehr trafen seine Vorhersagen zu?

Wahr ist: Pembroke hinkte vierzig Jahre hinter der Zeit her.

An meinem ersten Arbeitstag wurde mir schnell klar, dass die Lektoren bei Pembroke nicht mit ihren Kollegen bei anderen Verlagen vergleichbar waren. Nicht nur hatten sie Manieren, sie wollten sie sich auch bewahren. Wenn sie einer Dame die Tür aufhielten oder mit der Hand eine bedauernde Absage schrieben, taten sie das so, wie ein Archäologe eine Keramikscherbe behandelt – mit der liebevollen Sorgfalt, die wir gewöhnlich den wesentlichen Dingen vorbehalten. Niemals hätte Terrance Taylor jemandem im Regen ein Taxi vor der Nase weggeschnappt. Beekman Canon hätte es nicht zugelassen, dass sich die Aufzugtüren schlossen, während man darauf zueilte. Und Mr. Parish würde unter keinen Umständen die Gabel in die Hand nehmen, bevor man nicht selbst eine zur Hand nahm – eher wäre er verhungert.

Sie gehörten nicht zu den Lektoren, die die »kühnsten« neuen Stimmen ausfindig machten, sich mit Ellbogen den Weg zum Vertrag bahnten und dann auf dem Times Square auf einer Seifenkiste lauthals den künstlerischen Mut ihrer Autoren verkündeten. Sie waren im Gegenteil englische Internatsprofessoren, die in der Londoner U-Bahn die Karte falsch gedeutet hatten und irrtümlicherweise bei der Haltestelle »Welt des Kommerz« ausgestiegen waren.

Wahr ist: Mr. Parish hatte nicht genug Arbeit für mich.

Mr. Parish bekam immer noch viele unverlangt eingesandte Manuskripte, doch während sein Ruf unvermindert war, hatte seine Begeisterung für den modernen Roman nachgelassen, und so wurden diese Manuskripte gewöhnlich mit einer höflichen Absage zurückgeschickt – bestehend aus einer Entschuldigung von Mr. Parish, dass er nicht mehr so aktiv im Verlagsleben stehe, und einer persönlichen Ermutigung, der Autor möge nicht aufgeben. Inzwischen mied Mr. Parish auch Besprechungen und Verwaltungsaufgaben jeglicher Art, und der Kreis seiner ernsthaften Korrespondenten war auf eine beruhigende Handvoll über Siebzigjähriger zusammengeschrumpft, die als Einzige in der Lage waren, die Handschrift ihrer Briefpartner zu entziffern. Das Telefon klingelte nur selten, und Mr. Parish trank keinen Kaffee. Erschwert wurde die Sache noch dadurch, dass wenige Tage nachdem ich bei ihm angefangen hatte, der Juli begann. Offensichtlich hörten die Autoren mit Sommerbeginn auf zu schreiben, Lektoren hörten auf zu lektorieren, und Verlage hörten auf zu veröffentlichen – was es allen ermöglichte, ausgedehnte Wochenenden in ihren Ferienhäusern am Meer zu verbringen. Die Poststapel auf den Schreibtischen wuchsen, und die Pflanzen im Vorraum sahen so welk und traurig aus wie die feinsinnigen Dichter, die hin und wieder unangekündigt erschienen und wie Hiob auf eine Audienz warteten.

Doch dann fragte ich zum Glück Mr. Parish, wo

ich seine Korrespondenz ablegen könne, worauf er sagte, das sei nicht nötig, und unklare Andeutungen über sein System machte. Als ich ihn bat, das näher zu erläutern, deutete er verlegen auf einen Karton in der Ecke seines Büros.

Es stellte sich heraus, dass Mr. Parish seit über dreißig Jahren jeden wichtigen Brief nach der Lektüre in solchen Kartons ablegte. War ein Karton voll, wurde er ins Lager gebracht und durch einen leeren Karton ersetzt. Dies, erklärte ich ihm, sei kein System. Also nahm ich mir mit Mr. Parishs Einverständnis ein paar Kartons von der Jahrhundertwende vor und ordnete die Briefe sowohl chronologisch als auch alphabetisch nach Absendern, und das wiederum unterteilt nach Themen.

Mr. Parish hatte ein Haus auf Cape Cod, in dem er nach dem Tod seiner Frau 1936 nicht mehr gewesen war. Es ist nur eine Hütte, sagte er immer mit der selbst auferlegten Bescheidenheit der Protestanten Neuenglands, die zwar Reichtum in jeder Hinsicht respektieren, nicht aber seinen Nutzen. Aber seit dem Tod seiner Frau waren die Flickenteppiche, Korbsessel und regengrauen Holzschindeln, so lange Symbole eines in seiner Bescheidenheit perfekten Sommerhauses, zu Dingen geworden, die Trauer in ihm aufsteigen ließen.

Während ich also die Korrespondenz ordnete,

kam er oft und guckte mir über die Schulter. Manchmal zog er auch einen alten Brief aus einem Stapel und nahm ihn mit in sein Büro. Dort konnte er hinter geschlossener Tür, in der Stille des Nachmittags, die verblichenen Erinnerungen verblichener Freunde erstehen lassen – völlig ungestört, von dem gelegentlichen Fallen einer Axt in der Ferne abgesehen.

Wahr ist: Die Bezahlung war miserabel.

Miserabel ist natürlich sehr relativ, und Mr. Parish hatte nicht dazugesagt, was er mit miserabel meinte. Und angesichts der vornehmen kalten Kartoffelsuppe hatte ich nicht auf einer Erläuterung bestanden.

Als ich am ersten Freitag ins Lohnbüro ging, um mir meinen Scheck abzuholen, war ich immer noch unwissend. Ich sah mich um und schöpfte Mut angesichts der munteren und gut angezogenen Mädchen dort, aber als ich den Umschlag aufriss, entdeckte ich, dass mein neuer Wochenlohn die Hälfte von dem war, was ich bei Quiggin & Hale verdient hatte. Die Hälfte!

O Gott, dachte ich, was habe ich bloß getan?

Wieder sah ich mir die Mädchen an, die mit blasiertem Lächeln darüber sprachen, wo sie das Wochenende verbringen wollten, und schlagartig begriff ich: Natürlich waren sie blasiert – sie brauchten keinen Gehaltsscheck! Das war der Unterschied zwischen einer Sekretärin und einer Assistentin. Eine Sekretärin gibt ihre Arbeitskraft und bekommt dafür einen Lohn, von dem sie sich ernähren kann. Aber eine Assistentin kommt aus reichem Haus, geht aufs Smith College und bekommt eine Stelle zugeschanzt, wenn ihre Mutter bei einer Abendgesellschaft zufällig neben dem Verleger eines berühmten Hauses sitzt.

Aber obwohl Mr. Parish in diesen drei Punkten recht behalten hatte – beim letzten Punkt, dass die Stelle eine Sackgasse war, hätte er sich nicht mehr irren können.

Während ich im Lohnbüro stand und mir meine Wunden leckte, fragte Susie Vanderwhile, ob ich mit ihr und einigen der anderen auf einen Drink gehen wollte. Klar, dachte ich. Warum nicht? Der beste Grund für einen Drink war schließlich drohende Verarmung.

Wenn man bei Quiggin & Hale mit den Mädchen ausging, steuerte man die nächste Bar an, redete über den vergangenen Tag, zerriss sich das Maul über andere im Büro und machte sich dann mit der Hochbahn auf den Weg nach Hause. Aber als wir bei Pembroke Press auf die Straße traten, hielt Susie ein Taxi an. Wir stiegen ein und fuhren zum St. Regis Hotel, wo Susies Bruder Dicky, ein lebenslustiger

Junge mit strubbeligem Haar frisch vom College, in der King Cole Bar wartete. Er hatte zwei Studienkameraden aus Princeton mitgebracht und einen Zimmerkameraden aus dem Internat.

»Hallo, Schwesterherz!«

»Hallo, Dicky. Du kennst ja Helen. Und das sind Jenny und Katey.«

Dicky ratterte unsere Namen runter wie mit dem Maschinengewehr. »Jenny, TJ. TJ, Helen. Helen, Wellie. Wellie, Katey. Roberto, Roberto.«

Niemandem schien aufzufallen, dass ich um einige Jahre älter war als die anderen.

Dicky klatschte in die Hände. »Also gut. Was soll's sein?«

Gin Tonic für alle. Dicky stand auf, sammelte ein paar Stühle in der Bar ein und brachte sie an unseren Tisch, wobei er sie krachend aneinanderstieß wie beim Autoscooter auf Coney Island.

Dann wurde eine Geschichte über Roberto erzählt, der »unter dem Einfluss des Bacchus« und »im Ungemach Poseidons« auf Fisher's Island im Nebel von der Straße abgekommen war. Er hatte den Bertram seines Vaters gegen einen Betonpfeiler gesteuert und zu Schrott gefahren.

»Ich dachte, ich sei nur eine Viertelmeile von der Küste entfernt«, erklärte Roberto, »ich konnte nämlich die Glockenboje im Hafen hören.«

»Bedauernswerterweise«, sagte Dicky, »entpuppte sich die Glockenboje als die Essensglocke auf der Veranda der McElroys.«

Beim Sprechen stellte Dicky lebhaften Augenkontakt her, demokratischerweise mit allen anwesenden Mädchen, und hob die Details der Geschichte hervor, indem er vertraulich auf das geteilte Wissen aller anspielte:

Ihr wisst ja – der Nebel auf Fisher's Island.

Ihr wisst ja – so ein Bertram ist wie ein Kahn.

Ihr wisst ja – Abendessen bei den McElroys: Drei Grande Dames und zweiundzwanzig Cousins und Cousinen versammeln sich um einen Braten wie Löwen um ein gerissenes Tier …

Ja, Dicky, das wissen wir alles.

Wir kannten den brummigen alten Herrn hinter der Bar bei Morie's in New Haven. Wir wussten, wie langweilig die Leute in Maidstone waren. Wir kannten die Dobsons und die Robsons und jeden Einzelnen der Fenimores. Wir konnten Palm Beach von Palm Springs unterscheiden. Wir konnten zwischen einer Fischgabel und einer Salatgabel unterscheiden und der speziellen Gabel mit den gebogenen Zinken, mit der man die Körner von einem Maiskolben bricht. Ach, wir kannten einander so gut …

Und darin lag der erste von zwei nicht unvorhersehbaren Vorteilen der Stelle bei Pembroke Press: Anmaßung. Weil die Bezahlung bei Pembroke so miserabel war und die beruflichen Aussichten ebenfalls, verstand es sich von selbst, dass eine junge Frau eine Stelle dort nur annahm, wenn sie es sich ohne Weiteres leisten konnte.

»Für wen arbeitest du?«, hatte eins der Mädchen im Taxi gefragt.

»Für Nathaniel Parish.«

»Ach! Das ist ja toll! Woher kennst du ihn?«

Woher ich ihn kannte? Waren er und mein Vater zusammen in Harvard gewesen? Hatten meine Großmutter und Mrs. Parish sich in den Sommerwochen in Kennebunkport kennengelernt? Hatte ich mit seiner Nichte ein Semester in Florenz studiert? Schätzchen, such es dir aus.

Dicky war aufgestanden. Er hatte die Hände an einem imaginären Steuer. Er kniff die Augen zusammen und zeigte auf die Stelle, wo die Glockenboje läutete.

Aiolos – denn dir gab ja des Götter- und Menschgeschlechts Herr Über Fluten Gewalt, sie zu zähmen, durch Wind zu heben. – Fülle die Stürme mit Kraft, stürz um und begrabe die Schiffe, Oder zerstreue die Schar und säe die Leichen im Meer aus!

Er rezitierte Vergil in perfektem Versmaß, Daktylus für Daktylus. Allerdings lag der Gedanke nahe, dass Dickys Fähigkeit, klassische Verse zu deklamieren, weniger seiner Liebe zur Literatur geschuldet war als vielmehr dem Auswendiglernen im Internat – eine Fähigkeit, die mit der Zeit verblassen würde.

Jenny klatschte begeistert, Dicky verneigte sich und stieß dabei ein Glas Gin um, das sich über Robertos Hose ergoss.

»Mon dieu, Roberto! Sei mal ein bisschen schnellfüßiger!«

»Schnellfüßiger? Das ist schon die zweite Hose, die du mir versaust.«

»Komm schon. Du hast einen Vorrat fürs ganze Leben.«

»Meine Vorräte spielen keine Rolle. Ich verlange eine Entschuldigung.«

»Die sollst du bekommen!«

Dicky hob einen Finger in die Luft. Er setzte eine angemessen zerknirschte Miene auf und hob an zu sprechen.

»Pencey!«

Wir alle drehten die Köpfe, um zu sehen, was ein Pencey war. Es war ein weiterer Ivy-League-Absolvent, der die Bar betrat, an jedem Arm ein Mädchen.

»Dicky Vanderwhile! Meine Güte. Was sonst noch?«

Jawohl, Dicky war ein echtes Gesellschaftstier. Mit einigem Stolz und uneingeschränkter Freude verwob er die verschiedenen Stränge seines Lebens, sodass die Freunde von Freunden von Freunden zur Tür hereingestolpert kamen, sobald er an einem der Fäden zog. New York war für seinesgleichen wie gemacht. Wenn man sich Dicky Vanderwhile und Konsorten an die Fersen heftete, kannte man bald jeden in New York – oder zumindest jeden, der weiß und reich war und unter fünfundzwanzig.

Als es zehn Uhr schlug, brachen wir auf Dickys Vorschlag hin in den Yale Club auf, um einen Hamburger zu essen, bevor der Grill zumachte. Wir setzten uns um einen der alten Holztische und tranken schales Bier aus Wassergläsern. Auch hier gab es wilde Anekdoten und witzige Dialoge. Und hier waren noch mehr bekannte Gesichter, mehr runtergeratterte Vorstellungsrunden, mehr Überheblichkeiten, Anmaßungen, Selbstverständlichkeiten.

»Ja, ja, wir kennen uns«, sagte einer der Neuankömmlinge, als Dicky ihn mir vorstellte. »Wir haben wild getanzt, bei Billy Ebersley damals.«

Ich hatte mich getäuscht in der Annahme, dass niemandem mein Alter aufgefallen war. Dicky war es aufgefallen, und anscheinend fand er es reizvoll. Er fing an, mich anzüglich und verschwörerisch über den Tisch hinweg anzusehen, wenn jemand eine unreife Bemerkung machte. Offensichtlich hatte er den Geschichten von Freunden über Sommerlager-eskapaden mit den Freundinnen älterer Schwestern zu viel Glauben geschenkt. Während Roberto und Wellie Strohhalme zogen, um zu entscheiden, wessen Vater die Rechnung bezahlen durfte, nahm Dicky die Gelegenheit wahr und zog sich einen Stuhl zu mir heran.

»Sagen Sie, Miss Kontent, wo kann man Sie an einem normalen Freitagabend treffen?« Er machte eine vage Bewegung in Richtung seiner Schwester und der anderen Mädchen am Tisch. »… nicht in dieser Gesellschaft vermutlich.«

»An einem normalen Freitagabend würden Sie mich zu Hause antreffen.«

»Zu Hause? Könnten Sie mit ihren Adverbialen etwas präziser sein? Wenn Sie in dieser Gruppe ›zu Hause‹ sagen, nehmen wir an, dass Sie bei Ihren Eltern wohnen. Wellie da drüben trägt gestreifte Schlafanzüge, und bei Roberto hängen Modellflugzeuge über dem Bett.«

»Das ist bei mir genauso.«

»Das mit dem Schlafanzug oder das mit den Modellflugzeugen?«

»Beides.«

»Das würde ich nur zu gerne ansehen. Wo also ist

dieses Zuhause, wo man Sie an einem Freitagabend in gestreiftem Schlafanzug antreffen kann?«

»Und Sie kann man an einem normalen Freitagabend hier antreffen, Dicky?«

»Was, bitte?« Dicky sah sich schockiert in dem Raum um. Dann winkte er abwehrend. »Bestimmt nicht. Wie langweilig. Zu viele alte Leute und ehemalige Studentensprecher.«

Er sah mir in die Augen. »Was meinen Sie, sollen wir uns von dannen machen? Wir könnten ein bisschen durchs Village ziehen.«

»Ich könnte Sie nicht Ihren Freunden entführen.«

»Ah, die kommen ohne mich klar.« Dicky legte mir eine Hand aufs Knie. Diskret. »… und ich komme ohne sie klar.«

»Sie sollten etwas zurückfahren, Dicky. Sie steuern direkt auf eine Schiffswand zu.«

Dicky nahm seine Hand von meinem Knie und nickte dazu begeistert. »Richtig! Die Zeit ist unser Verbündeter, nicht unser Feind.«

Er stand auf und stieß dabei seinen Stuhl um. Er streckte einen Finger in die Luft und verkündete der Allgemeinheit: »Lasst den Abend enden, wie er begann: geheimnisvoll.«

Der unvorhergesehene Vorteil Nummer zwei?

Als ich am 7. Juli zur Arbeit kam, saß Mr. Parish

in seinem Büro, wo er mit einem gut aussehenden Fremden in einem maßgeschneiderten Anzug sprach. Der Mann war ungefähr Ende fünfzig und sah aus wie ein Hauptdarsteller im reiferen Alter. So wie die beiden miteinander sprachen, konnte man erkennen, dass sie sich gut kannten, aber eine gewisse Distanz wahrten, wie zwei Priester aus unterschiedlichen Orden derselben Konfession.

Als der Mann gegangen war, rief Mr. Parish mich in sein Büro.

»Katherine, meine Gute, setzen Sie sich doch. Kennen Sie den Herrn, mit dem ich gerade sprach?«

»Nein.«

»Er heißt Mason Tate. Als junger Mann hat er für mich gearbeitet, bevor er sein Glück an einem anderen Ort suchte, oder vielmehr, an einer Reihe von Orten. Jedenfalls arbeitet er jetzt für Conde Nast, wo er eine neue literarische Zeitschrift herausgeben will, und er sucht ein paar Redakteure. Ich finde, Sie sollten mal mit ihm sprechen.«

»Mir gefällt es hier, Mr. Parish.«

»Das weiß ich wohl. Und wäre es fünfzehn Jahre früher, dann wäre dies der richtige Platz für Sie. Aber jetzt nicht mehr.«

Er klopfte auf den Stapel Absagen, die seiner Unterschrift harrten.

»Mason ist launisch, aber auch sehr fähig, und

ganz gleich, ob seine Zeitschrift erfolgreich wird oder scheitert, eine junge Frau mit Ihrer Intelligenz wird an seiner Seite eine Menge lernen können. Und was das Tagesgeschäft angeht, wird es bei ihm um einiges lebhafter zugehen als bei Pembroke Press.«

»Wenn Sie der Meinung sind, ich sollte mich mit ihm treffen, dann tue ich das.«

Statt einer Antwort hielt Mr. Parish mir Mr. Tates Visitenkarte hin.

Mason Tates Büroräume waren im fünfundzwanzigsten Stock des Condé-Nast-Turms, und so wie es darin aussah, konnte man denken, seine Zeitschrift sei schon seit Jahren erfolgreich. Am Eingang saß eine interessant aussehende junge Frau an einem maßgefertigten Empfangstisch, auf dem Blumen standen. Auf dem Weg zu Mr. Tates Büro ging ich an fünfzehn jungen Männern vorbei, die entweder am Telefon sprachen oder auf nagelneue Smith-Corona-Schreibmaschinen einhämmerten. In dieser Zeitungsredaktion, so mein Eindruck, saßen die am besten gekleideten Reporter Amerikas. An den Wänden hingen stimmungsvolle Fotos aus New York: Mrs. Astor mit einem riesigen Osterhut, Douglas Fairbanks am Steuer einer Limousine, eine betuchte Gesellschaft, die im Schnee vor dem Cotton Club steht.

Mr. Tate hatte ein Eckbüro mit verglasten Wänden. Auch die Schreibtischplatte war aus Glas und schwebte auf einer X-Konstruktion aus Stahl. Vor seinem Schreibtisch gab es eine kleine Sitzecke mit Sesseln und einer Couch.

»Kommen Sie herein!«, rief er.

Sein Akzent war eindeutig aristokratisch – teils Privatschule, teils britisch, teils prüde. Mit einer gebieterischen Geste deutete er auf einen der Sessel und setzte sich selbst auf die Couch.

»Ich habe viel Gutes über Sie gehört, Miss Kontent.«

»Danke.«

»Was haben Sie über mich gehört?«

»Wenig.«

»Gut. Wo sind Sie aufgewachsen?«

»In New York.«

»New York City? Oder Staat?«

»In der Stadt.«

»Waren Sie mal im Algonquin?«

»Dem Hotel?«

»Ja.«

»Nein.«

»Wissen Sie, wo es ist?«

»West 44. Straße?«

»Richtig. Und Delmonico's? Haben Sie da mal gegessen?«

»Ist es nicht geschlossen?«

»In gewisser Weise. Was war Ihr Vater von Beruf?«

»Mr. Tate. Was wollen Sie von mir?«

»Kommen Sie. Es kann Ihnen doch nichts ausmachen, mir zu sagen, wie Ihr Vater seinen Lebensunterhalt verdient hat.«

»Ich sage es Ihnen, wenn Sie mir sagen, warum Sie das wissen wollen.«

»Das ist nur fair.«

»Er war Maschinenschlosser.«

»Ein Proletarier.«

»Könnte man sagen.«

»Jetzt erzähle ich Ihnen, warum Sie hier sind. Am 1. Januar werde ich eine neue Zeitschrift auf den Markt bringen, sie wird *Gotham* heißen. *Gotham* wird eine illustrierte Wochenzeitschrift sein, die sich vorgenommen hat, Personen vorzustellen, deren Hoffnung es ist, Manhattan und, im weiteren Sinne, die Welt zu gestalten. Es soll eine Art *Vogue* für den Intellekt sein. Dafür suche ich eine Assistentin, die sich um meine Anrufe, meine Korrespondenz und, falls nötig, um meine Wäsche kümmern kann.«

»Mr. Tate, ich kam in der Annahme, dass Sie eine Redaktionsassistentin für eine literarische Zeitschrift suchen.«

»Sie nahmen das an, weil ich es Nathan so gesagt

habe. Wenn ich ihm gesagt hätte, dass ich einen Lakaien für meine Hochglanzzeitschrift suche, hätte er Sie mir niemals empfohlen.«

»Oder umgekehrt.«

Mr. Tate kniff die Augen zusammen. Er zeigte mit seinem Finger befehlerisch auf meine Nase. »Exakt. Kommen Sie her.«

Wir gingen zu einem Zeichentisch am Fenster, von dem aus man einen Blick auf den Bryant Park hatte. Auf dem Tisch lagen Schnappschüsse von Zelda Fitzgerald, John Barrymore und einem der jüngeren Rockefellers.

»Jeder hat seine Tugenden und seine Laster, Miss Kontent. Grob gesagt soll *Gotham* die Glanzlichter der Stadt zum Thema haben, ihre Liebhaber, ihre Literatur, ihre Verlierer.«

Er zeigte auf die drei Fotos auf dem Tisch. »Können Sie mir sagen, in welche der Kategorien diese drei Personen gehören?«

»In alle vier.«

Er lächelte mit zusammengebissenen Zähnen.

»Klug bemerkt. Im Vergleich zu Ihrer Arbeit mit Nathan ist hier alles anders: Ihre Bezahlung würde sich verdoppeln, Ihre Arbeitszeit verdreifachen und Ihr Einsatz vervierfachen. Es gibt nur einen Haken – ich habe bereits eine Assistentin.«

»Brauchen Sie denn zwei?«

»Kaum. Ich habe vor, Sie beide bis zum 1. Januar schuften zu lassen und mich dann für eine zu entscheiden.«

»Ich schicke Ihnen meinen Lebenslauf.«

»Wozu?«

»Ich möchte mich bewerben.«

»Das hier ist kein Vorstellungsgespräch, Miss Kontent. Das ist ein Angebot. Sie nehmen es an, indem Sie morgen früh um acht Uhr hier sind.«

Er setzte sich wieder an seinen Schreibtisch.

»Mr. Tate …«

»Ja?«

»Sie haben mir noch nicht gesagt, warum Sie den Beruf meines Vaters wissen wollten.«

Er sah mich überrascht an. »Ist das nicht offensichtlich, Miss Kontent? Ich kann Debütantinnen nicht ausstehen.«

Am Morgen des 1. Juli, einem Freitag, hatte ich eine schlecht bezahlte Position bei einem an Bedeutung verlierenden Verlag sowie einen schrumpfenden Kreis von Quasibekannten. Am Freitag, den 8. Juli, hatte ich den einen Fuß in der Tür zu Conde Nast und den anderen in der Tür zum Knickerbocker Club, den professionellen und gesellschaftlichen Kreisen, die in den nächsten dreißig Jahren mein Leben bestimmen sollten.

So schnell kann sich New York City wenden – wie eine Wetterfahne oder wie der Kopf einer Kobra. Die Zeit würde das zeigen.

13. Kapitel

IRRE WIRRE

Als der dritte Freitag im Juli anbrach, sah mein Leben folgendermaßen aus:

A.

Um acht Uhr morgens stehe ich einsatzbereit an Mason Tates Schreibtisch. Auf seinem Schreibtisch: ein Schokoladenriegel, eine Tasse Kaffee und ein Teller mit Räucherlachs.

Rechts von mir steht Alley McKenna, zierlich, brünett und mit einem schwindelerregend hohen IQ. Alley trägt eine Katzenaugenbrille, schwarze Hosen, eine schwarze Bluse und hochhackige schwarze Schuhe.

In den meisten Firmen konnte der geöffnete Blusenknopf ein ehrgeiziges Mädchen innerhalb eines Jahres von »durchschnittlich tüchtig« zu »absolut unentbehrlich« befördern – nicht jedoch bei Mason Tate. Von vornherein machte er es deutlich, dass seine Neigungen in eine andere Richtung gingen. Wir konnten uns unser Wimpernklimpern also für die Jungen im Park aufbewahren. Er sieht kaum von seinen Papieren auf, als er mit aristokratischer Kühle die Anweisungen für Alley runterrattert.

»… sagen Sie den Termin beim Bürgermeister für Dienstag ab. Erzählen Sie ihm, ich müsste nach Alaska reisen. Suchen Sie mir alle Titelbilder von *Vogue, Vanity Fair* und *Time* der letzten zwei Jahre heraus. Wenn Sie im Archiv nicht fündig werden, nehmen Sie eine Schere in die Bibliothek mit. Meine Schwester hat am 1. August Geburtstag. Kaufen Sie ihr etwas Unauffälliges bei Bendel. Sie sagt, sie trägt Größe 5. Sagen wir lieber 6.«

Er schiebt einen Stapel blau linierter beschriebener Blätter in meine Richtung.

»Kontent: Sagen Sie Morgan, er ist auf der richtigen Spur, aber es sind hundert Sätze zu wenig und tausend Wörter zu viel. Sagen Sie Cabot: Ja, ja und nein. Sagen Sie Mr. Spindler, er liegt völlig daneben. Wir haben immer noch keine wirklich starke Titelgeschichte für die erste Ausgabe. Sagen Sie allen, dass Samstag abgesagt ist. Zum Lunch nehme ich Vollkornroggenbrot mit Schinken, Münsterkäse und Senf vom Griechen an der Ecke 53. Straße.«

Wir beide aus einem Munde: Ja, Sir.

Um neun Uhr klingelt das Telefon.

– »Geben Sie mir umgehend einen Termin bei Mason.«

– »Ich spreche auf gar keinen Fall mit Mr. Tate, auch nicht für Geld.«

– »Es könnte sein, dass meine Frau – sie ist krank – sich bei Mr. Tate meldet. Ich möchte ihn bitten, dass er ein wenig Rücksicht auf ihren Zustand nimmt und sie ermuntert, wieder nach Hause zu ihren Kindern zu gehen und sich unter die Obhut ihres Arztes zu begeben.«

– »Ich habe gewisse Informationen über meinen Mann, die Mr. Tate interessant finden könnte. Es geht dabei um eine Konkubine, eine halbe Million Dollar und einen Hund. Man kann mich im Plaza unter meinem Mädchennamen erreichen.«

– »Mein Mandant, ein New Yorker mit ausgezeichnetem Ruf, hat erfahren, dass seine verwirrte Frau wahnhafte Anschuldigungen gegen ihn vorbringt. Teilen Sie Mr. Tate bitte mit, für den Fall, dass er in seiner neuen Zeitschrift diese traurigen und substanzlosen Behauptungen verbreitet, würde mein Mandant sofort nicht nur gegen den Herausgeber, sondern auch gegen Mr. Tate persönlich Klage einreichen.«

– »Können Sie das buchstabieren? Wo kann man Sie erreichen? Bis wann? Ich gebe die Nachricht weiter.«

»Ehm.«

Jacob Weiser, der Rechnungsprüfer von Condé Nast, steht neben mir. Er ist ein ehrlicher, tüchtiger Mann mit einem jener unglückseligen Oberlippenbärtchen, die von Charlie Chaplin und Konsorten populär und von Adolf Hitler und seinem Gefolge für immer untragbar gemacht wurden. An seinem Gesichtsausdruck kann man ablesen, dass ihm Gotham nicht gefällt, nicht im Geringsten. Wahrscheinlich hält er das ganze Projekt für schlüpfrig und verwerflich. Was es natürlich auch war, aber nicht mehr als Manhattan selbst und nicht weniger glanzvoll.

»Guten Morgen, Mr. Weiser. Was kann ich für Sie tun?«

»Ich muss Tate sprechen.«

»Ja. Ich hatte mit Ihrer Sekretärin gesprochen. Sie sind für Dienstag eingetragen.«

»Um Viertel vor sechs. Soll das ein Witz sein?«

»Nein, Sir.«

»Ich will ihn jetzt sprechen.«

»Das geht leider nicht.«

Mr. Weiser zeigt auf die Glastür, hinter der Mr. Tate mit langen Fingern ein Stück Schokolade in seinen Kaffee tunkt.

»Ich spreche jetzt mit ihm, danke.«

Mr. Weiser macht einen Schritt nach vorn. Es ist offensichtlich, dass er alles tun würde, um eine

Unausgeglichenheit in den Konten der Firma zu berichtigen, aber als er um meinen Schreibtisch herumgeht, bleibt mir nichts anderes übrig, als ihn aufzuhalten. Sein Gesicht wird rot wie ein Radieschen.

»Hören Sie mal, Fräulein«, sagt er und versucht vergeblich, seine Wut zu bezähmen.

»Was ist hier los?«

Plötzlich steht Tate zwischen uns und richtet die Frage an mich.

»Mr. Weiser möchte Sie gern sprechen«, erkläre ich.

»Ich dachte, ich habe am Dienstag einen Termin mit ihm.«

»So steht es im Terminkalender.«

»Wo ist dann das Problem?«

Jetzt spricht Mr. Weiser: »Ich habe gerade die neueste Spesenabrechnung für Ihre Mitarbeiter erhalten. Sie haben das Budget um dreißig Prozent überschritten!«

Langsam dreht sich Mr. Tate zu Mr. Weiser um. »Wie Miss Kontent offenbar gerade erklärt hat – Jake –, bin ich jetzt nicht zu sprechen. Da fällt mir ein – am Dienstag bin ich auch nicht zu sprechen. Miss Kontent, bitte übernehmen Sie den Termin mit Mr. Weiser. Notieren Sie sein Anliegen und erklären Sie ihm, dass wir uns in Kürze mit ihm in Verbindung setzen werden.«

Die meisten Geschäftsführer erwarten von ihren Sekretärinnen ein gewisses Maß an Fügsamkeit; die Mitarbeiterinnen sollen höflich und gleichbleibend freundlich sein, ganz gleich, mit wem sie es zu tun haben. Mr. Tate war da anders. Er ermutigte Alley und mich, so herrisch und ungeduldig aufzutreten wie er. Anfangs hielt ich das für eine widersinnige Weiterführung von Tates aristokratischer Streitbarkeit und seinen Sonnenkönigallüren. Doch im Laufe der Zeit erkannte ich die Genialität dahinter. Indem er uns erlaubte, so unverschämt und dreist zu sein wie er selbst, festigte er unsere Position als seine Stellvertreter.

»Hey«, sagt Alley und kommt an meinen Schreibtisch. »Sieh dir das an.«

Am Empfangstisch steht ein jugendlicher Bote und schleppt ein zehn Pfund schweres Webster's Dictionary. Das Wörterbuch ist mit einer hübschen rosa Schleife geschmückt. Die Empfangsdame deutet in die Mitte des Großraumbüros.

Die Journalisten mustern den Boten kühl, während er in ihre Richtung geht, und lächeln süffisant, wenn er vorbeigegangen ist. Schließlich bleibt der Junge vor Nicholas Fesindorf stehen. Als Fesindorf das Wörterbuch erblickt, wird er feuerrot, röter noch als seine Boxershorts. Doch damit nicht genug, denn der Bote fängt jetzt an zu singen. Es ist ein kleines Lied, das er zu der Melodie einer Broadway-Schnulze singt. Obwohl er nicht ganz sicher intoniert, legt er viel Gefühl in seinen Vortrag:

Wenn's mal an Wörtern dir gebricht,
Dann, mein Sohn, verzage nicht,
Denn dieses Buch hilft allen Leuten
Mit englischen Wörtern und was sie bedeuten.

Tate hatte Alley beauftragt, das Wörterbuch zu besorgen, und hatte den Vers gedichtet. Aber das singende Telegramm und die rosa Schleife, das stammte von Alley.

Um fünf Uhr verließ Mr. Tate das Büro, um mit dem Zug in die Hamptons zu fahren. Um Viertel nach fünf Uhr wechselte ich einen Blick mit Alley. Wir deckten unsere Schreibmaschinen ab und zogen uns die Jacken an.

»Komm«, sagte sie auf dem Weg zum Fahrstuhl. »Wir machen einen drauf.«

Als ich an meinem ersten Tag beim Gotham auf die Toilette ging, kam Alley hinter mir her. Am Waschbecken stand ein Mädchen aus der Grafikabteilung. Alley sagte ihr, sie solle verduften. Einen Augenblick lang dachte ich, sie wolle mir den Pony abschneiden und meine Handtasche in die Toilette werfen, wie es das Empfangskomitee an meiner alten Highschool getan hatte. Alley kniff hinter ihrer Katzenaugenbrille die Augen leicht zusammen und kam sofort zum Thema.

Sie sagte, wir beide seien wie die Gladiatoren im Kolosseum, und Tate sei der Löwe. Wenn er in die Manege kam, konnten wir ihn entweder umkreisen, oder wir konnten die Flucht ergreifen und darauf warten, gefressen zu werden. Wenn wir es geschickt anstellten, würde es Tate schwerfallen, zu sagen, wen er dringender brauchte. Deshalb wollte sie ein paar Grundregeln festlegen. Wenn Tate eine von uns fragte, wo die andere sei, lautete die Antwort (Tag und Nacht): Auf der Toilette. Wenn er uns aufforderte, die Arbeit der anderen Korrektur zu lesen, durften wir im Höchstfall zwei Fehler finden. Falls wir für etwas gelobt würden, antworteten wir, dass wir es ohne die Hilfe der anderen niemals geschafft hätten. Und wenn Tate abends das Büro verließ, würden wir ihm eine Viertelstunde Vorsprung geben und dann Arm in Arm zum Fahrstuhl gehen.

»Wenn wir das nicht in den Sand setzen«, sagte sie, »dann haben wir den Laden bis Weihnachten in der Hand. Was meinst du, Kate?«

Im Reich der Natur sind manche Tiere, wie zum Beispiel Leoparden, einsame Jäger, andere hingegen, wie Hyänen, jagen im Rudel. Ich war nicht hundert

Prozent überzeugt, dass Alley eine Hyäne war. Aber ich war mir ziemlich sicher, dass sie nicht als Beute enden würde.

Was also mich betraf, so galt alle für einen und einer für alle.

Freitagabends gingen Mädchen damals gern in die Oyster Bar in der Grand Central Station und ließen sich von den jungen Männern, die mit dem Expresszug nach Greenwich fuhren, Drinks ausgeben. Alley hingegen ging am liebsten ins Automatenrestaurant, wo sie allein sitzen und zwei Desserts und einen Teller Suppe – in dieser Reihenfolge – essen konnte. Sie mochte das Unpersönliche daran. Das Unpersönliche des Personals, das Unpersönliche der Kunden, das unpersönliche Essen.

Während Alley den Zuckerguss auf ihrem Dessert aß und dann anfing, den auf meinem zu essen, amüsierten wir uns über den Witz mit dem Wörterbuch, dann sprachen wir über Mason Tate und seinen Abscheu vor der Farbe Purpur (Königsmantel, Pflaumen, Liebesäpfel). Als es Zeit war zu gehen, stand Alley auf und ging zur Tür – wie ein Alkoholiker ohne das geringste Anzeichen, dass sie über die Stränge geschlagen hatte. Um halb acht standen wir auf der Straße und gratulierten uns gegenseitig zu einem weiteren Freitagabend ohne Verabredung. Aber sobald sie um die Ecke verschwunden war, ging ich zurück ins Automatenrestaurant, begab mich zur Damentoilette und zog mir das hübscheste Kleid an, das ich besaß …

B.

»Ist da nicht eine Hecke?«

Helen fragte das zwei Stunden später, als wir uns zu fünft im Dunkeln durch ein Blumenbeet schlichen.

Nach einer schnellen Runde in der King Cole Bar war Dicky Vanderwhile mit uns nach Oyster Bay gefahren, wo er uns im Sommerhaus eines Freundes eine wilde Party versprach. Als Roberto fragte, was Schuyler zurzeit mache, äußerte sich Dicky, der sonst alle rasch gegenseitig auf den neuesten Stand brachte, ungewöhnlich vage, und als wir sahen, wie ein Paar Mitte dreißig mehrere Gäste an der Haustür begrüßte, schlug Dicky vor, dass wir besser nicht den Haupteingang nehmen sollten. Er erwähnte ein hübsches Gartentor und führte uns an der Seite des Hauses entlang, wo wir im Nu knöcheltief durch ein Chrysanthemenbeet stapften.

Unsere spitzen Absätze versanken bei jedem Schritt in der weichen Erde. Ich blieb stehen und zog mir die Schuhe aus. Vom Garten aus gesehen, schien es ein erstaunlich stiller Abend zu sein. Man hörte weder Musik noch Stimmen. Aber durch die hell erleuchteten Küchenfenster sah man rund zehn Helfer warme und kalte Horsd'œuvres auf Platten anrichten, die sie im nächsten Moment durch die Schwingtüren tragen würden.

Die Ligusterhecke, die Helen im Dunkeln ausgemacht hatte, ragte jetzt vor uns auf. Dicky fuhr mit der Hand daran entlang wie jemand, der den Riegel zu einer Geheimtür an einem Bücherschrank sucht. In einem benachbarten Garten war das Pfeifen und Ploppen einer Feuerwerksrakete zu hören.

Ein wenig begriffsstutzig kam Roberto zu der genialen Erkenntnis: »He, Dicky, du alter Partystürmer. Ich wette, du weißt gar nicht, wem das Haus hier gehört.«

Dicky blieb stehen und reckte einen Finger in die Luft. »Es ist wichtiger, das Wann und Wo zu kennen als das Wer und Warum.«

Dann teilte er wie ein Forscher in den Tropen die Hecke und steckte seinen Kopf durch die Lücke. »Eureka …«

Wir übrigen folgten Dicky durch das Dickicht und erreichten erstaunlich unversehrt den Garten des Anwesens der Hollingsworths, wo die Party schon in vollem Gange war.

So etwas hatte ich noch nie gesehen. Die rückwärtige Ansicht des Hauses erstreckte sich vor uns wie ein amerikanisches Versailles. Durch das zarte Gittermuster der Terrassentüren verströmten Kronleuchter und Kerzen ein warmes gelbes Licht. Auf einer dunkel getäfelten Terrasse, die wie ein Ponton über dem manikürten Rasen schwebte, verteilten sich ein paar Hundert Menschen in leichtfüßiger Anmut. Sie unterbrachen ihre Unterhaltung gerade lange genug, um sich von den vorübergleitenden Tabletts einen Cocktail oder ein Kanapee zu nehmen, während die Musik einer bestimmt zwanzigköpfigen Band, dem bloßen Auge verborgen, durch die Nachtluft wehte.

Unsere kleine Truppe kletterte über die Verandabrüstung und marschierte hinter Dicky zur Bar. Sie war so groß wie in einem Nachtklub mit einer riesigen Auswahl an Whiskey und Gin und verschiedensten bunten Likören. Von unten beleuchtet sahen die Flaschen aus wie die Pfeifen einer übernatürlichen Orgel.

Als der Bartender sich Dicky zuwandte, sagte der: »Fünf Gin Tonics, mein Freund.«

Dann lehnte er sich mit dem Rücken an die Bar und ließ die Festivitäten mit der zufriedenen Miene eines Gastgebers auf sich wirken.

Jetzt fiel mir auf, dass Dicky sich im Blumengarten bedient hatte und ein paar Blumen in der Brusttasche seines Smokings trug. Genau wie auch Dicky wirkte das Sträußchen bunt und wild und ein bisschen fehl am Platz. Die meisten Männer auf der Terrasse hatten ihre Jungenhaftigkeit schon verloren – die rosigen Wangen, das volle Haar, das verschmitzte Glitzern in den Augen. Die Frauen waren in bodenlange, ärmellose Kleider gewandet, dazu trugen sie geschmackvollen Schmuck. Alle waren anscheinend in zwanglose, vertrauliche Plaudereien vertieft.

»Ich sehe niemanden, den ich kenne«, sagte Helen.

Dicky nickte, während er an einem Selleriestiel knabberte. »Dass wir auf der falschen Party sind, lässt sich nicht ganz von der Hand weisen.«

»Aber wo sind wir denn dann?«, fragte Roberto.

»Ich habe aus verlässlicher Quelle erfahren, dass einer der Hollingsworth-Jungs heute eine Party gibt. Und ich bin mir ziemlich sicher, dass wir bei den Hollingsworths sind, und das hier ist eindeutig eine Party ...«

»Nur?«

»Nur dass ich vielleicht meine Quelle hätte fragen sollen, welcher der Hollingsworth-Jungs die Party gibt.«

»Schuyler ist in Europa, oder?«, fragte Helen, die ihrer eigenen Intelligenz nie traute und doch immer etwas Vernünftiges zu sagen hatte.

»Da haben wir's«, sagte Dicky. »Das erklärt es. Dass Schuyler uns nicht eingeladen hat, liegt daran, dass er zurzeit im Ausland ist.«

Er verteilte die Gin Tonics. »Aber gut. Wo spielt die Musik?«

Wieder stieg vom nachbarlichen Grundstück pfeifend eine Rakete auf und zerbarst über den Köpfen der Menschen in einem kleinen, bunten Sprühregen. Ich ließ die anderen vorausgehen. Dann schlug ich mich seitlich durch die Menge.

Seit ich Dicky in der King Cole Bar kennengelernt hatte, war ich ein paarmal mit ihm und seinem Wanderzirkus losgezogen. Für eine Gruppe junger Leute, die gerade aus den besten Schulen des Landes kamen, waren sie erstaunlich ziellos, aber das hieß nicht, dass sie schlechte Gesellschaft waren. Sie hatten weder viel Geld zur Verfügung noch besonderen gesellschaftlichen Status, aber in Kürze stünde ihnen beides zu. Sie brauchten nur die nächsten fünf Jahre zu überstehen, ohne im Meer zu ertrinken oder zu Gefängnisstrafen verurteilt zu werden, dann würde der Berg zum Propheten kommen, in Form von Aktien, die Dividenden ausschütteten, und der Mitgliedschaft im Racket Club, einer Loge in der Oper und der Zeit, sie auch zu nutzen. Während für die meisten Menschen New York die Summe dessen war, was sie niemals erreichen würden, war für diese Gruppe New York die Stadt, in der das Unwahrscheinliche wahrscheinlich wurde, wo das Unglaubliche sich als wahr erwies und das Unmögliche möglich wurde. Wenn man also einen klaren Kopf bewahren wollte, musste man ein bisschen auf Distanz gehen – hin und wieder.

Als ein Kellner an mir vorbeikam, tauschte ich mein leeres Ginglas gegen ein Glas Champagner.

Alle Terrassentüren des Salons der Hollingsworths standen offen, und die Gäste strömten hinein und hinaus, wobei sie intuitiv eine Balance zwischen drinnen und draußen bewahrten. Ich schlenderte ins Haus, um die Gäste einer genauen Musterung zu unterziehen, so wie Mason Tate es tun würde. Auf einem Sofa saßen vier Blondinen nebeneinander und tuschelten verschwörerisch, wie Krähen auf einer Telefonleitung. An einem Tisch, auf dem zwei gespickte Braten prangten, ignorierte ein breitschultriger Mann seine Begleiterin, während vor einer Pyramide aus Apfelsinen, Zitronen und Limonen ein junges Mädchen in Flamencokleid zwei Männer so zum Lachen brachte, dass sie ihren Gin verschütteten. Dem ungeübten Auge erschienen sie alle wie aus einem Guss – mit der gelassenen Selbstsicherheit, die das Ergebnis von Reichtum und gesellschaftlicher Stellung war. Doch sicherlich konnte man auch Ehrgeiz und Neid, Untreue und Lust entdecken, wenn man nur wusste, wo man danach Ausschau halten musste.

Im Tanzsaal legte die Band jetzt an Tempo zu. Einen Meter von der Jazztrompete entfernt tanzte Dicky mit einer älteren Dame den Jitterbug bei doppelter Geschwindigkeit. Er hatte sich das Jackett ausgezogen, und seine Hemdzipfel lugten aus dem Hosenbund. Eine Blume aus dem Einsteckstrauß steckte jetzt keck hinter seinem Ohr. Während ich zuguckte, bemerkte ich, dass jemand wie ein höflicher Bediensteter still neben mir stand. Ich leerte mein Glas und wollte es auf sein Tablett setzen.

»… Katey?«

Pause.

»Wallace!«

Er schien erleichtert, dass ich ihn erkannt hatte. Obwohl ich, angesichts seiner Geistesabwesenheit damals im Beresford, erstaunt war, dass er mich erkannte.

»Wie ist es Ihnen … ergangen?«

»Ganz gut, könnte man sagen. Wenn man davon ausgeht, dass keine Nachrichten gute Nachrichten sind.«

»Ich bin richtig froh, dass wir … uns hier begegnen. Ich wollte Sie immer mal … anrufen.«

Das Stück ging zu Ende, und ich sah, dass Dicky

sich auf ein Finale vorbereitete: Er wollte die alte Dame in die Schräge biegen, wie eine Teekanne.

»Es ist recht laut hier«, sagte ich. »Sollen wir nach draußen gehen?«

Auf der Terrasse besorgte Wallace zwei Gläser Champagner und gab mir eins. Ein verlegenes Schweigen entstand, als wir dem Treiben zuschauten.

»Was für eine Party!«, sagte ich schließlich.

»Oh, das hier ist … gar nichts. Die Hollingsworths haben vier … Söhne, und im Laufe eines Sommers gibt jeder von ihnen … eine Party. Aber am Labor-Day-Wochenende findet ein Fest statt, zu dem … alle eingeladen sind.«

»Ich glaube nicht, dass ich zu diesen allen gehöre. Eher bin ich in der Niemandgruppe.«

Wallace lächelte, als würde er mir nicht glauben. »Sagen Sie mir Bescheid, falls Sie mal die … Plätze tauschen möchten.«

Auf den ersten Blick hatte Wallace in seinem Smoking ein wenig unbehaglich gewirkt, als würde er geborgte Sachen tragen. Doch bei genauerer Betrachtung konnte man sehen, dass der Anzug maßgeschneidert war, und seine schwarzen Perlenmanschettenknöpfe sahen aus, als wären sie in der Familie vererbt worden.

Wieder entstand eine Pause.

»Sie sagten, Sie hätten vorgehabt, mich anzurufen?«, sagte ich. »Ja! Damals im März hatte ich Ihnen etwas versprochen. Das wollte ich … gern einhalten.«

»Wallace, wenn Sie ein so altes Versprechen einhalten wollen, dann muss es sich aber schon lohnen!«

»Wally Wolcott!«

Wir wurden von einem Bekannten von Wallace aus der Wirtschaftsschule unterbrochen, der ebenfalls in der Papierbranche war. Nachdem sie über gemeinsame Freunde gesprochen hatten und das Gespräch sich dem »Anschluss« und dessen Auswirkungen auf die Papierpreise zuwandte, hielt ich das für eine gute Gelegenheit, zur Toilette zu gehen. Ich war bestimmt keine zehn Minuten weg, aber als ich zurückkam, war der Papierfabrikant verschwunden, und eine der Blondinen vom Sofa hatte seinen Platz eingenommen.

Damit musste man rechnen, dachte ich. Auf Wallace Wolcott hatte sicher jede reiche junge Dame, die noch keinen Ring am Finger hatte, ein Auge geworfen. Bestimmt kannten die meisten tüchtigen Mädchen in der City sein Nettoeinkommen und die Namen seiner Schwestern. Und die ganz eifrigen auch die Namen seiner Jagdhunde.

Die Blondine, die aussah, als hätte sie schon bei der einen oder anderen Quadrille mitgetanzt, trug einen weißen, nicht mehr ganz modischen Hermelin und schmale Handschuhe, die bis zu den Ellbogen reichten. Als ich näher kam, hörte ich, dass ihre Aussprache so gut war wie ihre Figur, was aber nicht bedeutete, dass sie sich damenhafter Zurückhaltung befleißigte: Während Wallace sprach, nahm sie ihm das Glas aus der Hand, trank einen Schluck und gab es ihm wieder.

Aber sie hatte ihre Hausaufgaben gemacht.

»Ich habe gehört, dass die Köchin auf Ihrer Plantage ein hervorragendes Maisbrot backt.«

»Ja«, sagte Wallace mit einiger Begeisterung, »ihr Rezept ist ein … wohlgehütetes Geheimnis. Es wird unter … Verschluss gehalten.«

Jedes Mal wenn Wallace mitten im Satz stockte, zog sie die Nase kraus und strahlte, als fände sie das ach so reizend. Gut, es war tatsächlich reizend. Aber musste sie solches Aufheben darum machen? Ich schob meinen Arm unter seinen Ellbogen.

»Verzeihung, dass ich unterbreche, aber wollten Sie mir nicht die Bibliothek zeigen, Wallace?«

Sie zuckte nicht mit den Wimpern.

»Die Bibliothek ist wirklich großartig«, sagte sie und gab mir damit zu verstehen, dass sie mit dem Haus der Hollingsworths viel besser vertraut war als ich. »Aber jetzt können Sie sie sich nicht ansehen. Das Feuerwerk fängt gleich an.«

Bevor ich etwas sagen konnte, setzte eine allgemeine Bewegung zum Wasser hin ein. Als wir zum Anleger kamen, waren sicherlich schon hundert Menschen da. Drei oder vier betrunkene Paare hatten sich in die Paddelboote der Hollingsworths gesetzt und die Leinen gelöst. Von hinten drängten weitere Gäste nach und schoben uns auf das Sprungbrett.

Ein lautes Pfeifen ertönte, als die erste Rakete von einem Floß auf dem Wasser abgefeuert wurde. Es klang nicht wie der dünne Pfiff der Kinderraketen aus dem Nachbarsgarten, vielmehr war es ein militärisches Pfeifen. Die Rakete stieg mit einem langen Rauchschweif auf, schien zu erlöschen und explodierte dann in einem sich ausdehnenden weißen Sternenkreis. Die Funken fielen heraus und taumelten langsam zu Boden wie die Samen einer Pusteblume. Alle klatschten. Darauf folgten vier Raketen in rascher Folge, die eine Kette roter Sterne an den Himmel malten, zum Schluss kam ein mächtiger Schlag. Immer mehr Gäste drängten auf den Anleger, und ich stieß offenbar mit der Hüfte zu heftig an die der Frau neben mir. Sie stürzte ins Wasser, komplett mit Pelz und allem Drum und Dran. Wieder explodierte ein Feuerwerkskörper. Vom Wasser war ein Platschen und Prusten zu hören, als die Frau in einem Schauer blauen Hortensienlichts wieder auftauchte, die Haare in Strähnen, wie eine Wassernixe.

Als die Gäste nach dem Feuerwerk wieder ins Haus strebten, traf ich Dicky auf der Terrasse. Natürlich kannte er Wallace – allerdings nur indirekt, durch Wallace' jüngste Schwester. Der Altersunterschied schien Dicky einzuschüchtern. Als Wallace ihn nach seinen Plänen fragte, senkte Dicky seine Stimme um eine Oktave und redete irgendeinen Unsinn, dass er sich für ein Jurastudium einschreiben wolle. Wallace entschwand unter einem Vorwand, und Dicky führte mich zur Bar, wo die anderen schon warteten. In Dickys Abwesenheit hatte Roberto sich im Gebüsch übergeben, und Helen schlug vor, nach Hause zu gehen.

Obwohl wir auf dem Hinweg über die Williamsburgbrücke gefahren waren, nahm Dicky auf dem Rückweg die Triboroughbrücke, sodass es am praktischsten war, alle anderen vor mir abzusetzen. Schon bald waren wir nur noch zu zweit auf dem Weg nach Downtown.

»Land in Sicht«, sagte Dicky, als wir zum Plaza kamen. »Wie wär's mit einem Schlummertrunk?«

»Ich bin erledigt, Dicky.«

Als ich sein enttäuschtes Gesicht sah, sagte ich, ich müsse am nächsten Tag arbeiten.

»Aber morgen ist Samstag.«

»Nicht bei uns.«

Als ich an der 11. Straße ausstieg, sah er mich traurig an. »Wir haben nicht mal zusammen getanzt«, sagte er.

Sein Ton drückte eine gewisse Resignation aus, als hätte er durch mangelnde Aufmerksamkeit und ein wenig Pech eine Gelegenheit verpasst, die sich so nicht wieder bieten würde. Ich musste über seine jungenhafte Besorgnis lächeln. Obwohl er empfindsamer war, als ich ihm zugestanden hätte. Außerdem vorausschauender.

Ich drückte mit einer herzlichen Geste seinen Oberarm. »Gute Nacht, Dicky.«

Als ich gerade aussteigen wollte, umfasste er mein Handgelenk. »Wann werden wir zwei uns wiedersehn?«

Ich beugte mich zu ihm in den Wagen und legte meine Lippen an sein Ohr. »Wenn Irrewirre ist vollbracht. Wenn siegreich ist verlorn die Schlacht.«

14. Kapitel

FLITTERWOCHENBRIDGE

Am Sonntagnachmittag fuhren Wallace und ich in einem grünen Cabriolet hinaus zum nördlichen Ausläufer von Long Island.

Er wollte – und das war das Versprechen, das er einzuhalten gedachte – mich zum Schießen mitnehmen, wofür es sich wirklich gelohnt hatte zu warten, ganz gleich, wie lange er brauchte, um es einzulösen. Als ich ihn fragte, was ich anziehen solle, sagte er: »Etwas Bequemes.« Also zog ich mich an, wie ich es bei Anne Grandin gesehen hatte: khakifarbene Hosen und weiße Bluse mit geknöpftem Kragen und aufgerollten Ärmeln. Falls das nicht die passende Kleidung für die Schießübung war, würde ich damit immerhin als Amelia Earhart durchgehen, die Frau, die bei dem Flug über den Pazifik verschwunden und nie wieder gefunden wurde. Er selbst trug einen blauen Pullover mit V-Ausschnitt, gelbem Saum und Löchern an den Ellbogen.

»Ich finde Ihr Haar … super«, sagte er.

»Super?!«

»Entschuldigung. War das nicht sehr … schmeichelhaft?«

»Super ist nicht schlecht. Aber ich reagiere auch auf wunderschön und bezaubernd.«

»Dann vielleicht … wunderschön?«

»Das passt mir gut.«

Es war ein heller Sommertag, und Wallace schlug vor, ich solle die Sonnenbrille aus dem Handschuhfach aufsetzen. Ich lehnte mich zurück, und während ich zusah, wie die Sonnenstrahlen durch die Bäume fielen und ein Spiel von Licht und Schatten auf der Schnellstraße erzeugten, fühlte ich mich wie eine Kreuzung aus ägyptischer Königin und Hollywoodsternchen.

»Haben Sie von Tinker … und Eve gehört?«, fragte Wallace. Flüchtige Bekannte greifen gern auf Gemeinsamkeiten zurück, damit kein peinliches Schweigen entsteht.

»Wissen Sie, Wallace, wenn Sie nicht das Bedürfnis haben, über Tinker und Eve zu sprechen, dann habe ich es auch nicht.«

Wallace lachte. »Wie sollen wir dann erklären, dass … woher wir uns kennen?«

»Wir sagen einfach, Sie haben mich dabei erwischt, wie ich auf der Aussichtsplattform auf dem Empire State Building versucht habe, Sie zu bestehlen.«

»Meinetwegen. Aber nur, wenn wir es so machen, dass Sie … mich erwischt haben.«

Wallace' Jagdklub war erstaunlich schäbig anzusehen. Mit dem niedrigen Vordach und den schlanken weißen Säulen mutete er wie eine traurige Nachahmung eines Herrenhauses aus dem Süden an. Drinnen waren die Holzfußböden uneben, die Flickenteppiche zerschlissen, und die Audubon-Drucke hingen schief, als wären sie Opfer eines fernen Erdbebens geworden. Aber wie schon sein durchlöcherter Pullover hatte das etwas heruntergekommene Äußere des Klubs eine entspannende Wirkung auf ihn.

An einem winzigen Tisch neben einem ziemlich großen Vitrinenschrank mit Trophäen saß ein Angestellter mit gepflegtem Äußeren, der Polohemd und Baumwollhosen trug.

»Guten Tag, Mr. Wolcott. Wir haben unten alles vorbereitet, die Remington, der Colt und die Luger liegen bereit. Aber gestern kam eine Browning Automatic herein, und ich dachte, vielleicht würden Sie sich die auch gern ansehen.«

»Hervorragend, John. Vielen Dank.«

Wallace ging mir voran ins Untergeschoss, wo mehrere schmale Gänge durch weiße Holzwände abgetrennt waren. Am Ende jeden Ganges hing eine

Zielscheibe aus Pappe vor einem Heuballen. Neben einem kleinen Tisch war ein junger Mann dabei, die Waffen zu laden.

»Besten Dank, Tony. Ich … komme zurecht. Wir sehen uns am … Forellenteich.«

»In Ordnung, Mr. Wolcott.«

Ich hielt mich respektvoll im Hintergrund.

Wallace drehte sich um und lächelte. »Kommen Sie doch … näher.«

Tony hatte die Waffen so ausgelegt, dass die Läufe alle in dieselbe Richtung zeigten. Mit dem geputzten Silber und dem Griff aus Knochen sah der Revolver wie eine hübsche kleine Handwaffe aus; die anderen Waffen waren bleigrau. Wallace zeigte auf das kleinere der beiden Gewehre.

»Das ist ein … Remington, Modell 8. Ein gutes Zielgewehr. Das ist eine … Colt 45, eine Pistole. Und das ist eine Luger. Eine deutsche Offizierspistole. Mein Vater hat sie aus dem Krieg mitgebracht.«

»Und das?« Ich nahm das große Gewehr. Es war so schwer, dass mir die Handgelenke wehtaten, als ich es anhob.

»Das ist die Browning Automatic. Ein … Maschinengewehr. Bonnie und Clyde haben … so eins benutzt.«

»Wirklich?«

»Damit sind sie auch … getötet worden.«

Ich legte es sanft wieder hin.

»Sollen wir mit dem Remington anfangen?«, fragte er. »Ja, Sir, Mr. Wolcott.«

Wir gingen zu einem der Gänge. Er öffnete den Laufverschluss und lud das Gewehr. Dann erklärte er mir die verschiedenen Teile: Abzug und Bolzen, Lauf und Mündung, Kimme und Korn. Ich muss ziemlich verdutzt geguckt haben.

»Es klingt viel … komplizierter, als es ist«, sagte er. »Das Remington besteht nur aus vierzehn Teilen.«

»Ein Schneebesen hat nur vier, und den verstehe ich auch nicht.«

»Na gut«, sagte er und lächelte. »Dann sehen Sie erst mal einfach zu. Man legt den Kolben … an die Schulter. Ungefähr so, wie bei einer … Geige. Den Lauf halten Sie hier mit der linken Hand. Nicht zu fest. Einfach nur im … Gleichgewicht halten. Füße etwas … auseinander. Das Ziel anvisieren. Einatmen. Ausatmen.«

PENG!

Ich machte einen Satz. Vielleicht habe ich auch geschrien.

»Entschuldigung«, sagte Wallace. »Ich wollte Sie nicht erschrecken.«

»Ich dachte, wir wären noch beim theoretischen Teil.«

Wallace lachte. »Nein. Der theoretische Teil ist … vorbei.«

Er gab mir das Gewehr. Plötzlich sah der Gang viel länger aus als vorher, als würde die Zielscheibe in die Ferne rücken. Ich fühlte mich wie Alice, nachdem sie TRINK MICH oder ISS MICH genommen hatte, welches auch immer sie zu einer Winzigkeit schrumpfen ließ. Ich hob das Gewehr an, als wäre es ein Lachs, und klemmte es mir unter die Schulter wie eine Melone. Wallace kam näher und versuchte, mir zu zeigen, wie man es richtig macht, jedoch vergebens.

»Entschuldigung«, sagte er. »Es ist ein bisschen, als wollte man jemandem beibringen, eine … Krawatte zu binden. Es ist … leichter, wenn man … Darf ich?«

»Bitte!«

Er streifte sich die Ärmel seines Pullovers hoch und trat hinter mich. Er legte den rechten Arm an meinen rechten Arm und den linken an meinen linken. Ich spürte seinen Atem hinter meinem Ohr, ruhig und gleichmäßig. Mit leiser Stimme, als würde lebendiges Wild am Ende des Ganges grasen, gab er mir ein paar Anweisungen und fügte ein paar ermutigende Worte hinzu. Wir richteten den Lauf aus. Wir nahmen die Zielscheibe ins Visier. Wir atmeten ein und atmeten aus. Und als wir den Abzug drückten, spürte ich, wie seine Schulter meiner half, den Rückstoß aufzufangen.

Er ließ mich fünfzehn Mal schießen. Dann nahmen wir die Colt-Pistole. Dann die Luger. Dann wechselten wir uns mit der Browning Automatic ab, und ich gab den Mistkerlen, die Clyde Barrow abgeknallt hatten, eine ordentliche Ladung vor den Latz.

Inzwischen war es fast vier Uhr, und wir spazierten durch das Kiefernwäldchen hinter dem Klub. Als wir zu einer Lichtung am Rande eines Teiches kamen, trat eine Frau, ungefähr in meinem Alter, auf uns zu. Sie trug Reithosen und Reitstiefel und hatte rotblondes Haar, das von Spangen gehalten wurde. Sie hatte eine aufgeklappte Schrotflinte über die Armbeuge gelegt.

»Na, hallo, Falkenauge«, sagte sie mit einem vielsagenden Lächeln. »Störe ich dich bei einer Verabredung?«

Wallace errötete leicht.

»Bitsy Houghton«, sagte sie und streckte mir die Hand entgegen – es war mehr eine Feststellung als eine Vorstellung.

»Katey Kontent«, sagte ich und nahm Haltung an.

»Ist … Jack auch hier?«, fragte Wallace, nachdem er ihr unbeholfen einen Kuss gegeben hatte.

»Nein. Er ist in der Stadt. Ich war gerade reiten

und dachte, ich könnte mal vorbeikommen und ein paar Patronen verschießen. Um in Übung zu bleiben. Nicht jeder von uns kommt so begabt auf die Welt wie du.«

Wieder errötete Wallace, aber Bitsy schien das nicht aufzufallen.

Sie wandte sich an mich. »Sie sehen aus wie eine Anfängerin.«

»Ist das so offensichtlich?«

»Natürlich. Aber bei diesem alten Indianer sind Sie gut aufgehoben. Und was für ein Bombentag für ein paar Schießübungen, jedenfalls. Ich muss los. Hat mich gefreut, Sie kennenzulernen, Kate. Bis später, Wally.«

Sie zwinkerte Wallace frech zu und ging weiter.

»Mann«, sagte ich.

»Ja«, sagte Wallace und sah ihr nach.

»Eine alte Freundin?«

»Ihr Bruder, Valentine Hollingsworth, und ich sind seit … unserer Kindheit befreundet. Sie hat sich immer bei … uns angehängt.«

»Jetzt nicht mehr, vermute ich.«

»Nein«, sagte Wallace mit einem leichten Lachen. »Schon lange nicht … mehr.«

Der Teich war vielleicht halb so groß wie ein Straßenblock in der Stadt und von Bäumen umgeben. Algenflecken schwammen darauf herum wie Kontinente auf dem Globus. Wir kamen an einem kleinen Anleger vorbei, wo ein Ruderboot vertäut lag, und gelangten dann zu einem Schießstand, der hinter Bäumen verborgen lag. Tony war schon da, er wechselte ein paar Worte mit Wallace und verschwand im Wald. Auf einer Bank lag ein neues Gewehr neben einer Segeltuchtasche.

»Das ist eine Schrotflinte«, sagte Wallace. »Ein Jagdgewehr. Es hat eine größere Ladung. Sie werden es stärker … spüren.«

Das Gewehr hatte feine Verzierungen am Lauf, wie ein viktorianisches Silbergefäß. Und der Schaft war schlank wie das Bein eines Chippendaletischs. Wallace nahm das Gewehr und erklärte, aus welcher Richtung die Tontaube kommen würde und wie man sie mithilfe des Korns am Ende des Laufs verfolgen kann, wobei man ihrer Flugbahn immer ein wenig voraus sein musste. Dann legte er das Gewehr an die Schulter.

»Pull.«

Aus dem Gebüsch kam eine Tontaube und schwebte einen Moment über dem Wasser.

BUM!

Die Taube zerbarst, und die Stücke regneten auf das Wasser herunter wie bei dem Feuerwerk in Whileaway.

Die ersten drei Tauben verfehlte ich, doch dann

hatte ich den Dreh raus. Von den nächsten sechs traf ich vier.

Im Schießstand hatte die Remington irgendwie gedämpft geklungen, kurz, knapp. Und sie kratzte in den Ohren, als würde jemand auf eine Messerklinge beißen. Aber hier am Forellenteich hatte die Schrotflinte einen Widerhall. Das Geräusch war wie der Böllerschuss eines Schiffes und hallte einen vollen Schlag lang in der Luft nach. Er schien der freien Luft eine Form zu geben oder vielmehr deren vorhandene, aber versteckte Gestalt zu enthüllen – eine unsichtbare Kathedrale, die sich über dem Teich wölbte und die Spatzen und Libellen bekannt war, für das menschliche Auge jedoch unsichtbar blieb.

Verglichen mit dem Gewehr fühlte sich die Schrotflinte mehr wie eine Erweiterung der eigenen Person an. Wenn die Kugel aus dem Remington die Zielscheibe am Ende des Ganges durchbohrte, schien das Geräusch unabhängig von dem eigenen Finger zu sein, der den Abzug betätigt hatte. Aber wenn die Tontaube zerbarst, bestand kein Zweifel, dass man selbst der Auslöser dafür war. Hier am Schießstand, wo man unter freiem Himmel am Lauf entlang Ziel nahm, hatte man plötzlich die Macht einer Medusa – die Fähigkeit, auf eine Substanz in der Ferne einzuwirken, allein indem man sie ins Visier nahm. Das Gefühl verging auch nicht, wenn der Schuss verklungen war. Es durchdrang die Glieder und schärfte die Sinne – und verlieh der eigenen Haltung ein neues Selbstbewusstsein oder gab dem Selbstbewusstsein mehr Haltung. Wie auch immer, für einen kurzen Moment fühlte ich mich wie Bitsy Houghton.

Hätte mir nur jemand gesagt, wie sehr Schießen das Selbstbewusstsein fördern kann, dann hätte ich schon viel früher schießen gelernt.

Das Abendessen bestand aus Sandwiches, die wir um sechs Uhr auf einer Terrasse mit Blick auf die Salzmarsch aßen. Von ein paar Männern abgesehen, die an den gusseisernen Tischen saßen, war die Terrasse leer. Das Lokal war ohne jeden Glanz, aber nicht ohne Charme.

»Möchten Sie einen Drink zu Ihrem Sandwich, Mr. Wolcott?«, fragte der junge Kellner.

»Für mich nur eisgekühlten Tee, Wilbur. Aber nehmen Sie ruhig einen … Cocktail, Katey.«

»Eisgekühlter Tee klingt sehr gut.«

Der Kellner schlängelte sich zwischen den Tischen hindurch zum Clubhouse.

»Kennen Sie alle beim Vornamen?«, fragte ich.

»Wie bitte?«

»Der Mann am Empfangstisch, der Mann, der die Gewehre zurechtlegt, der Kellner hier …«

»Ist das ungewöhnlich?«

»Bei mir kommt der Postbote zweimal am Tag, aber seinen Namen weiß ich nicht.«

Wallace sah bestürzt drein. »Meiner heißt … Thomas.«

»Offenbar muss ich aufmerksamer sein.«

»Sie sind bestimmt sehr aufmerksam.«

Gedankenverloren polierte Wallace den Löffel mit seiner Serviette und sah sich um. Seine Miene war heiter. Er legte den Löffel wieder neben den Teller.

»Es macht Ihnen doch nichts aus, oder? Dass wir hier zu … Abend essen?«

»Überhaupt nichts.«

»Das gehört für mich zum Vergnügen dazu. Es erinnert mich an meine … Kindheit, als wir Weihnachten in den Adirondacks verbracht haben. Wenn der See zugefroren war, sind wir nachmittags Schlittschuh gelaufen. Dann hat uns der Hausmeister, ein alter Mann aus Dublin, Kakao gemacht. Meine Schwestern saßen im Aufenthaltsraum und streckten die Füße ans Feuer. Aber mein Großvater und ich, wir setzten uns in die großen grünen Schaukelstühle auf der Veranda und sahen zu, wie es dunkel wurde …«

Er schwieg und blickte über die Salzmarsch, während er die Einzelheiten in seiner Erinnerung wachrief.

»Der Kakao war so heiß, dass sich draußen in der Kälte eine Haut darauf bildete. Sie schwamm auf dem Kakao, ein wenig dunkler als der Kakao selbst. Man konnte sie in einem Stück mit dem Finger abfischen …«

Er zeigte auf die Terrasse um uns herum. »Der Kakao war so ähnlich wie das hier.«

»Eine kleine Belohnung?«

»Ja. Klingt das albern?«

»Nicht für mich.«

Die Sandwiches wurden gebracht, wir aßen sie und sprachen nicht. Langsam begriff ich, dass es für Wallace kein peinliches Schweigen gab. Er fühlte sich ungewöhnlicherweise wohl, wenn nichts gesagt werden musste. Hin und wieder flogen Enten über die Bäume und landeten mit flatternden Flügeln und ausgestreckten Füßen auf dem Marschboden.

Vielleicht konnte Wallace sich in dem schäbigen Klub entspannen – wenn er seine Schießkünste unter Beweis gestellt und sich einen eisgekühlten Tee verdient hatte. Oder vielleicht waren es die Erinnerungen an seinen Großvater und an die Abenddämmerung in den Adirondacks. Oder vielleicht fühlte er sich allmählich in meiner Gegenwart wohl. Was auch der Grund sein mochte, aber als Wallace mir seine Erinnerungen erzählte, war sein Stocken mitten im Satz verschwunden.

Als wir zurück in Manhattan aus Wallace' Garage traten und ich mich für den wunderbaren Nachmittag bedankte, zögerte er. Ich glaube, er überlegte, ob er mich in seine Wohnung einladen sollte, tat es dann aber nicht. Vielleicht befürchtete er, mit der Frage den Nachmittag zu verderben. Stattdessen gab er mir einen Kuss auf die Wange, als wäre ich die Freundin eines Freundes. Wir verabschiedeten uns, und er ging zu seinem Haus.

»Wallace!«, rief ich ihm hinterher.

Er blieb stehen und drehte sich um.

»Wie hieß der alte Mann aus Irland? Der den Kakao gemacht hat?«

»Er hieß Fallon«, sagte er mit einem Lächeln. »Mr. Fallon.«

Am nächsten Tag kaufte ich in einem kleinen Laden in der Bleecker Street eine Postkarte, auf der Annie Oakley abgebildet war. Sie war in voller Westernmontur – ein Hemd aus Rehleder, Stiefel mit weißen Fransen, zwei Pistolen mit Perlmuttgriff. Ich schrieb: *Danke, Kumpel.* Am Donnerstag erhielt ich mit der Vier-Uhr-Post eine Nachricht: *Morgen, »High Noon« auf den Stufen des Metropolitan Museum.* Die Unterschrift lautete: Wyatt Earp.

Wallace sprang die Stufen des Museums hinauf. Er trug einen hellgrauen Anzug mit weißem Einstecktuch, dessen Spitze aus seiner Brusttasche lugte.

»Ich hoffe, Sie wollen bei mir nicht Eindruck machen, indem Sie mit mir Bilder angucken«, sagte ich.

»Auf gar keinen Fall! Ich wüsste gar nicht, wo ich … anfangen sollte.«

Stattdessen führte er mich zu der Waffensammlung des Museums.

In dem gedämpften Licht gingen wir Schulter an Schulter von einem Schaukasten zum nächsten. Das hier waren natürlich Waffen, die wegen ihres Dekors oder ihrer Herkunft berühmt waren, nicht wegen ihrer Schusskraft. Viele hatten komplizierte Gravuren oder waren aus Edelmetallen gefertigt. Fast konnte man vergessen, dass sie gebaut worden waren, um Menschen zu töten. Wahrscheinlich wusste Wallace alles, was es über die Sammlung zu wissen gab, aber er übertrieb nicht. Er erzählte ein paar gelüftete Geheimnisse und ein paar Legenden aus alten Zeiten. Dann, exakt fünf Minuten bevor es langweilig wurde, schlug er vor, dass wir zum Lunch gehen sollten.

Als wir aus dem Museum kamen, erwartete uns der braune Bentley unten auf der Straße.

»Hallo, Michael«, sagte ich und war stolz, dass mir sein Name einfiel.

»Hallo, Miss Kontent.«

Als wir im Wagen saßen, fragte Wallace mich, wo ich gern essen würde. Ich schlug vor, dass er mich wie eine Besucherin von außerhalb behandeln und in sein Lieblingsrestaurant führen solle. Wir gingen ins Park, ein Restaurant im Erdgeschoss eines berühmten Büroturms in Midtown. Mit hohen Decken und kahlen Wänden war es sehr modern gehalten. An den meisten Tischen saßen Männer im Anzug.

»Ist Ihr Büro hier in der Nähe?«, fragte ich.

Wallace wirkte verlegen. »In diesem Gebäude.«

»Was für ein Glück! Dass Ihr Lieblingsrestaurant im selben Gebäude ist wie Ihr Büro.«

Wir bestellten Martini bei einem Kellner, der Mitchell hieß, und studierten die Karte. Als Vorspeise bestellte Wallace – ausgerechnet – Sülze und ich den Salat des Hauses, eine wunderbare Mischung aus Eisbergsalat, Blauschimmelkäse und warmen Schinkenstreifen. Wenn ich ein Land wäre, würde ich diese Farben zu meiner Flagge machen.

Während wir auf die Seezunge warteten, zeichnete Wallace mit dem Löffel Kreise auf die Tischdecke, und dabei fiel mir zum ersten Mal seine Armbanduhr auf. Das Ziffernblatt war nämlich umgekehrt gestaltet wie üblich – weiße Zahlen auf schwarzem Grund.

»Entschuldigung«, sagte er und legte den Löffel hin. »Eine alte Gewohnheit.«

»Eigentlich habe ich gerade Ihre Uhr bewundert.«

»Ach so. Das ist eine Offiziersuhr. Sie hat ein schwarzes Ziffernblatt, damit sie bei Dunkelheit kein … feindliches Feuer anzieht. Sie gehörte meinem Vater.«

Wallace schwieg einen Moment. Ich wollte ein bisschen mehr über seinen Vater erfragen, als ein groß gewachsener Mann mit beginnender Glatze an unseren Tisch trat. Wallace schob den Stuhl zurück und stand auf.

»Avery!«

»Wallace«, sagte der Mann herzlich.

Nachdem ich dem Herrn vorgestellt worden war, fragte er, ob ich Wallace einen Moment entbehren könne. Dann führte er Wallace an seinen Tisch, an dem schon ein älterer Herr saß. Aus ihrem Gebaren war zu erkennen, dass sie Wallace um Rat fragten. Als sie ihre Sache dargelegt hatten, stellte Wallace erst ein paar Fragen und machte dann einige Bemerkungen. Es war erkennbar, dass er auch dabei nicht in jedem Satz stockte.

Als ich auf Wallace' Uhr geschaut hatte, war es schon fast zwei. Alley hatte versprochen, mich bis drei, wenn wir unsere tägliche Besprechung mit Mr. Tate hatten, zu decken. Wenn ich auf den

Nachtisch verzichtete, reichte die Zeit, ein Taxi zu nehmen und noch pünktlich zu kommen.

»Sieht ganz so aus, als wären wir entre nous.«

Wer sich elegant auf Wallace' Stuhl gesetzt hatte, war die sattelfeste, schießerprobte Bitsy Houghton.

»Wir haben höchstens eine Minute, Kate«, sagte sie verschwörerisch. »Keine Zeit zu verschwenden. Woher kennen Sie Wally?«

»Über Tinker Grey.«

»Den gut aussehenden Bankier? Ist das nicht der, der mit seinem Mädchen einen Autounfall hatte?«

»Ja. Sie ist eine Freundin von mir. Den Unfall hatten wir alle gemeinsam.«

Bitsy sah mich beeindruckt an. »Ich hatte noch nie einen Autounfall.«

Sie sagte es allerdings so, dass man denken konnte, sie hätte andere Arten von Unfällen erlebt – mit einem Flugzeug, einem Motorrad, einem U-Boot.

»Und?«, fuhr sie fort. »Ist Ihre Freundin wirklich so ehrgeizig, wie die anderen Frauen behaupten?«

So ehrgeizig, wie die anderen Frauen behaupten?

»Nicht ehrgeiziger als andere«, sagte ich. »Aber sie hat Schneid.«

»Das kommt bei denen nicht gut an. Egal. Neugierige Tratschtanten mag ich noch weniger als Katzen. Aber darf ich Ihnen einen Tipp geben?«

»Gern.«

»Wally ist großartiger als der Mount Rushmore, aber doppelt so schüchtern. Warten Sie also nicht darauf, dass er den ersten Schritt macht.«

Und ehe ich etwas erwidern konnte, war sie schon auf der anderen Seite des Raums.

Am nächsten Abend, als ich gerade mein Gebot auf vier Herzen verdoppeln wollte, klopfte es an der Tür. Es war Wallace mit einer Flasche Wein in der einen und einer Aktentasche in der anderen Hand. Er sagte, er habe soeben mit seinem Anwalt in der Nachbarschaft zu Abend gegessen – eine Erklärung, die eine ziemlich großzügige Definition von Nachbarschaft beinhaltete. Ich schloss die Tür und erlebte eine von Wallace' nicht peinlichen Schweigeminuten.

»Sie haben aber viele … Bücher«, sagte er schließlich.

»Es ist eine Krankheit.«

»Sind Sie deswegen in Behandlung?«

»Leider ist es unheilbar.«

Er legte seine Aktentasche und den Wein auf den Lehnsessel meines Vaters und ging mit schief gelegtem Kopf im Zimmer umher.

»Sind die nach dem … Dewey-Dezimalsystem geordnet?«

»Nein. Aber nach einem ähnlichen Prinzip. Hier

sind die britischen Romane. Die Franzosen sind in der Küche. Homer, Vergil und die anderen Epen sind da drüben bei der Badewanne.«

Wallace wanderte zur Fensterbank hinüber und nahm Whitmans Grashalme von einem schwankenden Stapel.

»Verstehe ich das richtig? Die Transzendentalisten gedeihen bei … Sonnenlicht besser?«

»Richtig.«

»Brauchen sie viel Wasser?«

»Weniger, als man denken würde. Aber viel Pflege.«

Er zeigte auf einen Stapel unter meinem Bett. »Und der … Fungus?«

»Das sind die Russen.«

»Ah.«

Sorgfältig legte Wallace den Whitman wieder auf den Stapel. Er ging zum Spieltisch hinüber und umkreiste ihn, wie man ein architektonisches Modell umkreist.

»Wer gewinnt?«

»Nicht ich.«

Wallace setzte sich auf den Stuhl dem imaginären Spieler gegenüber. Ich nahm die Flasche.

»Möchten Sie ein Glas?«, fragte ich.

»Sehr … gern.«

Der Wein war älter als ich. Als ich wieder zum

Tisch kam, hatte Wallace die Karten auf der Südseite aufgenommen und ordnete sie um.

»Wo stehen die … Gebote?«

»Ich habe gerade vier Herzen geboten.«

»Wurde verdoppelt?«

Ich nahm ihm die Karten aus der Hand und schob sie mit den anderen zusammen. Eine Minute saßen wir schweigend, und er trank sein Glas bis auf den letzten Tropfen aus. Ich hatte das Gefühl, dass er gleich gehen würde. Ich wollte etwas sagen, das ihn zum Bleiben bewegen würde, aber mir fiel nichts ein.

»Wissen Sie, wie man Flitterwochenbridge spielt?«, fragte er.

Es war ein fantastisches Spiel. Wallace hatte es an Regentagen in den Adirondacks mit seinem Großvater gespielt. Und es geht so: Der erste Spieler mischt die Karten und legt den Stapel umgekehrt auf den Tisch. Der zweite Spieler nimmt die oberste Karte auf und hat zwei Möglichkeiten – entweder er behält die Karte, nimmt die zweite Karte auf und legt diese umgekehrt ab, oder er legt die erste Karte ab und behält die zweite. Dann ist der andere Spieler dran. Die beiden Spieler spielen abwechselnd, bis der Stapel verteilt ist. Dann halten beide Spieler je dreizehn Karten in der Hand und haben dreizehn

Karten abgelegt – wodurch das Spiel ein ungewöhnlich elegantes Gleichgewicht zwischen Absicht und Zufall erhält.

Beim Spielen sprachen wir über Clark Gable und Claudette Colbert, über die Dodgers und die Yankees. Wir lachten viel. Nachdem mir ein Kleinschlemm mit Pik geglückt war, befolgte ich Bitsys Rat, beugte mich vor und küsste ihn auf den Mund; aber er wollte gerade etwas sagen, sodass meine Zähne an seine schlugen. Als ich mich wieder zurücklehnen wollte, versuchte er mir den Arm um die Schulter zu legen und wäre beinahe vom Stuhl gefallen.

Wir setzten uns auf unsere Stühle und lachten. Wir lachten, weil plötzlich klar war, wie wir miteinander standen. Seit dem Ausflug zum Jagdklub hatte eine kleine Ungewissheit zwischen uns geschwebt. Ein Gefühl der Anziehung, das sich schwer festmachen ließ, das unbestimmt war. Bis jetzt.

Vielleicht lag es daran, dass wir so unbefangen zusammen sein konnten. Vielleicht lag es daran, dass er offensichtlich seit seiner Kindheit in Bitsy Houghton verliebt war (eine der vielen Liebesgeschichten, die unter einem schlechten Stern standen). Was es auch war, wir erkannten, dass unsere Gefühle füreinander nicht stürmisch oder leidenschaftlich waren oder List und Täuschung nach sich ziehen würden. Sie waren freundschaftlich und zärtlich und aufrichtig.

Sie waren wie Flitterwochenbridge.

Unser romantisches Zusammenspiel war nicht das wahre Spiel – es war eine abgewandelte Form davon. Es war die Version, die für zwei Freunde erfunden worden war, damit sie ein bisschen Übung bekommen und ihre Zeit vergnüglich verbringen können, während sie auf dem Bahnhof auf den richtigen Zug warten.

15. Kapitel

DAS STREBEN NACH PERFEKTION

26. August, 35 Grad Celsius.

Als wäre es beabsichtigt, war die Verglasung von Mason Tates Büro gerade so dick, dass man hören konnte, wenn er seine Stimme hob, aber nicht verstehen konnte, was er sagte. In diesem Moment drückte er seine Unzufriedenheit mit Vitters aus, dem Redaktionsfotografen, während er gleichzeitig mit herrischem Zeigefinger nach New Jersey zeigte.

Wer Mason Tate aus der Ferne erlebte, musste ihn für unerträglich halten. Fest stand, dass ihm sein kleines Hochglanzmagazin über die Maßen am Herzen lag: Dieses Gerücht ist zu gut begründet und dieser Ruf nur zu verdient. Das Blau ist zu himmelblau … Dieses Komma kommt zu früh … dieser Doppelpunkt zu spät … Aber gerade mit seiner fast zwanghaften Pedanterie gab er unserem Tun erst einen Sinn.

Mit Tate am Steuer ging es beim Gotham nicht um irgendein bäuerliches Ringen mit den Jahreszeiten, bei dem das Ergebnis von der Zeit und der

Temperatur abhängig war, noch war es die Plackerei einer Näherin in einem vollgestopften Kellerraum, die immer wieder dieselben Stiche macht, bis es der eigene Verstand ist, der in den Saum genäht wurde; noch war es das Leben eines Seefahrers, der jahrein, jahraus den Elementen ausgesetzt ist und heimkehrt wie Odysseus: älter, schwächer, fast vergessen – und von niemandem erkannt außer von seinem Hund. Unsere Arbeit war die von Abrissexperten: Nachdem wir sorgfältig die Architektur eines Gebäudes studiert hatten, sollten wir um die Grundmauern herum eine Reihe von Ladungen anbringen, die dann in orchestrierter Anordnung detonierten, sodass das Gebäude unter dem Gewicht seiner eigenen Struktur einstürzte – was gleichzeitig Schaulustige mit Ehrfurcht erfüllen und Platz für Neues schaffen würde.

Aber im Gegenzug für dieses erhöhte Sinngefühl blieb man auf seinem Posten, oder man kriegte einen Schlag mit dem Lineal.

Als Vitters in den Schutz seiner Dunkelkammer geeilt war, rief Mr. Tate mich mit dreimaligem Summen herbei: *Sofort – zu – mir!* Ich strich mir den Rock glatt und griff nach meinem Stenoblock. Tate drehte sich mit besonders herrischer Miene vom Arbeitstisch um.

»Ist die Farbe meiner Krawatte heute schmeichelhafter als sonst?«

»Nein, Mr. Tate.«

»Und mein neuer Haarschnitt? Wirkt er besonders ermutigend?«

»Nein, Sir.«

»Drückt irgendetwas an mir aus, dass ich heute eine ungefragte Meinung mehr willkommen heißen würde als gestern?«

»Nicht im Mindesten.«

»Dann bin ich beruhigt.«

Er drehte sich wieder zum Arbeitstisch um und stützte sich mit beiden Händen darauf ab. Zehn verschiedene Schnappschüsse von Bette Davis lagen darauf. Bette in einem Restaurant, Bette bei einem Yankee-Match, Bette beim Bummeln auf der Fifth Avenue, wobei in ihrem Glanz die Auslagen verblassen. Er nahm vier Fotos heraus, die innerhalb von wenigen Minuten gemacht worden waren. Darauf waren Bette, ihr Mann und ein jüngeres Paar in einer Nische in einem teuren Restaurant zu sehen. Auf dem Tisch standen volle Aschenbecher und leere Gläser. Von den Speisen war lediglich ein Stück Torte mit einer Kerze darauf übrig, das vor dem Filmsternchen stand.

Tate zeigte auf die Bilder. »Welches gefällt Ihnen am besten?«

Auf einem hatte Vitters mit Bleistift angedeutet, wie man das Foto zurechtschneiden könnte. Es zeigte die frisch angezündete Kerze und die beiden Paare, die in die Kamera lächelten wie Raucher auf einer Plakatwand. Auf einem anderen, das nur wenig später aufgenommen war, hielt Bette dem jungen Mann an ihrer Seite den letzten Bissen Kuchen hin, während dessen Frau mit den schmalen Augen einer Harpyie zusah.

Das zog ich hervor.

Mr. Tate nickte wohlwollend.

»Das ist das Seltsame an der Fotografie, nicht? Das Medium an sich basiert auf dem Moment. Wenn man die Blende ein paar Sekunden offen lässt, wird das ganze Bild schwarz. Wir stellen uns unser Leben als eine Abfolge von Handlungen vor, eine Anhäufung von Leistungen, eine ununterbrochene Präsentation von Stil und Meinung. Aber in diesem Sechzehntel einer Sekunde kann ein Foto große Zerstörung anrichten.«

Er warf einen Blick auf seine Uhr und bedeutete mir, Platz zu nehmen. »Ich habe zehn Minuten. Schreiben Sie.«

Der Brief war an den Agenten von Bette Davis gerichtet. Er drückte Mr. Tates Achtung vor der Schauspielerin aus, machte eine freundliche Bemerkung über deren Mann und über die sicher hübsche Geburtstagsparty, die sie im El Morocco gefeiert hatten. Nach einer Nebenbemerkung über die bevorstehenden Vertragsverhandlungen mit Warner Brothers und einem Einschub über den kleinen Badeort, wo er meinte, Davis in der Nebensaison gesehen zu haben, bat er um ein Interview. Er sagte, ich solle ihm den Brief auf seinen Schreibtisch legen, damit er ihn nach dem Labor-Day-Wochenende dort vorfinden würde, nahm seine Aktentasche und fuhr in die Ferien. Vielleicht ärgerte sich Mr. Tate noch über Vitters, vielleicht lag es an der defekten Klimaanlage – was immer der Grund war, der Brief war um einen Absatz zu lang, um ein Verb zu insistierend und um ein Adjektiv zu deutlich.

Als Alley und ich eine Viertelstunde später das Büro verließen, war es so heiß, dass selbst Alley keinen Kuchen wollte. Wir wünschten uns ein schönes Wochenende und trennten uns an der Ecke. Ich schlug den Weg zum Automatenrestaurant ein, wo ich mir diesmal ein schwarzes Samtkleid anzog und meine Haare mit einem roten Band schmückte.

An dem Abend, als Wallace und ich bei mir zu Hause Karten gespielt hatten, war er bei seinem Anwalt gewesen, um sein Vermögen in einen Treuhandfonds zu überführen. Warum? Weil er am 27. August nach

Spanien reisen wollte, um auf der Seite der Republikaner im Bürgerkrieg zu kämpfen.

Das war kein Witz.

Eigentlich hätte mich das nicht überraschen dürfen. Alle möglichen interessanten jungen Männer zogen in die Schlacht – manche, weil es gerade Mode war, manche aus Abenteuerlust, die meisten von einer gesunden Dosis irregeleitetem Idealismus getrieben. Bei Wallace kam noch die Kleinigkeit hinzu, dass er von allem zu viel hatte.

Er war in einem Brownstone-Haus an der Upper East Side geboren, zu dem ein Sommerhaus in den Adirondacks und eine Jagdplantage gehörten. Wallace war auf dieselbe Schule wie sein Vater gegangen, dann auf dasselbe College und hatte nach dem Tod seines Vaters den Familienbetrieb übernommen – und gleichzeitig nicht nur den Schreibtisch und das Auto seines Vaters geerbt, sondern auch die Sekretärin und den Fahrer dazu. Man musste es ihm zugutehalten, dass er den Geschäftsumsatz verdoppelt und ein Stipendium im Namen seines Großvaters ausgelobt hatte. Er genoss unter seinesgleichen großen Respekt. Doch die ganze Zeit hatte er das Gefühl, dass das Leben, in dem er so zuverlässig seine Rolle spielte, nicht sein eigenes war. Die letzten sieben Jahre, in denen er sich zu einem führenden Industriellen emporgearbeitet hatte und Dekan in seiner Gemeinde geworden war, fielen in das fünfte Lebensjahrzehnt seines Vaters. Für Wallace hatte es keine wilde Jugend gegeben.

Doch das sollte sich jetzt ändern.

Auf einen Streich wollte er jeden Aspekt seines Lebens abstreifen, der vernünftig, vertraut und sicher war. Und statt in dem Monat vor seiner Abreise mit seinen Freunden und seiner Familie die Unvernunft dieser Entscheidung zu erörtern, wählte er sich zur Gesellschaft eine freundliche Fremde.

Da wir beide Überstunden machten, trafen wir uns Mitte der Woche mit Bitsy und Jack zu einem späten Abendessen und ein paar Runden Bridge. Bitsy war eine geborene Van Heuys, besaß Ländereien in Pennsylvania, und sie war zäher und scharfsinniger, als es angesichts ihres Aussehens nötig gewesen wäre. Was unsere Beziehung auf sichereren Boden stellte, war ihre Entdeckung, dass ich ein gutes Gedächtnis für Karten hatte. Ab unserer zweiten Verabredung spielten wir zusammen gegen die Männer um Geld und nahmen ihnen Punkte ab. War der Abend vorüber, gab Wallace mir auf der Straße einen freundlichen Kuss und setzte mich in ein Taxi, und jeder ging in seine Wohnung und verbrachte eine ruhige Nacht. Aber die Wochenenden verbrachten Wallace und ich im menschenleeren Manhattan.

Fand an einem Samstag eine Party in Westport oder Oyster Bay statt, war anzunehmen, dass Wallace Wolcott eingeladen wurde. Aber als er mir das erste Mal eine Reihe von Einladungen auffächerte, merkte ich gleich, dass sie ihm nicht viel bedeuteten. Ich fragte nach, und er gab zu, dass er sich bei diesen ausschweifenden Abendgesellschaften fehl am Platze fühlte. Weiß der Himmel, wenn er sich allein schon fehl am Platze fühlte, dann war ich ihm sicher keine große Hilfe. Also bedauerten wir. Wir schrieben den Hamlins und den Kirklands und den Gibsons, dass wir leider verhindert seien.

Stattdessen machten wir an den Samstagnachmittagen in Wallace' Bentley die nötigen Besorgungen: Zu Brooks Brothers, Michael, wir holen die neuen Khakihemden ab; zur 23. Straße, um die Pistolen reinigen zu lassen; dann zu Brentano, ich brauche einen spanischen Sprachführer.

Olé!

Vielleicht war es der Einfluss von Mason Tate, aber als wir diese einfachen Aufgaben erledigten, stellte ich fest, dass ich zunehmend Geschmack an Perfektion fand. Noch wenige Wochen zuvor war kein Aspekt meines Lebens bedeutend genug gewesen, als dass er meiner besonderen Aufmerksamkeit bedurfte. Hätte die Frau in der chinesischen Wäscherei ein Loch in meinen Rock gebügelt, hätte ich ihr eine Münze auf den Tisch gelegt, mich freundlich bedankt und den Rock zum Kirchenbasar angezogen. Schließlich ging es da, wo ich herkam, darum, so wenig wie möglich zu bezahlen, ohne zu stehlen; und wenn man – was selten genug vorkam – mit einer Melone ohne Faulflecken nach Hause kam, hatte man sofort das Gefühl, sie nicht verdient zu haben.

Aber Wallace hatte diese Aufmerksamkeit verdient. Wenigstens aus meiner Sicht.

Wenn die Farbe eines neuen Pullovers nicht mit seiner Augenfarbe harmonierte, schickte ich ihn zurück. Wenn die ersten vier Rasierseifen einen zu blumigen Duft hatten, bat ich die Verkäuferin bei Bergdorf, uns noch vier andere zu zeigen. Und wenn das Porterhousesteak nicht die richtige Dicke hatte, blieb ich an der Theke stehen und sah Mr. Ottomanelli zu, wie er das Hackebeil schwang, bis es richtig war. Sich um das Leben eines anderen zu kümmern – vielleicht wollte Wallace genau davor weglaufen, aber ich stellte fest, dass es mir gefiel. Wenn alle Erledigungen gemacht waren (und wir es uns verdient hatten), tranken wir in einer leeren Hotelbar einen Cocktail, aßen ohne Reservierung in einem netten Restaurant und schlenderten auf der Fifth Avenue zu seiner Wohnung, wo wir Bücher tauschten und uns Hershey-Schokolade teilten.

An einem Abend im August, als wir zu einem späten Essen ins Grove gegangen waren – wo die Feigenbäume mit kleinen weißen Lichtern behängt waren –, erwähnte Wallace ein bisschen wehmütig, dass er zu Weihnachten nicht zu Hause sein werde.

Offensichtlich war Weihnachten für die Wolcotts ein wichtiges Fest. Am Heiligabend kamen drei Generationen in dem Haus in den Adirondacks zusammen, und während die Familie zur Mitternachtsmesse ging, legte Mrs. Wolcott auf jedes Kissen einen Schlafanzug. Und am nächsten Morgen versammelten sich alle in ihren Schlafanzügen, entweder rot-weiß gestreift oder mit Schottenmuster, um die frisch gefällte Kiefer herum. Wallace machte es keinen Spaß, für sich selbst einzukaufen, aber für seine Neffen und Nichten, besonders für den nach ihm benannten Neffen Wallace Martin, das richtige Geschenk zu finden, erfüllte ihn mit Stolz und Freude. Nur dieses Jahr würde er nicht dabei sein.

»Wir können doch jetzt die Geschenke kaufen«, schlug ich vor. »Wir verpacken sie und machen Schilder dran mit der Aufschrift: *Erst Weihnachten aufmachen!* und geben sie bei deiner Mutter ab.«

»Oder noch besser, ich könnte sie bei meinem … Anwalt hinterlegen. Und ihm die Anweisung geben, sie Weihnachten abzugeben.«

»Noch besser.«

Wir schoben also unsere Teller beiseite und machten einen Plan: Wir schrieben den Namen jedes Geschenkempfängers auf, seine Beziehung zu Wallace, sein Alter, seine Eigenheiten und ein mögliches Geschenk. Neben Wallace' Schwestern, Schwägern, Nichten und Neffen waren noch seine Sekretärin, Michael, sein Chauffeur, und ein paar andere zu bedenken, denen er sich nahe fühlte. Es war wie ein Spickzettel über die gesamte Wolcott-Familie. Was hätten die Mädchen in Oyster Bay nicht dafür gegeben!

Wir machten die Besorgungen an einem Wochenende, und zwei Tage bevor Wallace sich einschiffen musste, verabredeten wir uns zu einem Essen zu zweit in seiner Wohnung, um die Geschenke einzupacken. Als ich an dem Morgen meinen Kleiderschrank inspizierte, war mein erster Gedanke, dass ich mein gepunktetes Kleid anziehen würde. Aber irgendwie schien mir das nicht das richtige zu sein. Also wühlte ich in den Tiefen des Schrankes und fand ein schwarzes Samtkleid, das ich seit Ewigkeiten nicht getragen hatte. Und dann durchforschte ich meinen Nähkorb auf der Suche nach einem Band, so rot wie ein Weihnachtsstern.

Als Wallace die Tür aufmachte, knickste ich.

»Ho, ho ho«, sagte er.

Im Wohnzimmer lief eine Platte mit Weihnachtsliedern, und eine Flasche Champagner war mit künstlichem Tannengrün geschmückt. Wir brachten einen Toast auf Sankt Nikolaus und Jack Frost aus und wünschten ihnen gute Rückkehr von ihren kühnen Abenteuern. Dann setzten wir uns mit Schere und Klebeband auf den Teppich und machten uns ans Werk.

Da die Wolcotts in der Papierindustrie tätig waren, hatten sie Zugang zu jeder erdenklichen Art Geschenkpapier: waldgrün mit rot-weiß gestreiften Spazierstöcken, dunkelrot mit Pfeife rauchenden, auf Schlitten sitzenden Weihnachtsmännern. Aber die Familientradition verlangte es, dass alle Geschenke in dickes weißes Packpapier eingewickelt wurden, das auf Rollen ins Haus kam. Dann bekam jedes Geschenk eine Schleife, für jeden Empfänger eine andere Farbe.

Für den zehn Jahre alten Joel packte ich ein Spielzeug-Baseballfeld ein, woran mit einer Feder befestigt ein Schlagholz war, mit dem man Bälle auf das Spielfeld schlagen konnte, und band eine blaue Schleife drum. Für die vierzehnjährige Wyss (Abkürzung für Wisteria, was Glyzine bedeutete!), eine zukünftige Madame Curie, die den meisten Frivolitäten, auch Süßigkeiten, abhold war, verpackte ich zwei ausgestopfte Salamander und benutzte gelbes Band. Während der Haufen immer kleiner wurde, war ich neugierig auf das Geschenk für den kleinen Wallace. Beim Einkaufen hatte der große Wallace gesagt, er habe für seinen Patensohn etwas ganz Besonderes im Sinn, aber als ich mir die Sachen anschaute, konnte ich es nicht herauspicken. Das Geheimnis wurde gelüftet, nachdem alle Geschenke eingepackt waren: Wallace schnitt sich ein kleines Rechteck von dem Papier zurecht und nahm dann die Armbanduhr seines Vater, die mit dem schwarzen Ziffernblatt, von seinem Handgelenk.

Als alles getan war, gingen wir in die Küche, wo es nach den langsam im Ofen röstenden Kartoffeln roch. Nachdem Wallace nach den Kartoffeln gesehen hatte, band er sich eine Schürze um und briet die Lammkoteletts, die ich am Tag zuvor ausgewählt hatte. Dann nahm er die Koteletts aus der Pfanne und rührte Minzgelee und Kognak in das Bratenfett.

»Wallace«, sagte ich feierlich, als er mir meinen Teller gab, »wenn ich Amerika den Krieg erkläre, würdest du bleiben und mit mir kämpfen?«

Nach dem Essen half ich Wallace, die Geschenke in die Speisekammer zu bringen. An den Wänden im Flur hingen Fotos von Familienmitgliedern, die fröhlich lächelnd an beneidenswerten Orten aufgenommen worden waren: Großeltern in einem Hafen, ein Onkel auf Skiern, Schwestern hoch zu

Ross in einem Damensattel. Damals schien es mir eher seltsam, diese Ahnengalerie im hinteren Flur, aber seitdem ich im Laufe der Jahre ähnliche Galerien in ähnlichen Fluren gesehen habe, finde ich inzwischen, dass es ein liebenswerter Ausdruck der zurückhaltenden Sentimentalität (für Orte und für Verwandte) weißer angelsächsischer Protestanten ist, die sich leise durch ihre Existenz zieht. In Brighton Beach oder an der Lower East Side fand man eher ein einzelnes Porträt auf dem Kaminsims mit einem Strauß getrockneter Blumen und einer brennenden Kerze und den Kniefällen einer Generation davor. Nostalgie war in diesen Haushalten eine Form verhaltener Anerkennung angesichts der Opfer, die die Vorfahren für die gegenwärtige Generation auf sich genommen hatten.

Eins der Fotos zeigte ein paar Hundert Jungen in Jacketts und Krawatten.

»Ist das Saint George, deine Schule?«

»Ja. Im letzten … Schuljahr.«

Ich beugte mich vor und versuchte, Wallace zu finden. Er zeigte mir ein süßes, unauffälliges Gesicht, über das ich schon hinweggegangen war. Er war der Typ, der auf Schulfotos (oder in der ersten Reihe einer Quadrille) nicht auffällt, der aber, je mehr Zeit vergeht und je mehr Menschen um ihn herum scheitern, immer deutlicher herausragt.

»Ist das die ganze Schule?«, fragte ich nach einem Moment und betrachtete die Jungengesichter erneut.

»Suchst du … Tinker?«

»Ja«, gestand ich.

»Er ist … da.« Wallace zeigte auf den linken Rand des Fotos, wo unser gemeinsamer Freund allein außerhalb der Versammelten stand. Ich hätte ihn in Kürze sicherlich selbst erkannt. Er sah genauso aus, wie man ihn sich als Vierzehnjährigen vorgestellt hätte: das Haar ein wenig verstrubbelt, das Jackett ein wenig zerknautscht, die Augen auf den Fotoapparat gerichtet, als wäre er zum Sprung bereit. Dann lächelte Wallace und zeigte mit dem Finger auf die gegenüberliegende Seite des Fotos. »Und da auch.«

Und so war es: Ganz rechts stand ein Junge, leicht verwackelt zwar, aber es war eindeutig er.

Um alle Schüler auf einmal aufzunehmen, erklärte Wallace, wurden die alten Box-Fotoapparate auf einem Stativ verwendet, wo die offene Blende langsam über ein großes Negativ gezogen und das Bild in Abschnitten belichtet wurde. Das gibt jemandem am äußersten Rand die Möglichkeit, hinter der letzten Reihe auf die andere Seite zu rennen und zweimal im Bild zu erscheinen – aber nur, wenn er es genau berechnet und wie der Teufel rennt. Jedes Jahr versuchte jemand diesen Trick, aber Tinker war der Einzige, der es nach Wallace' Erinnerung geschafft hatte. Und dem breiten Lächeln auf Tinkers Gesicht nach zu urteilen, wusste er das auch.

Wallace und ich hatten uns ziemlich getreulich an unseren Vorsatz gehalten, Tinker und Eve nicht in unseren Gesprächen zu erwähnen. Aber es tat gut, zusammen ein Beispiel von Tinkers verspieltem Wesen anzusehen. Wir verweilten bei dem Bild und bewunderten den geschickten Trick.

»Darf ich dich etwas fragen?«, sagte ich nach einer Weile.

»Na klar.«

»Als wir damals nach dem Abend im Beresford mit dem Fahrstuhl nach unten fuhren, hat Bucky eine Bemerkung gemacht: Tinker habe sich wie der Phönix aus der Asche erhoben.«

»Bucky ist manchmal sehr … ungehobelt.«

»Trotzdem. Was meinte er?«

Wallace schwieg.

»Ist es so schlimm?«, fragte ich.

Wallace lächelte sanft. »Nein. Es ist nicht an … sich schlimm. Tinker stammt aus einer alten Familie in Fall River. Aber soweit ich weiß, hatte sein … Vater eine Pechsträhne. Ich glaube, er hat so gut … wie alles verloren.«

»Im Börsenkrach?«

»Nein …«

Wallace zeigte auf das Foto. »Es war ungefähr

um diese Zeit, als Tinker neu an der Schule war. Ich erinnere mich, weil ich … Präfekt war. Das Direktorium hatte eine Besprechung, in … der überlegt wurde, was man angesichts seiner … veränderten Umstände tun sollte.«

»Haben sie ihm ein Stipendium gegeben?«

Wallace schüttelte langsam den Kopf. »Sie haben ihm nahegelegt, die Schule zu verlassen. Er ist nach Fall River gegangen und hat da die Schule abgeschlossen, sein Studium am Providence College hat er selbst finanziert. Danach hat er eine Stelle bei … einer Bank angenommen und sich hochgearbeitet.«

Geboren in der Back Bay, Studium am Brown College, Stelle in der Bank seines Großvaters. So hatte ich ihn in meiner Arroganz eingeschätzt, zehn Minuten nachdem wir ihn kennengelernt hatten.

Ich sah mir noch einmal das Bild von dem Jungen mit dem verstrubbelten Haar und dem freundlichen Lächeln an, und zum ersten Mal seit Monaten hatte ich den Wunsch, ihn zu sehen. Nicht um irgendetwas zu klären. Ich wollte nicht über Eve sprechen oder über das, was geschehen war oder hätte geschehen können. Ich wollte noch einmal die Möglichkeit haben, einen ersten Eindruck zu bekommen – wollte, dass er noch einmal ins Hotspot kam und sich an den Nebentisch setzte und die Band betrachtete, sodass ich ihn in dem Moment, als der Solist mit seiner Melodie über den Zaun sprang und Tinker mich mit dem verdutzten Lächeln ansah, noch einmal vorurteilslos ansehen konnte. Denn das, was Wallace mir gerade erzählt hatte, hätte ich von Anfang an wissen sollen, nämlich dass Tinker und ich bei unserem Eintritt ins Erwachsenenleben nicht von unterschiedlichen Seiten zu der Schwelle kamen, sondern nebeneinanderstanden.

Wallace betrachtete aufmerksam das Foto in seiner ganzen Ausdehnung – als wäre es gerade in dem Moment gemacht worden, als Mr. Grey das Familienvermögen verloren hatte, und die beiden Tinkers, einer rechts, der andere links, stünden für das Ende des einen Lebens und den Beginn des anderen.

»Die meisten Menschen wissen vom Phönix nur, dass er sich aus der Asche erhebt. Aber das andere Merkmal vergessen sie.«

»Welches ist das?«

»Dass er fünfhundert Jahre lebt.«

Am nächsten Nachmittag traf Wallace sich mit seiner Mutter zum Lunch, und ich schlenderte die Fifth Avenue hinauf, um mir die Auslagen bei Bergdorf anzusehen. Am Freitag war mir nämlich aufgefallen, dass die Schaufenster verhängt worden waren und umdekoriert wurden.

Winter, Frühling, Sommer, Herbst – ich freute mich immer, wenn bei Bergdorf die neue Saison enthüllt wurde. Vor einem dieser Schaufenster fühlte man sich wie eine Zarin, die ein juwelenbesetztes Ei überreicht bekommt, in dem mit liebevoller Sorgfalt eine Miniaturszene konstruiert ist. Man kneift ein Auge zusammen und späht hinein und verliert angesichts der erstaunlichen Einzelheiten jedes Zeitgefühl.

Und »erstaunlich« war genau das richtige Wort, denn in den Schaufenstern von Bergdorf wurde keine unverkaufte Restware ausgestellt und mit dreißig Prozent Rabatt angeboten. Vielmehr wollten die Auslagen das Leben der Frauen entlang der Avenue verändern – und in der einen Neid, ein Gefühl der Befriedigung in der anderen und in allen eine Neugier auf die Möglichkeiten wecken. Und in der Herbstsaison des Jahres 1938 enttäuschte mein Fifth-Avenue-Fabergé mich nicht.

Das Thema der Schaufenster waren Märchen, den Werken der Brüder Grimm und Hans Christian Andersens entnommen, nur dass in jeder dargestellten Szene die Prinzessin durch einen Prinzen ersetzt worden war und der Prinz durch einen Menschen aus dem Fußvolk.

Im ersten Fenster lag ein junger Prinz mit rabenschwarzem Haar in einer blühenden Laube aufgebahrt, seine zierlichen Hände über der Brust gefaltet. Und neben ihm stand eine bezaubernde junge Frau (in einem roten Bolerojäckchen von Schiaparelli), das Haar kurz geschnitten für die Schlacht, das Schwert schneidig hinter den Gürtel gesteckt, die Zügel des treuen Pferdes in einer Hand. Mit einem weltweisen und zugleich teilnahmsvollen Ausdruck betrachtete sie den Prinzen und schien es keineswegs eilig zu haben, ihn mit einem Kuss zum Leben zu erwecken.

Im nächsten Schaufenster führten – mit perspektivischem Trick wie auf einer Opernbühne der Renaissance – hundert Marmorstufen vom Palasttor in einen Hof mit Kopfsteinpflaster, wo vier Mäuse sich im Schutz eines Kürbisses versteckten. Am äußeren Rand verschwand der goldlockige Stiefsohn eilenden Schrittes um die Ecke, während im Vordergrund eine Prinzessin (in einem taillierten schwarzen Kleid von Chanel) kniete und interessiert einen schwarzen Derbyschuh aus Glas betrachtete. An ihrem Ausdruck sah man deutlich, dass sie im nächsten Moment ihr Königreich – vom Butler bis zum Kammerdiener – dazu aufrufen würde, das Land nach dem Jungen, dem dieser Schuh passen würde, zu durchsuchen.

»Sie sind doch Katey, nicht wahr?«

Neben mir stand eine adrette Frau mit dunkelblonden Haaren – Priscilla aus dem kleinen Staat Connecticut. Hätte ich raten sollen, wie Priscilla an einem Nachmittag im August gekleidet war, hätte ich auf »Garden Club of America« getippt. Aber ich hätte falschgelegen. Sie war mit äußerster Eleganz gekleidet und trug ein kobaltblaues kurzärmliges Kleid, dazu einen farblich abgestimmten asymmetrischen Hut.

An dem Abend im Beresford hatten wir uns nicht gerade prächtig verstanden, und so war ich ein wenig überrascht, dass sie mich ansprach. Aber während wir ein paar höfliche Floskeln wechselten, war sie freundlich, und ihre Augen funkelten sogar ein wenig. Wir kamen rasch auf ihre Ferien in Europa zu sprechen. Ich fragte sie, wie es war.

»Herrlich«, sagte sie, »einfach herrlich. Waren Sie schon einmal in Europa? Nein? Also, im Juli ist das Wetter in Südfrankreich très ravissant, und das Essen, also, das ist unglaublich. Aber es war eine solche Bereicherung, unsere Viererkonstellation. Das gibt jeder Stunde einen zusätzlichen Reiz: morgens das Schwimmen im Meer … dann ein ausgedehntes Lunch mit Blick auf die Küste … und spätabends die Unternehmungen in der Stadt … Obwohl natürlich (klingendes Lachen) Tinker eher dem morgendlichen Schwimmen Reiz verlieh und Eve der abendlichen Unternehmung.«

Langsam verstand ich, warum sie mich überhaupt angesprochen hatte.

Damals im Beresford hatte sie ein wenig abseits gestanden. Aber wie ein erfahrener Apostel hatte sie sich mit den schnellen Dialogen und dem gelegentlichen Scherz auf ihre Kosten abgefunden, in dem Vertrauen, dass der liebe Gott ihr eines Tages ihre Geduld lohnen würde. Und jetzt war der Moment gekommen: Frohlocken! Der Tag der ausgleichenden Gerechtigkeit war gekommen! Die unerwartete Gelegenheit, den Spieß umzudrehen. Denn wenn die Rede von Südfrankreich war, wussten wir beide nur zu genau, wer abseits stand.

»Nun«, sagte ich, um das Gespräch abzuschließen. »Schön, dass Sie alle wieder da sind.«

»Ah, aber wir sind nicht zusammen gekommen …« Sie legte mir zwei Finger auf den Arm. »Natürlich hatten wir das vor. Aber kurz bevor wir uns einschifften, sagte Tinker, er müsse noch geschäftlich nach Paris. Eve wollte unbedingt nach Hause. Deswegen hat er sie mit dem Versprechen gelockt (verschwörerisches Lächeln), sie zum Essen auf dem Eiffelturm auszuführen.« (Noch einmal das verschwörerische Lächeln.) »Aber Tinker musste gar nicht aus geschäftlichen Gründen nach Paris.«

Ich sah sie fragend an.

»Er wollte zu Cartier.«

Das musste ich Priscilla lassen: Ich spürte ein kleines Brennen auf den Wangen.

»Bevor sie nach Paris aufbrachen«, fuhr sie fort, »fragte Tinker mich um Rat. Er war völlig hilflos. Manche Männer sind hoffnungslos in diesen Dingen. Ein rubinbesetztes Armband, eine Saphirbrosche, ›sautoir des perles‹. Er wusste nicht, was er ihr besorgen sollte …«

Natürlich hatte ich nicht vor, sie zu fragen. Aber das hinderte sie nicht. Sie streckte schon die linke Hand aus und zeigte mir ihren Ring mit einem Diamanten von der Größe einer Weintraube. »Ich habe ihm gesagt, er soll ihr einfach so einen Ring schenken.«

Am nächsten Tag stach Wallace in See. Oder doch nicht ganz.

1917 sind sie »in See gestochen«. In gebügelten Uniformen, mit hellem Haar und roten Wangen sammelten sich die jungen Männer in Bataillonen auf den Kais in Brooklyn. Die Seesäcke auf dem Rücken, marschierten sie über die Gangways auf die großen grauen Ozeandampfer und sangen fröhlich *Over There, Over There*. Und als der Pfiff ertönte, rangelten sie miteinander um einen Platz an der Reling, um ihren Liebsten Küsse zuzuwerfen und ihren

Müttern zu winken, die in düsterer Vorahnung im Hintergrund weinten.

Aber wenn man ein wohlhabender junger Mann war, der 1938 aufbrach, um im Spanischen Bürgerkrieg zu kämpfen, gab es keine Fanfaren. Man kaufte sich eine Passage erster Klasse auf der *Queen Mary* und kam nach einem ausgiebigen Lunch zum Hafen.

Seit die Liga der Nationen es verboten hatte, dass Ausländer sich als Freiwillige für den Bürgerkrieg meldeten, galt es als unhöflich, davon zu sprechen, wenn man am Kapitänstisch saß – zwischen den Morgans aus Philadelphia und den Breezewood-Schwestern und ihrer Tante. Mit Sicherheit durfte man es nicht gegenüber den Einwanderungsbeamten in Southampton erwähnen. Denen erzählte man stattdessen, man sei auf der Reise nach Paris, wo man sich mit Freunden treffen und ein paar Bilder kaufen wolle. Dann fuhr man mit dem Zug nach Dover, mit dem Schiff nach Calais, mit dem Auto nach Südfrankreich, und von dort schlug man sich entweder zu Fuß über die Pyrenäen durch oder ließ sich von einem Fischerboot entlang der Küste nach Spanien bringen.

»Wiedersehen, Mike«, sagte Wallace an der Gangway. »Alles Gute, Mr. Wolcott.«

Als er sich zu mir umwandte, erwähnte ich, dass ich ab sofort keine Beschäftigung mehr für meine

Samstage haben würde. »Vielleicht könnte ich für deine Mutter ein paar Besorgungen machen«, schlug ich vor.

»Kate«, sagte er, »du solltest für niemanden … Besorgungen machen. Nicht für mich, nicht für meine Mutter. Nicht für Mason Tate.«

Als Michael und ich vom Hafen wegfuhren, war die Stimmung im Auto ziemlich gedrückt – bei uns beiden. Auf der Brücke nach Manhattan durchbrach ich das Schweigen.

»Glauben Sie, dass er auf sich aufpassen wird, Michael?«

»Da ist ja Krieg, Miss, es wäre also kaum der Sinn der Sache.«

Durch das Seitenfenster sah ich City Hall vorbeischweben. In Chinatown drängten sich winzige Frauen um Straßenkarren, wo profaner Fisch verkauft wurde.

»Soll ich Sie nach Hause bringen, Miss?«

»Ja, Michael.«

»In die 11. Straße?«

Es war lieb, dass er das fragte. Hätte ich ihm Wallace' Adresse gegeben, hätte er mich wahrscheinlich dahin gefahren. Dann hätte er am Bordstein gehalten und mir den Schlag geöffnet, Billy hätte mir die Tür zum Haus aufgehalten, und Jackson hätte mich mit dem Fahrstuhl in den elften Stock gefahren, wo ich ein paar Monate lang meine Zukunft hätte abwehren können. Aber in einer Anwaltsfirma war ein Berg Geschenke aufgebaut, und Michael würde den braunen Bentley mit einer Plane abdecken, während John und Tony die Remington und den Colt reinigen und sorgfältig verstauen würden. Vielleicht war es an der Zeit, meine zeitweilige Beschäftigung mit der Perfektion ebenfalls für beendet zu erklären.

Wallace hatte Michael gebeten, während seiner Abwesenheit ein Auge auf mich zu haben. Aber zwei Tage nachdem Wallace abgereist war, kam Michael zu mir in meine Wohnung. Er trug einen schlecht gebügelten Anzug, ein weißes Hemd, das am Hals offen stand, und eine Schirmmütze. Ich hatte ihn nie ohne seine Chauffeursuniform gesehen. Er war gekommen, um mir zu sagen, dass er auch nach Spanien gehen werde.

Am Donnerstag, auf dem Weg vom Büro, ging ich endlich in ein Lebensmittelgeschäft und füllte die Vorräte für mein normales Leben auf: ein neues Kartenspiel, ein Glas Erdnussbutter, eine Flasche mittelmäßigen Gin. Als ich alles nach oben schleppte, war ich ganz überrascht, dass die Braut in 3B die Spaghetti bolognese ihrer Mutter gemeistert hatte, ja, sie vielleicht noch verbessert hatte. Ich balancierte meine Einkäufe auf dem Arm und drehte den Schlüssel und wäre fast auf dem Brief ausgerutscht, den jemand unter der Tür durchgeschoben hatte.

Es war ein fester elfenbeinweißer Umschlag mit einer aufgeprägten Muschel auf der Rückseite. Der Brief trug keine Marke, aber die Adresse war in kalligrafischen Schnörkeln geschrieben. Ich glaube nicht, dass ich meinen Namen jemals wieder so schön geschrieben gesehen habe. Die beiden Ks ragten zwei Zentimeter über die anderen Buchstaben hinaus, pendelten unterhalb der Zeile und endeten in einem Kringel wie bei einem arabischen Schuh.

In dem Umschlag war eine Karte mit Goldrand. Sie war so dick, dass ich den Umschlag beim Rausziehen einriss. Oben in der Mitte war die gleiche Muschel aufgeprägt, darunter waren Zeit und Datum angegeben, zu denen mein Erscheinen erwünscht war. Es war eine Einladung zu der ausschweifenden Labor-Day-Party der Hollingsworths. Aus hundert Meilen Entfernung, von offener See, war diese eine weitere Freundlichkeit des ehrenwerten Wallace Wolcott.

16. Kapitel

KRIEGSGLÜCK

Diesmal musste ich, als ich in Whileaway ankam, nicht erst den Umweg über den Garten machen – wie alle anderen geladenen Gäste durfte ich durch den Haupteingang ins Haus. Aber weil Fran mich zum Kauf eines Kleides im Ausverkauf bei Macy's überredet hatte, das ihr besser stand als mir, wurde ich das nagende Gefühl nicht los, dass ich doch besser durch die Hecke gekrochen wäre. Wie zur Bekräftigung meines Argwohns schoben zwei Collegejungen mich an der Tür zur Seite. Sie übergaben ihre Mäntel einem Diener und nahmen sich dann jeder ein Glas Champagner von einem Kellner – ohne weder den einen noch den anderen angesehen zu haben. Obwohl sie bisher in ihrem Leben nicht das Geringste geleistet hatten, gaben sie sich jetzt schon so selbstsicher wie später, am Ende des Zweiten Weltkriegs, die Piloten der Air Force.

Am Eingang zum Salon, wo man sie nicht umgehen konnte, stand eine Abordnung der Hollingsworth-Familie als improvisiertes Empfangskomitee.

Mr. und Mrs. Hollingsworth, zwei der Söhne, eine der Ehefrauen. Als ich meinen Namen nannte, hieß Mr. Hollingsworth mich mit einem höflichen Lächeln willkommen, das ausdrückte, dass er sich schon lange nicht mehr die Namen der Freunde seiner Kinder merken konnte. Doch der ältere Sohn beugte sich vor.

»Sie ist mit Wallace befreundet, Pop.«

»Die junge Dame, deretwegen er angerufen hat? Aber natürlich«, sagte er und fügte vertraulich hinzu: »Das hat beträchtliche Aufregung ausgelöst, meine Gute …«

»Devlin.« Mrs. Hollingsworth mahnte ihn zur Zurückhaltung.

»Ja, ja … Ich kenne Wallace seit seiner Geburt. Wenn Sie also etwas über ihn wissen möchten, das er Ihnen nicht erzählt hat, dann kommen Sie zu mir. Unterdessen fühlen Sie sich ganz wie zu Hause.«

Draußen auf der Terrasse ging eine milde, frische Brise. Obwohl die Sonne noch am Himmel stand, war das Haus hell erleuchtet, als sollten die ankommenden Gäste beruhigt werden, dass sie alle, sollte das Wetter plötzlich umschlagen, die Nacht hier verbringen könnten. Männer im Abendanzug plauderten zwanglos mit rubin-, saphir- und perlengeschmückten Damen. Es war die gleiche Eleganz wie im Juli, nur dass sie jetzt drei Generationen umspannte: Neben den silberhäuptigen Titanen, die ihren strahlenden Patentöchtern die Wangen küssten, gab es auch junge Rabauken, die ihre Tanten mit geflüsterten Anzüglichkeiten in peinliche Verlegenheit brachten. Ein paar späte Schwimmer kamen, Handtuch über der Schulter, vom Strand herein und gingen frisch und freundlich ins Haus, ohne die geringste Befangenheit, weil sie sich verspätet hatten. Ihre Schatten waren lang gestreckte Streifen auf dem Rasen.

Am Rande der Terrasse stand auf einem Tisch eine Gläserpyramide, aus deren oberstem Glas in einer Kaskade an den Gläserstielen entlang Champagner floss, bis alle Gläser gefüllt waren. Um die Wirkung nicht zu zerstören, holte der Ingenieur dieses Tausend-Dollar-Partytricks unter dem Tisch ein frisches Glas hervor und füllte es für mich.

Sosehr Mr. Hollingsworth mich auch dazu ermuntert hatte, mich »ganz wie zu Hause« zu fühlen – die Chancen dazu waren eher gering. Aber nachdem Wallace sich so für mich bemüht hatte, würde ich mir kaltes Wasser ins Gesicht spritzen, von Champagner zu Gin wechseln und mich ins Geschehen werfen müssen.

Auf meine Frage nach der Toilette wurde ich die Haupttreppe hinauf, an einem Pferdebildnis vorbei, einen getäfelten Flur entlang zum Ende des Ostflügels geschickt. Die Damentoilette war ein hellgelber Raum mit Blick auf den Rosengarten. Die Tapete, die Stühle, die Chaiselongue – alles war hellgelb.

Zwei Frauen waren in dem Raum. Ich setzte mich vor einen Spiegel und tat so, als würde ich meinen Ohrring richten, während ich sie im Spiegel beobachtete. Die erste, eine hochgewachsene Brünette mit kühlem Gesichtsausdruck, war gerade vom Anleger ins Haus gekommen. Sie hatte sich ihren Badeanzug abgestreift und trocknete unbekümmert ihren nackten Körper ab. Die andere, die ein langes Seidenkleid trug, saß an einem gut beleuchteten Schminktisch und versuchte, nach einem Tränenausbruch ihr Augen-Make-up in Ordnung zu bringen. In Abständen entfuhr ihr ein Schluchzer. Die Schwimmerin zeigte keinerlei Anteilnahme. Auch ich bemühte mich, unbewegt zu bleiben.

Ungetröstet schniefte die Frau ein letztes Mal und ging.

»Ab mit Schaden«, sagte die Schwimmerin gleichmütig.

Sie rieb sich abermals durch die Haare und warf dann das Handtuch auf den Boden. Sie hatte einen gut trainierten Körper und konnte das rückenfreie Kleid, das sie im Begriff war anzuziehen, sehr gut tragen. Bei jeder Bewegung ihrer Arme war das Spiel der Muskeln um ihre Schulterblätter zu sehen. Sie setzte sich nicht, als sie sich die Schuhe anzog, sondern schlüpfte im Stehen hinein und wackelte mit den Fersen, bis die Schuhe richtig saßen. Dann warf sie die langen, dünnen Arme über die Schultern und zog sich selbst den Reißverschluss zu.

Im Spiegel sah ich ein Glitzern unter der Chaiselongue, wo ihre Schuhe gestanden hatten. Ich ging zu der Stelle, kniete mich auf den Boden und streckte meine Hand nach dem Gegenstand aus. Es war ein diamantener Ohrring.

Jetzt beobachtete die Brünette mich.

»Gehört der Ihnen?«, fragte ich, obwohl ich wusste, dass es nicht ihrer war.

Sie nahm ihn mir ab. »Nein«, sagte sie. »Aber was für ein Stück!« Sie sah sich gleichmütig im Raum um. »Normalerweise kommen die paarweise.«

Ich beugte mich unter die Chaiselongue, und sie schüttelte die nassen Handtücher aus. Wir suchten noch einen Moment lang, dann gab sie mir den Ohrring zurück. »Ihr Kriegsglück.«

Die Schwimmerin lag damit näher an der Wahrheit, als sie ahnen konnte. Denn ich war mir ziemlich sicher, dass dieser Ohrring – mit dem geschliffenen Diamanten und der Einfassung aus Weißgold – einer von dem Paar war, das Eve in Tinkers Nachttisch gefunden hatte.

Als ich die geschwungene Treppe nach unten ging, fühlte ich mich wacklig auf den Beinen, als wäre mir das eine Glas Champagner zu Kopf gestiegen. Was immer Tinker und Eve an Neuigkeiten mitgebracht hatten, ich wollte sie nicht hören – nicht an einem Ort wie diesem. Ich ging langsamer und bewegte mich zum äußeren Rand der Treppe, wo die Stufen breiter waren und ich das Geländer in Reichweite hatte.

Die Halle war voller neuer Gäste – noch mehr arrogante Kriegspiloten und brünette Frauen, die sich selbst den Reißverschluss zuziehen konnten. Sie begrüßten sich voller Wiedersehensfreude und blockierten mit ihrer modischen Verspätung die Haustür. Aber wenn Tinker und Eve in Whileaway waren, würden sie nicht in der Halle sitzen; sie würden ihre Funken in einer freundlichen Viererkonstellation versprühen. Als ich unten ankam, hatte ich errechnet, dass es zwanzig Schritte bis zur Tür und eine halbe Meile zum Bahnhof war.

»Katey!«

Eine Frau kam mit großen Schritten aus dem Salon und überraschte mich mitten in meinen Überlegungen. Aber ich hätte sie gleich an ihrem Schritt erkennen müssen.

»Bitsy …«

»Jack und ich sind richtig sauer, dass Wally sich nach Spanien abgesetzt hat.«

Sie hatte in jeder Hand ein Glas Champagner und gab eins davon mir.

»Ich weiß, er hat seit Monaten davon geredet, aber niemand hat geglaubt, dass er es wirklich tun würde. Besonders, nachdem er Sie kennengelernt hatte. Sind Sie völlig außer sich?«

»Ich komme einigermaßen klar.«

»Selbstverständlich. Haben Sie von ihm gehört?«

»Noch nicht.«

»Keiner hat von ihm gehört. Lassen Sie uns überlegen, wann wir uns zum Lunch treffen können. Sie und ich werden in diesem Herbst richtige Freundinnen. Das ist ein Versprechen. Aber kommen Sie, sagen Sie Jack guten Tag.«

Am Eingang zum Salon plauderte und lachte Jack mit einem Mädchen, das Generous hieß, was »großzügig« bedeutete, obwohl sie das keineswegs zu sein schien. Selbst aus einer Entfernung von drei Metern konnte man erkennen, dass sie eine Lügengeschichte erzählte, die auf Kosten einer Freundin ging. Als Jack mich mit ihr bekannt machte, überlegte ich, wie lange ich mit ihr plaudern müsste, bevor ich mich höflich entziehen konnte.

»Fangen Sie noch mal von vorne an«, sagte Jack zu Generous. »Die Geschichte ist unübertroffen.«

»Na gut«, sagte sie mit geübtem Ennui – als wäre

Ennui an dem Tag erfunden worden, als sie zur Welt kam. »Kennen Sie Tinker und Eve?«

»Sie war mit den beiden an dem Unfall beteiligt«, sagte Bitsy.

»Dann müssen Sie diese Geschichte auf jeden Fall hören.«

Tinker und Eve seien gerade aus Europa zurückgekehrt, erklärte Generous, und verbrächten das Wochenende in Whileaway, wo sie in einem der Chalets für Gäste untergebracht seien. Und an dem Morgen, als alle zum Schwimmen gingen, habe Tinker die *Splendide* bewundert.

»Das ist Hollys Jacht«, erklärte Jack.

»Sein Baby«, stellte Generous richtig. »Er vertäut sie an der Boje, damit die Besucher voller Bewunderung Oh und Ah rufen können. Jedenfalls, ihr Freund sprach über die Jacht und redete und redete, und dann, aus heiterem Himmel, sagt Holly: ›Warum machst du nicht eine Spritztour …?‹ Also, man hätte uns mit der Feder umhauen können – Holly verleiht sein Boot! Aber er und Tinker hatten das Ganze geplant – das Schwimmen vom Anleger, das ganze Gerede, das lässige Angebot. Es waren sogar eine Flasche Schampus und ein gebratenes Hühnchen an Bord.«

»Was will man uns damit sagen?«, fragte Jack.

»Dass jemand unter die Haube kommt«, sagte Bitsy.

Da war es wieder. Das leichte brennende Gefühl in den Wangen. Es ist unser Körper, er reagiert mit Lichtgeschwindigkeit, wenn die Welt uns hinterrücks überrascht – ein überaus unangenehmes Gefühl.

Jack stieß in eine eingebildete Trompete – tataa, tataa, tataa –, und alle lachten.

»Aber es kommt noch besser«, sagte Jack und ermunterte Generous, weiterzuerzählen.

»Holly dachte, sie würden ein, zwei Stunden draußen bleiben. Sechs Stunden später waren sie immer noch nicht zurück. Plötzlich hat Holly die Idee, sie wollten nach Mexiko abhauen. Da kommen zwei Jungs in einem Bötchen zum Anleger, die erzählen, dass sie die *Splendide* gefunden haben – sie war auf eine Sandbank aufgelaufen. Und der Mann auf der Jacht hätte ihnen zwanzig Dollar versprochen, wenn sie jemanden schicken könnten, der sie frei macht.«

»Gott bewahre uns vor Liebesgeschichten«, sagte Bitsy.

Jemand kam mit leuchtenden Augen und laut lachend hereingerannt.

»Sie kommen zurück. Sie werden von einem Hummerboot gezogen.«

»Das müssen wir sehen«, sagte Jack.

Alle strebten zur Terrasse, ich wollte zum Ausgang.

Ich glaube, ich stand unter einem milden Schock. Weiß der Himmel, warum. Anne hatte es schon vor Monaten kommen sehen. Priscilla auch. Und die Gäste in Whileaway waren nur zu bereit, sich auf dem Anleger zu einer spontanen Feier einzustellen.

Während ich auf meinen Mantel wartete, sah ich zum Salon hinüber. Er leerte sich zusehends, als die Schaulustigen auf die Terrasse eilten. Ein Mann, wenig älter als ich, in einem weißen Abendjackett stand bei der Bar. Er hatte die Hände in den Hosentaschen und schien tief in Gedanken versunken. Ein Gast schob sich vor ihn, griff nach einer Flasche Champagner, drehte sich um, stieß dabei eine Schale mit Hortensien zu Boden und rannte wieder hinaus. Der Mann im Abendjackett sah mit einem Ausdruck moralischer Enttäuschung zu.

Der Diener kam mit meinem Mantel, ich bedankte mich und bemerkte den Bruchteil einer Sekunde zu spät, dass ich ihm, wie die Collegestudenten am Anfang des Abends, nicht in die Augen gesehen hatte.

»Sie wollen doch nicht schon wieder gehen?«

Der alte Mr. Hollingsworth kam von der Auffahrt herein.

»Es ist eine sehr schöne Party, Mr. Hollingsworth. Und es war sehr freundlich von Ihnen, dass Sie mich eingeladen haben. Aber ich fürchte, mir geht es nicht gut.«

»Oh, das tut mir leid. Sind Sie in der Nähe untergebracht?«

»Ich bin mit dem Zug gekommen und wollte jetzt jemanden bitten, mir ein Taxi zu rufen.«

»Meine Gute, das kommt gar nicht infrage.«

Er sah in den Salon hinein. »Valentine!«

Der junge Mann im Abendjackett drehte sich um. Blond und gut aussehend, mit ernsthafter Miene, sah er aus wie eine Kreuzung zwischen einem Piloten und einem Richter. Er nahm die Hände aus den Taschen und kam rasch in die Halle.

»Vater?«

»Du erinnerst dich an Miss Kontent, die Freundin von Wallace. Sie fühlt sich nicht wohl und möchte wieder in die Stadt. Meinst du, du kannst sie zum Bahnhof bringen?«

»Selbstverständlich.«

»Nimm ruhig den Spider.«

Draußen riss der Labor-Day-Wind die Blätter zu Boden. Es war klar, dass es jeden Moment anfangen würde zu regnen. Den Rest des Wochenendes würden die Gäste bei Cribbage und Tee und dem Scheppern schlagender Fliegentüren verbringen. Die Chalets würden geschlossen, die Netze auf den Tennisplätzen eingerollt und die Bötchen, wie die

Träume der jungen Mädchen, an Land gebracht werden.

Wir gingen über den weißen Kies der Einfahrt zu einer Garage mit sechs Stellplätzen. Der Spider war ein Zweisitzer, feuerwehrrot. Valentine ließ ihn stehen und ging auf den 1936er Cadillac zu, der klobig und schwarz war.

Entlang der Auffahrt parkten bestimmt einhundert Autos. Bei einem waren die Scheinwerfer an, die Türen offen, und das Radio lief. Auf der Motorhaube lagen ein Mann und eine Frau nebeneinander und rauchten. Valentine bedachte sie mit dem gleichen Blick moralischer Enttäuschung, die er dem Champagnergrabscher gezeigt hatte. Am Ende der Auffahrt bog er nach rechts ab, in Richtung Post Road.

»Ist der Bahnhof nicht in der anderen Richtung?«

»Ich fahre Sie zurück«, sagte er.

»Das ist nicht nötig.«

»Ich muss sowieso nach Manhattan zurück. Ich habe morgen früh eine Besprechung.«

Ich bezweifelte das mit der Besprechung, aber andererseits war es auch kein Annäherungstrick. Während der Fahrt sah er nicht zu mir herüber und versuchte auch nicht, ein Gespräch anzufangen. Das war mir nur recht. Um nicht länger auf der Party bleiben zu müssen, hätten wir auch bereitwillig einen räudigen Hund ausgeführt.

Nach ein paar Meilen bat er mich, im Handschuhfach nach einem Block und einem Stift zu suchen. Er stemmte den Block ans Armaturenbrett und machte sich ein paar Notizen. Dann riss er den Zettel ab und stopfte ihn sich in die Tasche.

»Danke«, sagte er und gab mir den Block.

Um jegliches Gespräch zu unterbinden, schaltete er das Radio ein. Es war auf einen Sender eingestellt, der Swing brachte. Er drehte den Sucher. Er überging ein Lied, hielt kurz bei einer Rede von Roosevelt und kam dann auf das Lied zurück. Es war Billie Holiday, sie sang *Autumn in New York*.

Autumn in New York,
Why does it seem so inviting?
Autumn in New York,
It spells the thrill offirst-nighting.

Der Song war von einem weißrussischen Einwanderer komponiert und galt vom ersten Moment an als Jazzstandard. In den fünfzehn Jahren seit seiner Veröffentlichung hatten Charlie Parker, Sarah Vaughn, Louis Armstrong und Ella Fitzgerald auf ihre Weise seine sentimentale Melodieführung erforscht. In den nächsten fünfundzwanzig Jahren würde es weitere Interpretationen der Interpretationen geben, von Chet Baker, Sonny Stitt, Frank Sinatra, Bud Powell und Oscar Peterson. Die Frage, die in dem Lied selbst gestellt wird, könnten wir uns über das Lied stellen: *Why does it seem so inviting? – Warum erscheint es so einladend?*

Ganz wesentlich liegt es wahrscheinlich daran, dass jede Stadt ihre eigene romantische Jahreszeit hat. Einmal im Jahr befinden sich die architektonischen, kulturellen und botanischen Variablen einer Stadt mit dem Sonnenstand in einer solchen Übereinstimmung, dass Männer und Frauen, die sich auf den Straßen begegnen, ein ungewöhnliches Gefühl, ähnlich einem Liebesversprechen, empfinden. Wie Weihnachten in Wien. Oder Paris im April.

Das ist das Gefühl, das wir New Yorker im Herbst haben. Wenn der September beginnt, liegt trotz der kürzer werdenden Tage, trotz der Blätter, die unter dem Gewicht des grauen Herbstregens fallen, ein Gefühl der Erleichterung in der Luft, dass die langen Tage des Sommers vergangen sind, und ein paradoxes Gefühl der Erneuerung:

Glittering crowds
And shimmering Clouds
In canyons of steel –
They're making me feel
I'm home.

It's autumn in New York
That brings the promise of new love.

Ja, im Herbst 1938 würden Zehntausende von New Yorkern dem Zauber dieses Songs erliegen. In Jazzbars und in Klubs würden sie im Takt zu der Musik nicken und stumm zustimmen, dass der weißrussische Einwanderer es genau getroffen hatte: dass der Herbst in New York, trotz des bevorstehenden Winters, eine belebende Romanze verspricht, sodass man die Skyline von Manhattan mit frischen Augen sieht und das Gefühl hat: Es ist gut, das zu erleben.

Trotzdem muss man sich fragen: Wenn es ein so aufbauender Song ist, warum hat Billie Holiday ihn so gut gesungen?

Als ich am Dienstagmorgen in den Fahrstuhl stieg, stellte ich fest, dass er, wie der Schreibtisch von Mason Tate, aus Glas war. Ein Stockwerk unter mir drehte sich ein stählernes Werk wie die Mechanik einer Zugbrücke, während dreißig Stockwerke über mir ein Viereck von leuchtend blauem Himmel sichtbar war. Auf der Tafel vor mir waren zwei Silberknöpfe. Auf einem stand *Jetzt*, auf dem anderen *Nie*.

Es war sieben Uhr, und das Großraumbüro war

leer. Auf meinem Schreibtisch lag der Brief an den Agenten von Bette Davis, seine Mängel getreulich kopiert und sorgfältig korrigiert.

Ich las den Brief ein weiteres Mal, dann spannte ich einen frischen Bogen in die Maschine und schrieb eine verbesserte Version. Ich legte beide Fassungen auf Mr. Tates Schreibtisch, dazu eine handgeschriebene Notiz, dass ich mir angesichts seiner knapp bemessenen Zeit die Freiheit genommen hätte, eine zweite Fassung zu entwerfen.

Mr. Tate rief erst gegen Ende des Arbeitstages nach mir. Als ich in sein Büro kam, lagen beide Briefe nebeneinander auf seinem Schreibtisch, beide nicht unterschrieben. Er forderte mich nicht auf, Platz zu nehmen. Er sah mich an wie einen Musterschüler, der dabei ertappt worden war, wie er sich nach Torschluss aus dem Schlafsaal geschlichen hat. In gewisser Weise traf das ja zu.

»Erzählen Sie mir von Ihrer privaten Situation, Kontent«, sagte er dann.

»Entschuldigung, Mr. Tate. Was möchten Sie gern wissen?«

Er lehnte sich auf seinem Stuhl zurück. »Ich weiß, dass Sie nicht verheiratet sind. Aber Sie mögen Männer? Haben Sie irgendwo Kinder versteckt? Kleine Geschwister, die Sie großziehen müssen?«

»Ja. Nein. Nein.«

Mr. Tate lächelte kühl. »Wie würden Sie Ihre Ambitionen beschreiben?«

»Sie entwickeln sich langsam.«

Er nickte. Er zeigte auf die Rohfassung eines Artikels auf seinem Schreibtisch. »Das ist so eine Art biografischer Aufsatz von Mr. Cabot. Haben Sie Sachen von ihm gelesen?«

»Ein paar.«

»Wie würden Sie die charakterisieren? Ich meine stilistisch?«

Obwohl Cabots Texte sehr ausführlich waren, wusste ich, dass Mr. Tate sie im Allgemeinen schätzte. Cabot hatte ein gutes Gefühl für den Schnittpunkt zwischen Klatsch und Story, und er schien besonders geschickt in Interviews zu sein – und konnte Menschen so schmeicheln, dass sie Fragen beantworteten, die sie besser nicht beantwortet hätten.

»Ich glaube, er hat zu viel Henry James gelesen.«

Tate nickte knapp. Dann reichte er mir die Rohfassung.

»Versuchen Sie, es so hinzukriegen, dass es mehr wie Hemingway klingt.«

17. Kapitel

LESEN SIE SELBST

Zwei Tage später träumte ich, dass außerhalb der Jahreszeit Schnee fiel. Wie Asche und dabei heiter ging er über einem Straßenblock nieder, an dem Mietshäuser und Coney-Island-Karussells und die bunt bemalten Minarette der Kirche standen, in der meine Großeltern geheiratet hatten. Ich stand auf den Stufen, die so blau waren, als wären sie aus himmlischen Planken gezimmert, und wollte an die Pforte klopfen. Derweil stand irgendwo am Rand meine Mutter, ganze zweiundzwanzig Jahre alt, Haarspangen in den Haaren, eine zerbeulte Mappe unterm Arm, und sah nach rechts, nach links und verschwand dann im Laufschritt um die Ecke. Ich wollte an die Tür klopfen, aber die Tür klopfte zuerst.

»Polizei«, sagte eine matte Stimme. »Machen Sie auf.«

…

Die Uhr zeigte zwei Uhr morgens. Ich zog mir den Morgenmantel über und öffnete die Tür einen

Spalt. Im Treppenhaus stand ein korpulenter Polizist in einem braunen Anzug.

»Tut mir leid, dass wir Sie wecken«, sagte er, aber er klang nicht so, als täte es ihm leid. »Ich bin Sergeant Finneran. Und das hier ist Inspektor Tilson.«

Es hatte offenbar eine Weile gedauert, bis ich das Klopfen gehört hatte, denn Tilson saß auf dem Treppenabsatz und betrachtete angelegentlich seine Fingernägel.

»Können wir reinkommen?«

»Nein.«

»Kennen Sie eine Katherine Kontent?«

»Natürlich«, sagte ich.

»Wohnt sie hier?«

Ich zog mir den Morgenmantel fester um. »Ja.«

»Wohnt sie bei Ihnen?«

»Nein ... ich bin es selbst.«

Finneran sah zu Tilson hinüber, und der sah von seinen Nägeln auf, als wäre sein Interesse endlich geweckt.

»He«, sagte ich. »Was soll das alles?«

Auf der Wache war es sehr still. Tilson und Finneran führten mich über eine Hintertreppe in einen engen Flur hinunter. Ein junger Polizist öffnete die Stahltür zu der Arrestzelle, wo es nach Schimmel und Ammoniak roch. Eve lag wie eine Lumpenpuppe auf der Liege, ohne Decke. Über einem kleinen Schwarzen trug sie meine blaue Dreivierteljacke, die sie auch am Abend des Autounfalls getragen hatte.

Laut Tilson war Eve in einer Seitengasse der Bleecker Street betrunken zusammengebrochen. Als einer der Streifenpolizisten sie fand, hatte sie weder Handtasche noch Geldbörse bei sich, aber in der Jackentasche entdeckte er – so unglaublich es klingt – meinen Bibliotheksausweis.

»Ist sie das?«, fragte Tilson.

»Das ist sie.«

»Sie sagten, sie wohnt Uptown. Was wollte sie in der Gegend um die Bleecker Street?«

»Sie hört gern Jazz.«

»Wie wir alle«, sagte Finneran.

Ich stand an der Tür und wartete, dass Tilson aufschloss.

»Sergeant«, sagte er, »sagen Sie der Aufseherin, sie soll die Person duschen. Miss Kontent, kommen Sie bitte mit mir.«

Tilson führte mich wieder nach oben in einen kleinen Raum, in dem es Tisch und Stühle gab, aber kein Fenster. Offensichtlich fanden hier Verhöre statt. Nachdem wir beide einen Pappbecher mit Kaffee bekommen hatten, lehnte er sich auf seinem Stuhl zurück.

»Woher kennen Sie also diese …?«

»Eve.«

»Richtig. Evelyn Ross.«

»Wir haben früher in einem Zimmer gewohnt.«

»Aha. Wann war das?«

»Bis letzten Januar.«

Finneran kam herein. Er nickte zu Tilson hinüber und lehnte sich an die Wand.

»Als der Polizist Mackey Ihre Freundin angesprochen hat«, sagte Tilson, »wollte sie ihren Namen nicht sagen.«

»Vielleicht hat er nicht freundlich gefragt.«

Tilson lächelte. »Welchen Beruf übt Ihre Freundin aus?«

»Zurzeit arbeitet sie nicht.«

»Und Sie?«

»Ich bin Sekretärin.«

Tilson hielt die Hände vor sich und tat, als würde er in die Schreibmaschine tippen.

»Genau so.«

»Und was ist mit ihr passiert?«

»Wie, passiert?«

»Sie wissen schon. Die Narben.«

»Sie hatte einen Autounfall.«

»Sie muss ganz schön schnell gefahren sein.«

»Wir wurden von hinten angefahren. Sie ist durch die Windschutzscheibe geschleudert worden.«

»Sie waren bei dem Unfall dabei!«

»Ja.«

»Wenn ich jetzt den Namen Billy Bowers erwähne – bedeutet der Ihnen was?«

»Nein. Sollte er?«

»Und Geronimo Schaffer?«

»Nein.«

»Hören Sie, Kathy … Darf ich Sie Kathy nennen?«

»Kathryn, Katey. Kate. Was Sie wollen. Nur nicht Kathy.«

»Gut, dann, Kate. Sie scheinen helle zu sein.«

»Danke.«

»Es ist nicht das erste Mal, dass ich eine junge Frau gesehen habe, die so endet wie Ihre Freundin.«

»Betrunken?«

»Manchmal werden sie zusammengeschlagen. Manchmal enden sie mit einer gebrochenen Nase. Manchmal …«

Er ließ seine Stimme in der Schwebe, um die Dramatik zu erhöhen.

»In dem Fall liegen Sie völlig falsch, Inspektor.«

»Vielleicht. Aber eine junge Frau kann in etwas hineingeraten. Das verstehe ich. Sie will auch nur leben. Wie wir alle. Sie hat nicht gedacht, dass es so enden würde. Aber wer endet schon so, wie er gedacht hat? Man nennt es Träume, aus gutem Grund, stimmt's?«

Finneran kommentierte Tilsons Worte mit einem zustimmenden Grunzen.

Als wir wieder in den vorderen Teil der Wache kamen, saß Eve zusammengesunken auf einer Bank. Die Aufseherin in Uniform stand daneben. Sie half mir, Eve in ein Taxi zu setzen, während Tilson und Finneran, die Hände in den Hosentaschen, zusahen. Als das Taxi losfuhr, tat Eve mit geschlossenen Augen so, als würde sie in eine Trompete blasen.

»Evey. Was ist los?«

Sie lachte ein Mädchenlachen.

»Extrablatt! Extrablatt! Lesen Sie selbst!«

Dann lehnte sie sich an meine Schulter und schlief unter leisem Gemurmel ein.

Sie sah völlig erledigt aus. Ich streichelte ihr über das Haar, als wäre sie ein Kind. Es war noch nass von der Dusche.

In der 11. Straße gab ich dem Taxifahrer einen Dollar zusätzlich, damit er mir half, Eve die Treppe hinaufzutragen. Wir legten sie auf mein Bett, und ihre Beine baumelten von der Kante. Ich rief im Beresford an, aber niemand nahm ab. Dann holte ich eine Schüssel mit warmem Wasser aus der Küche und wusch ihr die Füße. Ich zog ihr das Kleid aus – darunter trug sie ein Kamisol, das mehr gekostet hatte als die gesamte Kleidung, die ich trug, einschließlich der Schuhe – und deckte sie zu.

Nachdem ich in der Wache bei dem Sergeanten den Empfang von Eves Sachen quittiert hatte, schüttelte er einen einzelnen Gegenstand aus einem großen manilagelben Umschlag. Er fiel mit einem zarten Klacken auf den Tisch: ein Verlobungsring mit einem Diamanten, so groß, dass man darauf hätte Schlittschuh laufen können. Ich hob ihn auf und bekam sofort schwitzige Handflächen. Jetzt nahm ich ihn aus meiner Tasche und legte ihn auf den Küchentisch. Und die Dreivierteljacke warf ich in den Müll.

Ich betrachtete Eve, sie schlief tief und fest, und fragte mich, wie man das verstehen sollte. Was war passiert, dass sie betrunken in einer Gasse gelandet war? Was war mit ihren Schuhen? Und wo war Tinker, verdammt? Was immer ihrer beider Geschichte war, im Moment atmete Eve ruhig – vorübergehend der Vergessenheit überlassen, verletzlich, friedlich.

Dass wir uns selbst nie in diesem Zustand sehen, ist ein zweckmäßiger und zugleich ironischer Aspekt des Lebens. Erst nach dem Erwachen können wir uns im Spiegel betrachten, und dann bieten wir meist ein bekümmertes und verängstigtes Bild. Vielleicht finden es junge Eltern deshalb so faszinierend, ihren Kindern zuzusehen, wenn sie schlafen.

Am Morgen tranken wir Kaffee und aßen Spiegelei mit Tabascosauce. Eve war so munter wie eh und je und erzählte, wie langweilig es in Südfrankreich gewesen sei – die muffigen Häuser und die überlaufenen Strände, und dazu Priscilla, die hinter all den »von« und »zu« her gierte. Wären da nicht die Croissants und die Kasinos gewesen, wäre sie den ganzen Weg nach Hause zu Fuß gegangen.

Ich ließ sie eine Weile reden, aber als sie mich fragte, wie es im Büro sei, schob ich ihr den Ring über den Tisch.

»Oh«, sagte sie. »Darüber sprechen wir.«

»Allerdings.«

Sie nickte kurz und zuckte dann die Achseln. »Tinker hat mir einen Heiratsantrag gemacht.«

»Das ist fantastisch, Eve. Herzlichen Glückwunsch.«

Sie verzog das Gesicht, als hätte sie an saurer Milch gerochen. »Bist du verrückt? Gott im Himmel, Katey. Ich habe ihn nicht angenommen.«

Ehrgeizig, entschlossen, zäh – wie immer man Eve beschreiben wollte, sie war jederzeit für eine Überraschung gut. Ich dachte zurück an Eve vor sechs Monaten, in einem weißen Kleid auf der weißen Couch in Tinkers Wohnung, wie sie Schmerztabletten in lauwarmem Gin auflöste. Aus dieser Lotosblütenposition hatte sie sich aufgerappelt und stiftete jetzt in der Stadt Verwirrung, während wir anderen mit unterschiedlichem Maß an Bewunderung, Neid und Verachtung zusahen und überzeugt waren, dass sie es auf einen Heiratsantrag abgesehen hatte. Unterdessen lag sie, wie eine Katze im hohen Gras, auf der Lauer und wartete auf das selbstgefällige Urteil der anderen.

Dann erzählte sie, was sich zugetragen hatte. Es war genau so, wie Generous erzählt hatte: Tinker hatte sie mit dem Champagner und dem Hühnchen zu einer Spritztour auf der Jacht mitgenommen. Nach dem Lunch waren sie geschwommen, und nachdem sie sich abgetrocknet hatten, ging er vor ihr auf die Knie und nahm den Ring aus dem Salzstreuer. Sie lehnte sofort ab. Offenbar hatte sie gesagt: Warum fährst du mich nicht noch einmal gegen einen Laternenpfahl?

Als Tinker ihr den Ring geben wollte, berührte sie ihn nicht einmal. Er verschloss ihn in ihrer Hand und bestand darauf, dass sie es sich in Ruhe überlegen solle. Aber das war nicht nötig. Sie schlief tief und fest. Beim Morgengrauen stand sie auf, packte eine Übernachtungstasche und stahl sich davon, während Tinker noch schlief.

»Schade, dass du nicht dabei warst«, sagte sie mit einem fast sentimentalen Lächeln. »Du hättest dich köstlich amüsiert. Ich meine, er brauchte eine Woche, um die ganze Show auf die Beine zu stellen, und als ich ihn abwies, hat er den Kahn seines Kumpels auf Grund gesetzt. Er war völlig kopflos. Er hat das Boot bestimmt hundert Mal vom Bug bis zum Heck nach einer Leuchtrakete abgesucht. Er hat die Segel eingeholt, er ist am Mast hochgeklettert. Er ist sogar ins Wasser gegangen und hat geschoben.«

»Und was hast du gemacht?«

»Ich habe an Deck gelegen, mit dem Rest Champagner. Ich habe dem Rauschen des Windes und dem Schlagen der Segel und dem Plätschern der Wellen zugehört …«

Eve strich sich Butter auf ein Stück Toast und blickte fast träumerisch vor sich hin. »Es waren die ersten friedlichen drei Stunden im letzten halben Jahr«, sagte sie. Dann steckte sie das Messer in die Butter, als wäre es der Spieß im Rücken des Stiers. »Das Komische daran ist natürlich, dass wir uns gar nicht mögen.«

»Komm jetzt.«

»Du weißt, wie ich es meine. Wir haben uns ein bisschen amüsiert. Aber im Grunde genommen ist es so, dass er aus vornehmen Kreisen kommt und ich nicht.«

»Glaubst du, dass er es so sieht?«

»Wenn das reicht.«

»Warum hat er dir dann einen Antrag gemacht?«

Sie trank einen Schluck Kaffee und blickte grimmig in die Tasse.

»Was meinst du, können wir das hier ein bisschen aufpeppen?«

»Wie du möchtest. Aber ich muss in einer halben Stunde zur Arbeit gehen.«

Sie fand eine Flasche mit einem Rest Whiskey und goss sich davon in ihren Kaffee. Als sie sich wieder setzte, wollte sie das Thema wechseln.

»Woher hast du bloß diese vielen Bücher?«

»Mal langsam, meine Gute. Ich meine es ernst. Wenn ihr beide so vornehm und nicht so vornehm seid, warum hat er dir dann einen Antrag gemacht?«

Sie zuckte die Schultern und setzte die Tasse ab. »Es war meine Schuld. Ich bin schwanger geworden und hatte ihm das erzählt, als wir in England waren. Das hätte ich nicht tun sollen. Damals, als ich aus dem Krankenhaus kam, war er schon kaum auszuhalten, aber du hättest ihn jetzt sehen sollen.«

Eve zündete sich eine Zigarette an. Sie lehnte sich zurück und stieß den Rauch zur Decke aus. Dann schüttelte sie den Kopf. »Hüte dich vor Männern, die denken, sie stehen in deiner Schuld. Sie treiben dich zum Wahnsinn.«

»Was hast du also vor?«

»Mit meinem Leben?«

»Nein. Mit dem Baby.«

»Ach … das hatte ich schon in Paris erledigt. Ich hatte es ihm nur noch nicht gesagt. Ich wollte es ihm schonend beibringen. Aber dann musste ich deutlich werden.«

Wir schwiegen einen Moment. Ich stand auf und räumte die Teller ab.

»Mir blieb keine Wahl«, erklärte Eve. »Er hatte mich in die Ecke gedrängt. Wir waren draußen auf See.«

Ich drehte den Hahn auf.

»Katey. Wenn du jetzt anfängst abzuwaschen, wie meine Mutter das immer gemacht hat, dann stürze ich mich aus dem Fenster.«

Ich setzte mich wieder auf meinen Stuhl. Sie nahm meine Hand und drückte sie. »Sei nicht so enttäuscht von mir. Ich ertrage das nicht – nicht von dir.«

»Du erwischst mich nur unvorbereitet.«

»Das ist mir klar. Aber versteh doch bitte. Ich bin dazu bestimmt, Kinder zu kriegen, Schweine zu züchten und Mais anzubauen und dem lieben Gott für mein feines Leben zu danken. Aber seit dem Unfall habe ich ein paar Dinge gelernt. Und mir gefällt es ganz gut auf dieser Seite der Windschutzscheibe.«

Sie hatte es schon immer gesagt: Sie ließe sich verwöhnen und hofieren, aber nicht herumkommandieren.

Sie neigte den Kopf und sah mich prüfend an. »Kommst du damit klar?«

»Sicher.«

»Ich meine, schließlich bin ich die sündige Katholikin, oder?«

Ich lachte. »Das stimmt. Du bist die sündige Katholikin.«

Sie drückte die Zigarette aus und klappte die Schachtel auf. Es war noch eine Zigarette drin. Eve zündete sie an und warf sich das Streichholz über die Schulter. Dann hielt sie mir die Zigarette hin wie ein Indianerhäuptling. Ich nahm einen Zug und gab ihr die Zigarette zurück. Wir schwiegen und reichten die Zigarette zwischen uns hin und her.

»Und was machst du jetzt?«, fragte ich sie.

»Ich weiß nicht. Ich bin zurzeit allein im Beresford, aber ich will da nicht bleiben. Meine Eltern liegen mir ständig in den Ohren. Vielleicht besuche ich sie mal.«

»Und Tinker?«

»Er sagt, vielleicht geht er wieder nach Europa.«

»Um in Spanien gegen die Faschisten zu kämpfen?«

Eve sah mich verdutzt an, dann lachte sie. »Von wegen, meine Gute. Wenn, dann geht er an die Côte d'Azur und kämpft gegen die Wellen.«

Drei Abende später wollte ich gerade ins Bett gehen, als das Telefon klingelte.

Seit ich Eve gesehen hatte, wartete ich darauf – den Anruf zu später Stunde, wenn New York im Schatten lag und tausend Meilen die Sonne entfernt über einem kobaltblauen Meer aufging. Es war ein Anruf, der, wenn nicht das Eis auf der Park Avenue gewesen wäre, schon vor sechs Monaten oder in einem anderen Leben hätte kommen können. Ich spürte, wie mein Herz schneller klopfte. Ich zog mir die Bluse wieder an und ging an den Apparat.

»Hallo …?«

Aber es war die Stimme eines müden Patriziers. »Ist das Katherine?«

…

»Mr. Ross?«

»Entschuldigen Sie bitte, dass ich Sie so spät noch belästige, aber ich wollte Sie fragen, ob Sie zufällig …«

Ein Schweigen entstand am anderen Ende der Leitung. Ich spürte, wie zwanzig Jahre Erziehung und ein paar Hundert Meilen Indiana ihn zwangen, seine Gefühle im Zaum zu halten.

»Mr. Ross?«

»Entschuldigen Sie bitte. Ich will es erklären. Anscheinend ist Eves Verhältnis mit diesem Tinker beendet.«

»Ja. Ich habe Eve vor ein paar Tagen gesehen, da hat sie es mir gesagt.«

»Aha. Gut. Ich … das heißt, Sarah und ich … haben ein Telegramm von ihr bekommen, mit der Mitteilung, dass sie nach Hause kommt. Wir wollten sie abholen, aber sie war nicht im Zug. Erst dachten wir, wir hätten uns im Bahnsteig geirrt. Aber sie war auch nicht im Restaurant oder im Wartesaal. Deshalb sind wir zum Bahnhofsvorsteher gegangen, um zu sehen, ob sie auf der Fahrgastliste stand. Er wollte es uns nicht sagen. Er sagte, es sei gegen die Regeln, und was weiß ich. Aber dann bestätigte er doch, dass sie in New York in den Zug gestiegen sei. Es lag also nicht daran, dass sie nicht gefahren war. Sie ist einfach nicht ausgestiegen. Erst ein paar Tage später gelang es uns, zu dem Schaffner durchzukommen. Da war er schon in Denver und praktisch auf dem Weg zurück in den Osten. Aber er konnte sich an sie erinnern – wegen der Narbe. Und er sagte, als der Zug nach Chicago kam, habe sie eine zusätzliche Fahrkarte gelöst. Nach Los Angeles …«

Mr. Ross schwieg einen Moment und sammelte sich.

»Sie verstehen also, Katey, dass wir ganz durcheinander sind. Ich habe versucht, Tinker zu erreichen, aber anscheinend ist er im Ausland.«

»Mr. Ross, ich weiß nicht, was ich sagen kann …«

»Katey, ich möchte nicht, dass Sie ein Vertrauen brechen. Wenn Eve nicht will, dass wir wissen, wo sie ist, dann akzeptiere ich das. Sie ist erwachsen. Sie ist frei, ihren eigenen Weg zu gehen. Bloß, wir sind die Eltern. Eines Tages werden Sie das verstehen. Wir wollen uns nicht einmischen. Wir wollen uns nur versichern, dass es ihr gut geht.«

»Mr. Ross, wenn ich wüsste, wo Eve ist, würde ich es Ihnen sagen. Auch wenn sie mich zu Stillschweigen verpflichtet hätte.«

Mr. Ross seufzte unterdrückt, nur kurz, aber es klang umso schmerzlicher.

Was das für eine Szene gewesen sein musste: Nachdem sie beim Morgengrauen aufgestanden und die Fahrt nach Chicago gemacht hatten, bei der sie wahrscheinlich das Radio nicht eingeschaltet hatten und nur selten miteinander sprachen, nicht weil sie das Klischee des verheirateten Paares erfüllten, das sich mit der Zeit fremd geworden war, sondern weil sie sich in ihren bitteren und doch zärtlichen Gefühlen für ihre Tochter ganz nah waren, ihre Tochter, die ihre Unabhängigkeit beweisen musste, von New York gebeutelt war und sich endlich danach sehnte, nach Hause zu kommen. Durch die Drehtür schritten sie, gekleidet wie zum Sonntagsgottesdienst, und bahnten sich ihren Weg durch das demokratische Gedränge der Ankommenden und Abreisenden, ein wenig besorgt zwar, aber insgesamt erregt, dass sie in dieser Mission unterwegs waren, die nicht nur für sie als Eltern, sondern für die ganze Spezies von wesentlicher Bedeutung war. Wie niederschmetternd musste es gewesen sein – die erste Ahnung, dass ihre Tochter doch nicht kommen würde.

Unterdessen, in einem über tausend Meilen entfernten Bahnhof – der von Farbe und Licht durchströmt war und dessen Architektur den optimistischen modernen Stil des Westens reflektierte und nicht zu den düsteren Konstruktionen der großen amerikanischen Bahnhöfe des 19. Jahrhunderts zählte –, stieg Eve aus dem Zug. Sie hatte keine Tasche, die der Gepäckträger ihr aushändigen müsste, sondern humpelte gleich auf die von Palmen gesäumte Straße hinaus, wo sie, ohne ein spezielles Ziel im Sinn zu haben, wie ein Filmsternchen aus einem ziemlich rauen, unbarmherzigen Land aussah.

Eine große Welle Mitgefühl für Mr. Ross stieg in mir auf.

»Ich überlege, ob ich einen Privatdetektiv anheuern soll, der nach ihr sucht«, sagte er und klang unsicher, ob das der richtige Schritt war. »Kennt sie in Los Angeles jemanden?«

»Nein, Mr. Ross. Ich glaube, sie kennt in Kalifornien keine Menschenseele.«

Aber sollte Mr. Ross einen Privatdetektiv anheuern, dachte ich, dann hätte ich einen Tipp für ihn. Ich würde ihm nämlich raten, im Umkreis des Bahnhofs alle Pfandbüros nach einem Verlobungsring absuchen zu lassen, mit einem Diamanten so groß, dass man darauf Schlittschuh laufen konnte, und nach einem einzelnen Hängeohrring – denn in einem solchen Pfandbüro hatte die Zukunft von Eve Ross soeben begonnen.

Am nächsten Abend rief Mr. Ross wieder an.

Diesmal stellte er keine Fragen. Er rief an, um mir Informationen zu geben: Am Tage hatte er mit ein paar Mädchen bei Mrs. Martingale gesprochen – aber keine hatte von Eve gehört. Er hatte sich mit dem Vermisstenbüro in Los Angeles in Verbindung gesetzt, aber als er sagte, dass Eve volljährig sei und sich die Fahrkarte gekauft habe, erklärte man ihm, dass Eve die rechtliche Definition von »vermisst« nicht erfülle. Um Mrs. Ross zu beruhigen, hatte er auch in den Krankenhäusern und Notaufnahmen nachgefragt.

Als Mr. Ross das dritte Mal anrief, hatte er keine neuen Informationen. Er erzählte, er sei einige von Eves Briefen durchgegangen (auf der Suche nach Namen von Freunden, die ihm helfen könnten) und habe einen gefunden, in dem Eve ihre erste Begegnung mit mir beschrieb: *Gestern habe ich einem der*

Mädchen einen Teller Nudeln über den Schoß gekippt, und es stellt sich heraus, dass sie ein prima Kerl ist.

»Ich hatte vergessen, dass Eve zuerst in einem Einzelzimmer war«, sagte er. »Wann sind Sie denn zusammengezogen?«

Jetzt sah ich, dass ich mich in eine schwierige Situation manövriert hatte.

Auch Mr. Ross war in Trauer, aber wegen seiner Frau musste er stark sein. Deshalb brauchte er jemanden, mit dem er Erinnerungen austauschen konnte, jemanden, der Eve gut kannte und doch in sicherer Entfernung war. Und da kam ich wie gerufen.

Ich wollte nicht abweisend sein. Und dieses kleine Gespräch bedeutete keine Unannehmlichkeit. Aber wer konnte wissen, wie viele dieser Gespräche noch kommen würden? Vielleicht gehörte er zu denen, die einen Schmerz nur langsam überwinden. Oder schlimmer noch, er war jemand, der seinen Kummer auskostete, statt darüber hinwegzukommen. Wie sollte ich mich da rechtzeitig rausziehen? Dass ich nicht ans Telefon ging, kam nicht infrage. Musste ich ihn unhöflich abfertigen, bis er die Botschaft begriff?

Ein paar Abende später klingelte das Telefon wieder, und ich sprach so, als hätte ich eine Hand im Mantelärmel und in der anderen Hand den Schlüssel.

»Hallo!«

»Katey?«

»Tinker?«

»Ich dachte schon, ich hätte die falsche Nummer. Es ist gut, deine Stimme zu hören.«

…

»Ich habe Eve gesehen«, sagte ich.

…

»Das dachte ich mir …« Er lachte dünn. »Das habe ich ja ganz schön verbockt, dieses Jahr 1938.«

»Du und der Rest der Welt.«

»Nein. Das ist nur mir zuzuschreiben. Seit der ersten Januarwoche ist jede meiner Entscheidungen falsch gewesen. Ich glaube, Eve war mich seit Monaten leid.«

Als trauriges Beispiel dafür erzählte er mir, wie er sich in Frankreich angewöhnt hatte, früh schlafen zu gehen und bei Sonnenaufgang aufzustehen und schwimmen zu gehen. Der frühe Morgen sei so wunderschön, sagte er, und so anders als der Sonnenuntergang, dass er Eve gebeten habe, einmal mit ihm aufzustehen. Ihre Reaktion bestand darin, sich eine Augenbinde aufzusetzen und bis mittags zu schlafen. Am letzten Abend, gerade als Tinker ins Bett gehen wollte, sei sie allein ins Kasino gegangen und habe bis vier Uhr morgens Roulette gespielt – und kam, die Schuhe in der Hand, gerade rechtzeitig zurück, um mit ihm zum Strand zu gehen.

Tinker erzählte das so, als sei es für sie beide eher peinlich, aber ich teilte diese Sicht nicht. Was immer die Unzulänglichkeiten in der Beziehung zwischen Tinker und Eve waren, ob sie angemessen oder mangelhaft oder dürftig gewesen war, keiner der beiden musste diese kleine Episode als demütigend empfinden. Dass Tinker allein aufstand, um einen Sonnenaufgang zu erleben, den er lieber mit jemandem zusammen erlebt hätte, und dass Eve in allerletzter Minute von der anderen Seite, nach einer durchfeierten Nacht, doch noch zu ihm gekommen war, brachte – aus meiner Sicht – das Beste in beiden zum Vorschein.

In jedem Telefongespräch mit Tinker, das ich mir ausgedacht hatte, klang er anders. Einmal hatte er wie ein gebrochener Mann geklungen. Ein andermal verwirrt. Dann wiederum zerknirscht. Aber jedes Mal hatte er verunsichert geklungen, nachdem er gerade den von ihm selbst verursachten Verwirrungen entkommen war. Doch jetzt, am Telefon, klang er nicht im Mindesten verunsichert. Tinkers Stimme klang zwar gedämpft, das schon, aber auch fest und entspannt. Sie hatte eine unbeschreibbare Qualität, die fast Neid erweckte. Ich brauchte eine Weile, um zu begreifen, dass es Erleichterung war. Er hörte sich an wie jemand, der in einer fremden Stadt nach einem Hotelbrand, bei dem er alles verloren und nur sein nacktes Leben gerettet hat, am Straßenrand sitzt.

Aber ob gebrochen oder verwirrt, entspannt oder erleichtert – seine Stimme klang nicht, als käme sie über den Atlantik. Sie war klar und deutlich wie im Radio.

»Tinker, wo bist du?«

Er war allein im Sommerhaus der Wolcotts in den Adirondacks. Er hatte eine Woche dort verbracht, war durch den Wald gewandert und auf dem See gerudert und hatte über die vergangenen sechs Monate nachgedacht. Und jetzt hatte er die Befürchtung, dass er ein wenig verrückt werden könnte, wenn er nicht bald mit jemandem sprach. Deshalb fragte er, ob ich ihn für einen Tag besuchen würde. Oder ich könnte am Freitag nach der Arbeit den Zug nehmen und übers Wochenende bleiben. Er sagte, das Haus sei fantastisch und der See wunderschön und …

»Tinker«, sagte ich. »Du brauchst mir keine Gründe zu geben.«

Nachdem ich aufgelegt hatte, stand ich eine Weile am Fenster und fragte mich, ob ich hätte Nein sagen sollen. Auf der anderen Seite des trostlosen Hofes hinter dem Haus, in dem ich wohnte, trennte mich eine Mauer mit einem Muster aus Fenstern von hundert stummen Leben, in denen es kein Geheimnis, keine Bedrohung, keine Magie gab. Und obwohl ich Tinker Grey eigentlich nicht besser kannte als all diese Menschen, hatte ich trotzdem das Gefühl, ihn schon mein ganzes Leben lang zu kennen.

Ich ging quer durch das Zimmer.

Aus dem Regal mit britischer Literatur nahm ich *Große Erwartungen* heraus. Da, zwischen den Seiten des 20. Kapitels, steckte Tinkers Brief, in dem er die kleine Kirche auf der anderen Seite des Meeres beschrieb – die Seefahrerwitwe, den Ringer mit dem Korb Beeren, die hereinstürmenden Schulmädchen – und in dem er indirekt das Zusammentreffen von Umständen begrüßte. Ich glättete das verschrumpelte dünne Papier. Dann setzte ich mich und las den Brief zum wer-weiß-wie-vielten Male.

18. Kapitel

IM JETZT UND HIER

Das Sommerhaus der Wolcotts war ein zweistöckiges herrschaftliches Haus im Stil der Arts-and-Crafts-Bewegung. Um ein Uhr nachts ragte es aus den Schatten heraus wie ein elegantes Tier, das ans Wasser gekommen ist, um zu trinken.

Wir gingen die bequemen Holzstufen zur Veranda hinauf und in den großen Wohnraum hinein, mit einem offenen Kamin, in dem man aufrecht stehen konnte. Auf dem Fußboden aus Kiefernholz lagen Navajo-Flickenteppiche, die aus Wolle in allen erdenklichen Rottönen gewebt waren. Robuste Holzstühle standen in Zweier- oder Vierergruppen um Tische herum, sodass die Wolcotts, wenn das Haus während der Hauptsaison voll war, jeder für sich oder zu mehreren Karten spielen oder lesen oder Puzzles legen konnten. Die Lampen mit den Mikaschirmen tauchten den Raum in ein warmes gelbes Licht. Ich erinnerte mich, dass Wallace gesagt hatte, für ihn sei das Haus in den Adirondacksbergen ein Zuhause, obwohl er im Jahr nur wenige

Wochen dort verbrachte – und es war nicht schwer zu verstehen. Man konnte sich gut vorstellen, wo im Dezember der Weihnachtsbaum stehen würde.

Tinker hob zu einer begeisterten Schilderung der Geschichte des Hauses an. Er sagte irgendetwas über Indianer und über die ästhetischen Prinzipien des Architekten. Aber ich war um sechs Uhr aufgestanden und hatte zehn Stunden in der Redaktion des Gotham zugebracht. Und bei dem Geruch des Holzfeuers und dem fernen Grollen eines Gewitters bewegten sich meine Lider auf und ab wie der Bug eines Bootes vor Anker.

»Entschuldige bitte«, sagte er mit einem Lächeln. »Ich bin so aufgeregt, dass wir uns sehen. Wir vertagen alles auf morgen.«

Er nahm meine Tasche und ging mir voran in den ersten Stock, zu einem Flur mit vielen Türen. In dem Haus war sicherlich Platz für zwanzig Personen.

»Du kannst hier schlafen«, sagte er und trat in ein kleines Zimmer mit zwei Einzelbetten.

Er stellte meine Tasche auf einen Sekretär neben einem Porzellanwaschbecken. Obwohl die alten Gaslampen an den Wänden jetzt mit elektrischem Licht leuchteten, zündete er eine Petroleumlampe auf dem Nachttisch an.

»Im Krug ist frisches Wasser. Ich bin am anderen Ende des Flurs, falls du was brauchst.«

Er drückte mir die Hände, sagte, wie froh er sei, dass ich gekommen war, dann entschwand er in den Flur.

Während ich ein paar Sachen auspackte, konnte ich hören, wie er wieder nach unten ging, die Haustür verriegelte, das Feuer löschte und die Lichter ausknipste. Das ferne Grummeln, das ich für Donner gehalten hatte, verstummte, und alle Lichter im Haus gingen aus. Tinkers Schritte waren wieder auf der Treppe zu hören und verklangen dann auf der anderen Seite im Flur.

Ich zog mich im Licht der alten Petroleumlampe aus. Mein Schatten an der Wand zeigte die Bewegungen, wie ich meine Bluse faltete und mir die Haare bürstete. Ich legte mein Buch auf den Nachttisch, jedoch ohne die Absicht, zu lesen, und kroch unter die Decke. Das Bett musste aus einer Zeit stammen, als die Amerikaner noch kleiner waren, denn ich stieß mit den Füßen unten an. Ich fand es überraschend kalt und breitete die Patchworkdecke aus, die am Fußende lag, dann schlug ich doch das Buch auf.

Auf meinem Weg zur Penn-Station war mir eingefallen, dass ich nichts zu lesen bei mir hatte. Deshalb sah ich mir an einem Zeitungsstand die Auswahl an Taschenbüchern (Liebesromane, Western, Abenteuergeschichten) an und entschied mich für einen Krimi von Agatha Christie. Zu dem Zeitpunkt hatte ich noch nicht viele Krimis gelesen. Vielleicht aus Hochnäsigkeit. Aber kaum saß ich im Zug und hatte eine Weile ausgiebig aus dem Fenster geguckt, vertiefte ich mich in den Christie-Roman und war angenehm überrascht, wie unterhaltsam ich ihn fand. Dieser Krimi spielte auf einem englischen Landsitz und hatte als Heldin eine Erbin, die die Fuchsjagd liebte und bis Seite 45 schon zweimal beinahe in einer Katastrophe gelandet wäre.

Ich schlug das achte Kapitel auf. Mehrere leicht verdächtige Leute saßen in einem Salon zusammen und tranken Tee. Sie sprachen von einem jungen Mann aus dem Ort, der in den Burenkrieg gegangen und nicht zurückgekehrt war. Auf dem Klavier standen Lilien, die von einem heimlichen Verehrer stammten. Die ganze Situation war mir in Bezug auf Ort und Zeit so fremd, dass ich den siebten Absatz ein zweites Mal lesen musste, dann ein drittes Mal. Nach dem vierten Versuch drehte ich das Licht hinunter.

Die Patchworkdecke lag so schwer auf meiner Brust, dass ich mein Herz schlagen hören konnte – als würde es die Zeit und die Tage messen wie ein Metronom, das auf ein Tempo zwischen Ungeduld und Heiterkeit eingestellt war. Eine Weile lang lauschte ich den Geräuschen im Haus, dem Wind draußen, dem Ruf vermutlich eines Käuzchens.

Dann schlief ich ein, während ich auf die Schritte wartete, die nicht kamen.

»Aus den Federn.«

Tinker stand in der Tür.

»Wie viel Uhr ist es?«

»Acht.«

»Brennt es?«

»Auf dem Lande ist das spät.« Er warf mir ein Handtuch zu. »Das Frühstück ist schon auf dem Herd. Komm runter, wenn du so weit bist.«

Ich stand auf und spritzte mir Wasser ins Gesicht. Ein Blick aus dem Fenster sagte mir, dass es ein klarer, kalter Vorherbsttag sein würde. Ich zog mich also erbinnen- und fuchsjagdgemäß an, nahm mein Buch und ging nach unten, in der Annahme, dass der Vormittag vor einem offenen Feuer stattfinden würde.

Der Flur war, so wie Wallace' Wohnung auch, von der Decke bis zum Fußboden mit Familienfotos dekoriert. Es dauerte eine Weile, aber dann fand ich ein paar Kinderbilder von Wallace. Das erste war ein nicht sehr gelungener Schnappschuss von ihm mit sechs in einem französischen Matrosenanzug, aber auf dem zweiten war Wallace im Alter von zehn oder elf zusammen mit seinem Großvater zu sehen: Sie sitzen in einem Kanu aus Birkenrinde und halten stolz den Fang des Tages hoch. Dem Ausdruck ihrer Gesichter nach hätte man auch denken können, sie hielten die Welt bei den Kiemen.

Von den Fotos angelockt, ging ich auf der anderen Seite des Treppenhauses in den Westteil des Flurs. Das Zimmer ganz am Ende war das, in dem Tinker geschlafen hatte. In einem Stockbett unten! Auf dem Nachttisch lag ein Buch. Ich hörte Hercule Poirets ermutigendes Flüstern in meinem Ohr und nahm es in die Hand. Es war *Walden*. Eine Pik-Fünf diente als Lesezeichen – obwohl die bunten Unterstreichungen darauf hindeuteten, dass es mindestens die zweite Lektüre war.

Einfachheit, Einfachheit, Einfachheit! …

Der Geist Henry Thoreaus sah mich stirnrunzelnd an, und das war richtig so. Ich legte das Buch wieder hin, schlich mich zur Treppe und ging nach unten.

Ich fand Tinker in der Küche, wo er in einer gusseisernen Pfanne Schinken und Eier briet. An einem kleinen Küchentisch mit einer Emailleplatte war für zwei Personen gedeckt. Irgendwo im Haus musste es einen großen Eichentisch für zwölf Personen geben, denn an diesem kleinen Tisch hatten höchstens die Köchin, das Kindermädchen und drei der Wolcott-Enkelkinder Platz.

Tinker war ganz ähnlich angezogen wie ich –

in Khakihosen und weißem Hemd –, was mir ein bisschen peinlich war, er trug dazu aber schwere Lederstiefel. Er teilte das Essen aus, goss den Kaffee ein und setzte sich mir gegenüber. Er sah gut aus. Seine Haut hatte die verwöhnte Sonnenbräune vom Mittelmeer verloren und eine rauere Tönung angenommen, und in der Feuchtigkeit des Sommers war sein Haar lockig geworden. Sein Fünftagebart stand ihm gut, denn so sah er wie verkatert aus, aber noch nicht wie ein Landstreicher. Sein Verhalten war auch jetzt ruhig und gemessen, so wie ich ihn am Telefon erlebt hatte. Er lächelte mich über den Tisch hinweg an.

»Was?«, sagte ich schließlich.

»Ich habe versucht, mir vorzustellen, wie du mit roten Haaren aussiehst.«

»Tut mir leid«, sagte ich lachend. »Meine Tage als Rotschopf sind vorüber.«

»Da habe ich was verpasst. Wie war es?«

»Ich glaube, es hat die Mata Hari in mir zum Vorschein gebracht.«

»Dann müssen wir sie wieder hervorholen.«

Nachdem wir aufgegessen, abgeräumt und abgewaschen hatten, klatschte Tinker in die Hände.

»Was meinst du? Machen wir eine Wanderung?«

»Ich bin eigentlich nicht der Typ zum Wandern.«

»O doch, das bist du ganz bestimmt. Du weißt

es nur noch nicht. Und der Blick auf den See vom Pinyon Peak ist atemberaubend.«

»Ich hoffe, du bist nicht das ganze Wochenende über so unerträglich unternehmungslustig.«

Tinker lachte. »Es steht zu befürchten.«

»Außerdem«, sagte ich, »habe ich keine Wanderstiefel mitgebracht.«

»Ach! Und du glaubst, so kannst du dich rausreden.«

Er ging mit mir zu einem Flur auf der anderen Seite des Wohnraums, an einem Billardzimmer vorbei, und stieß mit Schwung eine Tür auf. Es war ein Abstellraum, wo Ölzeug an Haken hing und Hüte auf Brettern lagen und Stiefel in allen Formen und Größen auf dem Fußboden standen. Nach Tinkers Gesichtsausdruck zu urteilen, fühlte er sich wie Ali Baba, der die Schätze der vierzig Räuber enthüllt.

Hinter dem Haus führte ein Pfad durch ein Kiefernwäldchen tief in den Laubwald, in dem Eichen und Ulmen und andere amerikanische Laubbäume standen. Die erste Stunde ging es allmählich bergauf, wir gingen Schulter an Schulter in gemächlichem Tempo durch den schattigen Wald und sprachen wie alte Jugendfreunde, für die jedes Gespräch eine Wiederaufnahme des letzten ist, ungeachtet der Zeit, die inzwischen vergangen ist.

Wir sprachen über Wallace und bestätigten uns gegenseitig unsere Zuneigung für ihn. Auch über Eve sprachen wir. Ich erzählte ihm von ihrer Flucht nach Kalifornien, und er sagte mit einem freundlichen Lachen, dass die Neuigkeit bis zu dem Moment, da man sie hörte, eine Überraschung war. Er sagte, Hollywood habe keine Ahnung, was ihm bevorstünde, und Eve würde es innerhalb eines Jahres entweder zum Filmstar oder zum Studiodirektor bringen.

So wie er über Eve sprach, hätte man niemals vermutet, was sich gerade zwischen ihnen abgespielt hatte. Man hätte angenommen, sie seien alte Bekannte, zwischen denen eine unbelastete Freundschaft bestand. Und vielleicht war es auch so. Vielleicht war für ihn ihre Beziehung zum 3. Januar zurückgespult worden. Vielleicht war für ihn das letzte halbe Jahr aus der Folge der Ereignisse herausgeschnitten worden wie der misslungene Teil eines Drehbuchs.

Wir gingen weiter, und unsere Unterhaltung war durchbrochen wie das Sonnenlicht, das durch den Wald einfiel. Eichhörnchen rannten vor uns an den Stämmen auf und ab, und Vögel mit gelben Schwanzfedern flogen in den Baumkronen umher. Es roch nach Sumach und Sassafras und anderen wohlduftenden Wörtern. Und ich dachte, vielleicht hatte Tinker recht, und ich war doch der Typ fürs Wandern.

Doch dann wurde der Weg steiler und steiler und noch einmal steiler, bis er wie ein steiles Treppenhaus war. Wir stiegen hintereinander und schweigend. Eine Stunde verging, vielleicht auch vier. Meine Stiefel fingen an zu scheuern, und meine linke Ferse brannte höllisch. Zweimal stürzte ich und machte mir meine Fuchsjagdhose schmutzig, und das Erbinnenhemd hatte ich längst durchgeschwitzt. Ich überlegte, ob ich die Selbstbeherrschung besaß, nicht in beiläufigem, uninteressiertem Ton zu fragen: Wie lange noch? Doch dann lichtete sich der Wald, und der Weg wurde ebener, und plötzlich waren wir auf einem felsigen Gipfel unter freiem Himmel, mit einem Blick in unberührte Natur bis zum Horizont.

Weit unter uns lag der See, eine Meile breit und fünf Meilen lang, und sah aus wie ein riesiges schwarzes Reptil, das durch die Wildnis des Staates New York kroch.

»Siehst du?«, sagte Tinker.

Und ich sah es wirklich. Ich sah auch, warum Tinker, in dem Gefühl, dass sein Leben in Unordnung geraten war, hierhergekommen war.

»Genauso hat es zu Natty Bumppos Zeit auch ausgesehen«, sagte ich und setzte mich auf einen Felsen.

Tinker lächelte, weil ich mich daran erinnerte, wer er für einen Tag hatte sein wollen, wenn er es gekonnt hätte.

»So ähnlich auf jeden Fall«, sagte er und holte ein Paket mit Sandwiches und eine Feldflasche aus seinem Rucksack.

Dann setzte er sich in zwei Meter Entfernung – wie es sich für einen Gentleman gehört.

Während wir aßen, sprach er über seine Kindheit, als seine Familie die Sommer in Maine verbrachte und er und sein Bruder in den Appalachen gewandert waren – ausgerüstet mit dem Zelt und den Kompassen und Taschenmessern, die ihre Mutter ihnen zu Weihnachten geschenkt hatte und die sie erst nach sechs langen Monaten benutzen konnten.

Wir hatten bisher nicht über seine Schulzeit in Saint George's und die Veränderung in seinen Umständen gesprochen. (Und ich hatte nicht vor, die Sprache darauf zu bringen.) Aber so wie er über die Wanderungen in Maine mit seinem Bruder sprach, war es klar, dass dies für ihn die glorreichen Zeiten gewesen waren, die vor den weniger glücklichen Zeiten lagen.

Nachdem wir gegessen hatten, streckte ich mich aus und legte mir Tinkers Rucksack unter den Kopf, und er brach Zweige ab und warf sie auf einen gut sechs Meter entfernten Moosfleck, wie ein Schuljunge, der auf jedem Heimweg einen Weltrekord brechen muss. Er hatte sich die Ärmel hochgekrempelt, sodass ich die Sommersprossen auf seinen Unterarmen sah, die er in der Sommersonne bekommen hatte.

»Mochtest du alles von Fenimore Cooper?«, fragte ich.

»Ach, *Der Letzte der Mohikaner* und *Der Wildtöter* habe ich bestimmt dreimal gelesen. Aber ich mochte alle Abenteuergeschichten: *Die Schatzinsel* … *20 000 Meilen unter dem Meer* … *Der Ruf der Wildnis* …

»*Robinson Crusoe.*«

Er lächelte. »Weißt du, ich habe mir tatsächlich *Walden* besorgt, nachdem du gesagt hattest, du wolltest es mit auf eine einsame Insel nehmen.«

»Und wie fandest du es?«

»Also, am Anfang war ich mir nicht sicher, dass ich es ganz lesen würde. Vierhundert Seiten von einem Mann, der allein in einer Hütte im Wald lebt … und über die Menschheitsgeschichte philosophiert … und das Leben auf das Wesentliche zurückzuführen versucht …«

»Aber am Schluss, was hast du da gedacht?«

Tinker hörte auf, Zweige abzubrechen, und blickte in die Ferne. »Am Schluss fand ich, dass es das größte Abenteuer überhaupt war.«

Gegen fünf Uhr baute sich in der Ferne eine große blaugraue Wolkenbank auf, und es wurde kälter. Tinker gab mir einen irischen Pullover aus seinem Rucksack. Wir machten uns auf den Rückweg, bemüht, dem Wetter vorauszueilen. Wir hatten gerade das Kiefernwäldchen erreicht, als die ersten Tropfen fielen, und mit dem ersten Donnerschlag stürmten wir die Stufen zum Haus hinauf

Tinker machte ein großes Feuer in dem offenen Kamin, und wir setzten uns auf den Navajoteppich bei der Kaminumrandung. In der Wärme färbten sich seine Wangen rosa, während er über der Glut Bohnen und Schweinefleisch warm machte und Kaffee kochte. Ich zog mir seinen irischen Pullover über den Kopf, die feuchte Wolle verbreitete einen warmen Erdgeruch, der an eine andere Gelegenheit erinnerte. Ich brauchte einen Moment, bis mir klar wurde, dass es der verschneite Abend war, als wir heimlich ins Capitol Theater gegangen waren und ich mich in Tinkers Lammfellmantel geschmiegt hatte.

Ich trank meine zweite Tasse Kaffee, und Tinker stocherte im Feuer, sodass die Funken tanzten.

»Erzähl mir was, das niemand weiß«, sagte ich.

Er lachte, als wäre es ein Witz, und stocherte weiter im Feuer. Doch dann hielt er inne. »Also gut«, sagte er und drehte sich mehr zu mir um. »Erinnerst du dich an den Tag, als wir uns zufällig bei der Trinity Church getroffen haben?«

»Natürlich.«

»Ich war hinter dir hergegangen.«

»Was!« Ich gab ihm einen Schubs, wie Fran es gemacht hätte.

»Ich weiß. Das ist schrecklich. Aber es ist wahr! Eve hatte mir den Namen deiner Firma gesagt, und ich bin kurz vor der Mittagspause zu dem Gebäude gegangen und habe mich hinter einen Zeitungsstand gestellt. Ich wollte sehen, ob ich dich abfangen konnte, wenn du zur Mittagspause gehst. Ich habe vierzig Minuten gewartet, und es war eiskalt!«

Ich lachte, denn ich musste an seine roten Ohren denken. »Wieso hast du das gemacht?«

»Ich musste immerzu an dich denken.«

»Ach was«, sagte ich.

»Nein, ernsthaft.« Er sah mich mit einem sanften Lächeln an.

»Und ich kann dir auch sagen, warum. Weißt du noch, dass ich im Chernoff gesagt hatte, ich hätte die Fähigkeit, allein zu sein, verloren? Das war nur die halbe Wahrheit. In Wirklichkeit hielt ich es nicht aus, allein zu sein.«

Er schüttelte den Kopf.

»Das ist ein schlimmes Zeichen, stimmt's? Aber so geht es den meisten Menschen. Man trifft vielleicht einen unter tausend Menschen, der mit sich allein sein kann. Und bei dir habe ich das sofort gemerkt. Und dann konnte ich es nicht abwarten, dich wiederzusehen.«

Als wir nach oben gingen – nachdem wir die Lichter ausgemacht und das Feuer gelöscht hatten –, waren wir beide rechtschaffen müde. Auf der Treppe schwankten unsere Schatten mit den schwingenden Lampen, die wir trugen. Auf dem Treppenabsatz stießen wir aneinander, und Tinker entschuldigte sich. Einen Moment lang standen wir verlegen da, dann gab er mir einen artigen Kuss, und wir trennten uns, er ging gen Westen, ich gen Osten. Jeder ging in sein Zimmer und zog sich aus. Jeder stieg in sein Bett, las ein paar Seiten und drehte dann die Lampe aus.

Als ich mir im Dunkeln die Decke über die Schultern zog, hörte ich deutlich den Wind. Er kam vom Pinyon Peak heruntergerollt und rüttelte an den Bäumen und den Fenstern, als wäre er rastlos und suchte eine Lösung.

In *Walden* gibt es eine Passage, an die ich oft denken muss. Thoreau gemahnt den Leser, seinen eigenen Polarstern zu finden und dem unbeirrt zu folgen, so wie ein Seemann oder ein fliehender Sklave. Es ist eine erhebende Vorstellung – und unserer Bemühungen so würdig. Aber selbst wenn man die

Disziplin hätte, an dem Kurs festzuhalten, liegt das eigentliche Problem doch darin, so scheint es mir, zu wissen, wo, in welchem Himmelsabschnitt, der eigene Polarstern zu finden ist.

Aber es gibt noch eine andere Passage in *Walden*, die mir in Erinnerung geblieben ist. Da spricht Thoreau davon, dass die Menschen irrtümlicherweise denken, die Wahrheit läge in der Ferne – hinter dem fernsten Stern, weit vor Adam und nach dem Tag des Jüngsten Gerichts. Aber in Wirklichkeit ist es so: Alle diese Zeiten und Orte und Gelegenheiten sind jetzt und hier. In gewisser Weise scheint die Aufforderung, dass Jetzt und Hier anzunehmen, der Aufforderung zu widersprechen, seinem Stern zu folgen. Aber sie ist ebenso überzeugend. Und so viel leichter zu erfüllen.

Ich zog mir Tinkers Pullover über den Kopf, ging leise über den Flur und blieb vor seinem Zimmer stehen.

Ich lauschte dem Knarren des Hauses, dem Trommeln des Regens auf dem Dach, dem Atem auf der anderen Seite der Tür. Bemüht, keinen Laut zu machen, legte ich die Hand auf den Knauf. In sechzig Sekunden wäre genau die Mitte zwischen dem Anfang und dem Ende der Zeit erreicht. Und in diesem Moment bestand die Chance, das Jetzt und Hier zu erleben, daran teilzuhaben, sich ihm zu ergeben.

In genau sechzig Sekunden.
Fünfzig. Vierzig. Dreißig. Auf die Plätze.
Fertig.
Los.

Als ich am Sonntagnachmittag in den Zug stieg, wusste ich nicht, wann ich Tinker wiedersehen würde. Beim Frühstück hatte er gesagt, er wolle noch ein bisschen im Haus der Wolcotts bleiben und seine Dinge ordnen. Er sagte nicht, wie lange das dauern würde, und ich fragte nicht.

Ich bestieg den Zug, ging ein paar Wagen weiter vor und setzte mich auf die Seite, die zum Wald hin lag, damit wir uns nicht zuzuwinken brauchten. Sobald sich der Zug in Bewegung setzte, zündete ich mir eine Zigarette an und nahm meinen Agatha-Christie-Roman aus der Tasche. Ich hatte über den siebten Absatz des achten Kapitels nicht hinausgelesen und war begierig auf die Geschichte. Als ich das Buch aus meiner Tasche nahm, sah ich etwas zwischen den Seiten. Es war eine halbe Spielkarte, das Herz-Ass. Auf der Vorderseite stand geschrieben: *Mata – komm Montag, 26., um neun Uhr abends ins Algonquin. Und komm allein.*

Ich lernte die Botschaft auswendig, dann hielt ich die Karte über einen Aschenbecher und zündete sie an.

19. Kapitel

DIE STRASSE NACH KENT

Am Montag, dem 26. September, meldete ich mich krank.

Die Woche davor war erbarmungslos gewesen. Am 20. wurden vier Features in Rohfassung eingereicht, die alle um einen Platz auf dem Titelblatt unserer ersten Ausgabe rangelten, und Mr. Tate hasste jedes einzelne. Er warf die Blätter in das Großraumbüro. Er verlieh seiner Unzufriedenheit Ausdruck, indem er die gesamte Belegschaft drei Abende lang bis nach zehn im Büro festhielt. Zusätzlich opferten Alley und ich noch den halben Sabbat.

Nach dem Anruf im Büro wäre eine weise junge Frau wieder ins Bett gegangen, aber da die Sonne schien und die Luft frisch war und dieser Septembertag ein langer zu werden versprach, beschloss ich, ihn bis zur letzten Minute auszukosten.

Ich duschte und zog mich an, dann ging ich ins Village und trank in einem Café drei Tassen italienischen Kaffee mit geschäumter Milch und Schokoladenraspeln obenauf. Ich vierteilte ein Gebäckstück und las die Zeitung von vorn bis hinten. Ich löste das Kreuzworträtsel, Kästchen für Kästchen.

Was für eine überaus befriedigende Ablenkung ein Kreuzworträtsel sein kann. Ein Wort für die von einem Menschen ausgehende Wirkung, vier Buchstaben, erster und letzter Buchstabe A. Eine europäische Hauptstadt, vier Buchstaben, erster und letzter Buchstabe O, eine neuindische, persische Mischsprache, vier Buchstaben, erster und letzter Buchstabe U. AURA, OSLO, URDU – wie selten diese Wörter auch vorkommen mochten, wenn sie so sauber in die dafür vorgesehenen Kästchen passten, fühlte man sich, wie sich ein Archäologe fühlen muss, wenn er ein Skelett zusammensetzt – und das Ende des Oberschenkelknochens so sauber in die Pfanne des Hüftknochens passt, was doch eine Bestätigung für die Existenz eines geordneten Universums, wenn nicht gar für einen göttlichen Plan sein muss.

Die letzten Lücken des Kreuzworträtsels ergaben das Wort EKLAT – ein Wort mit fünf Buchstaben für einen brillanten Erfolg oder eine Zurschaustellung. Ich betrachtete das als gutes Omen, verließ das Café und ging zu Isabellas Haarsalon.

»Wie hätten Sie es gern?«, fragte Luella, das neue Mädchen.

»Wie ein Filmstar.«

»Turner oder Garbo?«
»Wie Sie möchten, Hauptsache rothaarig.«

Normalerweise ließ ich, wenn ich mich in die Hände eines Friseurs begab, nichts unversucht, um ein Gespräch zu verhindern: Ich zog Grimassen, gab vor zu schlafen, starrte dumpf in den Spiegel. Einmal hatte ich sogar Unkenntnis der englischen Sprache vorgeschützt. Ich machte einfach nicht gerne Konversation. Aber als Luella lauter Unsinn über die Liebesgeschichten in Hollywood von sich gab, musste ich sie korrigieren. Carole Lombard hatte sich nicht wieder mit William Powell zusammengetan. Sie war immer noch mit Clark Gable liiert. Und Marlene Dietrich behauptete nicht, Gloria Swanson sei passé, sondern es war andersherum. Ich überraschte uns beide mit meinem umfassenden Wissen. Ich musste den Eindruck erweckt haben, dass ich das Leben der Berühmtheiten seit Jahren verfolgte. Dabei waren es nur ein paar Nachrichtenbrocken, die ich bei der Arbeit gelesen und versehentlich behalten hatte. Beim Korrekturlesen schienen diese Einzelheiten der Hollywood-Maschinerie nicht so faszinierend. Aber sie faszinierten Luella. Einmal rief sie sogar zwei andere Mädchen herbei, damit sie mitbekamen, was ich von Katharine Hepburn und Howard Hughes erzählte – denn sie würden es niemals glauben, wenn sie es nicht aus berufenem Munde erfuhren. Noch nie hatte jemand gesagt, ich spräche mit berufenem Munde, und es gefiel mir nicht schlecht. Langsam bekam ich den Eindruck, dass ich doch der Typ für Konversation sei. Der Typ zum Wandern und der Typ für Konversation. Die Saison der persönlichen Entdeckungen.

Als ich unter der Trockenhaube saß, nahm ich meinen Agatha-Christie-Roman aus der Tasche und näherte mich gemächlich dem dramatischen Höhepunkt.

Poirot war ungewöhnlich früh aufgestanden. Er war zum dritten Stockwerk des alten Landhauses hochgestiegen und hatte die alten Kinderzimmer betreten. Nachdem er mit dem Zeigefinger seiner behandschuhten Hand über die Fensterbank gefahren war, machte er das nach Westen gelegene Fenster auf, nahm einen Briefbeschwerer aus Messing aus seiner Tasche (er hatte ihn im vierzehnten Kapitel aus der Bibliothek mitgenommen) und schoss ihn waagerecht über das Schieferdach der Dachgaube nebenan. Wie die Kugel in einer chinesischen Lotterie stürzte der Briefbeschwerer am äußersten Rand des Daches in die Tiefe, kam auf der Gaube des darunterliegenden Schlafzimmers auf, rollte in einem Winkel über dem Wohnzimmer schräg nach unten, schlug auf dem Balken des Wintergartens auf und verschwand im Garten, außer Sichtweite.

Warum Poirot ein solches Experiment veranstaltete, konnte man sich kaum vorstellen.

Es sei denn …

Es sei denn, er vermutete, dass derjenige, der den Verlobten der Erbin erschossen hatte, zum Kinderzimmer hinaufgerannt war und die Tatwaffe aus dem Fenster über die danebengelegene Gaube geworfen hatte, sodass sie über den Westflügel gleiten und in den Garten fallen würde, worauf die Menschen im Haus denken würden, der Täter habe sie bei seiner Flucht weggeworfen. Auf diese Weise konnte der wahre Täter in aller Ruhe die Treppe vom anderen Ende des Hauses herunterkommen und angelegentlich fragen, was denn die ganze Unruhe zu bedeuten habe.

Aber um das zu bewerkstelligen, musste man wahrscheinlich mit den Neigungswinkeln des Daches experimentieren – wie das ein Kind mit Bällen tut. Und die Einzige, die nach dem Schuss die Treppe heruntergekommen war, das war … unsere Heldin, die Erbin?

O nein.

»Wollen wir mal gucken«, sagte Luella.

Als ich aus dem Friseursalon kam, fiel mir Bitsys Versprechen wieder ein, und ich rief sie an.

»Können wir uns zum Lunch treffen?«

»Von wo rufen Sie an?«, fragte sie in spontanem Flüsterton.

»Von einem öffentlichen Telefon im Village.«

»Machen Sie blau?«

»Gewissermaßen.«

»Dann natürlich.«

Sie erfasste die Stimmung sofort und schlug vor, dass wir uns in der Chinoiserie, einem Restaurant in Chinatown, treffen sollten.

»Ich bin in zwanzig Minuten da«, versprach sie zuversichtlich von der Upper East Side.

Ich rechnete aus, dass sie dreißig Minuten brauchen würde und ich zehn. Um ihr also einen Vorsprung zu geben, ging ich vom Friseur ein paar Geschäfte weiter in eine Buchhandlung.

Der Laden hatte den passenden Namen *Calypso*. Die schmale Front war sonnenbeschienen, drinnen standen schiefe Regale entlang schmaler Gänge, und der gebeugte Eigentümer sah aus, als wäre er seit fünfzig Jahren in dem Geschäft eingesperrt. Er erwiderte mürrisch meinen Gruß und zeigte verärgert auf die Bücher, als wollte er sagen: Schauen Sie, wenn es sein muss.

Ich ging so weit in einen der Gänge hinein, dass

ich aus seinem Blickfeld war. Auf den Regalen standen prätentiöse Bände, die Rücken gebrochen, die Schutzumschläge zerrissen, von der Art, wie man sie gewöhnlich in einem Antiquariat findet. In diesem Gang waren Biografien, Briefe und andere historische Bücher versammelt. Auf den ersten Blick sah es aus, als wären sie irgendwie in die Regale gestellt worden, da weder die Autoren noch die Gebiete in alphabetischer Ordnung waren. Doch dann fiel mir auf, dass sie in chronologischer Ordnung standen. (Natürlich!) Links römische Senatoren und frühe Heilige. Rechts die Generäle des Bürgerkriegs und neuzeitliche Napoleone. Und genau vor meiner Nase standen die Werke der Aufklärung. Voltaire, Rousseau, Locke, Hume. Ich legte meinen Kopf schräg, um die vernünftigen Titel zu lesen. Eine Abhandlung über dies. Eine Erörterung über das. Kritiken und Critiques.

Glauben Sie an das Schicksal? Ich nicht. Voltaire, Rousseau und Locke taten es, weiß Gott, auch nicht. Aber hier, in Augenhöhe, auf dem nächsten Brett, wo die Mitte des 18. Jahrhunderts ins späte 18. Jahrhundert überging, stand ein in rotes Leder gebundener schmaler Band mit einem goldenen Stern auf dem Rücken. Ich zog ihn heraus, weil ich dachte, das sei vielleicht mein Polarstern – und siehe da, es waren *Verschiedene Schriften* des Begründers

unserer Republik. Nach dem Titelblatt, gleich nach dem Inhaltsverzeichnis, kamen seine jugendlichen Verhaltensregeln, alle einhundertzehn. Ich kaufte es dem alten Buchhändler für fünfzehn Cent ab, und sosehr es ihn zu grämen schien, dass er sich von dem Buch trennen musste, so glücklich war ich, es zu erwerben.

Chinoiserie war ein Restaurant in Chinatown, das in letzter Zeit populär geworden war. Das Interieur war eine Fantasie orientalischer Elemente, die bald zum Klischee gerinnen sollten: große Porzellanvasen, Buddhas aus Messing, rote Laternen und orientalische Kellner, unterwürfig und in steifer Pose (die einzige ethnische Gruppe von Einwanderern des 19. Jahrhunderts, die ihr dienstfertiges Verhalten beibehalten hatte). Am Ende des Lokals gestatteten zwei große Schwingtüren den Gästen einen direkten Blick in die Küche. Dort herrschte ein Treiben, wie man es eher auf einem Dorfplatz als an einer Essenszubereitungsstelle erwarten würde – Reissäcke an der Wand und Köche mit Hackebeilen, die lebende Hühner bei der Kehle packten. Die reichen New Yorker waren ganz verliebt in dieses Lokal.

Der Eingang des Restaurants war mittels eines roten Raumteilers voller verschnörkelter Drachenmotive von dem Speisesaal abgetrennt. Vor mir versuchte ein Mann mit breiten Schultern und dem Singsang eines der Öl produzierenden Staaten Amerikas, sich dem Oberkellner, einem makellosen Chinesen im schwarzen Anzug, verständlich zu machen. Obwohl beide die Entfernung zwischen ihren Heimatakzenten und dem neutralen Ohr eines gebildeten New Yorkers überwinden konnten, war die Entfernung zwischen ihren beiden Heimatländern für beide unüberbrückbar.

Der Oberkellner erklärte sehr höflich, dass er ohne Reservierung für die Gesellschaft des Herrn keinen Platz habe. Der Texaner erklärte darauf, dass ihm jeder Tisch recht sei. Der Oberkellner erwiderte, dass an einem anderen Tag in der Woche ein Tisch für ihn freigehalten werden könne. Darauf sagte der Texaner, dass ihm auch ein Tisch in der Nähe der Küche angenehm wäre. Der Chinese sah den Texaner einen Moment lang mit typisch undurchdringlichem Blick an. Also machte der Texaner eine Bewegung nach vorn und gab dem Oberkellner eine Zehn-Dollar-Note.

»Konfusion«, sagte der Texaner. »Du hilfst mir, ich helfe dir.«

Der Oberkellner verstand wohl die Bedeutung des Gesagten und hätte eine Augenbraue hochgezogen, wenn er eine gehabt hätte. Stattdessen zeigte er steif mit düster-resignierter Miene, als wollte er sagen: Das Papier haben wir vor tausend Jahren erfunden, zum Speisesaal und führte den Texaner hinein.

Während ich wartete, dass der Oberkellner zurückkam, sah ich erstaunt, wie Bitsy dem Mädchen an der Garderobe ihre Jacke gab. So schnell konnte sie es nur zu Fuß geschafft haben. Wir begrüßten uns und wollten den Speisesaal betreten.

In dem Moment sah ich Anne Grandin. Sie saß allein in einer Nische, um sich auf dem Tisch lauter leere Schüsseln. Wie immer sah sie völlig entspannt aus. Ihr Haar war kurz, ihre Kleidung todschick. An den Ohren trug sie die Smaragde. Sie bemerkte mich nicht, weil sie zu jener Tür hinsah, die zu den Toiletten führte, und von dort kam jetzt Tinker herein.

Er sah schön aus. Er trug wieder einen seiner maßgeschneiderten Anzüge – hellbraun mit schmalem Revers. Dazu ein gestärktes weißes Hemd und eine kornblumenblaue Krawatte, nachdem er (zum Glück) von offenen Hemdkragen wieder abgekommen war. Er war glatt rasiert, hatte die Haare geschnitten und verkörperte mit seinem eleganten, verhaltenen Auftreten die Erfolgsstory von Manhattan.

Ich trat wieder hinter die Trennwand.

Ich war mit Tinker um neun im Algonquin verabredet. Ich hatte vor, um halb neun dort anzukommen und mich hinter einer getönten Brille und meinen roten Haaren zu verstecken. Den Spaß wollte ich mir nicht verderben. Bitsy stand noch im Vorraum. Wenn Tinker sie sah, wäre meine Verkleidung womöglich aufgedeckt worden.

»Psst!«, machte ich.

»Was?«, flüsterte sie.

Ich zeigte auf die Nische. »Tinker ist mit seiner Patentante hier. Ich will nicht, dass sie mich sehen.«

Bitsy guckte verdutzt. Ich nahm sie beim Arm und zog sie hinter die Trennwand.

»Sprechen Sie von Anne Grandin?«, fragte sie.

»Ja!«

»Ist das nicht seine Bankberaterin?«

Ich sah Bitsy einen Moment lang an. Dann schob ich sie weiter zurück und spähte um die Trennwand. Ein Kellner zog den Tisch vor, sodass Tinker sich setzen konnte. Er glitt auf die Bank neben Anne. Und in dem Moment, als der Kellner den Tisch zurückschob, sah ich, wie Anne leicht über Tinkers Bein strich.

Tinker nickte dem Oberkellner zu und bat mit einer Geste um die Rechnung. Aber als der Oberkellner das rotlackierte kleine Tablett auf den Tisch stellte, war es Anne, die die Rechnung an sich nahm. Und Tinker ließ es geschehen.

Anne las die Rechnung, und Tinker leerte sein Glas bis auf den letzten Tropfen. Dann machte

Anne ihre Handtasche auf und holte eine Klammer mit einem Bündel frischer Banknoten hervor. Die Klammer war aus Sterlingsilber in der Form eines Stöckelschuhs – mit Sicherheit von demjenigen geschmiedet, der auch interessante Cocktailshaker, Zigarettenetuis und andere feine Accessoires herstellte. Wie der Texaner gesagt hatte: Du hilfst mir, ich helfe dir.

Nachdem Anne die Rechnung beglichen hatte, hob sie den Blick und sah mich im Vorraum stehen. Unerschrocken, wie sie war, winkte sie mir zu. Sie versteckte sich nicht hinter einer Trennwand oder einer Zimmerpalme.

Tinker folgte Annes Blick. Als er mich sah, wich aller Charme von ihm. Sein Gesicht wurde aschfahl, seine Züge erschlafften. So zeigt einem die Natur den Menschen mehr so, wie er wirklich ist.

Der einzige Trost angesichts dieser Demütigung war der, dass ich die Geistesgegenwart hatte, sofort zu gehen. Ohne Bitsy etwas zu sagen, ging ich durch den Vorraum, durch die roten Türen und in die herbstliche Luft. Über den Häusern war eine einzelne Wolke wie ein Zeppelin über der Darlehensbank. Bevor die Wolke sich verflüchtigen konnte, war Tinker neben mir.

»Katey …«

»Du Unmensch.«

Er griff nach meinem Ellbogen, ich riss mich los, dabei fiel meine Handtasche auf den Boden, und alles fiel heraus. Er sagte wieder meinen Namen. Ich kniete mich hin und sammelte meine Sachen auf. Er kniete sich neben mich und wollte helfen.

»Lass das!«

Wir standen beide auf.

»Katey …«

»Habe ich darauf gewartet?«, sagte ich. Oder vielleicht schrie ich es auch.

Von meiner Wange fiel etwas auf meinen Handrücken. Eine Träne – auch das noch. Ich schlug ihm ins Gesicht.

Das half. Ich gewann meine Fassung wieder. Und brachte seine durcheinander. »Katey«, sagte er abermals, ohne jedoch viel Fantasie an den Tag zu legen.

»Den Kopf dir ab«, sagte ich.

Ich war schon einen halben Block gegangen, als Bitsy mich einholte. Sie war – ungewöhnlich für sie – außer Atem.

»Was sollte das Ganze?«

»Es tut mir leid«, sagte ich. »Ich bin etwas durcheinander.«

»Tinker ist viel mehr durcheinander.«

»Oh … Haben Sie das gesehen?«

»Nein. Aber ich habe einen Handabdruck auf seinem Gesicht gesehen, der schien ungefähr die Größe Ihrer Hand zu haben. Was wird hier gespielt?«

»Eine dumme Sache. Nichts weiter. Bloß ein Missverständnis.«

»Der Bürgerkrieg war auch ein Missverständnis. Ein Streit zwischen Liebenden.«

Bitsy trug ein ärmelloses Kleid, und an ihren bloßen Armen bildete sich eine Gänsehaut.

»Wo ist Ihr Mantel?«, fragte ich.

»Sie waren so schnell weg, dass ich ihn im Restaurant gelassen habe.«

»Dann gehen wir zurück.«

»Auf gar keinen Fall.«

»Wir sollten ihn holen.«

»Machen Sie sich keine Sorgen wegen des Mantels. Der findet mich. Deswegen lasse ich meine Brieftasche immer in der Manteltasche. Also, was soll das alles?«

»Das ist eine lange Geschichte …«

»So lang wie der *Levitikus*? Oder wie das *Deuteranomium*?«

»So lang wie das *Alte Testament*.«

»Sagen Sie nichts weiter.«

Sie ging zum Bordstein und hielt eine Hand hoch. Ein Taxi blieb auf der Stelle neben ihr stehen, als hätte sie die Macht darüber.

»Zur Madison Avenue«, befahl sie, »und dann Richtung Norden.«

Bitsy sank in das Polster und schwieg. Ich verstand, dass von mir das Gleiche erwartet wurde. Es war so ähnlich wie Dr. Watson, der schwieg, damit Sherlock Holmes seine Schlüsse ziehen konnte. An der 52. Straße ließ sie den Fahrer anhalten.

»Rühren Sie sich nicht vom Fleck«, sagte sie zu mir.

Sie sprang aus dem Wagen und rannte in die Chase Manhattan Bank. Als sie zehn Minuten später wieder herauskam, hatte sie einen Pullover über den Schultern und einen Umschlag in der Hand. Der Umschlag war voller Geld.

»Woher haben Sie den Pullover?«

»Bei Chase tun sie alles für mich.«

Sie beugte sich vor. »Jetzt zum Ritz.«

Der Speisesaal im Ritz war fast leer und sah aus wie eine dumme Kopie eines Raums in Versailles. Wir gingen wieder in die Lobby und von dort in die Bar. Die war dunkler, kleiner und weniger Louis XIV.

Bitsy nickte. »Das ist besser.«

Bitsy ging voran in eine Nische ganz hinten, wo wir sicher waren, und bestellte Hamburger, Pommes frites und Bourbon. Dann sah sie mich erwartungsvoll an.

»Eigentlich sollte ich nicht darüber sprechen …«, sagte ich.

»Schon gut, schon gut«, sagte sie. »Mein absoluter Lieblingssatz.«

Also erzählte ich ihr alles.

Ich erzählte ihr, wie Evey und ich Tinker an Silvester im Hotspot kennengelernt hatten und wie wir zu dritt herumgegangen waren – ins Capitol Theater, ins Chernoff. Ich erzählte ihr von Anne Grandin und dass sie sich im 21 Club als Tinkers Patentante vorgestellt hatte. Ich erzählte ihr von dem Autounfall und Eves Wiederherstellung und dem Abend mit den Eiern bei geschlossener Küche und dem verpatzten Kuss am Fahrstuhl. Ich erzählte ihr von der Schiffsreise nach Europa und dem Brief aus Brixham. Ich erzählte ihr, wie ich mir meine neue Stelle erschlichen hatte und mich in die glanzvollen Leben von Dicky Vanderwhile und Wallace Wolcott und Bitsy Houghton, geborene Van Heuys, gemogelt hatte.

Und zum Schluss erzählte ich ihr von dem Anruf zu später Stunde, den ich nach Eves Verschwinden bekommen hatte, und dass ich freudig erregt wie ein Teenager mit meiner Reisetasche zur Penn Station geeilt war, um den Montrealer zu erwischen, der mich dorthin brachte, und wo ein Käuzchen rief und es ein Kaminfeuer und eine Dose mit Schweinefleisch und Bohnen gab.

Bitsy leerte ihr Glas. »Das ist eine Geschichte wie der Grand Canyon«, sagte sie. »Eine Meile tief und zwei Meilen breit.«

Die Metapher passte. Eine Million Jahre der Sozialisierung hatte diese Kluft entstehen lassen, und jetzt musste man einen Maulesel bepacken, um bis auf den Grund zu kommen.

In gewisser Weise erwartete ich einen Ausdruck schwesterlichen Mitgefühls. Oder wenigstens Empörung. Aber Bitsy zeigte weder das eine noch das andere. Wie eine geübte Vortragsrednerin schien sie zufrieden, dass wir alles für den Moment Wesentliche zusammengetragen hatten. Sie gab dem Kellner ein Zeichen und bezahlte die Rechnung.

Als wir draußen waren und uns verabschiedeten, konnte ich nicht umhin, zu fragen: »Und jetzt …?«

»Und jetzt was …?«

»Was soll ich jetzt tun?«

Sie sah mich überrascht an. »Tun? Ja, bleiben Sie dran!«

Als ich in meine Wohnung kam, war es nach fünf. In der Wohnung nebenan hörte ich, wie die Zimmers mit scharfem Sarkasmus aufeinander losgingen. Bei einem frühen Abendessen hämmerten sie wie kleine Michelangelos aufeinander ein und versuchten, jeden Schlag möglichst treffsicher auszuführen.

Ich stieß meine Schuhe gegen den Kühlschrank, goss mir einen Gin ein und ließ mich in den Sessel fallen. Dass ich die Sache mit Bitsy durchgesprochen hatte, gab mir, mehr noch als der Schlag, den ich Tinker versetzt hatte, eine vernünftige Sichtweise zurück. Jetzt war ich in einer wissenschaftlichen Stimmung, ich empfand eine krankhafte Faszination, wie es einem Pathologen ergehen muss, der auf der eigenen Haut einen Ausschlag beobachtet.

Es gibt ein altes Partyspiel, »Auf der Straße nach Kent«, bei dem jemand beschreibt, wie er auf der Straße nach Kent gegangen ist, und all die Dinge aufzählt, die er unterwegs gesehen hat: die Händler, die Wagen und Kutschen, die Heide und das Heidekraut, den schreienden Ziegenmelker und die Ziegen, die Goldmünze, die dem Abt in den Graben gefallen war. Wenn der Reisende angekommen ist, beschreibt er seinen Weg ein zweites Mal und lässt dabei ein paar Dinge aus, fügt andere hinzu, ändert welche um, und das Spiel besteht darin, dass man so viele Veränderungen wie möglich aufspüren muss. Jetzt saß ich in meiner Wohnung und spielte das Spiel mit mir selbst, und die Straße war die, auf der ich seit Silvester mit Tinker gereist war.

Das Spiel gewinnt man eher durch die Kraft der Visualisierung und weniger mit einem guten Gedächtnis. Der beste Spieler ist derjenige, der sich in den Reisenden versetzt und von Anfang an versucht, vor seinem geistigen Auge genau das zu sehen, was der Reisende sieht, sodass sich beim zweiten Durchgang die Veränderungen von selbst bemerkbar machen. Ich ging also noch einmal zum Anfang des Jahres 1938 zurück, fing im Hotspot an und ließ all die kleinen Ereignisse, aus denen sich die Tage in Manhattan zusammensetzen, an mir vorüberziehen, vertiefte mich in die Stadtlandschaft und betrachtete abermals die kleinen Details, die nebenbei gemachten Bemerkungen, die Geschehnisse an der Peripherie – alles nunmehr durch die Linse von Tinkers Verhältnis mit Anne. Und da entdeckte ich lauter faszinierende Veränderungen …

Ich erinnerte mich an den Abend, als Tinker mich ins Beresford geholt hatte – und er nach zwölf aus dem Büro gekommen war, frisch gekämmt, die Wangen zweimal rasiert, die Krawatte straff gebunden. Natürlich war er gar nicht im Büro gewesen. Nachdem er mir den lauwarmen Martini gemixt hatte, war er unter lauter Entschuldigungen zur Tür hinausgegangen und hatte ein Taxi ins Plaza genommen, wo er sich nach verschiedensten Aktivitäten in Annes kleinem Badezimmer wieder frisch gemacht hatte.

Und dann der Abend in der Bar in der 7. Straße, als ich Hank, Tinkers Bruder, kennenlernte, der von der manipulativen Zicke sprach – er meinte gar nicht Eve! Wahrscheinlich kannte er Eve gar nicht. Er hatte von Anne gesprochen, der verborgenen Hand, die alles, was Tinker umgab, zum Leben erweckte.

Und auch das muss gesagt werden: Ich erinnerte mich sehr gut daran, was für ein feinfühliger Liebhaber Tinker in den Adirondacks gewesen war – wie geschickt und erfinderisch, wie er mich überrascht hatte, mich gefaltet und umgedreht und erforscht hatte. Ich war, weiß der Himmel, nicht von gestern, aber nicht eine Minute lang hatte ich begriffen, was auf der Hand lag – dass er nämlich all dies von einer anderen gelernt hatte, von einer, die ein bisschen kühner, ein bisschen erfahrener, weniger verschämt war.

Und die ganze Zeit hatte er die äußere Fassade des Gentleman geschickt aufrechterhalten: wohl erzogen, wohl artikuliert, wohl gelitten. Wohl geraten.

Ich stand auf und ging zu meiner Handtasche. Ich nahm den schmalen Band mit Washingtons Texten heraus, den das Schicksal mir in die Hände gespielt hatte. Ich schlug ihn auf und begann, die hehren Vorstellungen des jungen George Washington zu überfliegen.

1. *Was immer Sie in Gesellschaft tun, tun Sie es mit Respekt den anderen gegenüber.*

15. *Achten Sie auf gepflegte, kurz geschnittene Nägel, saubere Hände und Zähne, aber lassen Sie sich das Bemühen nicht anmerken.*
19. *Machen Sie stets ein freundliches Gesicht, bei ernsten Anlässen aber ein ernsthaftes.*
25. *Überflüssige Komplimente und manierierte Angewohnheiten sollte man gemeinhin vermeiden, doch wo sie angebracht sind, darf man nicht auf sie verzichten.*

Plötzlich durchschaute ich auch das. Für Tinker Grey enthielt das kleine Buch nicht eine Serie moralischer Ansprüche – es war ein Lehrbuch für gesellschaftlichen Aufstieg. Eine Anleitung zu charmantem Verhalten für Autodidakten. Ein Ratgeber: Wie schließe ich Freundschaft und gewinne Einfluss auf Menschen, einhundertfünfzig Jahre, bevor solche Bücher populär wurden.

Ich schüttelte den Kopf, als wäre ich eine Großmutter im Mittleren Westen.

Wie hatte Katherine Kontent sich doch übertölpeln lassen.

Von Teddy zu Tinker, von Eve zu Evelyn, von Katya zu Kate: Diese Änderungen waren in New York umsonst. So hatte ich zu Beginn des Jahres gedacht. Aber ich hätte besser an den *Dieb von Bagdad* denken sollen.

In der Originalversion des Films verkleidet sich

ein verarmter Douglas Fairbanks, der sich in die Tochter des Kalifen verliebt hat, als Prinz, um Zugang zum Palast zu bekommen. In der Technicolor-Neufassung spielte der Protagonist einen Prinzen, der sich, vom Prunk seines Palastes angeödet, als Bauer verkleidet, damit er unerkannt die bunte Pracht des Basars erleben kann. So ähnlich war es mit Cornelius Vanderbilt I., einem der beiden Helden meines Vaters, der es vom Straßenjungen zum König schaffte. Aber der zweite Held meines Vaters war der Zar Peter der Große, der als junger Mann unerkannt nach Holland kam, um auf den Werften von Amsterdam zu arbeiten.

Um solche Maskeraden in Gang zu setzen oder zu verstehen, bedarf es keiner großen Fantasie, sie kommen jeden Tag vor. Aber will man glauben, dass sie die Chancen auf ein glückliches Ende erhöhen, muss man sich gutgläubig auf die Vorstellung einlassen, die den beiden Versionen des *Diebs von Bagdad* gleichermaßen zugrunde liegt: dass es fliegende Teppiche gibt.

Das Telefon klingelte.

»Ja?«

»Katey.«

Ich musste lachen. »Rat mal, was ich gerade lese.«

»Katey …«

»Mach schon … rat mal. Du glaubst es nie.«

…

»Die Regeln der Höflichkeit. Erinnerst du dich an die? Warte. Ich lese dir eine vor.«

Während ich den Hörer in der Hand hielt, blätterte ich ungeschickt.

»Hier. Spotte nicht über sie, die wichtig ist, und mach keine Witze über sie. Das ist doch gut. Oder wie wär's mit dieser? Nummer 66: *Seien Sie nicht trotzig, sondern freundlich und höflich.* Das trifft dich doch genau.«

»Katey …«

Ich legte auf. Ich setzte mich hin und fing an, Mr. Washingtons Liste etwas genauer zu studieren. Das musste man dem oberschlauen Jungen aus der Kolonialzeit lassen. Etliche der Regeln waren sehr sinnvoll.

Das Telefon klingelte wieder. Es klingelte und klingelte und klingelte, und dann hörte es auf.

Als Jugendliche war ich mir nicht sicher, ob ich meine langen Beine mochte. Wie die Beine eines neu geborenen Fohlens schienen sie zum Umknicken gemacht. Billy Bogadoni, der mit seinen acht Geschwistern um die Ecke wohnte, nannte mich Grashüpfer, und er meinte es nicht nett. Aber wie das so ist, irgendwann passte sich mein Körper meinen Beinen an, und schließlich war ich stolz auf sie. Mit siebzehn überragte ich Billy Bogadoni. Als ich bei Mrs. Martingale einzog, sagte sie auf ihre süßliche Art, ich solle besser keine Schuhe mit Absätzen anziehen, weil Jungen nicht gern mit Mädchen tanzen, die größer sind als sie. Vielleicht lag es an diesen Bemerkungen, dass meine Absätze noch einmal anderthalb Zentimeter höher waren, als ich bei Mrs. Martingale auszog.

Und hier war ein weiterer Vorteil meiner langen Beine. Ich konnte mich in dem Lehnstuhl meines Vaters zurücklehnen, meinen Fuß mit ausgestreckten Zehen vorstrecken und meinen neuen Couchtisch ankippen, sodass das Telefon von der Tischplatte glitt wie ein Liegestuhl auf der *Titanic.*

Ich las ohne Unterbrechung weiter. Wie gesagt, es gab einhundertzehn Regeln, und man könnte glauben, dass die Liste ein wenig zu lang geraten war. Aber Mr. Washington hatte das Beste bis zum Schluss aufgespart:

110. *Bemühen Sie sich stets, den kleinen Funken himmlischen Feuers in Ihrer Brust zu nähren, den wir Gewissen nennen.*

Tinker hatte offensichtlich viele der Regeln auf Mr. Washingtons Liste aufmerksam gelesen. Vielleicht war er einfach nicht so weit gekommen.

Am Dienstagmorgen wachte ich früh auf und ging im Bitsy- Houghton-Schritt zu Fuß zur Arbeit. Der Himmel war von einem herbstlichen Blau, und die Straßen wimmelten von ehrlichen Menschen, die auf dem Weg zu ihrer ehrlichen Arbeit waren. An der Fifth Avenue schimmerten die Wolkenkratzer sehr zum Verdruss der Außenbezirke. An der Ecke 42. Straße gab ich dem pfeifenden Zeitungsjungen zwei Nickel für die *Times* (der Rest ist für dich, mein Junge), und dann beförderte der Fahrstuhl von Condé Nast mich schneller ins fünfundzwanzigste Stockwerk, als er gebraucht hätte, um abzustürzen.

Als ich durch das Großraumbüro kam, die Zeitung unterm Arm (und die Melodie des Zeitungsjungen pfeifend), nahm ich aus dem Augenwinkel wahr, dass Fesindorf – der das singende Telegramm bekommen hatte – aufstand, während ich vorbeiging. Dann erhoben sich Cabot und Spindler. Auf der anderen Seite des Büros sah ich Alley, die mit Volldampf in die Schreibmaschine hämmerte. Sie warf mir einen warnenden Blick zu. Durch die Glaswand sah ich, wie Mason Tate in seinem Büro ein Stück Schokolade in seinen Kaffee tauchte.

An meinem Schreibtisch stand, da, wo mein Schreibtischstuhl gestanden hatte, ein Rollstuhl mit einem roten Kreuz auf der Rückenlehne.

30. September 1938

Als er die First Avenue überquerte, hatte er im Licht einer Straßenlaterne Blickkontakt mit zwei haitianischen Mädchen. Sie hörten auf zu sprechen und lächelten professionell in seine Richtung. Zur Antwort schüttelte er den Kopf. Er sah suchend in die 22. Straße hinein und beschleunigte seine Schritte. Die Mädchen nahmen ihr Gespräch wieder auf.

Es fing an zu regnen.

Er nahm seinen Hut ab und steckte ihn sich unter sein Jackett, dann zählte er die Hausnummern der Mietshäuser ab. 242. 244. 246.

Als er mit seinem Bruder telefoniert hatte, war der nicht bereit gewesen, sich mit ihm Uptown zu treffen, in einem Restaurant, zu einer vernünftigen Zeit. Sein Bruder hatte darauf bestanden, dass sie sich um elf Uhr im Gashouse-Bezirk trafen, wo er »geschäftlich« zu tun habe. Er fand ihn, eine Zigarette rauchend und blass wie ein Bergarbeiter, auf den Stufen der Hausnummer 254.

»Hallo, Hank.«

»Hallo, Teddy.«

»Wie geht es dir?«

Hank machte sich nicht die Mühe, zu antworten oder aufzustehen oder ihn zu fragen, wie es ihm ging. Hank hatte schon vor langer Zeit aufgehört, seinen Bruder nach dessen Wohlergehen zu fragen.

»Was hast du da?«, fragte Hank und deutete mit dem Kopf auf die Schwellung unter dem Jackett. »Das Haupt von Johannes dem Täufer?«

Er holte den Hut hervor. »Einen Panamahut.«

Hank nickte mit einem trockenen Lächeln. »Panama!«

»Bei Regen schrumpft er«, erklärte er.

»Natürlich.«

»Wie geht es mit der Arbeit?«, fragte er Hank, das Thema wechselnd.

»Alles so, wie ich es mir vorgestellt hatte, und noch mehr so.«

»Arbeitest du noch an den Marquisenbildern?«

»Hast du das nicht gehört? Ich habe sie alle ans Museum of Modern Art verkauft. Gerade rechtzeitig, bevor sie mich auf die Straße gesetzt haben.«

…

»Übrigens, das ist einer der Gründe, warum ich dich sehen wollte. Ich habe gerade ein bisschen Glück gehabt. Und ich weiß nicht, wann es wieder vorkommt. Du könntest das für die Miete benutzen …«

Er nahm den Umschlag aus der Jackentasche.

Hanks Miene verfinsterte sich.

Vor den Stufen hielt ein Auto. Es war ein Polizeiauto. Bevor er sich umdrehte, verstaute er den Umschlag wieder in der Jackentasche.

Der Polizist auf dem Beifahrersitz kurbelte das Fenster herunter. Er hatte dunkle Augenbrauen und olivbraune Haut.

»Ist alles in Ordnung?«, fragte der Polizist freundlich.

»Ja. Danke, dass Sie gehalten haben.«

»Okay«, sagte der Polizist. »Aber passen Sie gut auf. Das hier ist eine Niggergegend.«

»Machen wir«, rief Hank zu dem Wagen hinüber. »Und passen Sie in der Mott Street auf. Das ist eine Italienergegend.«

Beide Polizisten stiegen aus. Der Fahrer hatte schon die Hand auf dem Schlagstock. Hank stand auf und kam ihnen bis zum Bordstein entgegen.

Er musste zwischen die Polizisten und seinen Bruder treten. Er legte die Hände auf der Brust über Kreuz und sprach mit leiser und entschuldigender Stimme.

»Er hat es nicht so gemeint. Er hat getrunken. Er ist mein Bruder. Ich bringe ihn gleich nach Hause.«

Die Polizisten musterten ihn. Sie musterten seinen Anzug und seinen Haarschnitt.

»In Ordnung«, sagte der Polizist vom Beifahrersitz. »Aber dass wir ihn nachher nicht hier vorfinden.«

»Oder sonst irgendwann«, sagte der Fahrer.

Sie stiegen wieder ein und fuhren weg

Er drehte sich zu Hank um und schüttelte den Kopf. »Was hast du dir dabei gedacht?«

»Was ich mir gedacht habe? Dass du dich um deine eigenen Scheißangelegenheiten kümmern sollst.«

Die ganze Sache lief schief. Trotzdem, er nahm wieder den Umschlag aus der Tasche. Sie standen sich jetzt gegenüber.

»Hier«, sagte er und versuchte, so versöhnlich wie möglich zu klingen. »Nimm das. Und dann lass uns hier weggehen. Lass uns irgendwo einen trinken.«

Hank warf keinen Blick auf das Geld. »Ich will es nicht.«

»Nimm es, Hank.«

»Du hast es verdient. Du kannst es behalten.«

»Komm schon, Hank. Ich habe es für uns beide verdient.«

Kaum waren die Worte gesagt, wusste er, dass er sie nicht hätte sagen sollen.

Jetzt ist es so weit, dachte er. Er sah, wie Hank seinen Oberkörper zur Seite drehte und mit dem Arm ausholte. Der Schlag warf ihn um.

Es regnete jetzt heftiger.

Er schmeckte das Eisen auf der Lippe.

Hank hatte immer ein gutes Kreuz bei sich, dachte er, fast ein wenig wehmütig

Hank beugte sich über ihn, aber nicht um ihm aufzuhelfen, sondern um ihn zu beschimpfen. »Lass mich mit deinem Geld in Frieden. Ich habe nicht gesagt, dass du es verdienen sollst. Ich wohne nicht am Central Park. Das ist deine Sache, Bruder.«

Er setzte sich auf und wischte sich das Blut von den Lippen.

Hank machte einen Schritt zurück und hob etwas auf. Er dachte, es sei das Geld, das aus dem Umschlag gefallen war. Aber es war nicht das Geld. Es war der Hut.

Hank ging davon und ließ ihn sitzen, auf der 22. Straße, im strömenden Regen und mit einem schrumpfenden Panamahut auf dem Kopf.

HERBST

20. Kapitel

DIE HÖLLE KENNT KEINEN ZORN

In Herbst 1938 las ich viel Agatha Christie – vielleicht alle ihre Bücher. Die mit Hercule Poirot, die mit Miss Marple. *Tod auf dem Nil. Das fehlende Glied in der Kette,* die Morde … *auf dem Golfplatz* … *im Pfarrhaus* … *im Orientexpress.* Ich las sie in der Subway, im Deli, zu Hause im Bett.

Man kann über die psychischen Nuancierungen von Proust und die erzählerische Bandbreite von Tolstoi sagen, was man will, aber niemand kann behaupten, dass Mrs. Christie nicht wüsste, wie man Vergnügen bereitet. Ihre Bücher verschaffen dem Leser eine enorme Befriedigung.

Ja, sicher, die Bücher folgen einer Formel. Aber das genau ist einer der Gründe, warum sie so befriedigend sind. Vor einem Hintergrund, wo alle Personen, Räume und Mordwaffen wie neu erfunden und gleichzeitig alt vertraut sind (die Rolle des Onkels aus Indien, Verwaltungsangestellter des Empire, hier übernimmt woanders die alte Jungfer aus Wales; die nicht zueinander passenden Buchstützen in einem Roman entsprechen in einem anderen dem Glas mit Fuchsgift auf dem obersten Brett im Gartenschuppen), händigt Mrs. Christie ihre kleinen Überraschungen in sorgfältig bemessenen Abständen aus, wie eine Kinderfrau Süßigkeiten an die ihr anvertrauten Kinder verteilt.

Aber ein weiterer Grund, warum sie so befriedigend sind – ein Grund, der mindestens ebenso wichtig ist, wenn nicht noch wichtiger –, ist meiner Meinung nach der, dass in Agatha Christies Welt jeder am Ende das bekommt, was er verdient hat.

Ob Erbschaft oder Verarmung, Liebe oder Verlust, ein Schlag auf den Hinterkopf oder der Galgen – in Agatha Christies Büchern ereilt letzten Endes alle, Männer wie Frauen, ganz gleich, welchen Alters und welcher Herkunft, das ihnen gemäße Schicksal. Poirot und Miss Marple sind nicht im traditionellen Sinne Hauptfiguren. Sie sind lediglich die Vermittler eines fein austarierten moralischen Gleichgewichts, das von dem Schöpfer aller Dinge am Anbeginn der Zeit hergestellt wurde.

Meistens finden wir uns im Verlauf unseres täglichen Lebens mit den überreichlichen Beweisen ab, dass es eine solche universale Gerechtigkeit nicht gibt. Wie ein Lastenpferd klappern wir über das Kopfsteinpflaster und ziehen die Waren unseres Herrn, die Köpfe gesenkt, die Scheuklappen vor den Augen, und warten geduldig auf das nächste Stück Zucker. Aber manchmal geschieht es, dass der Zufall die Gerechtigkeit walten lässt, die Agatha Christie verspricht. Wir sehen uns die Personen in unserem eigenen Leben an – die Erbinnen und Gärtner, die Pastoren und Kinderfrauen, die spät eintreffenden Gäste, die nicht ganz das erfüllen, was sie zu sein scheinen – und entdecken, dass, noch bevor das Wochenende vorbei ist, alle Versammelten das bekommen werden, was sie verdienen.

Nur: Wenn wir diese Entdeckung machen, reihen wir uns selten unter ihnen ein.

An jenem Dienstagmorgen im September, als Mason Tate sich wegen meiner Gesundheit besorgt zeigte, gab ich mir keine Mühe, eine Entschuldigung vorzubringen. Schon gar nicht versuchte ich, etwas zu erklären. Ich setzte mich einfach in den Rollstuhl und fing an zu schreiben. Denn ich sah genau, wo ich stand – ungefähr einen Meter von der Falltür im Fußboden entfernt.

In Mason Tates Welt gab es keinen Platz für mildernde Umstände oder geteilte Loyalitäten. Aufgesetzte Munterkeit oder fröhliche Scherze oder andere Signale von Selbstgewissheit würden also nicht besonders freundlich aufgenommen werden. Ich müsste mich einfach beugen und mögliche weitere

Kränkungen, die der Chef sich für mich ausdachte, hinnehmen, bis ich aufgrund von Anstrengung und guter Arbeit wieder angenommen würde.

Und das tat ich dann auch. Ich kam ein bisschen früher zur Arbeit. Ich bediente mich nicht an dem Wasserbehälter. Ich hörte mir Mr. Tates Kritik an der Arbeit anderer ohne süffisantes Lächeln an. Und nachdem Alley und ich am Freitagabend im Automatenrestaurant gewesen waren, ging ich, wie ein Büßer im Mittelalter, nach Hause und schrieb Grammatikregeln ab:

– Der Genitiv wird durch Anhängen des Buchstaben »s« gekennzeichnet. Ausnahme: Jesus, das den Genitiv »Jesu« hat.

– Der Apostroph zeigt die Auslassung von Buchstaben oder Buchstabengruppen an.

– Verwende das Semikolon und das unpersönliche Passiv in Maßen.

In dem Moment klopfte es an der Tür.

Es klopfte dreimal ganz präzise, aber zu zart für jemanden wie Inspektor Tilson oder den Lieferjungen von der Western Union. Ich machte auf. Im Treppenhaus stand Anne Grandins Sekretär. Er trug einen dreiteiligen Anzug, und jeder Knopf war zugeknöpft.

»Guten Abend, Miss Kontent.« (Mit Betonung auf der ersten Silbe.)

»Kontent.« (Betonung auf der zweiten Silbe.)

»Ja, natürlich. Kontent.« (Betonung auf der zweiten Silbe.)

Obwohl er die Disziplin eines preußischen Soldaten hatte, konnte er es sich nicht verkneifen, über meine Schulter einen Blick in meine Wohnung zu werfen. Das wenige, was er sah, machte sein verkniffenes kleines Lächeln ein wenig zufriedener.

»Ja?«, fragte ich.

»Entschuldigen Sie bitte, dass ich Sie zu Hause störe …«

Er verlieh dem Wort »Hause« einen ernsthaften Ton, um seine Aufrichtigkeit zu unterstreichen.

»… aber Mrs. Grandin wollte Ihnen dies so schnell wie möglich zukommen lassen.«

Seine Hand schnellte vor, und zwischen zwei Fingern steckte ein kleiner Umschlag. Ich nahm ihn entgegen und wiegte ihn in der Luft.

»Zu wichtig, um es der Post anzuvertrauen?«

»Mrs. Grandin hofft auf eine umgehende Antwort.«

»Sie konnte nicht telefonieren?«

»Im Gegenteil. Wir haben es mit Telefonieren versucht. Oft. Aber anscheinend …« Bryce zeigte auf das Telefon, das ausgestöpselt auf dem Fußboden stand.

»Ah.«

Ich riss den Umschlag auf. Er enthielt eine handgeschriebene Karte. *Kommen Sie bitte morgen um vier Uhr zu mir. Es ist wichtig, dass wir miteinander sprechen.* Unterschrieben war sie mit *Hochachtungsvoll A. Grandin,* darunter ein Postskriptum: *Ich habe Oliven bestellt.*

»Darf ich Mrs. Grandin sagen, dass Sie kommen?«, fragte Bryce.

»Ich muss darüber nachdenken, fürchte ich.«

»Erlauben Sie mir die dreiste Frage: Wie lange könnte das dauern, Miss Kontent?«

»Bis morgen früh. Aber Sie dürfen gern warten.«

Natürlich hätte ich Annes Aufforderung in den Müll schmeißen sollen. Mit fast jeder Aufforderung sollte man kurzen Prozess machen. Da Anne eine intelligente und willensstarke Frau war, müsste eine Aufforderung von ihr mit umso mehr Misstrauen betrachtet werden. Dazu die Anmaßung, dass ich zu ihr kommen sollte! Eine bodenlose Unverschämtheit!

Ich zerriss den Brief in tausend kleine Stücke und warf die Schnipsel an die Stelle, wo der offene Kamin hätte sein sollen. Dann überlegte ich mir, was ich anziehen sollte.

Denn warum sollte ich jetzt noch auf Etikette bestehen? Hatten wir diese Art von prätentiösem

Verhalten nicht ein paar Hundert Seemeilen hinter uns gelassen? Hercule Poirot hätte ihr mit Sicherheit keine Absage gegeben. Er hätte auf eine solche Aufforderung gewartet, hätte geradezu damit gerechnet als die nicht einkalkulierte Entwicklung, die zur Herstellung der Gerechtigkeit verhelfen würde.

Außerdem konnte ich nicht widerstehen, wenn jemand *Hochachtungsvoll* schrieb. Noch, wenn er sich so genau an meine Cocktailvorlieben erinnerte.

Auf mein Läuten vor der Suite 1801 um sechzehn Uhr fünfzehn öffnete Bryce mit einem anzüglichen Lächeln die Tür.

»Hallo, Bryce«, sagte ich und hielt den Frikativ so lange, dass es zischte.

»Miss Kontent«, sagte er mit Betonung auf der zweiten Silbe – seine Retourkutsche. »Wir haben Sie schon erwartet.«

Er wies auf das Foyer, ich marschierte an ihm vorbei in den Salon.

Anne saß an ihrem Schreibtisch. Sie trug eine Brille mit halben Gläsern, wie prüde Frauen sie oft tragen – keine schlechte Idee. Sie sah von ihrer Korrespondenz auf und gab mit dem Hochziehen einer Augenbraue zu verstehen, dass sie mein Hinwegsetzen über die üblichen Förmlichkeiten erkannte.

Sie deutete auf die Couch und schrieb weiter, womit sie gleichzog. Ich ging an ihrem Schreibtisch vorbei und stellte mich ans Fenster.

An der Westseite des Central Park ragten die großen Wohnblocks einzeln über die Bäume hinaus, so wie Pendler auf einem Bahnsteig, bevor der Berufsverkehr beginnt. Der Himmel war so blau wie auf einem Gemälde von Tiepolo. Nach einer Woche mit kaltem Wetter hatten sich die Blätter gefärbt und bildeten jetzt ein orangerotes Laubdach, das sich bis nach Harlem erstreckte. Fast konnte man denken, der Park sei eine Schmuckschatulle und der Himmel der Deckel. Man musste Olmstead, dem Erschaffer des Parks, recht geben: Er hatte gut daran getan, die Armenbehausungen abzureißen, um Platz für den Park zu gewinnen.

Hinter mir hörte ich, wie Anne den Brief faltete, den Umschlag zuklebte und die Adresse mit kratzendem Füllfederhalter schrieb. Zweifellos wieder eine Aufforderung.

»Vielen Dank, Bryce«, sagte sie und reichte ihm den Brief. »Das wäre dann alles.«

Als Bryce ging, drehte ich mich um. Anne schenkte mir ein wohlwollendes Lächeln. Sie sah prachtvoll aus, selbstsicher, so faszinierend wie immer.

»Ihr Sekretär ist ein bisschen spießig«, sagte ich und setzte mich auf die Couch.

»Wer? Bryce? Vielleicht. Aber er ist sehr tüchtig. Und eigentlich ein bisschen wie ein Schützling.«

»Ein Schützling? Aha. In welcher Hinsicht? In einem faustischen Pakt?«

Anne zog voller Ironie eine Augenbraue hoch und ging zur Bar.

»Für eine junge Frau aus der Arbeiterschicht sind Sie recht belesen«, sagte sie mit dem Rücken zu mir.

»Wirklich? Ich habe festgestellt, dass alle meine belesenen Freunde aus der Arbeiterschicht sind.«

»Aha. Warum denken Sie das? Die Reinheit der Armut?«

»Nein. Aber Lesen ist die billigste Freizeitbeschäftigung.«

»Sex ist die billigste Freizeitbeschäftigung.«

»Nicht in diesem Haus.«

Anne lachte wie ein alter Seemann und drehte sich um, in den Händen zwei Martini. Sie setzte sich in den Sessel über Eck von mir und stellte die Gläser auf den Tisch. In der Mitte des Tisches stand eine Schale mit so erlesenem Obst, dass ich die Hälfte der Früchte gar nicht kannte. Zum Beispiel eine grüne, pelzige Kugel. Und eine pflaumenartige gelbe Frucht, die wie ein kleiner Fußball aussah. Um auf Annes Tisch zu kommen, waren sie bestimmt weiter gereist als ich in meinem ganzen Leben.

Neben der Obstschale stand ein Schälchen mit

Oliven, wie versprochen. Sie nahm das Schälchen und ließ die Hälfte der Oliven in mein Glas gleiten. Es waren so viele, dass die obersten durch die Ginoberfläche stießen wie vulkanische Inseln.

»Kate«, sagte sie. »Kratzen wir uns nicht die Augen aus. Es ist eine Versuchung, ich weiß, und eine süße. Aber es ist unter unserer Würde.«

Sie hob ihr Glas und hielt es in meine Richtung.

»Streit beigelegt?«

»In Ordnung«, sagte ich.

Ich stieß mit ihr an, dann tranken wir.

»Also. Warum sagen Sie mir nicht einfach, warum Sie mich bestellt haben?«

»Das ist die richtige Einstellung.«

Sie beugte sich vor und nahm die oberste Olive von meiner Insel. Sie steckte sich die Olive in den Mund und kaute nachdenklich. Dann schüttelte sie den Kopf und lachte.

»Sie werden das komisch finden, aber ich hatte keine Ahnung von der Sache mit Ihnen und Tinker. Als sie aus dem Restaurant gerannt sind, dachte ich, Sie seien entrüstet. Die ältere Frau mit dem jungen Mann, so etwas in der Art. Erst als ich Tinkers Gesicht sah, wurde mir alles klar.«

»Das Leben ist voller irreführender Signale.«

Sie lächelte verschwörerisch.

»Ja. Rebusrätsel und Labyrinthe. Nur selten

wissen wir, wo wir in Beziehung zu einem anderen Menschen wirklich stehen. Und wir wissen nie, wie zwei Verbündete zueinander stehen. Aber die Summe der Winkel in einem Dreieck ist immer einhundertachtzig Grad – richtig?«

»Ich glaube, ich verstehe jetzt etwas besser, wie Sie und Tinker zueinander stehen.«

»Das freut mich, Katey. Warum auch nicht? Ich hatte mein kleines Versteckspiel. Aber unsere Beziehung ist eigentlich kein Geheimnis. Und auch nicht so kompliziert. Bei Weitem nicht so kompliziert wie Ihre Beziehung mit ihm oder meine Beziehung mit Ihnen. Zwischen Tinker und mir ist alles so klar wie mit dem Lineal gezogen.«

Anne legte Daumen und Zeigefinger zusammen und zog einen eingebildeten Bleistift durch die Luft, um die gerade Ausrichtung der buchhalterischen Unterstreichung zu verdeutlichen.

»Es gibt einen klaren Unterschied zwischen körperlichen und emotionalen Bedürfnissen«, fuhr sie fort. »Frauen wie Sie und ich verstehen das. Die meisten Frauen verstehen das nicht. Oder sie wollen es nicht zugeben. Wenn es um Liebe geht, bestehen die meisten Frauen darauf, dass die emotionalen und körperlichen Aspekte fest miteinander verwoben sind. Wollte man ihnen eine andere Möglichkeit zeigen, ist es so, als würde man sagen, dass ihre Kinder sie eines Tages vielleicht nicht mehr lieben werden. Ihr Überleben hängt von dieser Überzeugung ab, ganz gleich, welche gegenteiligen Beweise die Geschichte kennt. Natürlich gibt es viele Frauen, die die Untreue ihrer Männer nicht wahrhaben wollen, aber die meisten sind darüber unglücklich. Für sie ist es ein Riss im Gewebe ihres Lebens. Wäre aber eine solche Frau in der Lage, sich selbst mit kühlem Blick zu betrachten, würde sie feststellen, dass ihre Verärgerung, wenn ihr Mann sich zu einer Verabredung verspätet, nicht das fremde Parfum ist, nach dem sein Kragen duftet, sondern dass er zu spät kommt. Aber wie gesagt – ich glaube, in dem Punkt verstehen wir uns. Und deshalb habe ich Sie hergebeten und nicht Tinker. Ich glaube, dass Sie und ich zu einer Verständigung kommen können, mit der Tinker gedient ist. Eine Verständigung, bei der wir alle das bekommen, was wir wollen.«

Um den Geist der Kooperation zu betonen, beugte Anne sich vor und nahm wieder eine Olive aus meinem Glas. Ich steckte drei Finger in mein Glas, fischte die Hälfte der Oliven heraus und ließ sie in ihr Glas fallen.

»Ich weiß nicht, ob ich das so gut kann wie Sie – Menschen benutzen«, sagte ich.

»Glauben Sie, das tue ich?«

Anne nahm einen Apfel aus der Obstschale und

hielt ihn hoch, als wäre er eine Kristallkugel. »Sehen Sie diesen Apfel? Süß. Knackig. Rot. So war es nicht immer, müssen Sie wissen. Die ersten Äpfel, die nach Amerika kamen, waren fleckig und so bitter, dass man sie nicht essen konnte. Aber nachdem sie über mehrere Generationen veredelt worden waren, sind jetzt alle Äpfel so wie dieser. Die meisten Menschen sind der Meinung, dass es der Sieg des Menschen über die Natur ist. Aber das stimmt nicht. Aus der Sicht der Evolution ist es der Sieg des Apfels.«

Sie zeigte abschätzig auf die exotischen Früchte in der Schale. »Es ist der Sieg des Apfels, der mit Hunderten anderer Arten um die gleichen Ressourcen ringt – Sonnenlicht, Wasser, Erde. Weil der Apfel die Sinne und die physischen Bedürfnisse der Menschen ansprach – der Geschöpfe, die Äxte und Ochsen besitzen –, hat sich der Apfel in einer Geschwindigkeit über den Erdball verbreitet, die aus evolutionärer Sicht atemberaubend ist.«

Anne legte den Apfel wieder in die Schale.

»Ich benutze Tinker nicht, Katherine. Tinker ist der Apfel. Während andere auf der Strecke geblieben sind, hat er sein Überleben gesichert, indem er gelernt hat, Menschen wie Ihnen und mir zu gefallen. Und wahrscheinlich noch ein paar anderen vor uns.«

Manche Menschen nennen mich Katey, andere

Kate, andere Katherine. Anne wechselte zwischen diesen Möglichkeiten, als fühlte sie sich mit jeder einzelnen Version wohl. Sie richtete sich auf und nahm eine akademische Haltung ein.

»Ich sage das nicht, um Tinker zu diskreditieren, müssen Sie wissen. Tinker ist ein außergewöhnlicher Mensch. Vielleicht außergewöhnlicher, als Sie ahnen. Und ich bin auch nicht böse auf ihn. Ich könnte mir denken, dass Sie mit ihm geschlafen haben und vielleicht in ihn verliebt sind. Doch dass erfüllt mich nicht mit Eifersucht oder Groll. Ich sehe Sie nicht als Rivalin. Ich wusste immer, dass er irgendwann jemanden finden würde. Ich meine nicht eine Libelle wie Ihre Freundin. Ich meine eine Frau, die hell und urban ist wie ich und ein bisschen … altersgemäßer ist. Deshalb sollten Sie und ich wissen, dass es für mich nicht um Alles-oder-nichts geht. Ich bin ganz zufrieden mit Ein-bisschen-manchmal. Aber ich möchte, dass er pünktlich ist.«

Während dieser Ausführungen begriff ich endlich, worum es Anne ging – aus welchem Grund sie mich geholt hatte: Sie glaubte, Tinker sei bei mir. Offensichtlich hatte er sich davongemacht, und sie glaubte, ich hielte ihn versteckt. Einen Moment lang überlegte ich, ob ich sie in dem Glauben lassen sollte – um ihr den Nachmittag zu verderben.

»Ich weiß nicht, wo er ist«, sagte ich. »Wenn Tinker auf Ihre Pfeife nicht mehr hört, hat das nichts mit mir zu tun.«

Anne sah mich wachsam an. »Ich verstehe …«, sagte sie.

Um Zeit zu gewinnen, ging sie zur Bar und goss Gin in den Shaker. Sie benutzte nicht, wie Bryce, die Silberzange, sondern griff mit der Hand in den Eiskübel, nahm eine Handvoll Eiswürfel und warf sie in den Shaker. Sie schüttelte ihn leicht mit einer Hand, kam dann zurück und setzte sich auf die Sesselkante. Sie schien in Gedanken versunken, in Überlegungen und Erwägungen – und entgegen ihrer Art verunsichert.

»Möchten Sie noch einen?«, fragte sie.

»Nein, danke.«

Sie goss den Gin in ihr Glas, dann hörte sie auf. Sie sah enttäuscht ins Glas, als wäre der Gin nicht durchsichtig genug.

»Jedes Mal wenn ich vor fünf trinke«, sagte sie, »fällt mir wieder ein, warum ich es nicht tue.«

Ich stand auf. »Vielen Dank für den Drink, Anne.«

Sie protestierte nicht. Sie kam mit mir zur Tür. Aber als sie mir zum Abschied die Hand gab, hielt sie sie einen Moment länger, als die Höflichkeit gebot.

»Denken Sie an das, was ich gesagt habe, Katey. Dass wir zu einer Verständigung kommen können.«

»Anne …«

»Ich weiß. Sie wissen nicht, wo er ist. Aber irgendwie glaube ich, dass Sie eher von ihm hören werden als ich.«

Sie ließ meine Hand los, und ich ging zum Fahrstuhl. Die Türen öffneten sich, und der Liftboy wechselte einen Blick mit mir. Es war derselbe freundliche junge Mann, der mich mit den Nichtfrischvermählten nach oben gefahren hatte.

»Kate.«

»Ja?«, sagte ich und wandte mich um.

»Die meisten Menschen haben mehr Bedürfnisse als Wünsche. Deswegen führen sie das Leben, das sie führen. Aber die Welt wird von denen beherrscht, die mehr Wünsche haben als Bedürfnisse.«

Ich ließ mir das einen Moment lang durch den Kopf gehen. Dann kam ich zu meiner Schlussfolgerung. »Sie haben immer eine treffliche abschließende Bemerkung, Anne.«

»Ja«, sagte sie. »Das ist eine meiner Spezialitäten.«

Dann schloss sie sanft die Tür.

Auch diesmal nickte mir der Portier zu, als ich das Plaza verließ, ohne nach einem Taxi zu winken. Ich gab ihm recht und fing an, die Sixth Avenue runterzugehen. Da ich keine Lust hatte, nach Hause zu gehen, sah ich mir im Marquis einen Film mit Marlene Dietrich an. Der Film lief schon eine Stunde, ich sah also die zweite Hälfte zuerst und blieb dann sitzen, um den Anfang zu sehen. Wie bei den meisten Filmen fand das, was in der Mitte schlimm aussah, am Ende eine glückliche Lösung. So wie ich den Film sah, schien er näher am wirklichen Leben zu sein.

Vor dem Kino winkte ich ein Taxi herbei, um den Portier – rückwirkend – eines Besseren zu belehren. Auf dem Weg nach Downtown überlegte ich, womit ich mich betrinken sollte, wenn ich nach Hause kam. Rotwein? Weißwein? Whiskey? Gin? So wie die Menschen, die in der Welt von Mason Tate lebten, hatten sie alle ihre Vorzüge und Nachteile. Vielleicht sollte ich es dem Zufall überlassen. Vielleicht sollte ich mir die Augen verbinden, mich im Kreis drehen und so eine Flasche auswählen. Allein der Gedanke an ein Spiel dieser Art hob meine Stimmung. Aber als ich an der 11. Straße ausstieg, wem sollte ich da begegnen, wenn nicht Theodore Grey? Wie ein Mann auf der Flucht trat er aus einem Hauseingang. Außer dass er ein sauberes weißes Hemd trug und eine Cabanjacke, die noch nie das Meer gesehen hatte.

»Hallo, Teddy.«

»Katey. Ich muss mit dir reden.«

»Ich komme zu spät zu einer Verabredung.«

Er zuckte zusammen. »Kannst du mir nicht fünf Minuten gestatten?«

»Also gut. Sprich.«

Er sah die Straße entlang. »Können wir irgendwo hingehen?«

Ich ging mit ihm in ein Café an der Second Avenue, Ecke 12. Straße. Das Lokal war drei Meter breit und dreißig Meter tief. An der Theke stand ein Polizist, der das Empire State Building aus Zuckerwürfeln nachbaute, und hinten saßen zwei junge Italiener und aßen Hacksteak und Spiegeleier. Wir setzten uns in eine Nische weiter vorn. Als die Kellnerin fragte, ob wir bestellen wollten, sah Tinker auf, als hätte er die Frage nicht verstanden.

»Bringen Sie uns einfach Kaffee«, sagte ich.

Die Kellnerin verdrehte die Augen.

Tinker sah ihr hinterher. Dann richtete er, offenbar unter größter Willensanstrengung, seinen Blick auf mich. Mit Zufriedenheit sah ich, dass sein Gesicht aschfahl war und er dunkle Ringe unter den Augen hatte, als hätte er schlecht geschlafen und nicht gegessen. So sah seine Kleidung geborgt aus – was sie in gewisser Weise ja war.

»Ich möchte etwas erklären«, sagte er.

»Was gibt es zu erklären?«

»Du hast allen Grund, verärgert zu sein …«

»Ich bin nicht verärgert.«

»… aber das mit Anne habe ich mir nicht ausgewählt …«

Erst will Anne die Sache mit Tinker erklären.

Dann will Tinker die Sache mit Anne erklären. Jede Geschichte hat zwei Seiten, könnte man sagen.

Und beide sind Ausflüchte.

»Ich habe eine sehr schöne kleine Anekdote für dich«, sagte ich, ihn unterbrechend. »Du wirst sie zum Schreien komisch finden. Aber vorher möchte ich dir ein paar Fragen stellen.«

Er sah mich düster-resigniert an.

»Ist Anne tatsächlich eine alte Freundin deiner Mutter?«

»Nein. Ich war bei der Providence Bank, als wir uns kennenlernten. Der Bankdirektor lud mich nach Newport zu einer Party ein …«

»Und diese exklusive Vereinbarung, die ihr habt – die Genehmigung, Eisenbahnaktien zu verkaufen –, sind das ihre Aktien?«

»Ja.«

»Warst du vor oder nach der Sache mit ihr ihr Bankier?«

»Ich weiß es nicht. Als wir uns kennenlernten, habe ich gesagt, ich wollte nach New York ziehen. Sie bot an, mich mit ein paar Leuten bekannt zu machen … Damit ich einen Einstieg hätte …«

Ich pfiff.

»Mann.« Ich schüttelte bewundernd den Kopf. »Und die Wohnung?«

»Sie gehört ihr.«

»Schicke Jacke übrigens. Wo bewahrst du die nur alle auf? Aber, was wollte ich erzählen? Ach ja. Ich glaube, du wirst das lustig finden. Ein paar Tage nachdem Eve dir davongelaufen ist, hat sie so heftig gefeiert, dass sie in einer Seitenstraße betrunken zusammengebrochen ist. Die Polizisten fanden meine Adresse in ihrer Jackentasche, und ich musste zur Wache kommen, um sie zu identifizieren. Aber bevor wir gehen durften, hat ein netter Polizist mir Kaffee gegeben und mich inständig gebeten, damit aufzuhören. Er dachte nämlich, wir seien Prostituierte. Und wegen Eves Narben glaubte er, sie sei auf dem Strich schlecht behandelt worden.«

Ich zog die Augenbrauen hoch und hob meine Kaffeetasse zu Tinker. »Ist das nicht einfach zu komisch?«

»Das ist nicht fair.«

»Nein?«

Ich trank einen Schluck von meinem Kaffee. Er versuchte nicht, sich zu verteidigen, also machte ich weiter.

»Wusste Eve davon? Ich meine, das mit dir und Anne?«

Er schüttelte apathisch den Kopf. Definitiv apathisch. Apathisch war das richtige Wort.

»Ich glaube, sie ahnte, dass es eine andere Frau gab. Aber ich bezweifle, dass sie an Anne dachte.«

Ich sah aus dem Fenster. Ein Feuerwehrwagen musste an der Ampel halten, auf den Trittbrettern standen die Feuerwehrleute in voller Montur für die Feuerbekämpfung und hielten sich an den Haken und Leitern fest. Ein Junge an der Hand seiner Mutter stand an der Ecke und winkte, und alle Feuerwehrleute winkten zurück.

»Bitte, Katey. Das zwischen mir und Anne ist vorbei. Ich bin von Wallace' Sommerhaus zurückgekommen, um es ihr zu sagen. Deshalb waren wir zusammen zum Lunch.«

Ich wandte mich wieder Tinker zu und sagte, als würde ich laut nachdenken: »Ob Wallace das wohl wusste?«

Wieder zuckte Tinker zusammen. Er schaffte es nicht, den Ausdruck des Verwundeten abzuschütteln. Plötzlich war es unvorstellbar, dass er mir so attraktiv vorgekommen war. Wenn man sich Wallace vorstellte, in seinem schlichten grauen Anzug, wie er den weißhaarigen Freunden seines Vaters Rat gab, wirkte Tinker im Vergleich wie ein Varietékünstler. Wahrscheinlich bemühen wir nicht oft genug Vergleiche, um mehr Aufschluss darüber zu erhalten, mit wem wir es zu tun haben. Wir erlauben den Menschen, sich in einem kurzen Moment darzustellen – eine Zeitspanne, die so viel leichter zu handhaben und zu kontrollieren ist als ein ganzes Leben.

Komisch. Ich hatte mich vor dieser Begegnung so gefürchtet. Aber jetzt, wo es passierte, fand ich es interessant. Hilfreich. Sogar ermutigend.

»Katey«, sagte er beinahe flehentlich. »Was ich dir sagen möchte: Dieser Teil meines Lebens ist vorbei.«

»Bei mir auch.«

»Bitte, sag das nicht.«

»He«, sagte ich fröhlich und unterbrach ihn. »Hier ist eine Frage: Bist du mal zelten gewesen? Ich meine, zelten im Wald? Mit einem Taschenmesser und einem Kompass?«

Das schien etwas in ihm zu wecken. Ich sah, wie seine Kiefer sich anspannten. »Du gehst zu weit, Katey.«

»Wirklich? Ich hab das noch nie gemacht. Wie ist das denn?«

Er sah auf seine Hände.

»Junge«, sagte ich. »Wenn deine Mutter dich jetzt sehen könnte …«

Tinker stand abrupt auf. Er stieß mit seinem Oberschenkel an die Tischecke, sodass die Milch im Kännchen überschwappte. Er legte einen Fünf-Dollar-Schein auf den Tisch, womit er sich der Kellnerin gegenüber großzügig erwies.

»Anne bezahlt den Kaffee?«, fragte ich.

Er wankte zur Tür, als wäre er betrunken.

»Gehe ich zu weit?«, rief ich ihm nach. »So schlimm ist es doch nicht.«

Ich legte noch einmal fünf Dollar zu dem Schein auf den Tisch. Als ich zur Tür ging, wankte ich auch. Ich ließ meinen Blick die Second Avenue hinaufwandern wie ein Wolf, der aus seinem Käfig geflohen ist. Ich sah auf die Uhr. Die Zeiger spreizten sich zwischen der Neun und der Drei, wie zwei Duellanten, die mit dem Rücken zueinander stehen, die Schritte abgezählt, und sich im nächsten Moment umdrehen und feuern werden.

Die Nacht war jung.

Dicky brauchte fünf Minuten, um auf das Klopfen an seiner Tür zu reagieren. Seit der Party in Whileaway hatten wir uns nicht gesehen.

»Katey … Was für eine fantastische Überraschung. Fantastisch und … hieroglyphisch.«

Er hatte eine Anzughose und ein weißes Hemd an. Offenbar war er gerade dabei gewesen, seine Krawatte zu binden, als ich klopfte, denn sie hing lose um seinen Kragen. Er sah sehr attraktiv aus, so lässig-förmlich.

»Darf ich?«

»Unbedingt.«

Als ich Uptown aus der Subway gekommen war, hatte ich für ein, zwei Drinks in einer irischen Bar an der Lexington Avenue haltgemacht. Ich glitt also behände an ihm vorbei ins Wohnzimmer. Bisher war ich nur mit anderen Gästen zusammen in Dickys Wohnung gewesen. Jetzt, da er allein war, sah ich, wie ordentlich Dicky unter seinem munteren Äußeren war. Alles war an seinem Platz. Die Stühle standen in einer Reihe um den Cocktailtisch. Die Bücher im Regal waren nach Namen der Verfasser geordnet. Der Bodenaschenbecher stand rechts vom Lehnstuhl, die vernickelte Stehlampe links.

Dicky starrte mich an. »Du hast wieder rote Haare!«

»Nicht mehr lange. Gibt es was zu trinken?«

Er wurde offenbar anderswo erwartet, machte den Mund auf und zeigte zur Tür. Ich zog die linke Augenbraue hoch.

»Ja, natürlich«, sagte er rasch. »Ein Drink ist jetzt genau das Richtige.«

Er ging zu einem edlen Ebenholzschrank. Die Klappe ließ sich nach unten senken wie die Schreibfläche bei einem Sekretär.

»Whiskey?«

»Ganz wie es dir beliebt.«

Er goss uns beiden ein, und wir stießen miteinander an. Ich leerte mein Glas und hielt es hoch. Er machte wieder den Mund auf, als wollte er etwas sagen, doch stattdessen leerte er sein Glas. Dann goss er uns eine angemessenere Portion ein. Ich nahm einen Schluck und drehte mich auf dem Absatz um, als müsste ich mich orientieren.

»Eine sehr schöne Wohnung«, sagte ich. »Aber ich glaube nicht, dass ich sie schon ganz gesehen habe …«

»Wie ungezogen von mir. Natürlich, ja, sicher. Hier entlang!«

Er zeigte auf eine Tür. Dahinter lag ein kleines Esszimmer, das von spitz zulaufenden Wandleuchten erhellt wurde. Der Esstisch im Kolonialstil war sicherlich in der Familie seit der Zeit, als New York eine Kolonie war.

»Dies ist das Refektorium. Der Tisch ist für sechs Personen, aber im Falle eines Falles haben vierzehn Personen daran Platz.«

Am anderen Ende des Esszimmers war eine Schwingtür mit einem Bullauge. Wir gingen durch die Tür in die Küche, die rein und weiß war wie der Himmel.

»Die Küche«, sagte er und fuhr mit der Hand durch die Luft.

Wir gingen wieder durch eine Tür in einen Flur, der an einem offensichtlich unbenutzten Gästezimmer vorbeiführte. Auf dem Bett lagen Sommersachen, die ordentlich gefaltet darauf warteten, für den Winter verstaut zu werden. Dann kamen wir zu seinem Schlafzimmer. Das Bett war ordentlich gemacht. Das einzige Kleidungsstück, das herumlag, war sein Abendjackett, es hing über einem Stuhl vor einem kleinen Schreibtisch.

»Und was haben wir hier?«, fragte ich und machte eine Tür auf.

»Ehm. Das Lavatorium.«

»Aha!«

Es war reizend, dass Dicky das Badezimmer aus der Wohnungsbesichtigung weglassen wollte. Dabei war es ein echtes Kunstwerk. Der ganze Raum war rundum weiß gekachelt. Er hatte den Luxus von zwei Fenstern, eins über dem Heizkörper und eins über der Badewanne. Die Badewanne stand frei im Raum, war ein Meter achtzig lang und hatte Klauenfüße und Nickelrohre, die im Fußboden verschwanden. Auf einer langen Glaskonsole entlang der Wand standen Flaschen mit Lotion, Haarwasser und Eau de Cologne.

»Meine Schwester schenkt am liebsten Kosmetikartikel«, erklärte Dicky.

Ich fuhr mit der Hand am Badewannenrand entlang, als wäre es die Kühlerhaube eines Autos.

»Wie schön.«

»Sauberkeit kommt der Göttlichkeit am nächsten«, sagte Dicky.

Ich trank meinen Whiskey aus und stellte das Glas auf die Fensterbank.

»Probieren wir sie mal aus.«

»Was meinst du?«

Ich zog mir das Kleid über den Kopf und streifte die Schuhe ab.

Dicky machte große Augen, wie ein Teenager. Er leerte sein Glas mit einem lauten Schlucken und stellte es auf den Rand des Waschbeckens. Er fing an, aufgeregt zu sprechen.

»Eine feinere Badewanne findest du in ganz New York nicht.«

Ich drehte das Wasser an.

»Das Porzellan wurde in Amsterdam hergestellt. Die Füße sind in Paris gegossen worden. Sie sind den Pfoten von Marie Antoinettes zahmem Panther nachgeformt.«

Dicky riss sich das Hemd vom Leib. Ein Perlmuttmanschettenknopf rollte über den Fußboden aus schwarzen und weißen Kacheln. Er zog sich den rechten Schuh mit einem Ruck aus, aber der linke wollte nicht. Er hüpfte auf einem Bein auf und ab und stieß gegen das Waschbecken. Sein Whiskeyglas glitt vom Rand und zersplitterte im Becken. Mit einem siegreichen Ausdruck hielt er den Schuh in die Luft.

Ich war inzwischen nackt und wollte in die Wanne klettern.

»Schaum!«, rief er da.

Er ging zu der Konsole mit den Weihnachtsgeschenken und studierte hastig die Aufkleber, konnte sich aber nicht für einen Badeschaum entscheiden. Also nahm er zwei Flaschen, trat an den Badewannenrand und schüttete den Inhalt aus beiden in die Wanne. Dann steckte er seine Hand ins Wasser und rührte um. Ein reicher Duft von Lavendel und Zitrone stieg mit dem Dampf auf.

Ich ließ mich unter den Schaum gleiten. Er sprang mir nach wie einer, der die Schule schwänzt und stattdessen schwimmen geht. Weil er es so eilig hatte, merkte er nicht, dass er noch seine Socken anhatte. Er zog sie in der Wanne aus und klatschte sie an die Wand. Er griff hinter sich und zückte eine Badebürste.

»Sollen wir?«

Ich nahm die Bürste und warf sie aus der Wanne. Ich legte meine Beine um seine Hüften. Ich stützte mich mit den Händen auf dem Wannenrand hoch und senkte mich auf ihn hinab.

»Ich komme der Göttlichkeit am nächsten«, sagte ich.

21. Kapitel

DEINE MÜDEN, DEINE ARMEN, DEINE STURMGESCHÜTTELTEN

Am Montagmorgen saß ich mit Mason Tate auf dem Rücksitz einer schwarzen Limousine. Wir waren auf dem Weg zu einer Grande Dame an der Upper West Side. Er war schlecht gelaunt. Er hatte immer noch keine Titelgeschichte für die erste Ausgabe, und jede Woche, die verging, ohne dass er eine fand, wurde er reizbarer und unzufriedener. Auf der Madison Avenue in Richtung Norden war sein Kaffee zu kalt, die Luft im Auto zu warm, der Fahrer nicht schnell genug gewesen. Hinzu kam, dass dieses Interview, das der Herausgeber veranlasst hatte, in Tates Augen eine kolossale Zeitverschwendung war. Die Dame war zu wohlerzogen, sagte er, sie war nicht intelligent und aufmerksam genug, um auch nur im Mindesten interessant zu sein.

Während es also normalerweise eine Art Kompliment war, wenn man Mr. Tate zu einem Interview begleiten durfte, war es diesmal eine Form der Strafe. Ich war immer noch in Ungnade.

Schweigend bogen wir in die 59. Straße ein. Auf

den Stufen des Plaza standen die pflichtbewussten Portiers des Hotels in ihren roten Mänteln mit den großen Messingknöpfen. Einen halben Block weiter trugen Portiers vor dem Essex House Uniformen mit Schulterklappen in einem stark kontrastierenden Blau. Das würde alles sehr vereinfachen, sollte zwischen den beiden Hotels je Krieg ausbrechen.

Wir fuhren die Central Park West am Dakota und am San Remo vorbei und hielten an der 73. Straße vor dem Museum of Natural History. Von hier konnte ich die Markise des Beresford sehen, wo Pete gerade den Schlag eines Taxis öffnete. Er bot dem Fahrgast die Hand, so wie er mir früher die Hand geboten hatte – zum Beispiel an jenem Abend im März, als Tinker »ins Büro« musste; oder an dem Abend im Juni, als die Dorans mich in meinem unglückseligen Gepunkteten mitgenommen hatten.

Und da hatte ich eine Idee.

Mein gesunder Menschenverstand sagte mir, ich solle besser den Mund halten. Dies sei nicht der richtige Ort und mit Sicherheit nicht der richtige Moment. Er ist eine Persona furiosa, und du bist non grata. Aber auf dem Marmorpodest oben auf den Stufen des Museums riss Teddy Roosevelt die Zügel seines bronzenen Pferdes zurück und schrie: *Attacke!*

»Mr. Tate …«

»Ja?« (Verärgert.)

»Die Geschichte, die Sie für das erste Heft suchen …?«

»Ja, und?« (Ungeduldig.)

»Wenn Sie nun statt der reichen Erbinnen die Portiers befragten?«

»Was meinen Sie?«

»Keiner von denen ist in dem Sinne wohlerzogen, die meisten sind intelligent genug, und sie sehen alles.«

Einen Augenblick starrte Mason Tate in die Luft. Dann kurbelte er sein Fenster herunter und warf seinen Kaffee in den Verkehr. Er sah mich zum ersten Mal seit fünfzehn Straßenblocks an.

»Warum sollten sie mit uns sprechen? Wenn wir das drucken, was sie uns sagen, würde das binnen eines Tages auf sie zurückfallen.«

»Und wenn wir mit ehemaligen Angestellten sprechen? Solche, die gegangen sind oder gefeuert wurden.«

»Wie sollen wir die finden?«

»Wir könnten eine Anzeige in die Zeitung setzen und einen gut bezahlten Posten für Portiers oder Fahrstuhlführer bieten, die mindestens ein Jahr Erfahrung in einem der fünf exklusivsten Wohnblocks der Stadt haben.«

Mason Tate sah aus dem Fenster. Er nahm eine Tafel Schokolade aus der Jackentasche. Er brach zwei Stücke ab und begann, sie so gründlich zu kauen, als hätte er vor, den Geschmack aus ihnen herauszukauen.

»Wenn ich Ihnen erlaube, diese Anzeige zu schalten, glauben Sie wirklich, Sie würden etwas Interessantes finden?«

»Ich würde einen Monatslohn darauf setzen«, sagte ich kühl. Er nickte.

»Setzen Sie Ihre Karriere darauf, und Sie haben einen Deal.«

Am Freitag ging ich ein bisschen früher ins Büro.

Die Anzeige war drei Tage lang in der *New York Times,* der *Daily News* und in der *Post Dispatch* erschienen, mit der Anweisung, Bewerber möchten sich heute um neun Uhr im Condé-Nast-Gebäude einstellen. Die Kunde von der »Wette« zwischen Tate und mir hatte schnell die Runde gemacht, und wenn ich an dem Großraumbüro vorbeikam, pfiffen die Jungen hinter mir her. Angesichts der Umstände konnte man es ihnen kaum verdenken.

Damals sahen die Gebäude an der Fifth Avenue immer noch so aus, als wären sie über Nacht aus dem Boden gesprossen und verschwanden wie Bohnenstangen in den Wolken.

1936 hatte Le Corbusier eine Monografie mit dem Titel *Als die Kathedralen weiß waren* veröffentlicht, worin er über seine Beobachtungen bei seiner ersten New-York-Reise schrieb. Darin berichtet er über die Erregung, die er empfand, als er der Stadt zum ersten Mal ansichtig wurde. Wie Walt Whitman besingt er die Menschlichkeit und das Tempo, aber auch die Wolkenkratzer und die Fahrstühle und die Klimaanlagen, den blinkenden Stahl und die reflektierenden Scheiben. New York hat so viel Mut und Begeisterung, schreibt er, dass alles aufs Neue beginnen kann – man schickt es zur Baustelle zurück und macht etwas noch Größeres und Schöneres daraus …

Wenn man nach der Lektüre dieses kleinen Buches die Fifth Avenue entlangging und zu den Türmen emporblickte, hatte man das Gefühl, dass ein jeder den Betrachter zu der Henne führen könne, die die goldenen Eier legt.

Aber im August 1938 war ein anderer Besucher in der Stadt gewesen, dessen Sichtweise eine ganz andere war. Das war ein junger Mann namens John William Warde. Um halb zwölf am Vormittag stieg er im siebzehnten Stock des Gotham Hotel auf einen Mauervorsprung. Er wurde sofort entdeckt, und eine beträchtliche Menge versammelte sich unten auf der Straße. Männer blieben stehen, zogen sich die Mäntel aus und hängten sie am Zeigefinger über die Schulter. Frauen fächelten sich mit ihren Hüten

Luft zu. Reporter sammelten Stimmen, die Polizei sorgte dafür, dass der Gehweg frei blieb, denn jeden Moment …

Aber Warde stand einfach auf dem Mauersims. Er stellte die Geduld der Reporter, der Polizisten und der Menge auf die Probe und gab Skeptikern unter den Schaulustigen Anlass, zu sagen, er habe weder den Mut, zu leben, noch seinem Unglück ein Ende zu machen. Oder sie sagten das, bis er um zehn Uhr abends tatsächlich sprang.

Man könnte also sagen, dass die Skyline von Manhattan auch dazu inspirieren kann.

Die Lobby des Condé-Nast-Gebäudes war noch leer, sodass ich hoffte, schnell und unerkannt nach oben zu kommen. Aber als ich zu den Aufzügen ging, winkte Tony am Empfangstisch mich zu sich.

»He, Tony. Was gibt's?«

Er deutete mit dem Kopf zur Seite. Auf einer Bank aus Chrom und Leder saßen zwei zerlumpte Gestalten und hielten ihre Hüte in Händen. Unrasiert und niedergeschlagen, wie sie waren, sahen sie aus wie die Unglückseligen, die sich die Predigten in der Bowery nur anhörten, damit sie eine Suppe bekamen. Sie sahen aus, als würden sie vertrauliche Informationen nicht erkennen, selbst wenn sie in Zellophan eingewickelt im Eckladen zu kaufen wären. Wie müsste ich zu Kreuze kriechen, sinnierte ich, damit Miss Markham mich wieder bei sich einstellte?

»Die haben draußen gewartet, als wir aufgemacht haben«, sagte Tony und fügte aus dem Mundwinkel flüsternd hinzu: »Der Linke riecht ziemlich stark.«

»Danke, Tony, ich nehme sie mit nach oben.«

»Ist in Ordnung, Miss. Klar. Aber was soll ich mit all den anderen machen?«

»Welchen anderen?«

Tony kam um seinen Tisch herum und machte die Tür zum Treppenhaus auf. Dort saßen Männer in allen Größen und Formen. Einige, wie die beiden auf der Bank, sahen aus, als wären sie auf einem offenen Lastwagen in die Stadt gekommen, aber andere hätten auch britische Butler im Ruhestand sein können. Es waren Iren da, Italiener, Neger, sie sahen verschlagen oder elegant, dumpf oder unterwürfig aus. Sie saßen auf den Stufen, immer zwei nebeneinander, bis dahin, wo die Treppe um die Ecke verschwand.

Ein großer, gut gekleideter Mann stand auf, als er mich sah, und nahm Haltung an, als wäre ich ein Kommandant auf dem Kasernenplatz. Und im nächsten Moment hatten sich alle Männer auf der Treppe erhoben.

22. Kapitel

NIMMERLAND

Es war Samstagabend, Mitte November. Dicky, Susie, Wellie und ich hatten uns im Village getroffen und wollten noch andere im Lean-to treffen, einem Jazzklub. Dicky hatte gehört, dass dort am späten Abend Musiker hinkamen, um gemeinsam zu improvisieren, und er schloss, dass die Kneipe noch nicht von Blaublütlern verdorben sein könnte, wenn die Musiker dort auftraten. Aber in Wahrheit war der Besitzer ein alter Jude, der ein großes Herz und ein zartes Gemüt hatte und an Musiker zinsfreie Darlehen vergab. Selbst wenn die gesamte High Society dort versammelt gewesen wäre, hätten die Musiker den Weg ins Lean-to gefunden. Aber am Ende kam es aufs Gleiche raus: Wenn man lange genug blieb, konnte man Musik hören, die frisch und ungefiltert war.

Der Klub war ein bisschen schicker als in der Zeit, als Eve und ich dort hingegangen waren. Es gab ein Mädchen an der Garderobe, und auf den Tischen standen kleine rote Lampen. Aber auch ich war inzwischen ein bisschen schicker geworden. Ich trug eine dicke Halskette mit einem Diamanten, den Dicky seiner Mutter abgeschwatzt hatte, zur Feier unserer ersten drei Wochen. Ich glaube nicht, dass Dickys Mutter mich besonders gut leiden konnte, aber Dicky hatte seine Persönlichkeit im Laufe seines Lebens so sorgfältig gestaltet, dass es schwer war, ihm etwas abzuschlagen. Im Allgemeinen war er ohnehin ein freundlicher und neidfreier Mensch, aber wenn man auch nur die kleinste seiner Bitten mit einem Ja beantwortete (Wollen wir einen Spaziergang machen? Möchtest du ein Eis? Darf ich neben dir sitzen?), leuchtete sein Gesicht einen Moment lang auf, als hätte er das große Los gezogen. Ich bezweifle, dass Mrs. Vanderwhile ihm öfter als dreimal in ihrem Leben etwas abgeschlagen hatte. Auch ich hatte Mühe, Nein zu sagen.

Wie saßen zu acht um zwei kleinere Tische, die Dicky mithilfe der Wirtin zusammengeschoben hatte. Als wir auf die nächste Runde warteten, dirigierte Dicky die Unterhaltung mit einem Cocktailstick, den er aus einem Martini gefischt hatte. Das Thema: Versteckte Talente.

Dicky: Wellie, du bist dran!

Wellie: Ich bin ungewöhnlich lebensfroh.

Dicky: Natürlich bist du das. Das zählt nicht.

Wellie: Ich bin Beidhänder?

Dicky: Schon näher …

Wellie: Ehm. Manchmal …

Dicky: Ja? Ja?

Wellie: Singe ich in einem Chor.

Staunen.

Dicky: Touché, Wellie!

TJ: Das stimmt nicht, oder?

Helen: Ich habe ihn gesehen. In der hintersten Reihe in Saint Bartholomew.

Dicky: Das erklärst du am besten selbst, mein Guter.

Wellie: Als Kind habe ich im Chor gesungen. Und wenn jetzt ein Bariton fehlt, ruft der Chorleiter mich an.

Helen: Wie süß!

Ich: Gibst du uns mal eine Kostprobe, Howard?

Wellie (im Stehen):

Oh, Heiliger Geist! Du, der du schwebst
Über tosenden Wassern und Finsternis,
Besänft'ge allen Zorn hienieden
Und gib der Wirrsal deinen Frieden.
Erhöre uns, hör, wie ich fleh,
Aus großer Gefahr auf wilder See.

Ehrfurcht und Applaus.

Dicky: Du Lümmel! Sieh dir die Mädchen an. Sie weinen. In Ekstase. Das ist ein übler Trick. (Dreht sich zu mir um.) Und du, meine Holde? Versteckte Talente?

Ich: Was ist mit dir, Dicky?

Alle: Ja. Was ist mit dir?

Susie: Weißt du es nicht?

Ich: Ich glaube nicht.

Susie: Mach schon, Dicky, sag es ihr.

Dicky sah mich an und errötete.

Dicky: Papierflieger.

Ich: Beim Geist des großen Cäsar.

Als wollte der Schlagzeuger ihn erlösen, begann er mit einem Solo im Krupa-Stil, das mit sechs tiefen Schlägen auf der Kesselpauke anhob, und schon spielte die ganze Band. Es war, als hätte der Schlagzeuger die Tür aufgestemmt, und die anderen drängten herein und stahlen alles im Haus. Jetzt war Dicky derjenige, der in Ekstase geriet. Als der Vibrafonist im Dreiertakt zu spielen begann, schwang Dicky seinen Stuhl herum und trippelte mit den Füßen im Rhythmus der Musik. Sein Kopf ging ein paarmal im Kreis, als könnte er sich nicht entscheiden, ob er ihn von rechts nach links oder auf und ab bewegen sollte. Dann machte er mir eine Art Liebeserklärung.

Manche Menschen sind mit der Fähigkeit geboren, die heitere und formal strukturierte Musik von Bach und Händel zu würdigen. Sie erspüren die abstrakte Schönheit, die sich aus der mathematischen

Konstruktion der Musik ergibt, die Symmetrien und Motive. Zu denen gehörte Dicky nicht.

Zwei Wochen zuvor hatte er mich in die Carnegie Hall eingeladen, wo die beiden Klavierkonzerte von Brahms gegeben wurden. Das erste war eine Pastorale, die es dem Geist ermöglichte, in nächtlicher Brise zu erblühen. Dicky rutschte auf seinem Sitz herum wie einer, der in der Schule nachsitzen muss. Nach dem ersten Stück applaudierte das Publikum wie wild, und als sich das alte Ehepaar vor uns von seinen Sitzen erhob, sprang Dicky wie von der Tarantel gestochen auf, klatschte begeistert und nahm seinen Mantel. Als ich sagte, es sei erst die Pause, sah er so niedergeschmettert aus, dass ich sofort mit ihm in ein Lokal auf der Third Avenue gehen und ihm einen Hamburger und ein Bier bestellen musste. Es war eine kleine Kaschemme, wo der Besitzer auf dem Klavier Jazz spielte und von einem Bassisten und einem Highschooljungen auf dem Schlagzeug begleitet wurde.

Diese bescheidene Einführung in den Jazz mit einer kleinen Band war für Dicky wie eine Erleuchtung. Er erfasste instinktiv ihre improvisatorische Qualität. Die ungeplante, spontane, selbstverlorene Musik war praktisch eine Verlängerung seiner Persönlichkeit. Sie enthielt alles, was ihm an der Welt gefiel. Man konnte dazu rauchen oder trinken oder reden. Und man musste keine Schuldgefühle haben, wenn man ihr nicht seine volle Aufmerksamkeit widmete. An den Abenden danach kam Dicky in der Gesellschaft kleiner Jazzbands voll auf seine Kosten, und er dankte mir dafür – nicht immer vor anderen Menschen, aber wenn es drauf ankam, und oft.

»Werden wir je auf den Mond fliegen?«, fragte er, als der Vibrafonist mit einer Verbeugung den Applaus würdigte. »Wäre es nicht wunderbar, einen anderen Planeten zu betreten?«

»Ist der Mond nicht ein Satellit?«, fragte Helen, die sich trotz ihrer Bildung immer unsicher war.

»Ich würde gern zum Mond fliegen«, sagte Dicky, ohne jemanden direkt anzusprechen.

Er saß auf seinen Händen und erwog die Möglichkeit. Dann lehnte er sich zur Seite und küsste mich auf die Wange.

»Und ich fände es schön, wenn du mitkommen würdest.«

Irgendwann setzte Dicky sich ans andere Ende des Tisches und sprach mit TJ und Helen. Es war ein rührendes Zeugnis seines wachsenden Selbstvertrauens, denn er hatte nicht mehr das Gefühl, für meine Unterhaltung sorgen oder den anderen zeigen zu müssen, dass ich zu ihm gehörte. Daran sieht man nur, dass auch jemand, der ständig nach Bestätigung sucht, durch eine kleine Affäre an Selbstbewusstsein gewinnen kann.

Als ich einmal Dickys Zwinkern erwiderte, bemerkte ich eine Gruppe von offensichtlich Arbeitslosen, die sich am Tisch hinter uns niederließen. Darunter auch Henry Grey. Es dauerte einen Moment, bis ich ihn erkannte, denn er war schlecht rasiert und dünner geworden. Er aber erkannte mich sofort. Er kam zu unserem Tisch und stützte sich auf Dickys leeren Stuhl.

»Sie sind die, die mit Teddy befreundet ist. Richtig? Und Meinungen hat.«

»Richtig. Katey. Wie kommen Sie mit dem Streben nach Schönheit voran?«

»Schlecht.«

»Das tut mir leid.«

Er zuckte die Schultern. »Nichts zu sagen und keine Möglichkeit, es zu sagen.«

Hank drehte sich einen Moment lang zu der Band um. Er nickte, anscheinend mehr zur Bekräftigung als im Rhythmus zur Musik.

»Haben Sie mal 'ne Zigarette?«

Ich nahm eine Packung aus meiner Handtasche und hielt sie ihm hin. Er nahm zwei Zigaretten, von denen er eine mir gab. Er klopfte mit seiner zehnmal auf den Tisch, dann steckte er sie sich hinters Ohr. In der Kneipe war es warm, und er fing an zu schwitzen.

»Hören Sie. Können wir ein bisschen rausgehen?«

»Sicher«, sagte ich. »Einen Moment noch.«

Ich ging um den Tisch herum zu Dicky. »Das ist der Bruder eines alten Freundes von mir. Wir gehen eben raus, eine Zigarette rauchen, ja?«

»Ja klar, ja klar«, sagte er mit seinem neu erblühten Selbstbewusstsein.

Aber für alle Fälle legte er mir sein Jackett über die Schultern.

Hank und ich gingen hinaus und stellten uns unter die Markise. Zwar war es noch nicht Winter, aber es war doch recht kühl. Nach der stickigen Luft im Klub tat mir die frische Luft gut. Anders bei Hank. Ihm schien draußen so unbehaglich zu sein wie drinnen. Er zündete sich seine zurechtgeklopfte Zigarette an und zog den Rauch mit unverhohlenem Genuss ein. Ich begann zu ahnen, dass der Grund für Hanks hagere Gestalt und erregte Stimmung nicht sein Kampf mit Farbe und Form war.

»Und? Wie geht es meinem Bruder?«

Ich erzählte ihm, ich hätte Tinker seit zwei Monaten nicht gesehen und wüsste auch nicht, wo er sei – dabei war mein Ton wohl ein bisschen schärfer, als ich beabsichtigt hatte, denn Hank nahm einen neuen Zug und musterte mich interessiert.

»Wir hatten eine Auseinandersetzung«, erklärte ich.

»Oh?«

»Sagen wir mal so: Ich habe rausgekriegt, dass er nicht ganz der Mensch war, der zu sein er vorgab.«

»Sind Sie das?«

»In etwa schon.«

»Eine Seltenheit.«

»Wenigstens tue ich nicht so, als wäre ich von der Wiege direkt zu einer Ivy-League-Universität gegangen.«

Hank warf seine Zigarette auf den Boden und trat sie mit einem höhnischen Lachen aus.

»Da haben Sie was missverstanden, Spinnenbein. Das Skandalöse ist ja nicht, dass Teddy sich wie ein Ivy-League-Absolvent gebärdet, sondern dass es überhaupt eine solche Rolle spielt. Was bedeutet es denn, dass er fünf Sprachen spricht und auch aus Kairo oder dem Kongo seinen Weg nach Hause finden würde? Was er hat, bringen sie einem nicht in der Schule bei. Sie können es zerstören, klar, aber sie können es einem niemals beibringen.«

»Und was ist das?«

»Staunen.«

»Staunen …?«

»Genau. Jeder kann sich ein Auto kaufen oder einen Abend in teuren Lokalen bezahlen. Aber nur einer von tausend kann mit Staunen durch die Welt gehen. Ich meine nicht, dass man das Chrysler Building bestaunt. Ich meine eher den Flügel einer Libelle. Die Geschichte eines Schuhputzers. Wenn einer reinen Herzens in einer Stunde unbeanspruchter Zeit herumgeht.«

»Also, er hat die Unschuld eines Kindes? Meinen Sie das?«

Er packte mich am Oberarm, als würde ich ihn nicht verstehen. Ich spürte, wie sich seine Finger in mein Fleisch gruben.

»Da ich ein Kind war, da redete ich wie ein Kind und war klug wie ein Kind und hatte kindische Anschläge; da ich aber ein Mann ward …«

Er ließ meinen Arm los.

»… umso trauriger.«

Er wandte den Blick ab. Zum zweiten Mal griff er nach der Zigarette hinter seinem Ohr, die er bereits geraucht hatte.

»Was ist dann passiert?«

Hank betrachtete mich mit kritischem Blick – abwägend, ob er sich zu einer Antwort herablassen sollte.

»Was passiert ist? Ich sage Ihnen, was passiert ist: Mein Alter hat alles verloren, was wir besaßen, alles. Als Teddy zur Welt kam, wohnten wir in einem Haus mit vierzehn Zimmern. Jedes Jahr war es ein Zimmer weniger – und wir zogen ein paar Blocks näher zum Hafen runter. Als ich fünfzehn war, wohnten wir in einer Pension, die halb übers Wasser gebaut war.«

Er hielt die Hand in einem Winkel von fünfundvierzig Grad, damit ich mir das besser vorstellen konnte.

»Meine Mutter hatte es sich in den Kopf gesetzt, dass Teddy auf das Gymnasium gehen sollte, auf dem unser Urgroßvater gewesen war – vor dem Bürgerkrieg. Sie hat jeden Cent gehamstert und in eine Schachtel gelegt, sie hat ihm die Locken gekämmt und einen Platz für ihn ergattert. Und in der Mitte von Teddys erstem Schuljahr kam sie ins Krankenhaus, mein Alter fand die Schachtel, und das war's.«

Hank schüttelte den Kopf. Bei ihm gab es offenbar keine Verwirrung, ob er nicken oder den Kopf schütteln sollte.

»Es ist so, als würde Teddy seitdem versuchen, wieder in diese Schule reinzukommen.«

Ein Negerpaar, beide hoch gewachsen, kam die Straße entlang. Hank steckte die Hände in die Tasche und deutete mit dem Kinn auf den Mann.

»He, Alter, haste mal 'ne Fluppe?«

Er sagte es in seinem schroffen, unfreundlichen Ton. Dem Neger schien das nichts auszumachen. Er gab Hank eine Zigarette, zündete sogar ein Streichholz an und hielt seine großen schwarzen Hände um die Flamme. Hank sah den beiden ehrfürchtig hinterher, als habe er neue Hoffnung für die Menschheit geschöpft. Als er sich zu mir umdrehte, rann ihm der Schweiß übers Gesicht, als hätte er Malaria.

»Katey, stimmt doch, oder? Haben Sie vielleicht ein bisschen Geld?«

»Ich weiß nicht.«

Ich fühlte in Dickys Blazertasche und fand eine Klammer mit mehreren Hundert Dollar. Am liebsten hätte ich Hank alles gegeben. Ich gab ihm zwei Zehner. Als ich das Geld aus der Klammer nahm, leckte er sich unbewusst die Lippen, als könnte er schon schmecken, was er sich von dem Geld kaufen würde. Ich gab ihm die Scheine, und er drückte sie in der Faust, als wränge er einen Schwamm aus.

»Kommen Sie wieder mit rein?«, fragte ich, obwohl ich wusste, dass er Nein sagen würde.

Zur Erklärung zeigte er vage die Straße entlang. In der Geste lag etwas Endgültiges, als wüsste er, dass wir uns nicht wiedersehen würden.

»Fünf Sprachen?«, fragte ich, bevor er ging.

»Ja. Fünf Sprachen. Und er kann sich in jeder einzelnen davon belügen.«

Dicky, unsere Gruppe und ich blieben bis spät in die Nacht und wurden reich belohnt. Kurz nach Mitternacht trudelten die Musiker mit ihren Instrumenten unter dem Arm ein. Einige erklommen die Bühne, andere standen an den Wänden, und wieder andere setzten sich an die Bar und zeigten offen ihre Bereitwilligkeit, sich einen ausgeben zu lassen. Gegen ein Uhr fing eine Gruppe von acht Musikern, darunter drei Trompeter, zu improvisieren an.

Später, als wir gehen wollten, hielt mich der große Neger, der Saxofon gespielt hatte, bei der Tür an. Ich gab mir Mühe, meine Überraschung nicht zu zeigen.

»He«, sagte er mit tiefem Bass.

In dem Moment, da ich seine Stimme hörte, erkannte ich ihn. Er hatte im Hotspot gespielt, wo Eve und ich Silvester gewesen waren.

»Sie sind Evelyns Freundin«, sagte er.

»Richtig. Katey.«

»Wir haben sie eine Weile lang nicht gesehen.«

»Sie ist nach L. A. gezogen.«

Er nickte in tiefem Verstehen, als wäre Eve, indem sie nach L. A. gezogen war, der Zeit voraus. Vielleicht war sie das auch.

»Das Mädchen hat ein gutes Ohr.«

Er sagte das mit der Würdigung desjenigen, der oft missverstanden wird.

»Wenn Sie sie sehen, sagen Sie ihr, wir vermissen sie.«

Dann ging er wieder zur Bar.

Ich musste so sehr lachen.

Denn an all den Abenden im fahr 1937, als Eve

mich in Jazzklubs mitgezerrt hatte, war ich überzeugt gewesen, dass sie die Musiker aus eher oberflächlichen Beweggründen um Zigaretten angehauen hatte – weil sie die Einstellungen, die der Mittlere Westen ihr mitgegeben hatte, überwinden und sich unbefangen in einem Negermilieu bewegen wollte. Und stattdessen war Evelyn Ross ein Jazzfan mit so viel Verständnis, dass Jazzmusiker sie vermissten, nachdem sie nicht mehr in der Stadt war?

Ich holte die anderen ein und schickte ein Dankgebet einfach so, an niemanden im Besonderen, aber wenn ein kleines Ereignis eine abwesende alte Freundin in freundlichem Licht erscheinen lässt – ein schöneres Geschenk kann der Zufall einem nicht machen.

Dicky hatte das mit den Papierfliegern nicht als Scherz gemeint. Nach dem langen Abend im Lean-to gönnten wir uns am nächsten Tag den süßesten Luxus, den es in New York gibt: einen Sonntagabend des Nichtstuns zu Hause. Dicky ließ von der Küche einen Teller Sandwiches kommen. Statt Gin zu trinken, machten wir eine Flasche Weißwein auf. Und da es ein ungewöhnlich warmer Abend war, trugen wir unser kleines Picknick auf seine zwölf mal zwölf Meter große Terrasse mit einem Blick auf die 83. Straße und amüsierten uns mit einem Fernglas.

Unmittelbar gegenüber, im zwanzigsten Stock der Nummer 42, East 83. Straße, fand eine sehr förmliche Dinnerparty statt, wo prätentiöse Männer im Abendanzug abwechselnd langatmige Trinksprüche ausbrachten. Unterdessen hatten im achtzehnten Stockwerk der Nummer 44 drei Kinder, die schon in den Betten lagen, leise das Licht angeschaltet, sich aus ihren Matratzen Barrikaden gebaut und begannen nun, mit ihren Kissen die Straßenschlacht in *Les Misérables* nachzuspielen. Aber uns genau gegenüber, im Penthouse der Nummer 46, saß ein fettleibiger Mann, bekleidet mit einer japanischen Robe, an einem Steinway und spielte. Die Tür zu seiner Terrasse stand weit offen, und über dem schwach nach oben dringenden Straßenlärm schwebten die Klänge sentimentaler Melodien zu uns herüber: *Blue Moon, Pennies from Heaven, Falling in Love with Love.* Der Mann spielte mit geschlossenen Augen, er wippte vor und zurück und spielte mit fleischigen Händen, die er in eleganten Oktaven und Emotionen über Kreuz führte. Wir waren wie gebannt.

»Wenn er doch *It's De-Lovely* spielen würde«, sagte Dicky sehnsüchtig.

»Warum rufst du nicht den Portier unten an«, schlug ich vor, »der kann ihm deinen Wunsch doch nach oben bringen.«

Dicky streckte den Finger in die Luft, zum Zeichen, dass er eine bessere Idee hatte.

Er ging hinein und kam im nächsten Moment mit einer Schachtel festen Papiers, Füllfederhaltern, Büroklammern, Klebeband, Lineal und einem Zirkel wieder heraus; mit einem Ausdruck ungewöhnlicher Entschlossenheit stellte er alles auf den Tisch.

Ich nahm den Zirkel.

»Du meinst das nicht im Ernst, oder?«

Er nahm mir den Zirkel leicht empört aus der Hand. »Aber ja doch.«

Er setzte sich und legte seine Werkzeuge in einer Reihe aus wie ein Chirurg seine Skalpelle. »Hier«, sagte er und gab mir einen Stapel Blätter.

Einen Moment lang knabberte er an dem Radiergummiaufsatz seines Bleistifts, dann fing er an zu schreiben:

Würden Sie so freundlich sein, bitte, uns Ihre Interpretation von It's De-Lovely *zu spielen? Denn ist es nicht ein köstlicher Abend heute Abend?*

Ihre mondsüchtigen Nachbarn.

Schnell schrieben wir zwanzig Wünsche auf. *Just One of Those Things. The Lady is a Tramp* … Und dann nahm Dicky den *De-Lovely*-Wunsch und machte sich ans Werk.

Er strich sich die Haare aus dem Gesicht und beugte sich vor, er steckte die Zirkelnadel in die rechte untere Ecke des Blattes und beschrieb schwungvoll einen Kreis, dann schwang er mit der Präzision eines Zeichners den Zirkel auf der Spitze der Bleistiftmine herum, versenkte die Nadel in der Mitte des Blattes und schlug einen tangentialen Kreis. In wenigen Sekunden hatte er eine Reihe von Kreisen mit einander überschneidenden Kreislinien gezogen. Dann legte er das Lineal an und zog Diagonalen, so wie der Navigator eines Schiffes auf der Brücke den Kurs bestimmt. Nachdem der Entwurf fertig war, begann er das Blatt entlang den Linien zu falten und benutzte seinen Fingernagel, um die Knicke mit einem befriedigenden *Ssfff* zu schärfen.

Beim Arbeiten steckte Dicky die Zungenspitze zwischen den Zähnen raus. Seit ich ihn kannte, war das wahrscheinlich die längste Zeit in meiner Gegenwart, in der er nicht geredet hatte. Mit Sicherheit war es die längste Zeit, in der er sich auf eine einzige Aktivität konzentriert hatte. Die Freude im Zusammensein mit Dicky lag in seinem Vermögen, von einem Moment zum nächsten, von einem Thema zum nächsten zu hüpfen wie ein Spatz, auf den ein Krümelregen niedergeht. Aber hier zeigte er sich unbewusst vertieft, wie man es eher bei einem Bombenentschärfer erwartet hätte. Und das war sehr reizend. Schließlich würde kein Mann bei klarem Verstand so viel Sorgfalt darauf verwenden, einen

Papierflieger herzustellen, bloß um einer Frau Eindruck zu machen.

»Voilà«, sagte er und hielt das fertige Papierflugzeug in der Hand.

Doch obwohl es mir Freude machte, Dicky bei dieser Arbeit zuzusehen, war ich von seinen Kenntnissen der Aerodynamik nicht überzeugt. Der Flieger sah aus wie kein anderer. Während die Flugzeuge damals glatte Nasen aus Titan und runde Rümpfe hatten und Flügel, die über dem Kerosintank vom Rumpf abstanden wie die Arme an einem Kreuz, war Dickys Flugzeug ein Dreieck mit frei tragenden Tragflächen. Es hatte die Nase einer Beutelratte und den Schwanz eines Pfaus und Flügel, die gefältelt waren wie ein schwerer Vorhang.

Er beugte sich über die Brüstung, leckte sich am Finger und hielt ihn in die Luft.

»Fünfundsechzig Grad … Windgeschwindigkeit ein halber Knoten … Sicht zwei Meilen … Ein perfekter Abend zum Fliegen.«

Das ließ sich nicht leugnen.

»Hier«, sagte er und gab mir das Fernglas.

Ich lachte und legte es mir auf den Schoß. Er war zu beschäftigt, um auch zu lachen.

»Auf zum Start«, sagte er.

Er warf noch einmal einen Blick auf sein Machwerk, dann machte er einen Schritt nach vorn und streckte seinen Arm aus, ein bisschen so, wie ein Schwan den Hals reckt.

Also … was soll ich sagen … Dickys stromlinienförmiges Gerät ähnelte vielleicht nicht den Flugzeugen von damals, aber es nahm die Überschallflugzeuge der Zukunft voraus. Der Flieger flog, ohne zu zittern, in einem hohen Bogen über die 83. Straße. Er segelte ein paar Sekunden in leichtem Sinkflug durch die Luft, richtete sich gerade und schwebte auf sein Ziel zu. Hastig nahm ich das Fernglas. Ich brauchte einen Moment, um das Flugzeug ins Visier zu bekommen. Es driftete auf einer Luftströmung in südlicher Richtung. Dann begann es leicht zu wackeln und sank herab. Und verschwand in dem Schatten eines Balkons im neunzehnten Stockwerk der Nummer 50. Zwei Häuser westlich und drei Stockwerke unter unserem Ziel.

»Mist«, sagte Dicky begeistert.

Er wandte sich mit einem Anflug väterlicher Sorge zu mir um.

»Kein Grund, den Mut zu verlieren.«

»Den Mut zu verlieren?«

Ich stand auf und küsste ihn auf den Mund. Er lächelte und sagte: »Wieder an die Arbeit.«

Dicky konnte nicht nur *ein* Modell, er konnte fünfzig Modelle falten: Dreifach gefaltet, vierfach, fünffach gefaltet; manche davon waren so in Falten gelegt, dass Flügelformen entstanden, von denen man nicht gedacht hätte, man könnte sie falten, ohne das Papier zu zerreißen. Es gab Flieger mit gestutzten Flügeln und nadelfeiner Nase, andere mit Flügeln wie ein Condor und schmalen U-Boot-Rümpfen, die mit Büroklammern beschwert wurden.

Als wir die Musikwünsche über die 83. Straße schickten, dämmerte mir langsam, dass Dickys Geschick nicht nur in der Konstruktion lag, sondern auch in der Methode, wie er die Flieger auf die Flugbahn brachte. Je nach Design des Flugzeugs wandte er mehr oder weniger Kraft an, gab ihm mehr oder weniger Neigung und zeigte das Fachwissen von jemandem, der bei unterschiedlichsten Wetterbedingungen eintausend Alleinflüge über die 83. Straße unternommen hatte.

Um zehn Uhr war die förmliche Party zu Ende, und die jugendlichen Revolutionäre waren bei heller Beleuchtung eingeschlafen. Und wir hatten – was unser fettleibiger Pianist nicht wusste, denn der war davongewatschelt, um sich die Zähne zu putzen – vier Musikwünsche auf seine Terrasse geschickt. Als das letzte Flugzeug geflogen war, machten wir Schluss. Aber als Dicky das leere Sandwichtablett aufheben wollte, fand er noch ein letztes Blatt Papier.

»Warte«, sagte er.

Er schrieb eine Botschaft in perfekter Schrägschrift. Ohne die Geräte zu benutzen, faltete er das Blatt zu einem der schärferen Modelle. Dann nahm er sorgfältig Ziel und ließ den Papierflieger über die Straße zu dem Kinderzimmer im achtzehnten Stock der Nummer 44 fliegen. Während des Fluges schien es schneller zu werden. Die Lichter der Stadt flackerten wie zur Unterstützung des Fluges, so wie Phosphor einen nächtlichen Schwimmer zu unterstützen scheint. Es flog durch das geöffnete Fenster und landete leise oben auf einer Barrikade.

Dicky hatte mir die Botschaft nicht gezeigt, aber ich hatte sie über seine Schulter hinweg gelesen.

Unsere Wälle stehen von allen Seiten unter Beschuss.
Unsere Munitionslager sind fast leer.
Unsere Rettung liegt in euren Händen.

Und er hatte – so passend – mit Peter Pan unterschrieben.

23. Kapitel

JETZT SIEHST DU ES …

Der erste Wintersturm in New York ist scharf und grausam. Jedes Mal wenn er sich erhob, stieg in meinem Vater Sehnsucht nach Russland auf. Dann holte er den Samowar hervor, braute schwarzen Tee und rief seine Erinnerungen an einen Dezember wach, in dem die Armee keine neuen Rekruten aushob, der Brunnen nicht zugefroren war und es keine Missernte gegeben hatte. Es sei eigentlich gar nicht so schlecht, dort auf die Welt zu kommen, sagte er, wenn man nur nicht dort leben musste.

Mein Fenster zum Hof war so verzogen, dass man einen Bleistift durch den Spalt stecken konnte, wo der Rahmen mit der Fensterbank abschloss. Ich stopfte ihn mit einer alten Unterhose, setzte den Wasserkessel auf und gedachte der traurigen Dezembermonate, die ich selbst erlebt hatte. Doch zu ausgiebigen Reminiszenzen kam es nicht, weil es an der Tür klopfte.

Es war Anne, in grauen Hosen und einem himmelblauen Hemd.

»Hallo, Katherine.«

»Hallo, Mrs. Grandin.«

Sie lächelte. »Das habe ich wohl verdient.«

»Was verschafft mir die Ehre an einem Sonntagnachmittag?«

»Nun, ich gebe es ungern zu, aber zu jedem Zeitpunkt sucht jeder von uns bei einem anderen Menschen um Vergebung. Und es könnte sein, dass ich in diesem Moment von Ihnen welche suche. Ich habe Sie in die Rolle des Narren gezwungen, was eine Frau wie ich einer Frau wie Ihnen niemals antun sollte.«

Das war der Beweis, wie gut sie war.

»Darf ich reinkommen?«

»Natürlich«, sagte ich.

Warum auch nicht? Ich wusste, dass ich es letzten Endes nicht ertragen würde, einen Groll gegen Anne zu hegen. Sie hatte mein Vertrauen nicht missbraucht, noch hatte sie sich in irgendeiner Weise kompromittiert. Wie jeder begüterte Bewohner von Manhattan hatte sie bei sich ein Bedürfnis erkannt und dafür bezahlt, es befriedigen zu lassen. Auf perverse Weise stand die Tatsache, dass sie die Dienste eines jungen Mannes käuflich erwarb, im Einklang mit der reulosen Selbstbeherrschung, die sie so beeindruckend machte. Trotzdem hätte ich es schön gefunden, wenn sie ein bisschen aus der Fassung geraten wäre.

»Möchten Sie etwas zu trinken?«

»Beim letzten Mal habe ich meine Lektion gelernt. Aber – machen Sie gerade Tee? Das wäre vielleicht das Richtige.«

Als ich die Kanne vorbereitete, sah sie sich in meiner Wohnung um. Nicht dass sie wie Bryce eine Bestandsaufnahme meiner Besitztümer aufstellte. Sie schien sich mehr für architektonische Aspekte zu interessieren: den unebenen Fußboden, den bröckelnden Stuck, die offen liegenden Rohre.

»Als Kind«, sagte sie, »habe ich in einer ganz ähnlichen Wohnung gelebt, gar nicht weit von hier.«

Ich konnte meine Überraschung nicht verbergen.

»Sind Sie schockiert?«

»Nicht unbedingt schockiert. Aber ich dachte, Sie seien reich zur Welt gekommen.«

»Oh. Das bin ich auch. Ich bin in einem Stadthaus in der Nähe des Central Park aufgewachsen. Aber als ich sechs war, habe ich eine Zeit lang bei meiner Kinderfrau an der Lower East Side gewohnt. Meine Eltern haben mir irgendwelchen Unsinn erzählt, mein Vater sei krank, aber wahrscheinlich hatten sie Eheprobleme. Soweit ich weiß, hat er irgendwelche Frauengeschichten gehabt.«

Ich zog die Augenbrauen hoch. Sie lächelte.

»Ja. Ich weiß. Der Apfel und der Baum. Was hätte meine Mutter nicht darum gegeben, wenn ich nach ihrer Seite der Familie geschlagen wäre.«

Einen Moment lang schwiegen wir beide und schufen so eine natürliche Gelegenheit, das Thema zu wechseln. Aber sie griff das alte Thema wieder auf. Vielleicht ist es der erste Wintersturm, der in den Menschen nostalgische Erinnerungen an Tage weckt, die zum Glück hinter ihnen liegen.

»Ich weiß noch genau den Morgen, als meine Mutter mich Downtown brachte. Ich wurde mit einem Koffer voller Kleider in eine Kutsche gesetzt – von denen mir die Hälfte da, wo ich hinfuhr, nichts nützen würde. Wir kamen zur 14. Straße, wo das Leben tobte, überall Straßenverkäufer, Kneipen, Lastenkarren. Als meine Mutter sah, wie begeistert ich von diesem Trubel war, versprach sie mir, dass ich von jetzt ab jede Woche, wenn ich sie besuchen kam, die 14. Straße überqueren würde. Aber ich habe sie ein Jahr lang nicht überquert.«

Anne hob ihre Tasse zum Mund, hielt dann aber inne. »Gerade fällt mir ein, dass ich sie bis heute nicht wieder überquert habe.« Sie lachte.

Ich fiel in ihr Lachen ein. Wie immer man es betrachtet, nichts ist so entwaffnend wie jemand, der lacht, obwohl er selbst den Schaden hat.

»Übrigens«, fuhr sie fort, »die Überquerung der 14. Straße ist nicht das Einzige, was ich seit meiner Jugend Ihretwegen wieder gemacht habe.«

»Was noch?«

»Ich habe Dickens gelesen. Wissen Sie noch, damals im Juni, als Sie mir im Plaza nachspioniert haben? Sie hatten einen Dickens-Roman in der Tasche, und das hat ein paar gute Erinnerungen in mir geweckt. Ich habe also ein altes Exemplar von *Große Erwartungen* hervorgekramt. Das letzte Mal habe ich es vor dreißig Jahren gelesen, und jetzt hatte ich es innerhalb von drei Tagen durch.«

»Wie fanden Sie es?«

»Es hat großen Spaß gemacht, das schon. Die Charaktere, die Sprache, die Wendungen in der Handlung. Aber ich gestehe, dass mir das Buch diesmal ein bisschen wie Miss Havishams Speisesaal vorkam: ein festlicher Saal, der vom Vergehen der Zeit ausgeschlossen wird. Als wäre die Welt von Dickens auf einem Altar ausgebreitet …«

Und so ging es munter weiter. Anne kam richtig ins Schwelgen, als sie über den modernen Roman sprach, den sie bevorzugte – sie erwähnte Hemingway und Woolf –, und wir tranken jeder zwei Tassen Tee, und bevor sie die Gastfreundschaft überstrapaziert hatte, erhob sie sich zum Gehen. An der Tür ließ sie ihren Blick noch einmal durch meine Wohnung gleiten.

»Wissen Sie«, sagte sie, als wäre ihr der Gedanke gerade gekommen, »meine Wohnung im Beresford steht zur Zeit leer. Warum ziehen Sie nicht da ein?«

»Das ginge nicht, Anne.«

»Warum nicht? Woolf hatte nur halb recht, als sie *Ein Zimmer für sich allein* schrieb. Es gibt Zimmer, und es gibt Zimmer. Ich leihe sie Ihnen für ein Jahr. Das ist mein Angebot zur Güte.«

»Danke, Anne. Aber ich fühle mich wohl hier.«

Sie griff in ihre Handtasche und holte einen Schlüssel heraus, den sie – wie praktisch – bei sich hatte.

»Hier.«

So geschmackvoll wie alles andere auch hing der Schlüssel an einem Silberring mit einem Ledertäschchen von der Farbe sonnengebräunter Haut. Sie legte ihn auf einen Bücherstapel bei der Wohnungstür. Dann hielt sie die Hand hoch, um jeden Protest abzublocken.

»Denken Sie drüber nach. Gehen Sie in der Mittagspause mal hin, sehen Sie sich in Ruhe um. Ob sie Ihnen passt.«

Ich nahm den Schlüssel und ging mit ihr in den Flur.

Ich musste sehr lachen. Anne Grandin war so scharf wie eine Harpune mit doppelt so vielen Widerhaken: eine Entschuldigung, Erinnerungen an eine Kindheit an der Lower East Side, eine Erwähnung ihrer Schürzenjägerwurzeln … es hätte mich nicht überrascht, wenn sie alle Dickens-Romane gelesen hätte, nur um dieses kleine Eclair mit Zucker zu bestäuben.

»Sie sind eine erstaunliche Frau, Anne«, sagte ich fröhlich.

Sie drehte sich zu mir um. Ihr Gesicht war ernst. »Sie sind die erstaunliche. Neunundneunzig Prozent aller Frauen Ihrer Herkunft stecken jetzt bis zu den Ellbogen im Waschzuber. Sie haben offenbar nicht die geringste Ahnung, wie ungewöhnlich Sie sind.«

Was immer ich von Anne als Nächstes erwartet hatte, auf Komplimente war ich nicht gefasst. Ich senkte die Augen. Als ich sie wieder hob, sah ich zwischen zwei Blusenknöpfen ihr Brustbein – die Haut war blass und zart – und dass sie keinen Büstenhalter trug. Ich hatte keine Zeit, mich zu wappnen. Als unsere Blicke sich begegneten, küsste sie mich. Da wir beide Lippenstift trugen, entstand eine seltsame Reibung von zwei wachsartigen Flächen. Sie legte mir den rechten Arm um die Taille, zog mich zu sich und öffnete die Lippen. Dann trat sie langsam zurück.

»Spionieren Sie mal wieder hinter mir her«, sagte sie.

Als sie gerade gehen wollte, nahm ich ihren Ellbogen. Ich drehte sie wieder zu mir um und zog sie an mich. In gewisser Weise war sie die schönste Frau, die ich kannte. Fast berührten sich unsere Nasen. Sie öffnete die Lippen. Ich schob meine Hand in ihren Hosenbund und ließ den Schlüssel hineingleiten.

24. Kapitel

DAS SÜSSE DANACH

Es war der zweite Samstag im Dezember, und ich war in einem sechsstöckigen Wohnhaus auf der anderen Seite des East River, umgeben von fremden Leuten.

Am Nachmittag zuvor war ich zufällig Fran im Village begegnet, die lauter Neuigkeiten zu berichten hatte. Sie hatte endlich ihr Zimmer bei Mrs. Martingale aufgegeben und war zu Grubb gezogen. Die Wohnung gehörte der Eisenbahn und lag in einer Straße, die von der Flatbush Avenue abging, und von der Feuerleiter konnte man praktisch die Brooklyn Bridge sehen. Fran hatte die Arme voll mit Tüten voller Mozzarella, Oliven, Tomaten in Dosen und anderen Köstlichkeiten aus der Mott Street, denn es war Grubbs Geburtstag, und sie wollte ihm Vitello à la Pacelli machen. Sie hatte sogar einen Fleischklopfer gekauft, so einen, wie ihre Nana benutzt hatte, damit sie das Fleisch selbst klopfen konnte. Tags darauf wollten sie eine Party geben, und ich hatte versprochen zu kommen.

Sie trug Jeans und einen eng anliegenden Pullover und schien zur Decke zu wachsen. Eine neue Wohnung mit Grubb, einen Scaloppiniklopfer.

»Du bist echt angekommen«, sagte ich und meinte es ehrlich.

Sie lachte. »Lass den Scheiß, Katey.«

»Ich meine es ernst.«

»Na ja«, sagte sie und lächelte.

Dann hatte sie plötzlich Bedenken, ich könnte beleidigt sein.

»He. Versteh mich nicht falsch. So was Nettes hört man selten. Aber das heißt nicht, dass es nicht Scheiß ist! Ich und angekommen, ich weiß nicht. Irgendwann werde ich schwanger, Grubb macht seine Bilder, und ich schenke ihm fünf Kinder und Hängebrüste. Und ich kann es kaum erwarten. Aber ankommen – das ist mehr was für dich. Und ich rechne damit, dass du ankommst.«

Die Partygäste waren eine bunte Mischung ihrer Freunde und Bekannten. Unter die kaugummikauenden Mädchen aus katholischen Gegenden in New Jersey mischten sich ein paar junge Männer von der Sorte, die bei Tag Dichter und bei Nacht Wachmänner im Astoria waren. Dann waren da zwei Jungen aus dem Fuhrbetrieb Pacelli Trucking. Sie hatten kräftige Oberarme und waren der Gnade der aufsteigenden Emma Goldmann ausgeliefert. Alle Gäste trugen Hosen. Sie standen dicht an dicht, mit unterschiedlichen Lebenseinstellungen, eingehüllt in eine Wolke Zigarettenqualm. Die Fenster waren offen, und man sah einige der Mutigeren auf der Feuerleiter, wo sie die späte Herbstluft einatmeten und den Fastblick auf die Brücke bewunderten. Da saß auch unsere Gastgeberin. Sie hockte in luftiger Höhe auf dem Geländer, auf dem Kopf eine Baskenmütze, im Mundwinkel eine Zigarette, und sah aus wie Bonnie Parker.

Ein später Gast aus New Jersey kam hinter mir herein und blieb wie angewurzelt stehen, als sie die Wand im Wohnzimmer sah. Über die ganze Länge der Wand hingen Porträts barbusiger Garderobenmädchen im Stil Edward Hoppers. Die Mädchen saßen hinter den Garderobentischen und blickten ziellos und gelangweilt, aber dennoch direkt – als wollten sie uns auffordern, so ziellos und gelangweilt zu sein wie sie selbst. Manche hatten das Haar aus der Stirn genommen, andere hatten es unter eine Haube gesteckt, aber sie alle waren Versionen von Peaches – bis hin zu den auberginenroten Ohrringen von der Größe eines Silberdollars. Ich glaube, die Frau stöhnte sogar vor Überraschung. Die Tatsache, dass ihre frühere Schulfreundin mit entblößtem Oberkörper Modell gesessen hatte, erfüllte sie mit Furcht und Neid. Man merkte regelrecht, dass sie sich spontan entschlossen hatte, am nächsten Tag nach New York zu ziehen – oder nie.

Der Mittelpunkt der Wand, um den herum die Garderobenmädchen hingen, war das Gemälde einer Theatermarkise vom Broadway: ein Originalwerk von Hank Grey mit Anlehnung an Stuart Davis. Wahrscheinlich ist er sogar hier, dachte ich und hoffte, seine misanthropische Gestalt zu entdecken. Vielleicht hatte Tinker doch recht. Vielleicht verstanden wir uns glänzend, Hank und ich.

Passend zu dem Arbeitermilieustil der Party gab es an alkoholischen Getränken nichts anderes als Bier – aber leider fand ich nur leere Flaschen. Sie sammelten sich um die Füße der Partygäste und wurden hin und wieder umgestoßen, sodass sie wie Kegel über den blanken Holzfußboden rollten. Dann sah ich, wie eine Blondine von der Küche über den menschenvollen Flur kam und eine gerade geöffnete Flasche in die Luft reckte wie die Freiheitsstatue ihre Fackel.

In der Küche war es eindeutig weniger unterhaltsam als im Wohnzimmer. In der Mitte stand erhöht eine Badewanne, auf deren Rand ein Professor und eine Schülerin Knie an Knie saßen und über private Geschichten kicherten. Ich schob mich zum Kühlschrank durch, der ganz hinten an der Wand stand.

Davor stand ein großer Künstlertyp mit blauem Kinn. Mit seiner spitzen Nase und dem anmaßenden Gesichtsausdruck erinnerte er an die Geschöpfe, die, halb Mensch, halb Schakal, ägyptische Gräber bewachen.

»Darf ich?«

Er sah mich einen Augenblick lang an, als hätte ich ihn aus einem traumgefüllten Schlaf geweckt. Ich sah jetzt, dass er sturzbetrunken war.

»Ich habe Sie schon einmal gesehen«, sagte er sachlich.

»Wirklich? Aus welcher Entfernung?«

»Sie sind eine Freundin von Hank. Ich habe Sie im Lean-to gesehen.«

»Oh. Stimmt …«

Ich erinnerte mich vage an ihn als einen der Arbeitslosen, die am Nebentisch gesessen hatten.

»Eigentlich suche ich Hank. Ist er hier?«

»Hier? Nein …«

Er musterte mich eingehend. Er rieb sich mit den Fingern über sein stoppeliges Kinn. »Sie haben es wahrscheinlich nicht gehört.«

»Was gehört?«

Er musterte mich weiter. »Wir haben ihn verloren.«

»Verloren?«

»Für immer.«

Einen Moment lang war ich überrascht. Es ist ein seltsames Gefühl der Überraschung, das uns aus der Bahn wirft, wenn auch nur kurz, in Anbetracht des Unvermeidlichen.

»Wann?«, fragte ich.

»Vor einer Woche ungefähr.«

»Was ist passiert?«

»Das ist es ja gerade. Nachdem er Monate von Stütze gelebt hatte, kommt plötzlich das Glück daher. Nicht ein paar Pennys, müssen Sie wissen. Richtig Kohle. Eine echte Chance. Geld, von dem man sich was aufbauen kann. Aber Hank, er nimmt die Kohle und macht einen drauf.«

Der Schakal sah sich um, als wäre ihm plötzlich bewusst geworden, wo er war. Er schwenkte seine Bierflasche angewidert in Richtung der Party. »Nicht so was wie das hier.«

Die Bewegung hatte ihm bewusst gemacht, dass die Flasche leer war. Er ließ sie polternd ins Spülbecken gleiten, nahm sich eine neue Flasche aus dem Kühlschrank, schloss die Tür und lehnte sich wieder zurück.

»Ja …«, sagte er. »Das war was. Und Hank hat die ganze Sache inszeniert. Er hatte eine Tasche voller Zwanzig-Dollar-Scheine. Er hat seine Kumpel geschickt, sie sollten Tupelohonig und Terpentin holen. Hat das Geld an sie verteilt. Dann, so gegen zwei

Uhr morgens, mussten sie seine Bilder aufs Dach schleppen. Da hat er sie aufeinandergeschichtet, mit Benzin übergossen und angezündet.«

Der Schakal lächelte, allerdings höchstens zwei Sekunden.

»Dann hat er uns alle rausgeworfen. Und seitdem haben wir ihn nicht mehr gesehen.«

Er setzte die Flasche an und schüttelte den Kopf.

»War es Morphium?«

»War was Morphium?«

»Hat er eine Überdosis genommen?«

Der Schakal lachte auf und sah mich an, als wäre ich des Wahnsinns.

»Er hat sich gemeldet.«

»Gemeldet?«

»Ist zur Armee gegangen. Seine alte Kompanie. Dreizehnte Artillerie. Fort Bragg. Cumberland County.«

Ich war wie vor den Kopf geschlagen und wollte gehen.

»He. Wollten Sie nicht ein Bier?«

Er nahm eine Flasche aus dem Kühlschrank und gab sie mir. Ich weiß nicht, warum ich sie genommen habe. Ich wollte kein Bier mehr.

»Wir sehen uns«, sagte er. Dann lehnte er sich wieder an den Kühlschrank und schloss die Augen.

»He«, sagte ich und störte ihn wieder.

»Ja?«

»Wissen Sie, woher es kam? Das Geld, meine ich?«

»Klar. Er hat ’n Haufen Bilder verkauft.«

»Sie machen Witze.«

»Ich mache nie Witze.«

»Wenn er seine Bilder verkaufen konnte, warum ist er dann zur Armee gegangen? Und warum hat er die anderen verbrannt?«

»Es waren nicht seine Bilder, die er verkauft hat. Es waren welche von Stuart Davis. Er hatte sie geerbt.«

Als ich in meine Wohnung kam, sah sie unbewohnt aus. Sie war nicht leer. Ein paar mickrige Dinge besaß ich ja. Aber in den letzten Wochen hatte ich bei Dicky geschlafen, und langsam war meine Wohnung immer ordentlicher und aufgeräumter geworden. Das Spülbecken und der Mülleimer waren leer. Der Fußboden war frei geräumt. Die Kleider lagen gefaltet in den Schubladen, und die Bücher verharrten geduldig in ihren Stapeln. Es sah aus wie die Wohnung eines Witwers ein paar Wochen nach seinem Tod, nachdem seine Kinder den Müll weggebracht, aber den Rest noch nicht verteilt hatten.

An dem Abend wollten Dicky und ich uns zu einem späten Essen treffen. Zum Glück hatte ich ihn erreicht, bevor er losging, und ihm gesagt, ich sei nicht in der Stimmung. Ich sei zu Hause und wolle einen ruhigen Abend verbringen. Es war offensichtlich, dass etwas mir die Stimmung verdorben hatte, aber er fragte nicht nach.

Dicky war, glaube ich, der erste Mann meiner Bekanntschaft, der es aufgrund seiner guten Erziehung nicht vermochte, neugierig zu sein. Und es war offenbar etwas, was mir gefiel, denn er war keineswegs der letzte.

Ich goss mir einen großzügig bemessenen Gin ein, der bewirken sollte, dass mir meine Wohnung danach nicht mehr so deprimierend vorkommen würde, und setzte mich in den Lehnstuhl meines Vaters.

Ich glaube, es hatte den Schakal ein bisschen verwundert, dass Hank sein Geld für eine Party verschwendet hatte. Aber eigentlich war es verständlich, wenn man Hanks Herkunft bedachte. Die Scheine mochten noch so frisch sein, es ließ sich nicht leugnen, dass das Geld für die Stuart-Davis-Bilder eine Art Umverteilung von Anne Grandins Reichtum – und Tinkers Integrität – war. Hank blieb gar nichts anderes übrig, als es mit Verachtung zu behandeln.

Die Zeit stellt manchmal seltsame Dinge mit der Wahrnehmung an. Rückblickend können eine Reihe von gleichzeitigen Ereignissen über ein ganzes Jahr verteilt erscheinen, während ganze Jahreszeiten in wenige Abende hintereinander kondensiert werden.

Vielleicht hat die Zeit etwas Ähnliches auch mit meiner Wahrnehmung angestellt. Aber so wie ich mich daran erinnere, saß ich in meinem Lehnstuhl, als das Telefon klingelte. Es war Bitsy, die mit zögernder Stimme sprach. Sie rief an, um mir zu sagen, dass Wallace Wolcott umgekommen sei. Offenbar war er in der Nähe eines Ortes, der Santa Teresa hieß, erschossen worden, als eine Gruppe von Republikanern einen Ort in den Bergen verteidigte.

Als mich die Nachricht erreichte, war er schon drei Wochen tot. Damals dauerte es wahrscheinlich so lange, bis die Leichen zurückgeholt und identifiziert waren und die Nachricht über den Atlantik geschickt worden war.

Ich dankte ihr für den Anruf und legte auf, bevor sie zu Ende gesprochen hatte.

Mein Glas war leer, und ich brauchte einen Drink, aber ich konnte nicht aufstehen, um mir einzugießen. Stattdessen drehte ich die Lichter aus und setzte mich mit dem Rücken an die Tür.

Eve. Hank. Wallace.

Plötzlich waren alle aufrechten Menschen fort. Sie hatten, einer nach dem anderen, geleuchtet und waren verschwunden, und sie ließen die zurück, die sich von ihren Wünschen nicht freimachen konnten: Menschen wie Anne, Tinker und mich.

Saint Patrick auf der Fifth Avenue ist ein gutes Beispiel für amerikanische Gotik des frühen 19. Jahrhunderts. Die Wände aus weißem Marmor, der in einem Steinbruch im Staat New York gehauen wurde, müssen einen guten Meter dick sein. Die Buntglasfenster sind von Handwerkern aus Chartres gemacht. Tiffany entwarf zwei der Altäre, ein Medici einen dritten. Und die Pietà in der südöstlichen Ecke ist doppelt so groß wie die von Michelangelo. Ja, so schön ist die Kirche gestaltet und so gut gebaut, dass der liebe Gott auf seiner täglichen Runde Saint Patrick nicht weiter zu beachten braucht, in dem sicheren Wissen, dass diejenigen, die in der Kirche sitzen, schon auf sich selbst aufpassen werden.

An diesem Tag, dem 15. Dezember um drei Uhr, war die Kathedrale warm und emporstrebend. Vier Wochen lang hatte ich mit Mason an der Serie Geheimnisse von Central Park West gearbeitet, und jetzt, am frühen Nachmittag, hatte ich das Gefühl, dass ich eine Pause brauchte. Um diese Tageszeit waren von den vierhundert Bänken dreihundertsechsundneunzig leer – was wahrscheinlich genau das richtige Maß war, wenn die Seele sich erheben wollte.

»Darf ich?«, fragte jemand höflich.

Ich hob den Blick, ein klein wenig verärgert, dass bei den vielen leeren Bänken jemand das Gefühl hatte, meine teilen zu müssen. Aber es war Dicky.

»Was machst du hier?«, flüsterte ich.

»Büßen?«

Er setzte sich neben mich und legte sofort die Hände auf die Knie, wie jemand, der das als unruhiges Kind gelernt hat.

»Wie hast du mich gefunden?«, fragte ich.

Er beugte sich nach rechts, ohne den Blick vom Altar abzuwenden. »Ich bin zu deinem Büro gekommen, damit ich dir zufällig über den Weg laufen konnte. Als deine Abwesenheit diesen Plan durchkreuzte, riet mir eine ziemlich herbe Frau mit einer Katzenbrille, dass ich es mal in einer der Kirchen in der Gegend versuchen sollte. Sie sagte, du gehst manchmal um diese Zeit in eine Kirche.«

Das musste man Alley lassen. Ich hatte ihr nie gesagt, wohin ich nachmittags manchmal ging, und sie hatte niemals durchblicken lassen, dass sie es wusste. Aber dass sie Dicky diesen Tipp gegeben hatte, war vielleicht das erste Zeichen dafür, dass sie und ich auf sehr lange Zeit hinaus Freundinnen sein könnten.

»Und woher wusstest du, in welcher Kirche ich sein würde?«

»Das war nur logisch. Nachdem du in den anderen dreien nicht warst.«

Ich drückte Dickys Hand und schwieg.

Nachdem Dicky das Allerheiligste ausgiebig betrachtet hatte, hob er jetzt den Blick zu den Nischen an der Decke.

»Weißt du etwas über Galilei?«, fragte er.

»Er hat entdeckt, dass die Erde rund ist.«

Dicky sah mich überrascht an. »Wirklich? Das war er? Diese Entdeckung haben wir ziemlich weit ausgeschlachtet.«

»Meintest du das nicht?«

»Ich weiß nicht. Ich meine mich daran zu erinnern, dass dieser Galilei-Typ ausgerechnet hat, dass ein Pendel für seine Bewegung immer gleich lange braucht, ob es einen halben Meter schwingt oder nur fünf Zentimeter. Das war natürlich die Lösung für das Geheimnis der Standuhr. Jedenfalls hat er die Entdeckung gemacht, als er einmal einen Kronleuchter in einer Kirche beobachtete, der von der Decke hin und her schwang. Er hat die Dauer mittels seines Pulsschlags gemessen.«

»Das ist erstaunlich.«

»Finde ich auch. Dabei hat er nur in der Kirche gesessen. Seitdem ich das weiß, habe ich als Kind bei der Predigt immer meine Gedanken schweifen lassen. Aber ich habe nicht eine einzige Eingebung gehabt.«

Ich lachte.

»Psst!«, sagte er.

Aus einer der Seitenkapellen kam ein Vikar. Er kniete nieder, bekreuzigte sich und fing an, die Kerzen auf dem Altar für die Vier-Uhr-Messe anzuzünden. Er trug einen langen schwarzen Talar. Dicky beobachtete ihn, und plötzlich leuchtete sein Gesicht auf, als hätte er endlich die ersehnte Eingebung.

»Du bist katholisch!«

Ich lachte wieder. »Nein. Ich bin nicht besonders religiös. Aber von Geburt bin ich russisch-orthodox.«

Dicky pfiff leise. Aber so laut, dass der Vikar in unsere Richtung guckte.

»Das klingt furchterregend«, sagte er.

»Das weiß ich nicht unbedingt. Aber an Ostern haben wir den ganzen Tag gefastet und die ganze Nacht geprasst.«

Dicky schien das sorgfältig zu erwägen. »Ich glaube, das könnte ich auch.«

»Ich glaube das auch.«

Wir schwiegen eine Weile. Dann lehnte er sich nach rechts. »Ich habe dich ein paar Tage lang nicht gesehen.«

»Ich weiß.«

»Sagst du mir, was los ist?«

Jetzt sahen wir uns an.

»Das ist eine lange Geschichte, Dicky.«

»Komm, gehen wir raus.«

Wir setzten uns auf die kalten Stufen vor der Kirche, die Unterarme auf den Knien, und ich erzählte ihm eine Kurzfassung der Geschichte, die ich Bitsy im Ritz erzählt hatte.

Weil sie jetzt weiter zurücklag – und vielleicht auch, weil ich ein bisschen verlegen war –, erzählte ich sie plötzlich wie einen Broadway-Schwank. Ich spielte die Zufälle und Überraschungen richtig aus: Die Begegnung mit Anne auf der Rennbahn! Der Heiratsantrag, und Eve lehnt ihn ab! Anne und Tinker in der Chinoiserie, als ich reinkam!

»Aber das Komischste kommt noch«, sagte ich.

Ich erzählte ihm nämlich, wie ich Washingtons *Rules of Civility* entdeckt hatte und wie blöd ich mir vorkam, weil ich nicht gemerkt hatte, dass Tinker sich davon leiten ließ. Zur Verdeutlichung ratterte ich ein paar von Washingtons Grundsätzen herunter.

Aber ob es daran lag, dass wir auf den Stufen einer Kirche saßen oder dass ich mir meine Scherze mit dem Gründungsvater unserer Republik erlaubt hatte – es kam mir plötzlich gar nicht witzig vor. Als ich zu Ende gesprochen hatte, versagte mir fast die Stimme.

»So komisch war es dann doch nicht«, sagte ich.

»Nein«, sagte Dicky.

Er war plötzlich ernster als sonst. Er faltete die Hände und sah die Stufen hinunter. Er sprach nicht. Langsam bekam ich ein wenig Angst.

»Sollen wir hier weggehen?«, fragte ich.

»Nein. Das ist nicht nötig. Lass uns bleiben.«

Er schwieg weiter.

»Was denkst du jetzt?«

Er fing auf ganz uncharakteristisch zappelige Weise an, mit dem Fuß einen Rhythmus zu klopfen.

»Was ich jetzt denke …?«, sagte er wie zu sich selbst. »Was ich jetzt denke …?«

Dicky atmete ein, dann aus, wie zur Vorbereitung.

»Ich denke, dass du diesem Tinker-Typ vielleicht ein bisschen unrecht tust.«

Er hörte auf, mit dem Fuß zu tippen, und ließ seinen Blick auf die andere Seite der Fifth Avenue wandern, zu der Atlas-Statue vor dem Rockefeller Center, die den Himmel trägt. Fast schien es, dass Dicky mich noch nicht wieder ansehen konnte.

»Dieser Tinker-Typ«, sagte er in einem Ton, als wollte er sich vergewissern, dass er alle Fakten begriffen hat, »er ist vom Gymnasium geflogen, als sein Vater sein Schulgeld durchgebracht hat. Er findet Arbeit, und irgendwo trifft er auf eine Lucrezia Borgia der Jetztzeit, die ihn nach New York lockt und ihm verspricht, dass er dort was werden kann. Ihr trefft euch alle zufällig. Und obwohl er anscheinend in dich verknallt ist, nimmt er deine Freundin, die bei einem Unfall mit einem Milchwagen verletzt worden ist, und irgendwann kehrt sie ihm den Rücken. Dann kehrt sein Bruder ihm auch irgendwie den Rücken …«

Ich merkte, dass ich zu Boden sah.

»Habe ich das richtig zusammengefasst?«, fragte Dicky freundlich.

»Ja«, sagte ich.

»Und bevor du das alles erfahren hast, das mit Anne Grandin und Fall River und den Eisenbahnaktien und so weiter, hast du dich in ihn verliebt.«

»Ja.«

»Dann ist die Frage jetzt nur – alles andere mal beiseitegelassen –, ob du immer noch in ihn verliebt bist.«

Wenn man jemanden kennenlernt und ein paar Funken hin und her fliegen, kann dann das Gefühl, dass man sich schon ein Leben lang kennt, überhaupt von Substanz sein? Kann man sich nach den ersten Stunden, in denen man miteinander redet, sicher sein, dass die Verbindung ganz und gar ungewöhnlich ist und außerhalb von Zeit und Konventionen ihren Platz hat? Und wenn das so ist, kann dann dieser Jemand nicht gleichermaßen fähig sein, die Stunden, die danach kommen, zu zerstören wie sie zu vervollkommnen?

»Also, die Frage ist – alles andere mal beiseitegelassen –, ob du immer noch in ihn verliebt bist«, stellte Dicky mit übernatürlicher Abgeklärtheit fest.

Sag es nicht, Katey. Gib es um Himmels willen nicht zu. Steh auf und gib diesem harmlosen Verrückten einen Kuss. Überzeug ihn, dass ihr nie wieder auf dieses Thema zurückkommen werdet.

»Ja«, sagte ich.

Ja – das Wort ist angeblich ein Segen. Ja, sagte Julia. Ja, sagte Héloise. Ja, ja, ja, sagte Molly Bloom. Das Bekenntnis, die Zustimmung, die süße Gewährung. Aber im Kontext dieses Gesprächs war es Gift.

Fast spürte ich, wie etwas in ihm starb. Was starb, war seine selbstgewisse, zutrauliche, alles verzeihende Einstellung zu mir.

»Also dann …«, sagte er.

Über mir kreisten schwarze Engel wie Vögel in der Wüste.

»… ich weiß nicht, ob dieser Freund da versucht hat, den Regeln nachzueifern, oder ob er sie nur nachgeäfft hat, um bei den Menschen einen besseren Eindruck zu machen, aber ist da wirklich ein Unterschied? Ich meine, der alte George hat sie ja nicht erfunden. Er hat sie sich irgendwo abgeschrieben und versucht, sie zu seinem Besten anzuwenden. Ich finde das alles ziemlich beeindruckend. Ich glaube, ich könnte nicht mehr als fünf oder sechs dieser Regeln gleichzeitig einhalten.«

Wir blickten beide zu der Atlas-Statue mit ihren übertriebenen Muskelpaketen hinüber. Obwohl ich bestimmt schon tausend Mal in Saint Patrick gewesen war, hatte ich bisher nie bemerkt, wie seltsam es eigentlich war, dass ausgerechnet Atlas auf der anderen Straßenseite stand. Er stand so unmittelbar gegenüber der Kathedrale, dass seine hoch aufragende Gestalt praktisch vom Portal gerahmt wurde, wenn man aus der Kirche kam, als würde er einen erwarten.

Könnte es eine Statue geben, die in einem noch stärkeren Gegensatz zu einer der größten Kathedralen Amerikas stand, der gegenüber sie aufgestellt war? Atlas, der versucht hatte, die Götter vom Olymp zu vertreiben, und deshalb dazu verdammt wurde, die himmlischen Sphären für immer auf den Schultern zu tragen – die Verkörperlichung von Hybris und stoischer Ausdauer. Und hinten, in einer Nische von Saint Patrick, eine Statue, gewissermaßen die spirituelle Antithese dazu, nämlich die Pietà, die einen ausgemergelten Christus zeigte, der, nachdem er sich Gottes Willen gebeugt hatte, auf Marias Schoß liegt.

Hier waren sie angesiedelt, zwei Weltbilder, getrennt lediglich von der Fifth Avenue, sich gegenüberstehend bis ans Ende der Welt, oder das Ende von Manhattan, was immer zuerst kommen würde.

Ich muss ziemlich unglücklich ausgesehen haben, denn Dicky tätschelte mir das Knie.

»Wenn wir uns immer in solche Menschen verliebten, die rundum perfekt für uns sind«, sagte er, »dann wäre ja nicht viel dran an der Liebe.«

Wahrscheinlich hatte Anne recht, als sie sagte, dass wir alle zu jedem Zeitpunkt unseres Lebens von irgendeinem Menschen Vergebung zu erbitten haben. Jedenfalls wusste ich, als ich wieder zur Arbeit ging, wessen Vergebung ich erbitten musste. Und nachdem ich allen seit Monaten gesagt hatte, ich hätte keine Ahnung, wo er sei, wusste ich genau, wo ich ihn finden würde.

25. Kapitel

WO ER LEBTE UND WOFÜR ER LEBTE

Das Fuhrunternehmen Vitelli war in der Gansevoort Street, mitten im Meat Packing District. Große schwarze Lastwagen standen schräg zum Bordstein, und vom Kopfsteinpflaster stieg ein säuerlicher Geruch von Blut auf. In einer infernalischen Umkehrung der Arche Noah kamen Fahrer von den Ladeflächen mit Karkassen verschiedener Tiere, die sie sich rechts und links über die Schultern geworfen hatten: zwei Kälber, zwei Schweine, zwei Lämmer. Schlachter, die blutbespritzte Schürzen vorgebunden hatten, standen in ihren Pausen in der kalten Dezemberluft unter dem großen Neonschild in der Form eines Stiers, das Hank in seinen Gemälden stilisiert hatte, und rauchten. Mit der gleichen Ungerührtheit, mit der sie bei der Entladung der Tierkörper zugesehen hatten, sahen sie jetzt zu, wie ich mit hochhackigen Schuhen über das Kopfsteinpflaster stolzierte.

Ein blonder Junge in einem Frauenmantel war auf den Stufen eingenickt. Nase und Kinn waren aufgeschürft, als hätte er sich bei einem Sturz mit dem Gesicht abgestützt. Nachdem ich ihn ein wenig gestupst hatte, sagte er mir, dass Hank in Nummer 7 wohnte, und somit blieb mir die Sozialkundelektion erspart, an jede Tür klopfen zu müssen. Das Treppenhaus war eng und feucht. Auf halber Treppe zur ersten Etage traf ich einen alten Neger mit Krückstock, der es schneller in den Himmel schaffen würde als ins vierte Geschoss. Ich überholte ihn und ging eine Treppe weiter. Die Tür stand angelehnt.

Nach allem, was passiert war, hatte ich mich darauf vorbereitet, Tinker in gedrückter Stimmung anzutreffen. Ja, zwischendurch hatte ich sogar gehofft, das wäre der Fall. Doch jetzt, da unsere Wiederbegegnung unmittelbar bevorstand, war ich mir nicht so sicher, ob ich darauf gefasst war.

»Hallo?«, rief ich zaghaft und drückte die Tür auf.

Eine Wohnung war es kaum zu nennen. Die Nummer 7 war ein gut sechzig Quadratmeter großer Raum. Darin stand ein niedriges Eisenbettgestell mit einer grauen Matratze – wie man es vielleicht in einer Gefängniszelle oder in einer Kaserne finden würde. In der Ecke, neben einem Fenster – einem kleinen, aber immerhin, man konnte dankbar sein –, stand ein Kohleofen. Von einem Paar Schuhe und einem leeren Jutesack unter dem Bett abgesehen, waren Hanks Sachen verschwunden. Und

Tinkers standen entlang der Wand: ein Lederkoffer, eine zusammengerollte Flanellbettdecke, ein kleiner Stapel Bücher.

»Er is nich dah.«

Ich drehte mich um. Es war der alte Neger, er stand auf dem Treppenabsatz.

»Wenn Sie nach Mr. Henrys Bruda suchen, der is nich dah.« Der alte Neger zeigte mit seinem Stock zur Decke. »Der is aufm Dach.«

Auf dem Dach. Genau da, wo Hank aus seinen Gemälden ein großes Feuer gemacht hatte – bevor er sich von New York City und dem Lebensstil seines Bruders endgültig abgewandt hatte.

Tinker saß auf einem nicht benutzten Schornstein, die Unterarme auf den Knien, und blickte hinunter auf den Hudson, wo mehrere kalte, graue Frachtschiffe im Hafen lagen. Von hinten sah er so aus, als wäre sein Leben gerade auf einem dieser Frachter in See gestochen.

»He«, sagte ich und blieb in ein paar Schritten Entfernung stehen.

Beim Klang meiner Stimme drehte er sich um und stand auf – und ich sah augenblicklich, dass ich mich wieder geirrt hatte. In einem schwarzen Pullover, das Gesicht glatt rasiert, wirkte Tinker nicht im Mindesten niedergeschlagen.

»Katey!«, rief er freudig überrascht.

Spontan machte er einen Schritt auf mich zu, blieb dann aber stehen, als wäre ihm gerade etwas eingefallen – und er argwöhnte, dass er das Recht auf eine freundliche Umarmung verwirkt habe. Was ja in gewisser Weise auch der Fall war. Sein Lächeln wandelte sich zu einem Ausdruck bewusster Zerknirschung, der zu weiteren Vorwürfen aufforderte, ja, sie sogar willkommen hieß.

»Sie haben Wallace umgebracht«, sagte ich, als hätte ich das eben erst erfahren und könnte es kaum glauben.

»Ich weiß«, sagte er.

Und dann verlor ich die Fassung, und seine Arme umfingen mich.

Wir verbrachten eine Stunde oder sogar zwei auf dem Dach, wo wir auf der Kante eines Oberlichts saßen. Eine Weile lang sprachen wir einfach über Wallace. Dann schwiegen wir. Dann entschuldigte ich mich für mein Verhalten in dem Café, aber Tinker schüttelte den Kopf. Er sagte, ich sei an dem Nachmittag großartig gewesen, ich hätte nichts falsch gemacht, es sei genau das gewesen, was er gebraucht hätte.

Wir saßen da, die Dämmerung senkte sich herab, und die Lichter der Stadt gingen nacheinander an.

Selbst Edison hätte sich das niemals so vorstellen können. Die ersten Lichter waren die in dem großen Mosaik der Bürogebäude und die an den Stahlseilen der Brücken, danach die Straßenlaternen und die Theatermarkisen, dann die Scheinwerfer der Autos und die Leuchtbaken für die Flugzeuge auf den Funktürmen – und jedes einzelne Licht gab Zeugnis von den kollektiven Aspirationen, zielstrebig und unbändig.

»Früher wollte ich Hank immer dazu bewegen, aus diesem Haus auszuziehen«, sagte Tinker. »Und ins Village zu ziehen, in eine Wohnung mit einem Waschbecken. Aber er wollte nicht. Er sagte, das Village sei zu bürgerlich. Aber ich glaube, es lag am Blick. Es ist der gleiche Blick, mit dem wir aufgewachsen sind.«

Das Horn eines Frachters ertönte, und Tinker zeigte in die Richtung, als wäre das der Beweis. Ich lächelte und nickte.

»Ich glaube, ich habe dir nie viel von meinem Leben in Fall River erzählt«, sagte er.

»Nein.«

»Wie passiert so was? Wie kommt es, dass man den Leuten nicht erzählt, woher man kommt?«

»Das kommt schleichend.«

Tinker nickte und blickte wieder über die Anleger.

»Dabei habe ich den Teil meines Lebens geliebt – als wir in der Nähe der Werften gewohnt haben. Es war eine arme Nachbarschaft, und wenn die Schule aus war, sind wir alle zum Hafen runtergerannt. Wir wussten nicht viel über Baseball, aber wir konnten Morse und kannten die Flaggen der großen Reedereien, und wir sahen den Mannschaften zu, wenn sie von Bord kamen, die Seesäcke über der Schulter. Die meisten von uns haben irgendwann im Hafen gearbeitet. Aber als Kinder wollten wir alle zur Handelsmarine. Wir wollten in Amsterdam oder in Hongkong oder São Paolo an Land gehen, den Sold in der Tasche …«

Wenn man in fortgeschrittenem Alter auf Kinderträume zurückblickt, ist es ihre Unerfüllbarkeit, die sie so reizend macht: Eins wollte Pirat werden, ein anderes Prinzessin, ein drittes Präsident. Aber so wie Tinker redete, konnte man meinen, dass seine Träume immer noch in Reichweite waren – vielleicht näher als je zuvor.

Als es dunkel wurde, gingen wir in Hanks Zimmer. Im Treppenhaus fragte Tinker, ob ich etwas zu essen haben wollte. Ich sagte, ich sei nicht hungrig, und er wirkte erleichtert. Ich glaube, wir hatten für ein Jahr beide genug von Restaurants.

Da es keine Stühle gab, setzten wir uns auf zwei

umgedrehte Kisten; auf der einen stand HALLELUJAH ONIONS, auf der anderen AVIATOR LIMES.

»Wie geht es denn bei der Zeitschrift?«, fragte er mit Begeisterung in der Stimme.

In den Adirondacks hatte ich ihm von Alley und Mason Tate und unserer Suche nach einer Titelgeschichte erzählt. Jetzt erzählte ich ihm von meiner Idee, Interviews mit Portiers zu machen, und von dem Tratsch, den wir aufgedeckt hatten. Während ich davon sprach, kam es mir zum ersten Mal ein bisschen unappetitlich vor. Irgendwie schien mir die ganze Idee hier, in Hanks Kemenate, unschicklicher als damals in Mason Tates Limousine.

Aber Tinker war ganz angetan. Nicht so wie Mason. Nicht weil New Yorker Skandale an die Öffentlichkeit gelangen würden. Tinker war von dem Einfall angetan, von der menschlichen Komödie – dass all die Geheimnisse von ehelicher Untreue und unehelichen Kindern und unredlichem Gewinn, Geheimnisse, die man doch so gut gehütet glaubte, die ganze Zeit frei und unbeachtet auf der Oberfläche der Stadt schwammen, so wie kleine Bötchen, die Jungen aus den Titelseiten der Zeitungen falten und auf dem Teich im Central Park schwimmen lassen. Aber am meisten gefiel Tinker, dass ich die Idee gehabt hatte.

»Wir haben es nicht besser verdient«, sagte er und reihte sich mit unter die Geheimniskrämer ein.

»Das stimmt allerdings.«

Als wir aufhörten zu lachen, erzählte ich ihm eine lustige Geschichte, die ich von einem Fahrstuhlführer gehört hatte, aber er unterbrach mich.

»Ich habe sie dazu ermuntert, Katey.«

Ich erwiderte seinen Blick.

»Von dem Moment an, als ich Anne kennengelernt habe, habe ich sie dazu ermuntert, mich unter ihre Fittiche zu nehmen. Ich wusste genau, was sie für mich tun konnte. Und was es kosten würde.«

»Das war nicht das Schlimmste, Tinker.«

»Ich weiß. Ich weiß das. Ich hätte es dir sagen sollen, in Max' Diner … oder in den Adirondacks … gleich an dem Abend, als wir uns kennenlernten.«

Irgendwann bemerkte Tinker, dass ich mir die Arme fest um den Körper geschlungen hatte.

»Du frierst. Ich bin so ein Dummkopf.« Er sprang auf und sah sich in dem Raum um. Er rollte seine Decke auf und legte sie mir über die Schultern. »Ich bin gleich zurück.«

Ich hörte ihn die Treppe hinunterlaufen. Dann fiel die Haustür ins Schloss.

Ich zog die Decke um mich, stampfte mit den Füßen auf und ging im Kreis umher. Hanks Bild von dem Protest der Hafenarbeiter lag auf der grauen Matratze, was wahrscheinlich bedeutete, dass Tinker auf dem Fußboden geschlafen hatte. Ich blieb vor Tinkers Koffer stehen. Die Innenseite des Deckels war mit blauer Seide ausgeschlagen, und es gab lauter verschieden große Fächer für Dinge wie Haarbürsten, Rasierpinsel, Kamm – die vermutlich alle Tinkers Initialen hatten und die alle nicht mehr da waren.

Ich kniete mich vor den Stapel Bücher. Es waren die Nachschlagewerke aus dem Arbeitszimmer im Beresford und das Buch mit den Schriften von George Washington, das seine Mutter ihm geschenkt hatte. Aber da war auch Thoreaus Walden, das ich in den Adirondacks gesehen hatte. Es hatte ein paar mehr Eselsohren, als würde es jetzt in einer Hosentasche herumgetragen – zum Pinyon Peak hinauf und wieder hinunter, die Ninth Avenue hinauf und hinunter, das schmale Treppenhaus hinauf und hinunter.

Ich hörte Tinkers Schritte auf der Treppe und setzte mich auf seine Kiste.

Er kam mit zwei Pfund Kohlen, die in Zeitungspapier eingewickelt waren, wieder herein. Er ließ sich vor dem Ofen auf die Knie und fing an, Feuer zu machen. Er blies in die Flammen wie ein Pfadfinder.

Er schien immer dann ganz bei sich zu sein, fand ich, wenn die Umstände es verlangten, dass er Junge und Mann zugleich war.

Später borgte Tinker sich von einem Nachbarn eine zweite Decke und legte zwei Schlafstätten mit einem Meter Abstand auf den Boden aus – so wurde der gleiche respektvolle Abstand gewahrt wie anfangs, als ich zu ihm aufs Dach gekommen war. Ich stand früh auf, sodass mir Zeit blieb, vor der Arbeit nach Hause zu gehen und zu duschen. Als ich am Abend zurückkam, sprang er von der HALLELUJAH-ONIONS-Kiste auf, als hätte er den ganzen Tag auf meine Rückkehr gewartet. Dann gingen wir über die Tenth Avenue in einen kleinen Diner mit einem blauen Neonschild, auf dem stand: *Die ganze Nacht geöffnet.*

Mit Mahlzeiten ist es eine seltsame Geschichte. Nach so vielen Jahren erinnere ich mich an die Austern, die ich im 21 Club gegessen habe. Ich erinnere mich an die Suppe aus schwarzen Bohnen mit Sherry, die es nach Tinkers und Eves Rückkehr aus Palm Beach im Beresford gab. Ich erinnere mich an den Salat mit Blauschimmelkäse und Schinken, den ich mit Wallace im Park gegessen habe. Und nur allzu gut erinnere ich mich an das Hühnchen mit

Trüffelfüllung im Belle Époque. Aber was wir an dem Abend in Hanks Diner gegessen haben, weiß ich nicht mehr.

Aber ich weiß noch, dass wir viel gelacht haben.

Dann fragte ich ihn aus irgendeinem dummen Grund, was er jetzt vorhabe. Und da wurde er ernst.

»Am meisten habe ich darüber nachgedacht, was ich nicht tun werde. Wenn ich an die letzten Jahre denke, habe ich das Gefühl, dass ich mein Leben irgendwo gelebt habe, nur nicht in der Gegenwart. Ich werde umgetrieben von Bedauern für das, was passiert ist, und von Angst vor dem, was kommt. Ich werde umgetrieben von der Wehmut nach dem, was ich verloren habe, und von der Sehnsucht nach dem, was ich noch nicht habe. Dieses ganze Wollen und Nichtwollen. Ich bin ganz erschöpft davon. Jetzt will ich es mal mit der Gegenwart probieren.«

»Du nimmst dir nur zwei oder drei Dinge vor statt einhundert oder eintausend?«

»So meine ich das. Interessiert?«

»Was wird es mich kosten?«

»Laut Thoreau so gut wie nichts.«

»Es wäre schön, alles wenigstens einmal gehabt zu haben, bevor man es aufgibt.«

Er lächelte.

»Ich melde mich, wenn du so weit bist.«

Als wir zurück in Hanks Zimmer waren, zündete Tinker den Ofen an, und wir erzählten uns bis spät in die Nacht Geschichten – wobei die Einzelheiten einer Geschichte die Erinnerung an eine andere weckten, in behänder, leichter Reihung. Wie zwei Teenager, die sich auf einem Ozeandampfer anfreunden, hatten wir es eilig, uns gegenseitig Erinnerungen und Einsichten und Träume zu erzählen, bevor das Schiff in den Hafen einlief.

Und als er die Decken wieder mit dem respektvollen Abstand ausrollte, schob ich meine an seine heran, bis keine Haaresbreite dazwischen war.

Am nächsten Abend, als ich in die Gansevoort Street kam, war er schon fort.

Er hatte den feinen Lederkoffer nicht mitgenommen. Der stand leer neben dem Stapel Bücher, der Deckel lehnte an der Wand. Seine Sachen hatte er in den Jutebeutel gestopft, den sein Bruder zurückgelassen hatte. Er hatte die Bücher dagelassen, was mich überraschte, aber dann sah ich, dass er die zerfledderte Ausgabe von *Walden* eingesteckt hatte.

Der Ofen war kalt. Obenauf lag ein abgerissener Zettel mit einer Nachricht in Tinkers Handschrift.

Liebste Kate,

Du kannst dir gar nicht vorstellen, wie viel es mir bedeutet hat, dass Du an diesen beiden Abenden bei mir warst.

Wäre ich aufgebrochen, ohne mit Dir zu sprechen und ohne Dir die Wahrheit zu sagen – es wäre das einzige Bedauern gewesen, das ich mit auf den Weg genommen hätte.

Ich bin so froh, dass Dein Leben gut verläuft. Ich habe meines verpfuscht, deshalb weiß ich, wie gut es ist, wenn man seinen Platz gefunden hat.

Es war ein schlimmes Jahr, und ich bin selbst schuld daran. Aber auch wenn es am schlimmsten war, hast Du mir immer gezeigt, wie es auch hätte sein können.

Ich weiß nicht genau, wohin ich gehe, schloss er. Aber wo immer mein Weg mich hinführt, ich werde jeden Tag damit beginnen, deinen Namen zu sagen. Als könnte er sich so besser treu bleiben.

Unterschrieben hatte er: *Tinker Grey,* 1910 – ?

Ich verweilte nicht. Ich ging hinunter und auf die Straße hinaus. Ich kam bis zur Eighth Avenue, dann drehte ich um. Ich ging wieder zur Gansevoort Street, über das Kopfsteinpflaster und an den Blicken der Schlachter vorbei. Ich ging wieder die enge Treppe nach oben. Und als ich in das Zimmer kam, nahm ich das Bild von den Hafenarbeitern und das Bändchen mit Washingtons Schriften. Eines Tages würde es ihm leidtun, dass er sie zurückgelassen hatte. Und ich war froh, dass ich sie ihm dann geben könnte.

Man könnte denken, dass dies eine romantische Tat war. Aber in gewisser Weise habe ich Tinkers Sachen geholt, um meine Schuldgefühle zu mildern. Denn als ich in das Zimmer gekommen war und es leer vorgefunden hatte, empfand ich, obwohl ich gleichzeitig gegen ein Gefühl des Verlustes angehen musste, in einem kleinen, aber kräftigen Teil von mir eine Spur Erleichterung.

26. Kapitel

DER GEIST VERGANGENER WEIHNACHTEN

Am Freitag, dem 23. Dezember, saß ich in meiner Küche, schnitt mir Scheiben von einem zehn Pfund schweren Schinken ab und trank Bourbon aus der Flasche. Neben meinem Teller lag der Probedruck der ersten Nummer des Gotham. Mason hatte lange über das Titelbild nachgedacht. Es sollte sensationell sein. Schön. Witzig. Aufreizend. Und vor allem sollte es eine Überraschung sein. Deshalb gab es nur drei Exemplare des Probedrucks: eins für Mason, eins für den Art Director und eins für mich.

Es war das Foto einer nackten Frau, die hinter einem ein Meter fünfzig hohen Modell des San-Remo-Apartmentblocks stand. Durch die Fenster konnte man ihre nackte Haut sehen, aber bei den intimeren Körperpartien waren an den Fenstern die Vorhänge zugezogen.

Ich hatte einen Probedruck bekommen, weil das Bild meine Idee gewesen war.

Na ja, gewissermaßen.

Eigentlich war es eine Variation eines Bildes von

René Magritte, das ich im Museum of Modern Art gesehen hatte. Mason fand die Idee großartig und wettete meine Karriere, dass ich keine Frau finden würde, die bereit wäre, dafür zu posieren. Das Foto war so gemacht, dass man das Gesicht der Frau nicht sehen konnte, aber wäre der Vorhang im fünfzehnten Stock zurückgezogen gewesen, hätte man ein paar auberginenrote Ohrringe von der Größe eines Silberdollars gesehen.

An dem Nachmittag damals hatte Mason mich in sein Büro gerufen und mir einen Platz angeboten – das erste Mal seit dem Tag, als er mich eingestellt hatte. Es stellte sich heraus, dass Alleys Plan exakt aufgegangen war: Wir konnten beide noch ein Jahr bleiben.

Als ich aufstand, um zu gehen, gratulierte Mason mir, gab mir den Probedruck und, als Zugabe, den Schinken mit Honigkruste, den der Bürgermeister ihm geschickt hatte. Ich wusste, dass er vom Bürgermeister kam, denn eine sternförmige goldene Karte mit den guten Wünschen des ehrenwerten Mannes war daraufgeklebt. Ich hatte mir den Schinken unter den Arm geklemmt und drehte mich an der Tür noch einmal um.

»Danke«, sagte ich.

»Keine Ursache«, sagte er, schon wieder in die Arbeit vertieft. »Sie haben es verdient.«

»Dann danke, dass Sie mir die Gelegenheit dazu gegeben haben.«

»Dafür sollten Sie Ihrem Fürsprecher danken.«

»Ich melde mich bei Mr. Parish.«

Mason Tate sah auf und musterte mich forschend. »Sie sollten genauer hinsehen, wer Ihre Freunde sind, Kontent. Es war nicht Parish, der Sie empfohlen hat. Es war Anne Grandin. Sie hat mich überredet.«

Ich nahm wieder einen Schluck von dem Bourbon.

Ich trank Bourbon nicht besonders gern, aber ich hatte die Flasche auf dem Weg nach Hause gekauft, weil ich dachte, Bourbon passt gut zu dem Schinken. So war es auch. Außerdem hatte ich einen kleinen Weihnachtsbaum gekauft und ins Fenster gestellt. Ohne Schmuck sah er etwas traurig aus, deshalb riss ich den goldenen Stern des Bürgermeisters vom Schinken und befestigte ihn am obersten Ast. Dann setzte ich mich in den Lehnstuhl meines Vaters und schlug Hercule Poirots Weihnachten auf, den neuesten Roman von Agatha Christie. Ich hatte das Buch schon im November gekauft und mir bis zu diesem Abend aufgehoben. Aber bevor ich anfangen konnte, klopfte es an der Tür.

Vermutlich ist es ein unumstößliches Gesetz der menschlichen Natur, dass wir, wenn das Jahresende naht, die Ereignisse des Jahres noch einmal Revue passieren lassen. Neben allem anderen war das Jahr 1938 durch häufiges Klopfen an meiner Tür gekennzeichnet. Da war zum Beispiel der Lieferjunge von der Western Union gewesen, der Eves Geburtstagswünsche aus London brachte, und Wallace, der eine Flasche Wein dabeihatte und mir die Regeln von Flitterwochenbridge beibrachte. Dann Inspektor Tilson, dann Bryce, dann Anne.

Zum jeweiligen Zeitpunkt schienen nur manche dieser Besuche willkommen, aber eigentlich sollte ich sie alle in Ehren halten. Denn in einigen Jahren würde ich in einem Haus mit Portier leben – und wohnt man erst einmal in einem Haus mit Portier, dann klopft niemand mehr an die Tür.

An dem Abend war der Klopfer an der Tür ein gedrungener junger Mann in einem karierten Anzug. Von dem Treppenaufstieg war er ganz außer Atem, und auf seiner Stirn standen Schweißperlen.

»Miss Kontent?«

»Ja.«

»Miss Katherine Kontent?«

»Genau die.«

Er war außerordentlich erleichtert. »Mein Name ist Niles Copperthwaite. Ich bin Anwalt in der Kanzlei Heavely Hound.«

»Sie machen Witze«, sagte ich und lachte.

Er sah mich verdutzt an. »Mitnichten, Miss Kontent.«

»Also gut. Aha. Ein Anwalt, der am Freitag vor Weihnachten Hausbesuche macht! Ich hoffe, ich bin nicht in Schwierigkeiten.«

»Nein, Miss Kontent! Sie sind nicht in Schwierigkeiten.«

Er sagte das mit der Selbstgewissheit der Jugend. Doch im nächsten Moment fügte er hinzu: »… wenigstens keine, von denen Heavely & Hound Kenntnis hat.«

»Eine wichtige Einschränkung, Mr. Copperthwaite. Das werde ich mir merken. Was kann ich für Sie tun?«

»Sie haben mir schon geholfen, indem Sie an der angegebenen Adresse anzutreffen sind. Ich komme im Auftrag eines Klienten.«

Er griff hinter den Türpfosten und brachte einen langen Gegenstand zum Vorschein, der in weißes Packpapier gewickelt war. Drum herum war eine Schleife aus gepunktetem Band gebunden, mit einem Anhänger, auf dem stand: Erst Weihnachten aufmachen.

»Das wird Ihnen gebracht«, sagte er, »auf Anweisung von …«

»Herrn Wallace Wolcott.«

»Richtig.«

Er zögerte. »Es ist ein wenig ungewöhnlich, da …«

»Da Mr. Wolcott nicht mehr unter uns weilt.«

Wir schwiegen beide.

»Wenn ich das so sagen darf, Miss Kontent, ich sehe, dass Sie überrascht sind. Ich hoffe, es ist keine unangenehme Überraschung.«

»Mr. Copperthwaite, hinge über meiner Tür ein Mistelzweig, würde ich Sie jetzt küssen.«

»Nun, ja … ich meine … nein.«

Er blickte verstohlen zum Türbalken hoch, reckte sich und sagte förmlich: »Frohe Weihnachten, Miss Kontent.«

»Ihnen auch frohe Weihnachten, Mr. Copperthwaite.«

Ich habe noch nie bis zum Weihnachtsmorgen warten können, bis ich meine Geschenke aufmachte. Sollte ich je am 4. Juli ein Weihnachtsgeschenk überreicht bekommen, würde ich es beim Schein des Feuerwerks aufmachen. Ich setzte mich also in meinen Lehnstuhl und öffnete das Paket, das so geduldig gewartet hatte, bis es an meine Tür klopfen konnte.

Es war ein Gewehr. Damals wusste ich es nicht, aber es war eine Winchester 1894 aus einer kleinen Serie, deren Produktion John Moses Browning selbst überwacht hatte. Es hatte einen Schaft aus Walnussholz, ein Elfenbeinvisier, und auf den Messingteilen war ein feines Blumenmuster eingraviert. Es war ein Gewehr, das man zu seiner eigenen Hochzeit tragen könnte.

Wallace Wolcott hatte wirklich ein gutes Gespür für den richtigen Zeitpunkt. Das musste man ihm lassen.

Ich hob das Gewehr mit beiden Händen an, so wie Wallace es mir gezeigt hatte. Wahrscheinlich wog es nicht mehr als vier Pfund. Ich klappte den Lauf auf und blickte in das leere Magazin. Ich klappte ihn zu und legte das Gewehr an. Ich richtete den Lauf auf meinen kleinen Weihnachtsbaum und schoss den Stern des Bürgermeisters von der Weihnachtsbaumspitze.

30. Dezember 1938

Zwanzig Minuten bevor der Pfiff ertönte, machte der Vorarbeiter eine Runde und sagte, sie sollten verdammt noch mal langsamer arbeiten.

Eine lange Reihe von Schauerleuten, die immer zu zweit nebeneinander arbeiteten, beförderten Zuckersäcke aus einem karibischen Frachter in einen Speicher auf dem Pier bei Hell's Kitchen. Er und ein Neger, den sie King nannten, waren ganz vorn. Als der Vorarbeiter die Anweisung ausgab, verlangsamte King das Tempo: Eins-eintausend einhaken, zwei-eintausend anheben, drei-eintausend umdrehen, vier-eintausend werfen.

Am zweiten Weihnachtstag war die Gewerkschaft der Schleppermechaniker ohne Ankündigung und ohne die Unterstützung der Schauerleute in den Streik getreten. Am Rande der Lower Bay, vor Sandy Hook und Breezy Point, lagen mehrere Frachter vor Anker und warteten darauf, ihre Ladung zu löschen. Deshalb wurde im ganzen Hafen das Wort ausgegeben, das Arbeitstempo zu drosseln. Der Streik würde hoffentlich bald, bevor die Schiffe am Kai entladen waren, vorbei sein, sodass die Teams erhalten bleiben konnten.

Er war der Neue, er wusste nur zu gut, wenn Leute entlassen würden, dann wäre er der Erste, der gehen musste.

Aber das war, so wie es war, auch richtig.

King hatte ein gutes Tempo gewählt. So konnte er die Kraft in seinen Armen und Beinen und in seinem Rücken spüren. Mit jedem Schwung des Hakens bewegte sie sich durch ihn wie die Musik über die Saiten einer Gitarre. Es war ein Gefühl, das er lange entbehrt hatte. So wie das Hungergefühl, bevor es zu essen gab. Oder Müdigkeit vorm Schlafengehen.

Außerdem war es ein Tempo, bei dem man sich gut ein bisschen unterhalten konnte.

(Eins-eintausend einhaken.)

»Wo kommst du her, King?«

»Harlem.«

(Zwei-eintausend anheben.)

»Seit wann lebst du da?«

»Schon immer.«

(Drei-eintausend umdrehen.)

»Und seit wann arbeitest du im Hafen?«

»Noch länger.«

(Vier-eintausend werfen.)

»Wie ist es da?«

»Große Klasse: lauter gute Leute, die einen in Ruhe lassen.«

Er lächelte King zu und hakte den nächsten Sack ein. Denn er verstand, was King meinte. So war es auch in Fall River gewesen. Niemand mochte den Neuen am Anfang. Jedes Mal wenn der Betrieb einen Neuen einstellte, waren zwanzig Brüder oder Onkel oder Jugendfreunde übergangen worden. Je weniger Aufsehen man erregte, desto besser. Und das hieß, man tat seine Arbeit und hielt den Mund.

Beim Pfiff am Ende der Schicht blieb King zurück, während die anderen zum Ausgang und zu den Bars an der Twelfth Avenue strebten.

Er blieb auch zurück. Er bot King eine Zigarette an, und sie lehnten sich an die Packkisten, rauchten und sahen den Männern zu, die vom Platz gingen. Als sie zu Ende geraucht hatten, warfen sie die Stummel ins Wasser und gingen auch zum Ausgang

Zwischen dem Frachter und dem Speicher lag ein Haufen Zucker auf dem Boden. Einem der Männer musste wohl beim Greifen ein Sack aufgerissen sein, und ein Teil des Inhalts war herausgerieselt. King ging zu der Stelle und schüttelte den Kopf. Dann ließ er sich in die Hocke, nahm eine Handvoll Zucker und steckte sie sich in die Tasche.

»Komm schon. Nimm dir ruhig auch welchen«, sagte er. »Sonst holen sich die Ratten das Zeug.«

Also kniete er sich hin und nahm auch von dem Zucker. Der Zucker war bernsteingelb und kristallin. Beinahe hätte er ihn in die rechte Tasche gesteckt, doch rechtzeitig fiel ihm ein, dass die ein Loch hatte, und er ließ den Zucker in die linke rieseln.

Als sie zum Tor kamen, fragte er King, ob sie einen Teil des Weges zu Fuß gehen sollten. King deutete mit dem Kopf zur Hochbahn. Er wollte nach Hause, zu Frau und Kin-

dern. Nicht dass er das gesagt hätte. Man wusste es auch so.

Am Tag zuvor war er nach der Arbeit im Hafen Richtung Süden gegangen. Diesmal ging er in nördlicher Richtung.

Mit Einbruch der Dunkelheit war es bitterkalt geworden, und er wünschte, er hätte den Pullover unter dem Mantel angezogen.

Die Piers oberhalb der 40. Straße, an denen die größten Schiffe anlegten, reichten bis weit in den Hudson hinaus. Das Schiff an Pier 44, das nach Argentinien ging, sah wie eine Festung aus: uneinnehmbar und grau. Er hatte gehört, dass noch Leute für die Mannschaft gesucht wurden, und er hätte sich gern anheuern lassen, wenn er genug Geld gespart hätte. Aber es würden sich andere Gelegenheiten ergeben, andere Schiffe mit anderen Zielen.

An Pier 45 lag ein Ozeandampfer der Cunard-Linie, fertig beladen für die Atlantiküberfahrt. Als am zweiten Weihnachtstag das Schiffshorn schon ertönte und Konfetti von den oberen Decks gestreut wurde, erreichte die Nachricht vom Streik die Brücke. Die Cunard-Gesellschaft schickte die Passagiere von Bord und empfahl ihnen, ihr Gepäck dazulassen, da zu hoffen war, dass die Auseinandersetzung innerhalb weniger Tage geklärt werden könnte. Fünf Tage danach hingen in jeder Luxuskajüte Cocktailkleid und Abendrobe, Frack und Kummerbund in geisterhafter Stille – wie die Kostüme in den Dachkammern eines Opernhauses.

An der Pier 46, der längsten am Hudson, lagen keine Schiffe vor Anker. Sie ragte in den Fluss hinein wie der erste Abschnitt einer neuen Schnellstraße. Er ging auf der Pier bis zur Spitze. Er nahm eine neue Zigarette aus der Packung und zündete sie mit seinem Feuerzeug an. Dann klappte er das Feuerzeug zu und lehnte sich an einen Pfahl.

So weit draußen auf dem Fluss konnte er die gesamte Skyline der Stadt sehen – die stufenweise Anordnung von Wohnhäusern, Speichern und Wolkenkratzern, wie sie sich von Washington Heights bis zur Wall Street erstreckten. Fast jedes Licht in jedem Fenster in jedem Gebäude schien angeschaltet und glomm hell und zart – als nähme es die Energie aus dem menschlichen Treiben drinnen: aus den Reibereien und Bemühungen, den Träumen und Versäumnissen. Aber hier und dort, verteilt in diesem Mosaik, waren einzelne Lichter, die hell wie der Morgenstern leuchteten und ebenso konstant – erleuchtet von den Menschen dahinter, deren Handeln von Entschlusskraft und Inspiration bestimmt war.

Er drückte die Zigarette aus und beschloss, trotz der Kälte ein wenig länger zu bleiben.

Denn so garstig der Wind auch war, von dieser Stelle aus gesehen war Manhattan einfach so schön, so elegant, so voller Versprechen – dass man sich der Stadt für den Rest seines Lebens am liebsten immer nur nähern wollte, ohne jemals wirklich anzukommen.

NUR WENIGE SIND AUSERWÄHLT

Epilog

Es war der letzte Abend des Jahres 1940, und es schneite so heftig, dass es fast ein Schneesturm war. Binnen einer Stunde würde in Manhattan kein Auto mehr fahren. Wie Felsbrocken wären sie unter dem Schnee begraben. Aber noch krochen sie durch die Straßen mit der matten Entschlossenheit von Pionieren, die den Weg nicht genau wissen.

Zu acht waren wir aus einer Tanzveranstaltung im University Club gekommen, zu der wir gar nicht eingeladen worden waren. Die Party hatte im ersten Stock unter den prachtvoll verzierten Decken stattgefunden. Ein aus dreißig Personen bestehendes Orchester leitete das neue Jahr zu den brandneuen und schon überholten Klängen im Stil von Guy Lombardo ein. Was wir nicht gewusst hatten – die Party diente dem Zweck, Geld für Flüchtlinge aus Estland zu sammeln. Als eine Reinkarnation von Carry Nation sich neben einen verarmten Botschafter stellte und eine Dose schüttelte, brachen wir auf.

Auf dem Weg nach draußen war Bitsy irgendwie

in den Besitz einer Trompete gelangt, und während sie erstaunlich gut ein paar Tonleitern spielte, standen wir anderen unter einer Straßenlaterne eng zusammen und überlegten, was zu tun sei. Ein Blick auf die Straße, und uns war klar, dass kein Taxi zu unserer Rettung kommen würde. Carter Hill sagte, er kenne ein verschwiegenes kleines Lokal gleich um die Ecke, wo wir zu essen und zu trinken finden würden, und so machten wir uns unter seiner Führung in westlicher Richtung durch den Schnee auf den Weg. Keine der Frauen war dem Wetter angemessen angezogen, aber ich hatte das Glück, dass ich eine Hälfte von Harrison Harcourts pelzbesetztem Mantel über die Schulter gelegt bekommen hatte.

Auf halbem Weg kam uns eine andere Gruppe entgegen und bombardierte uns mit Schneebällen. Bitsy blies zum Gegenangriff, und wir schlugen zurück. Aus der Deckung eines Zeitungsstands und eines Briefkastens vertrieben wir sie unter Indianergebrüll, aber als Jack Bitsy »versehentlich« in eine Schneewehe warf, fielen wir Frauen über die Männer her. Fast konnte man denken, wir hätten uns für das neue Jahr vorgenommen, uns wie Zehnjährige zu gebärden.

Man muss bedenken, dass das Jahr 1939 zwar Europa den Krieg, aber Amerika das Ende der Depression gebracht hatte. Während es in Europa um Anschluss und Appeasement ging, machten wir uns in Amerika daran, die Stahlkessel wieder anzuheizen, die Fließbänder in Betrieb zu nehmen, und bereiteten uns darauf vor, die weltweite Nachfrage nach Waffen und Munition zu bedienen. Im Dezember 1940, als Frankreich schon unter deutscher Besatzung stand und London von der Luftwaffe bombardiert wurde, dichtete Irving Berlin Verse darüber, wie die Baumwipfel rauschen und die Kinder andächtig lauschen, wenn die Schlittenglocken im Schnee erklingen. Das zeigt, wie weit wir vom Zweiten Weltkrieg entfernt waren.

Carters verschwiegenes Lokal war, wie sich herausstellte, zehn Blocks entfernt. Als wir in den Broadway einbogen, erfasste uns der heulende Wind aus Harlem und trieb uns den Schnee in den Rücken. Inzwischen hatte ich mir Harrys Mantel über den Kopf gezogen und ließ mich am Ellbogen führen. Deswegen sah ich nicht, als wir bei dem Restaurant ankamen, wie es von außen aussah. Harry führte mich die Stufen hinunter, zog mir den Mantel ab, und da war ich, in einem kleinen italienischen Lokal, in dem es italienisches Essen und italienischen Wein gab und italienischen Jazz, was immer darunter zu verstehen war.

Mitternacht war schon vorbei, und der Boden war mit Konfetti bestreut. Auch die meisten Gäste, die den Jahreswechsel in dem Restaurant gefeiert hatten, waren inzwischen gegangen.

Wir warteten nicht erst, bis ihre Teller abgeräumt worden waren, sondern stampften mit den Füßen auf und schüttelten uns den Schnee ab und beschlagnahmten einen Tisch für acht Personen gegenüber der Bar. Ich setzte mich neben Bitsy, Carter nahm sich den Platz rechts von mir, und Harry fand uns gegenüber Platz. Jack nahm eine Weinflasche der früheren Gäste und hielt sie schräg ans Licht, um zu sehen, ob noch ein Rest drin war.

»Wir brauchen Wein«, sagte er.

»Allerdings«, sagte Carter und winkte den Kellner herbei. »Maestro, drei Flaschen Chianti!«

Der Kellner, der die für sein Heimatland typischen dicken Augenbrauen und großen Hände hatte, öffnete mit finsterer Aufmerksamkeit die Flaschen.

»Wohl kaum der joviale Typ«, bemerkte Carter.

Aber wie sollte man das wissen. Vielleicht ging es ihm wie vielen seiner Landsleute in New York, und seine übliche Jovialität war von den unglücklichen Bündnissen seines Heimatlands überschattet.

Carter übernahm es, ein paar Teller mit Antipasti für unseren Tisch zu bestellen, und machte dann einen Versuch, eine Unterhaltung in Gang zu bringen, indem er uns fragte, was das Beste gewesen sei, das wir 1940 gemacht hätten. Ich dachte wehmütig an Dicky. Niemand konnte Leute um einen Tisch herum zu einem unsinnigen Gespräch animieren wie Dicky Vanderwhile.

Als jemand von einer Reise nach Kuba zu erzählen begann (»die neue Riviera«), lehnte sich Carter zu mir und flüsterte mir ins Ohr: »Was war das Schlimmste, das du 1940 getan hast?«

Ein Stück Brot segelte über den Tisch und traf ihn am Kopf.

»He«, sagte Carter und sah auf.

Dass es Harry gewesen war, erkannte man an seiner Unschuldsmiene und der leicht gekräuselten Oberlippe. Ich überlegte, ob ich ihm zuzwinkern sollte, warf aber stattdessen das Brot zurück. Er tat entsetzt. Ich wollte auch gerade Entsetzen markieren, als mir der Kellner ein gefaltetes Blatt Papier gab. Es war nicht unterschrieben, und die Schrift war krakelig.

Should old acquaintance be forgot?

Als ich verwirrt aufsah, deutete der Kellner zur Bar. Dort saß auf einem Barhocker ein kompakter, gut aussehender Mann in Uniform. Er grinste leicht anzüglich. Fast hätte ich ihn nicht erkannt, so geschniegelt, wie er war. Aber dann bestand kein Zweifel: Es war Henry Grey.

Should auld acquaintance be forgot and never brought to mind?

Manchmal scheint es wirklich so, als hätte das Leben diese Absicht. Denn im Grunde ist es eine Zentrifuge, die sich alle paar Jahre zu drehen beginnt und Menschen, die in gewisser Nähe zueinander leben, in disparate Richtungen verstreut. Wenn sie aufhört, sich zu drehen, noch fast bevor wir wieder zu Atem gekommen sind, überhäuft uns das Leben mit neuen Forderungen. Selbst wenn wir unsere Schritte noch einmal zurückverfolgen und alte Bekanntschaften neu beleben wollten, wo würden wir jemals die Zeit dazu finden?

Das Jahr 1938 war das Jahr gewesen, in dem vier Menschen von ungewöhnlicher Persönlichkeit und besonderer Prägung mein Leben auf willkommene Weise bereichert hatten. Und jetzt war es der 1. Januar 1941, und seit über einem Jahr hatte ich keinen von ihnen gesehen.

Dicky wurde im Januar 1939 gewaltsam entwurzelt.

Sobald die New Yorker Ballsaison vorbei war, hatte Mr. Vanderwhile von der Leichtlebigkeit seines Sohnes endgültig genug. Im günstigen Wind der Wirtschaftsbelebung schickte er Dicky nach Texas, wo er für die Ölproduktionsfirma eines Freundes arbeiten sollte. Mr. Vanderwhile war überzeugt, dass dies tiefen Eindruck auf Dicky machen würde, und so war es auch. Allerdings nicht ganz so, wie Mr. Vanderwhile es sich vorgestellt hatte. Sein Freund hatte nämlich eine widerspenstige Tochter, die sich, als sie Ostern nach Hause kam, Dicky zum Tanzpartner erkor. Vor ihrer Rückkehr zum College wollte Dicky ihr ein Liebesversprechen entlocken, wurde aber zurückgewiesen. Die Wochen mit Dicky seien ja sehr lustig gewesen, erklärte sie, aber auf längere Sicht sehe sie sich an der Seite von jemandem, der etwas praktischer war, bodenständiger, ehrgeiziger – eigentlich jemand, der mehr wie ihr Vater war. Nicht lange danach fing Dicky an zu lernen und bewarb sich an der Harvard Business School.

Seinen Abschluss sollte er 1941 machen, sechs Monate vor Pearl Harbor. Danach meldete er sich zur Armee, wurde für seine Dienste im Pazifik ausgezeichnet, heiratete bei seiner Rückkehr seine texanische Schöne, bekam drei Kinder, fand eine Stelle im Innenministerium und strafte insgesamt alles, was alle je von ihm gehalten hatten, Lügen.

Eve Ross – sie ist einfach entschwebt.

Das erste Mal, nachdem sie sich nach L. A. abgesetzt hatte, hörte ich von ihr durch einen Zeitungsausschnitt, den Peaches mir im März 1939 gab. Es war ein Foto aus einer Klatschzeitschrift, auf dem sich eine übermütige Olivia de Havilland vor dem Tropicana am Sunset Boulevard durch eine Meute von Fotografen schob. Sie hatte sich bei einer jungen Frau untergehakt, die ein ärmelloses Kleid trug, eine gute Figur hatte und eine Narbe auf der Wange. Das Foto war übertitelt als *Vom Winde verweht* und erwähnte in der Bildunterschrift, dass die Frau mit der Barbe Havillands »Confidante« sei.

Das nächste Mal hörte ich von Eve am 1. April, als ich mitten in der Nacht, gegen zwei, einen Anruf bekam. Der Mann am anderen Ende stellte sich als Inspektor der Polizei in Los Angeles vor. Er sagte, es tue ihm sehr leid, mich zu stören, er wisse, es sei spät, aber er habe keine Wahl. Eine junge Frau sei bewusstlos auf der Wiese vor dem Beverly Hills Hotel entdeckt worden, und man habe meine Telefonnummer in ihrer Jackentasche gefunden.

Ich war wie vor den Kopf geschlagen.

Dann hörte ich, wie Eve im Hintergrund flüsterte: »Hat sie angebissen?«

»Natürlich«, sagte der Inspektor, der plötzlich einen englischen Akzent hatte. »Wie eine Forelle bei einer Fliege.«

»Gib mir den Hörer.«

»Warte!«

Die beiden rangelten um den Telefonhörer.

»April, April!«, rief der Mann.

Dann wurde ihm der Hörer weggenommen. »Hast du uns geglaubt, meine Gute?«

»Natürlich nicht!«

Evey brüllte vor Lachen.

Es machte mich froh, das zu hören. Eine halbe Stunde redeten wir miteinander, erzählten uns unsere Neuigkeiten und erinnerten uns der guten Zeiten, die wir in New York erlebt hatten. Aber als ich sie fragte, ob sie bald nach New York zurückkehren würde, sagte sie, die Rockies seien einfach nicht hoch genug.

Wallace hingegen wurde den Lebenden geraubt.

Aber wie das Leben so spielt – von den vier Menschen, mit denen ich das Jahr 1938 verbracht hatte, war es Wallace, der die nachhaltigste Wirkung auf mein tägliches Leben hatte. Denn im Frühjahr 1939 stattete mir der schwitzende Niles Copperthwaite einen zweiten Besuch ab und überbrachte mir die außergewöhnliche Nachricht, dass Wallace Wolcott mich in seinem Testament bedacht habe. Insbesondere habe er verfügt, dass mir die Dividenden eines Treuhandfonds, der eine Generation geruht hatte, auf Lebenszeit zufließen sollten. Daraus würde ich ein jährliches Einkommen von sechshundert Dollar beziehen. Sechshundert Dollar waren vielleicht kein Vermögen, auch 1939 nicht, aber es war eine Versicherung, dass ich mich vor den Avancen irgendwelcher Männer gefeit sah, was ja, mal ernsthaft betrachtet, für eine junge Frau Ende zwanzig in Manhattan schon Glückes genug war

Und Tinker Grey?

Ich wusste nicht, wo Tinker war. Aber in gewisser Weise wusste ich, was aus ihm geworden war. Nachdem er sich von allen Fesseln gelöst hatte, war er schließlich frei und ungebunden – ob er nun durch das raue Yukontal wanderte oder nach Tahiti gesegelt war, wo der Horizont unbegrenzt war, die Grillen die Stille beherrschten und die Gegenwart allein zählte und wo die *Rules of Civility* mit Gewissheit keine Bedeutung hatten.

Should auld acquaintance be forgot and never brought to mind? Wenn ja, dann war es zu unserem eigenen Schaden. Ich ging zur Bar.

»Katey, richtig?«

»Hallo, Hank. Sie sehen gut aus!«

Er sah wirklich gut aus. Besser, als man vernünftigerweise hätte erwarten können. Die Anforderungen des Lebens beim Militär hatten seine Züge und seine Statur ausgefüllt. Und gemäß den Streifen auf seiner Khakiuniform bekleidete er den Rang des Sergeanten.

Ich deutete auf die Streifen und zeigte meine

Anerkennung mit einem symbolischen Lüften des Hutes.

»Das ist nichts«, sagte er mit einem gelösten Lächeln. »Nichts von Dauer.«

Aber ich war mir nicht so sicher. So wie er aussah, würde die Armee ihn noch zu großen Taten inspirieren.

Er nickte zu unserem Tisch hinüber.

»Wie ich sehe, haben Sie sich einen neuen Freundeskreis zugelegt.«

»Mehrere.«

»Kann ich mir vorstellen. Ich glaube, ich stehe in Ihrer Schuld. Wie wär's mit einem Drink?«

Er bestellte sich ein Bier und für mich einen Martini – als hätte er die ganze Zeit gewusst, dass das mein Drink war. Wir stießen an und wünschten uns ein glückliches 1941.

»Haben Sie meinen Bruder mal gesehen?«

»Nein«, gab ich zu. »Seit zwei Jahren nicht.«

»Ja. Das passt.«

»Und Sie?«

»Immer mal wieder. Wenn ich Urlaub habe, komme ich manchmal nach New York, und wir treffen uns.«

Damit hatte ich nicht gerechnet.

Ich trank von meinem Gin.

Er musterte mich mit einem listigen Lächeln.

»Sie sind überrascht«, sagte er.

»Ich wusste nicht, dass er in New York ist.«

»Wo sollte er sonst sein?«

»Ich weiß nicht. Ich dachte nur, nachdem er seine Stelle aufgegeben hatte, habe er die Stadt verlassen.«

»Nein, nein. Am Anfang hat er auf dem Pier bei Hell's Kitchen gearbeitet. Danach hat er sich in den Außenbezirken rumgetrieben, und wir haben uns aus den Augen verloren. Und dann habe ich ihn im letzten Frühjahr auf der Straße in Red Hook getroffen.«

»Wo hat er gewohnt?«

»Auf der Straße in Red Hook …?«

Wir schwiegen beide einen Moment lang.

»Wie ging es ihm?«, fragte ich.

»Na ja. Ein bisschen ausgemergelt. Ein bisschen zerschlissen.«

»Nein, ich meine: Wie *ging* es ihm?«

»Ach so«, sagte Hank und lächelte. »Sie meinen, wie es ihm innerlich ging.« Hank musste nicht lange nachdenken. »In einem Wort? Er war glücklich.«

Der Schnee im Yukon … das Meer von Polynesien … die Pfade der Mohikaner … Das waren die Gebiete, in denen ich mir Tinker Greys Wanderungen der letzten beiden Jahre vorgestellt hatte, und dabei war er die ganze Zeit hier in New York gewesen.

Warum hatte ich angenommen, Tinker sei so weit weg? Darauf würde ich am liebsten sagen, es habe daran gelegen, dass die unbesiedelten Landschaften von Jack London und Robert Louis Stevenson und James Fenimore Cooper von Kindheit an seine romantische Fantasie beflügelt hatten. Aber kaum hatte Hank gesagt, Tinker sei in New York, da wusste ich, dass ich ihn mir in weiter Ferne vorgestellt hatte, weil mir seine Bereitschaft, allem den Rücken zu kehren, leichter verständlich gewesen wäre, wenn er sich allein in wilde Gegenden aufgemacht hätte.

Ich nahm diese Nachricht also mit gemischten Gefühlen auf. Die Vorstellung, dass Tinker sich mitten unter den Menschenmassen von Manhattan bewegte, arm in jeder Hinsicht, außer im Geiste, erfüllte mich mit Bedauern und Neid, aber auch mit einer Spur Stolz und einem Hauch von Hoffnung.

Denn war es nicht einfach eine Frage der Zeit, bis unsere Wege sich kreuzten? Bei allem Getümmel war Manhattan schließlich nur zehn Meilen lang und eine Meile breit.

In den Tagen danach hielt ich nach ihm Ausschau. Ich suchte seine Gestalt an Straßenecken und in Cafés. Ich stellte mir vor, dass ich nach Hause kam und er noch einmal aus dem Hauseingang gegenüber auftauchte.

Aber die Wochen wurden zu Monaten und die Monate zu Jahren, und das Gefühl der Erwartung schwächte sich ab, und allmählich, aber unweigerlich hörte ich auf, damit zu rechnen, ihn in der Menge zu sehen. Die Strömungen meiner eigenen Vorhaben und Verpflichtungen trieben mich voran, und mein tägliches Leben bereitete den Boden für die Gnade des Vergessens – bis zu diesem Moment, als ich ihm schließlich doch begegnete, in der Ausstellung im Museum of Modern Art 1966.

Val und ich fuhren mit dem Taxi zu unserer Wohnung an der Fifth Avenue. Die Köchin hatte uns ein kleines Abendessen auf den Herd gestellt, das wärmten wir jetzt auf, machten dazu eine Flasche Bordeaux auf und aßen im Stehen in der Küche.

Man könnte denken, die Vorstellung von einem Ehepaar, das um neun Uhr abends an der Küchentheke ein aufgewärmtes Abendessen verzehrt, entbehre jeglicher Romantik, aber weil wir so oft zu formellen Essen eingeladen wurden, war für Valentine und mich die stehend in unserer Küche eingenommene Mahlzeit der Höhepunkt unserer Woche.

Während Val die Teller abspülte, ging ich durch den Flur zu unserem Schlafzimmer. An den Wänden hingen von der Fußleiste bis zur Decke Fotos.

Normalerweise ging ich vorbei und beachtete sie nicht, aber an dem Abend wollte ich sie mir einzeln ansehen.

Anders als die Fotos an den Wänden von Wallace' Wohnung damals stammten diese nicht aus vier Generationen, sondern sie waren alle in den letzten zwanzig Jahren gemacht. Das älteste Bild zeigte uns beide 1947 bei einer förmlichen Abendgesellschaft, wo wir etwas verlegene Mienen machen. Ein gemeinsamer Bekannter hatte uns gerade miteinander bekannt machen wollen, als Val ihn unterbrach und erklärte, dass wir uns bereits kennengelernt hatten – nämlich 1938 auf Long Island, als er mich zu den Klängen von *Autumn in New York* nach Manhattan mitgenommen hatte.

Unter den Fotos von Freunden und von Reisen nach Paris und London waren auch einige mit einer beruflichen Komponente, zum Beispiel das Titelbild von der Ausgabe des Gotham vom Februar 1955, der ersten Nummer mit mir als Chefredakteurin – die erste in einer langen Reihe –, aber auch eins von Val, der einem Präsidenten die Hand schüttelt. Mein Lieblingsbild war das von unserer Hochzeit, wo wir beide die Arme um den alten Mr. Hollingsworth gelegt haben – seine Frau war schon tot, und er starb bald darauf.

Nachdem Val den Rest des Weins in unsere Gläser gegossen hatte, kam er zu mir in den Flur, wo ich vor den Fotos stand.

»Ich könnte mir denken, dass du noch ein bisschen aufbleibst«, sagte er und gab mir mein Glas. »Möchtest du Gesellschaft?«

»Nein, geh du schon. Ich brauche nicht lange.«

Er gab mir einen Kuss und ging ins Schlafzimmer. Ich ging ins Wohnzimmer und von dort auf die Terrasse. Die Luft war kühl, und die Lichter der Stadt schimmerten. Jetzt gab es keine kleinen Flugzeuge mehr, die das Empire State Building umkreisten, aber der Blick war immer noch einer, der das Wort hoffen konjugierte: Ich habe gehofft, ich hoffe, ich werde hoffen.

Ich zündete mir eine Zigarette an und warf das Streichholz über meine Schulter, als Glücksbringer.

Im Grunde ist es ein Klischee, vom Leben als einer Reise zu sprechen, bei der man jederzeit die Richtung ändern kann – mit der kleinsten Drehung des Steuers, so heißt es weise, beeinflussen wir die Reihe der Ereignisse und gestalten unser Schicksal immer wieder neu, in neuen Kreisen, mit neuen Umständen und Entdeckungen. Aber für die meisten von uns ist das Leben alles andere als das. Denn es gibt nur ein paar kurze Phasen, in denen sich uns eine begrenzte Anzahl unterscheidbarer Optionen bietet. Nehme ich diese Stelle oder jene? In Chicago oder New York? Schließe ich mich dieser Gruppe von Menschen an oder jener, und mit wem gehe ich am Ende des Abends nach Hause? Und soll man sich jetzt für Kinder entscheiden? Oder später? Oder noch später …?

So gesehen ist das Leben weniger eine Reise als vielmehr eine Partie Flitterwochenbridge. Wenn wir als junge Erwachsene noch so viel Zeit vor uns haben – reichlich Zeit, so scheint es, für hundertfaches Zaudern, für hundert Visionen und Revisionen –, ziehen wir eine Karte und müssen auf der Stelle entscheiden, ob wir diese Karte behalten und die nächste abwerfen wollen oder ob wir die erste abwerfen und die zweite behalten wollen. Und bevor wir es richtig bemerken, sind die Karten ausgespielt, und die Entscheidungen, die wir gerade getroffen haben, bestimmen unser Leben auf Jahrzehnte hinaus.

Vielleicht klingt das düsterer, als ich es meine.

Es muss aber nicht so sein, dass das Leben einem Wahlmöglichkeiten bietet. Das Leben kann seinen Verlauf genauso gut von vornherein festlegen und einen Menschen durch verschiedenste Mechanismen fest im Griff behalten. Wenn man nur ein einziges Jahr hat, in dem man vor verschiedene Wahlmöglichkeiten gestellt wird, dank derer sich die Umstände, das Wesen, der Verlauf ändern … dann ist das allein durch die Gnade Gottes. Und immer ist ein Preis dafür zu zahlen.

Ich liebe Val. Ich liebe meine Arbeit, und ich liebe New York. Ich habe keinen Zweifel, dass dies die richtigen Entscheidungen für mich waren. Und gleichzeitig weiß ich, was die richtigen Entscheidungen auch bewirken, denn sie lassen die Verluste im Leben klar hervortreten.

Damals, im Dezember 1938, als ich allein in dem kleinen Raum in der Gansevoort Street stand und mich bereits für Mason Tate und die Upper East Side entschieden hatte, stand ich neben Tinkers leerem Koffer und seinem kalten Kohleofen und las sein Versprechen, dass er jeden Tag damit beginnen wolle, meinen Namen zu sagen.

Eine Zeit lang, das gestehe ich, hatte ich das auch getan – ich hatte meine Tage damit begonnen, seinen Namen zu sagen. Und es war so, wie er es sich vorgestellt hatte – es half mir, an meiner Richtung festzuhalten, an einem unbeirrbaren Kurs, auch gewissermaßen auf sturmgeschütteltem Meer.

Aber wie so vieles andere wurde auch diese Gewohnheit vom Leben zur Seite gedrängt – sie wurde selten, dann noch seltener, und schließlich gab ich sie ganz auf.

Fast dreißig Jahre später, auf meinem Balkon mit Blick über den Central Park, richtete ich mich nicht zu streng, dass ich diese Gewohnheit fallen gelassen hatte. Ich kannte die Ablenkungen und Verlockungen des Lebens nur zu gut – wenn das schrittweise Vorankommen unserer Hoffnungen und Ambitionen unsere ungeteilte Aufmerksamkeit verlangt und dabei Schwebendes zu Greifbarem geformt wird und aus Verpflichtungen Kompromisse werden.

Nein. Ich richtete mich nicht zu streng, dass so viele Jahre vergangen waren, ohne dass ich Tinkers Namen gesagt hatte. Aber am nächsten Morgen sagte ich ihn beim Aufwachen. Und so habe ich es seither an vielen Morgen gehalten.

DIE HÖFLICHKEITSREGELN DES JUNGEN GEORGE WASHINGTON

1. Was immer Sie in Gesellschaft tun, tun Sie es mit Respekt den anderen gegenüber.
2. Berühren Sie Ihren Körper in Gesellschaft nicht an Stellen, die man üblicherweise bedeckt hält. Nehmen Sie Rücksicht auf andere. Bringen Sie niemanden in Verlegenheit.
3. Offenbaren Sie Ihren Freunden nichts, was sie verschrecken könnte.
4. Summen Sie in Gegenwart anderer nicht vor sich hin, und trommeln Sie nicht mit den Fingern oder den Füßen.
5. Wenn Sie husten, niesen, gähnen oder seufzen müssen, tun Sie es nicht laut, sondern dezent; und sprechen Sie nicht, während Sie gähnen, sondern wenden Sie sich ab, und halten Sie sich die Hand oder ein Taschentuch vor den Mund.
6. Schlafen Sie nicht, wenn andere sprechen, bleiben Sie nicht sitzen, wenn andere stehen, sprechen Sie nicht, wenn Sie still sein sollten, und gehen Sie nicht weiter, wenn andere stehen bleiben.

7. Ziehen Sie sich nicht aus, wenn andere dabei sind, und gehen Sie nie halb bekleidet aus Ihrem Zimmer.
8. Beim Spiel und am Feuer gebietet es die Höflichkeit dem, der als Letztes kommt, Platz zu machen; und achten Sie darauf, nicht lauter zu sprechen als gewöhnlich.
9. Spucken Sie nicht ins Feuer, beugen Sie sich nicht zu tief darüber, und halten Sie Ihre Hände nicht an die Flammen, um sie zu wärmen. Auch die Füße gehören nicht ans Feuer, erst recht nicht, wenn dort Fleisch gebraten wird.
10. Halten Sie Ihre Beine geschlossen und gerade, wenn Sie sich hinsetzen, und schlagen Sie sie nicht übereinander.
11. Zeigen Sie in Gegenwart anderer keine Unruhe, und kauen Sie nicht an Ihren Nägeln.
12. Wackeln Sie nicht mit dem Kopf, den Füßen oder Beinen, rollen Sie nicht mit den Augen, und achten Sie auf trockene Aussprache.
13. Töten Sie in Gesellschaft kein Ungeziefer wie Flöhe, Läuse oder Zecken. Wenn Sie auf dem Boden Schmutz oder Speichelspuren entdecken, schieben Sie unauffällig Ihren Fuß darüber; falls etwas an den Kleidern Ihres Gefährten klebt, entfernen Sie es unauffällig; und bedanken Sie sich, wenn es ein anderer für Sie tut.

14. Kehren Sie niemandem den Rücken zu, erst recht nicht, wenn Sie sprechen; rütteln Sie nicht an dem Tisch oder Pult, an dem ein anderer liest oder schreibt; lehnen Sie sich nie an jemandem an.
15. Achten Sie auf gepflegte, kurz geschnittene Nägel, saubere Hände und Zähne, aber lassen Sie sich das Bemühen nicht anmerken.
16. Blasen Sie nicht die Backen auf, lassen Sie die Zunge nicht heraushängen, reiben Sie sich nicht die Hände oder den Bart, schürzen Sie nicht die Lippen, und kauen Sie nicht darauf herum. Beißen Sie nicht die Kiefer aufeinander, lassen Sie aber auch nicht den Mund offen stehen.
17. Seien Sie kein Schmeichler, und scherzen Sie mit keinem, der nicht gern mit sich scherzen lässt.
18. Lesen Sie in Gesellschaft weder Bücher, Briefe noch Akten; lässt es sich aber nicht vermeiden, entschuldigen Sie sich, und ziehen Sie sich zurück. Liest oder schreibt ein anderer, dann treten Sie nicht so nahe, dass Sie mitlesen könnten, außer er bittet Sie darum. Teilen Sie Ihre Meinung über das Gelesene nur mit, wenn Sie danach gefragt werden; und wenn ein anderer einen Brief liest, schauen Sie ihm nicht über die Schulter.
19. Machen Sie stets ein freundliches Gesicht, bei ernsten Anlässen aber ein ernsthaftes.

20. Ihre Gesten sollten zu Ihren Worten passen.
21. Kritisieren Sie niemanden wegen seiner natürlichen Schwächen, und genießen Sie es nicht, sie Dritten ins Gedächtnis zu rufen.
22. Zeigen Sie nie Ihre Freude über das Unglück eines anderen, nicht einmal, wenn er Ihr Feind war.
23. Wenn Sie sehen, wie ein Verbrechen bestraft wird, mögen Sie insgeheim Ihre Freude daran haben; aber dem leidenden Übeltäter sollten Sie stets Ihr Mitgefühl bekunden. Lenken Sie die Aufmerksamkeit nicht auf sich selbst.
24. Lachen Sie bei öffentlichen Spektakeln nicht zu laut oder zu viel.
25. Überflüssige Komplimente und manierierte Angewohnheiten sollte man gemeinhin vermeiden, doch wo sie angebracht sind, darf man nicht auf sie verzichten.
26. Erweisen Sie angesehenen Leuten wie Adligen, Richtern, Kirchenmännern etc. die Ehre, indem Sie den Hut ziehen und sich so tief verneigen, wie es sich gehört und dem Rang Ihres Gegenübers entspricht. Aber erwarten Sie unter Gleichen nicht, dass Sie stets als Erster begrüßt werden; den Hut zu ziehen, wenn es gar nicht nötig ist, ist affektiert; bedienen Sie sich beim Gruß und Gegengruß der üblichen Worte.

27. Es zeugt von schlechtem Benehmen, jemandem Befehle zu erteilen, der bedeutender ist als man selbst; achten Sie darauf, es auch dann nicht zu tun, wenn es Ihnen richtig erscheint. Auch ist es falsch, den Hut aufzusetzen, wenn Sie nicht einmal oder gar wiederholt darum gebeten wurden. Was für den Gruß gilt, gilt auch für das Platznehmen; sich bei Feierlichkeiten unaufgefordert zu setzen, wirkt störend.
28. Tritt jemand an Sie heran, während Sie sitzen, erheben Sie sich, auch wenn es sich um einen Untergebenen handelt, und wenn Sie Plätze zuweisen, dann jedem nach seinem Rang.
29. Wenn Ihnen jemand aus besseren Kreisen begegnet, bleiben Sie stehen, und machen Sie ihm Platz. Lassen Sie ihm besonders vor einer Tür oder einem engen Durchgang den Vortritt.
30. Beim Gehen scheint in den meisten Ländern der begehrteste Platz rechter Hand zu sein; halten Sie sich also an der linken Seite dessen, dem Sie eine Ehre erweisen wollen. Gehen aber drei nebeneinander, wird der Wichtigste in die Mitte genommen. Gehen nur zwei nebeneinander, wird der Platz an den Häuserwänden meist dem Ranghöchsten überlassen.
31. Wenn einer die anderen, sei es an Alter, Vermögen oder Verdiensten, weit übertrifft, aber

trotzdem einem von ihnen an seinem Tisch Platz machen möchte, sollte er sich nicht allzu beharrlich zeigen und es nicht öfter anbieten als ein- oder zweimal.

32. Einem Gleichgestellten oder nur geringfügig Unterlegenen weist man den besten Platz am eigenen Tisch zu; derjenige, der dieses Angebot bekommt, sollte zunächst ablehnen, beim zweiten Mal aber annehmen, nicht ohne zu erwähnen, dass er die Aufmerksamkeit eigentlich nicht verdiene.
33. Denjenigen in Amt oder Würde gebührt bei jeder Gelegenheit der Vorrang; solange sie aber jung sind, sollen sie denen, die ihnen an Geburt oder anderen Eigenschaften ebenbürtig sind, mit Respekt begegnen, auch wenn sie kein öffentliches Amt bekleiden.
34. Gute Umgangsformen beweist man, indem man erst den anderen sprechen lässt, vor allem, wenn er aus besseren Kreisen stammt als man selbst. In diesem Fall darf man das Gespräch nicht beginnen. Fassen Sie sich kurz.
35. Fassen Sie sich im Gespräch mit Geschäftsleuten kurz, und drücken Sie sich verständlich aus.
36. Handwerker und Menschen niederen Standes sollten ohne großes Zeremoniell mit Adligen oder anderen Ehrenmännern verkehren, ihnen

aber Respekt und Ehrerbietung entgegenbringen; und die Letzteren sollten sie freundlich und höflich behandeln und ohne Anmaßung.

37. Stehen Sie gerade, wenn Sie mit Ehrenmännern sprechen, lehnen Sie sich nicht vor, und schauen Sie Ihrem Gegenüber nicht direkt in die Augen. Halten Sie mindestens einen Schritt Abstand.
38. Spielen Sie bei einem Krankenbesuch nicht den Arzt, wenn Sie nichts vom Fach verstehen.
39. Richten Sie sich in Briefen und im Gespräch bei der Anrede nach der Stellung Ihres Gegenübers und nach den Landessitten.
40. Trachten Sie nicht nach Streit mit Ihrem Vorgesetzten, sondern tragen Sie Ihr Urteil in aller Bescheidenheit vor.
41. Belehren Sie niemanden, der Ihnen ebenbürtig ist, in der Kunst, die er selbst ausübt; das riecht nach Anmaßung.
42. Achten Sie darauf, dass Ihre Umgangsformen dem Rang dessen, mit dem Sie sich unterhalten, angemessen sind, denn es ist absurd, mit einem Clown zu sprechen wie mit einem Prinzen.
43. Zeigen Sie in Gegenwart eines Kranken oder Leidenden keine Freude, denn dieser Gegensatz steigert nur sein Leid.
44. Wenn ein Mensch tut, was er kann, und ihm doch nichts gelingt, dann tadeln Sie ihn nicht.

45. Wenn Sie jemanden beraten oder zurechtweisen müssen, denken Sie vorher darüber nach, ob es öffentlich oder vertraulich geschehen soll; augenblicklich oder zu einem späteren Zeitpunkt und in welcher Form; kritisieren Sie nicht im Zorn, sondern mit Sanftmut und Güte.
46. Zeigen Sie sich für jede Ermahnung dankbar, wann und wo sie Ihnen auch erteilt wird; finden Sie sie aber nicht gerechtfertigt, dann wählen Sie einen günstigen Moment und einen passenden Ort, um es anzusprechen.
47. Spotten und scherzen Sie nie über Dinge mit Bedeutung; erlauben Sie sich nie böse Scherze, und wenn Sie etwas Witziges oder Komisches erzählen, hüten Sie sich davor, selbst darüber zu lachen.
48. Seien Sie frei von Fehlern, die Sie anderen zum Vorwurf machen; das Beispiel ist weit wirksamer als die Lehre.
49. Benutzen Sie keine unflätigen Ausdrücke, fluchen Sie nicht, und verunglimpfen Sie niemanden.
50. Nehmen Sie Gerüchte, die anderen schaden könnten, nicht zu schnell für bare Münze.
51. Tragen Sie keine muffigen, zerrissenen oder schmutzigen Kleider, lassen Sie sie mindestens einmal täglich bürsten, und halten Sie sich von jedem Schmutz fern.

52. Wählen Sie bescheidene und bequeme Kleidung, und versuchen Sie nicht, andere mit Ihrem Aussehen zu beeindrucken; orientieren Sie sich an Ihresgleichen, die sich ordentlich, anständig und zeitgemäß kleiden.
53. Rennen Sie nicht auf der Straße, gehen Sie aber auch nicht zu langsam, und lassen Sie den Mund nicht offen stehen, schlenkern Sie nicht mit den Armen, und stampfen Sie nicht mit den Füßen auf; gehen Sie nicht auf Zehenspitzen, und tänzeln Sie nicht beim Gehen.
54. Spielen Sie nicht den Pfau, betrachten Sie sich nicht selbstverliebt, denken Sie nicht ständig darüber nach, ob die Schuhe passen, die Strümpfe glatt anliegen und die Kleider gut sitzen.
55. Essen Sie nicht auf der Straße und zu Hause nur zu den üblichen Tageszeiten.
56. Suchen Sie die Gesellschaft von Ehrenmännern, wenn Ihnen an Ihrem guten Ruf liegt; denn besser ist man allein als in schlechter Gesellschaft.
57. Wenn Sie jemanden, zu dem Sie aufschauen, durch ein Haus begleiten, lassen Sie ihn zunächst auf Ihrer rechten Seite gehen, bleiben Sie nicht stehen, ehe er es tut, und biegen Sie nicht als Erster um die Ecke; wenn Sie aber abbiegen, dann sehen Sie ihn an; entstammt er einem be-

sonders guten Hause, gehen Sie nicht auf gleicher Höhe, sondern ein wenig hinter ihm, aber so, dass er bequem mit Ihnen sprechen kann. Lassen Sie sich stets von der Vernunft leiten.

58. Zeigen Sie in Gesprächen weder Neid noch Bosheit; denn so beweisen Sie ein mildes und freundliches Gemüt; lassen Sie die Vernunft über die Leidenschaft regieren.
59. Äußern Sie nie etwas Unschickliches, und verstoßen Sie nicht in Gegenwart Ihrer Untergebenen gegen den Moralkodex. Manche Dinge geschehen besser im Geheimen.
60. Bedrängen Sie nie Ihre Freunde, ein Geheimnis preiszugeben.
61. Sagen Sie nichts Vulgäres oder Frivoles in Gegenwart ernster und gebildeter Männer; und werfen Sie unter Ungebildeten keine schwierigen Fragen zu schwer verständlichen Themen auf. Reichern Sie Ihre Sätze im Beisammensein mit Höher- oder Gleichgestellten nicht mit Phrasen an.
62. Erzählen Sie nichts Trauriges bei frohen Festen und bei Tisch; sprechen Sie nicht von Melancholie, vom Tod oder von Verletzungen, und wenn es andere tun, versuchen Sie, der Unterhaltung eine neue Wendung zu geben. Erzählen Sie Ihre Träume nur Ihrem engsten Freund.

63. Man sollte sich nicht seiner Erfolge, seiner Stärken oder seines Humors rühmen; noch weniger seines Reichtums, seiner Tugend oder seiner Verwandten.
64. Spaßen Sie nicht, wenn niemandem nach Lachen zumute ist; lachen Sie nicht laut und nie grundlos. Spotten Sie nie über das Unglück eines Menschen, auch wenn er es selbst verschuldet hat.
65. Sagen Sie nie etwas Kränkendes, weder im Scherz noch im Ernst, und verspotten Sie keinen, auch wenn er Ihnen Gelegenheit dazu gibt.
66. Seien Sie nicht trotzig, sondern freundlich und höflich; grüßen Sie zuerst, hören Sie zu, und lassen Sie keine Frage unbeantwortet; versinken Sie nicht in Gedanken, wenn Sie sprechen sollten.
67. Setzen Sie andere nicht herab, und seien Sie nicht herrisch, wenn Sie Befehle geben.
68. Gehen Sie nirgendwohin, wo Sie nicht gern gesehen sind. Erteilen Sie niemandem ungebeten Ratschläge, und wenn Ihre Meinung gefragt ist, fassen Sie sich kurz.
69. Wenn zwei diskutieren, ergreifen Sie nicht ohne Zwang eine Partei. Seien Sie nicht stur; schließen Sie sich bei belanglosen Fragen der Mehrheit an.

70. Tadeln Sie nicht die Unvollkommenheiten anderer, denn das steht nur Eltern, Lehrern und Vorgesetzten zu.
71. Starren Sie nicht auf ein Muttermal oder ein körperliches Gebrechen, und fragen Sie nicht, wie es dazu kam. Was Sie Ihrem Freund im Geheimen sagen, gehört nicht in die Öffentlichkeit.
72. Sprechen Sie in Gesellschaft keine fremden Sprachen, sondern Ihre Muttersprache; sprechen Sie wie ein gebildeter Mensch und nicht wie ein Tölpel. Behandeln Sie erhabene Dinge mit Ernst.
73. Denken Sie nach, ehe Sie etwas sagen, und reden Sie nicht undeutlich oder schnell, sondern ordentlich und klar.
74. Spricht ein anderer, dann hören Sie aufmerksam zu, und stören Sie die anderen Zuhörer nicht. Stockt jemand beim Sprechen, sollten Sie ihm nicht ungefragt helfen oder ihn antreiben; unterbrechen Sie ihn nicht, und antworten Sie ihm erst, wenn er ausgeredet hat.
75. Fragen Sie nicht, um was es geht, wenn jemand mitten im Reden ist. Wenn das Gespräch aber wegen Ihrer Ankunft unterbrochen wird, bitten Sie freundlich darum, fortzufahren. Kommt eine wichtige Person hinzu, während Sie sich unterhalten, ist es höflich, das Gesagte zu wiederholen.

76. Zeigen Sie nicht mit dem Finger auf Ihren Gesprächspartner, und rücken Sie nicht zu nahe an ihn heran.
77. Geschäftliches und Privates sollte unter Männern zur rechten Zeit besprochen werden und nie im großen Kreis.
78. Ziehen Sie keine Vergleiche, und wenn jemand für eine verdienstvolle Tat ausgezeichnet werden soll, empfehlen Sie keinen anderen Kandidaten. Geben Sie nicht vorschnell Ihre Meinung ab, wenn Ihnen noch wichtige Informationen fehlen.
79. Erzählen Sie Gerüchte nicht weiter, solange Sie die Wahrheit nicht kennen. Wenn Sie etwas weitererzählen, geben Sie Ihren Informanten nicht preis, und hüten Sie Geheimnisse.
80. Schweifen Sie beim Reden oder Vorlesen nicht ab, außer Ihre Zuhörer schätzen das.
81. Kümmern Sie sich nicht um die Angelegenheiten anderer Leute, und belauschen Sie keine privaten Gespräche. Beginnen Sie nichts, was sie nicht beenden können. Halten Sie Ihre Versprechen.
82. Unternehmen Sie nichts, was Sie nicht ausführen können, aber achten Sie darauf, Ihre Versprechen zu halten.
83. Wenn Sie eine Klage führen, tun Sie es diskret und leidenschaftslos.

84. Wenn Ihre Vorgesetzten mit einem Kollegen sprechen, lauschen oder lachen Sie nicht, und halten Sie den Mund.
85. In besserer Gesellschaft sollten Sie nicht sprechen, bevor Sie gefragt wurden, zum Antworten aber aufstehen, den Hut absetzen und in knappen Worten Auskunft geben.
86. Seien Sie bei Streitfällen nicht darauf aus, sich durchzusetzen, sondern bemüht, jedem die Möglichkeit zu geben, seine Meinung zu äußern, und fügen Sie sich dem Urteil der Mehrheit, erst recht, wenn Richter dazugehören.
87. Widersprechen Sie anderen nicht unnötigerweise.
88. Vermeiden Sie Abschweifungen, Exkurse und Wiederholungen, wenn Sie eine Rede halten. Sprechen Sie nicht schlecht über Dritte, die nicht anwesend sind.
89. Sprechen Sie nicht schlecht über andere, denn das ist nicht recht.
90. Wenn Sie bei Tisch sind, kratzen Sie sich nicht, spucken Sie nichts aus, und husten und schnäuzen Sie sich nur im Notfall.
91. Zeigen Sie nicht, wie sehr Ihnen schmeckt, was Sie selbst aufgetischt haben, und schlingen Sie nicht. Schneiden Sie das Brot mit einem Messer, stützen Sie sich nicht mit den Ellenbogen auf

dem Tisch ab, und beschweren Sie sich nicht über das Essen.

92. Salzen Sie nicht nach, und schneiden Sie das Brot nicht mit einem gebrauchten Messer.
93. Wenn Sie Gäste haben, schickt es sich, Fleisch zu servieren.
94. Tunken Sie nie mehr als ein mundgerechtes Stück Brot in die Sauce, und pusten Sie nicht in die Brühe, um sie abzukühlen.
95. Schieben Sie sich nicht mit dem Messer in der Hand den Bissen in den Mund, spucken Sie keine Fruchtkerne auf den Teller, und schütten Sie nichts unter den Tisch.
96. Es gehört sich nicht, sich tief über das Fleisch zu beugen. Achten Sie auf saubere Finger. Wenn sie schmutzig geworden sind, reiben Sie sie an einem Zipfel Ihrer Serviette ab. Nehmen Sie nie einen so großen Bissen, dass Sie mit offenem Mund kauen müssen.
97. Nehmen Sie nicht den nächsten Bissen, bevor der erste hinuntergeschluckt ist.
98. Trinken und sprechen Sie nicht mit vollem Mund. Blicken Sie auch nicht um sich, während Sie trinken.
99. Trinken Sie weder zu gemächlich noch zu hastig. Trocknen Sie sich davor und danach die Lippen, und vermeiden Sie, in diesem oder einem

anderen Moment geräuschvoll auszuatmen, denn das ist unzivilisiert.

100. Säubern Sie Ihre Zähne nicht mithilfe Ihrer Serviette, Ihrer Gabel oder Ihres Messers – wenn Sie aber sehen, dass andere es tun, lassen Sie es mit einem vielsagenden Seitenblick geschehen.
101. Spülen Sie sich nicht in Gegenwart anderer den Mund aus.
102. Es ist nicht mehr üblich, die anderen zum Essen aufzufordern; genauso wenig müssen Sie ihren Tischnachbarn vor jedem Schluck zuprosten.
103. Richten Sie Ihre Essgeschwindigkeit in Gegenwart Vorgesetzter nach den anderen. Stützen Sie Ihre Hand, nicht aber Ihren Arm auf dem Tisch ab.
104. Dem Vorsitzenden gebührt das Recht, in Gesellschaft als Erster die Serviette aufzufalten und mit dem Essen zu beginnen, aber auch die Sorgfaltspflicht, die Zeit so einzuteilen, dass noch der Langsamste sein Essen beenden kann.
105. Was auch immer geschieht, regen Sie sich bei Tisch nicht auf; wenn Sie aber Grund dazu haben, zeigen Sie es nicht; versuchen Sie, gerade in Anwesenheit Fremder aufgeräumt zu wirken, denn wenn gute Laune herrscht, wird ein gutes Fleischgericht zum Fest.

106. Setzen Sie sich nicht an den Kopf der Tafel; wenn es Ihnen aber zusteht oder der Gastgeber es wünscht, weigern Sie sich nicht; Sie könnten das Beisammensein stören. Verfolgen Sie die Gespräche der anderen mit Interesse, aber sprechen Sie nie mit vollem Mund.
107. Seien Sie aufmerksam, wenn andere sich unterhalten, aber sprechen Sie nicht, während Sie Fleisch kauen.
108. Wenn Sie von Gott oder seinen Attributen sprechen, tun Sie es mit Ernst und Demut. Seien Sie Ihren Eltern gegenüber ehrfürchtig und gehorsam, auch wenn sie kein Geld haben.
109. Verbringen Sie Ihre Freizeit mannhaft, nicht sündhaft. Lassen Sie sich nicht gehen, stumpfen Sie nicht ab, seien Sie weder zynisch noch gefühllos.
110. Bemühen Sie sich stets, den kleinen Funken himmlischen Feuers in Ihrer Brust zu nähren, den wir Gewissen nennen.

Schon als Schüler ahnte George Washington (1732–1799; erster US-Präsident von 1789 bis 1797), dass ein echter Staatsmann auch auf dem gesellschaftlichen Parkett brillieren muss – und schrieb eine Liste von *110 Regeln der Höflichkeit und des an-*

gemessenen Benehmens in Gesellschaft und Konversation ab. Das Regelwerk stammte aus einem jesuitischen Erziehungsbuch aus dem 16. Jahrhundert. Es wurde zum Geheimtipp für junge Gentlemen.